Oscar bestsellers

ANDREA CAMILLERI

Lorenzo Silvestri Physics Dept BC

UN MESE
CON MONTALBANO

OSCAR MONDADORI

© 1998 Arnoldo Mondadori Editore S.p.A., Milano

I edizione Omnibus maggio 1998
I edizione Oscar bestsellers settembre 1999

ISBN 88-04-47089-5

Questo volume è stato stampato
presso Mondadori Printing S.p.A.
Stabilimento NSM - Cles (TN)
Stampato in Italia. Printed in Italy

Ristampe:

14   15   16   17   18   19   20   21   22

2005   2006   2007   2008   2009

www.andreacamilleri.net

www.librimondadori.it

UN MESE CON MONTALBANO

Annibale Verruso ha scoperto che sua moglie gli mette le corna e vuole farla ammazzare. Se la cosa càpita, la responsabilità è vostra!

La lettera anonima, scritta a stampatello, con una biro nìvura, era partita da Montelusa genericamente indirizzata al Commissariato di Pubblica Sicurezza di Vigàta. L'ispettore Fazio, che era addetto a smistare la posta in arrivo, l'aveva letta e immediatamente consegnata al suo superiore, il commissario Salvo Montalbano. Il quale, quella matina, dato che tirava libeccio, era insitàto sull'agro, ce l'aveva a morte con se stesso e con l'universo criato.

«Chi minchia è questo Verruso?»

«Non lo saccio, dottore.»

«Cerca di saperlo e poi me lo vieni a contare.»

Due ore appresso Fazio s'appresentò nuovamente e, alla taliàta interrogativa di Montalbano, attaccò:

«Verruso Annibale di Carlo e di Castelli Filomena, nato a Montaperto il 3-6-1960, impiegato al Consorzio Agrario di Montelusa ma residente a Vigàta in via Alcide De Gasperi, numero civico 22...»

Il grosso elenco telefonico di Palermo e provincia, che casualmente si trovava sul tavolo del commissario, si sollevò in aria, traversò tutta la càmmara, andò a sbattere contro la parete di faccia facendo cadere il calannario gentilmente offerto dalla pasticceria "Pantano & Torregrossa". Fazio pativa di quello che il commissario chiamava "il complesso dell'anagrafe", una cosa che gli faceva venire il nirbùso macari col sereno, figurarsi quando tirava libeccio.

«Mi scusasse» fece Fazio andando a raccogliere l'elenco. «Lei mi faccia le domande che io le arrispondo.»

«Che tipo è?»

«Incensurato.»

Montalbano agguantò minacciosamente l'elenco telefonico.

«Fazio, te l'ho ripetuto cento volte. Incensurato non significa nenti di nenti. Ripeto: che tipo è?»

«Mi dicono un omo tranquillo, di scarsa parola e di poca amicizia.»

«Gioca? Beve? Fìmmine?»

«Non arrisulta.»

«Da quand'è che è maritato?»

«Da cinque anni. Con una di qua, Serena Peritore. Lei ha dieci anni meno di lui. Bella fìmmina, mi dicono.»

«Gli mette le corna?»

«Boh.»

«Gliele mette sì o no?»

«Se gliele mette è brava a non farlo capire. C'è chi dice una cosa e chi un'altra.»

«Hanno figli?»

«Nonsi. Dicono che è lei che non li vuole.»

Il commissario lo taliò ammirato.

«Come hai fatto a sapere macari queste cose intime?»

«Parlando, dal barbiere» fece Fazio passandosi una mano darrè la nuca rasata di fresco.

A Vigàta dunque il Salone era ancora il Gran Luogo d'Incontro, come ai vecchi tempi.

«Che facciamo?» spiò Fazio.

«Aspettiamo che l'ammazza e poi vediamo» disse Montalbano grèvio, congedandolo.

Con Fazio aveva fatto l'antipatico e l'indifferente, mentre invece quella littra anonima l'aveva intrigato.

A parte il fatto che da quando si trovava a Vigàta non era mai capitato un delitto cosiddetto d'onore, la facenna, a fiuto, a pelle, non lo persuadeva. Prima, rispondendo alla domanda di Fazio, aveva detto che bisognava aspettare che Verruso ammazzasse la mogliere. E aveva fatto un errore. Nella littra infatti si diceva che Verruso voleva *fare* ammazzare la traditora, vale a dire che aveva l'intinzioni di ricorrere ad un'altra persona per farsi smacchiare l'onore. E questo non era solito. In prìmisi, un marito al quale arrivano voci di tradimento, s'apposta, segue, spia, sorprende, spara. Tutto in prima persona, non spara il giorno appresso e tanto meno incarrica uno stràneo di levargli il disturbo. E poi questo stràneo chi può essere? Un amico certamente non ci si sarebbe messo. Un killer a pagamento? A Vigàta?! Vogliamo babbiare? Certo che ne esistevano killer a Vigàta, ma non erano disponibili a lavoretti extra perché tutti avevano impiego fisso e stipendio regolarmente pagato dal datore di lavoro. In secùndis, chi era stato a scrivere la littra? La signora Serena per parare la botta? Ma se veramente sospettava che il marito l'avrebbe prima o poi fatta ammazzare, altro che perdere tempo a scrivere littre anonime! Avrebbe messo di mezzo il padre, la madre, il parroco, il vescovo, il cardinale oppure avrebbe pigliato il fujuto col suo amante e chi s'è visto s'è visto.

No, da qualsiasi parte si taliàsse, la cosa non teneva.

Gli venne però un'idea. E se il marito al Consorzio avesse fatto conoscenza con un cliente di pochi scrupoli il quale in un primo momento aveva detto di sì alla criminale proposta e poi, essendosene pentito, aveva scritto la littra anonima per chiamarsi fora dal guaio?

Non ci perse tempo, telefonò al Consorzio di Montelusa, mettendo in atto un sistema che aveva già sperimentato con successo negli uffici pubblici.

«Pronto? Chi parla?» spiò qualcuno a Montelusa.

«Mi passi il diréttore.»

«Sì, ma chi parla?»

«Cristo!» ululò Montalbano e siccome al telefono c'era tanticchia d'eco s'assordò lui stesso. «È possibile che non riconoscete mai la mia voce? Il Presidente, sono! Ha capito?»

«Signorsì» fece l'altro atterrito.

Passarono cinque secondi.

«Agli ordini, Presidente» disse la voce ossequiosa del direttore che manco s'attentò a spiare di quale Presidentato fosse Presidente quello che gli stava parlando.

«Sono esterrefatto dal vostro colpevole ritardo!» esordì Montalbano sparando quasi all'urbigna. Quasi: perché figurarsi se in un ufficio non c'erano pratiche attrassate o, come dicevano burocraticamente, inevase.

«Presidente, mi perdoni, ma non capisco...»

«Non capisce?! Sto parlando delle schede, perdio!»

Montalbano distintamente si raffigurò la faccia strammata del direttore, le goccioline di sudore sulla fronte.

«Le schede del personale che aspetto da oltre un mese!» latrò il Presidente e proseguì, implacabile:

«Tutto voglio sapere di loro! Anzianità, grado, mansione, posizione contributiva, tutto! Il caso Sciarretta non deve ripetersi mai più!»

«Mai più» fece fermamente eco il direttore che non sapeva assolutamente chi fosse Sciarretta. Il quale era ignoto macari a Montalbano, che aveva fatto un nome a caso.

«E che mi dice di Annibale Terruso?»

«Verruso con la V, signor Presidente.»

«Non importa, è lui. Ci sono state lamentele, doglianze, ecco. Pare che abbia l'abitudine di frequentare...»

«Calunnie! Tutte infami calunnie!» interruppe con inaspettato coraggio il direttore. «Annibale Verruso è un impiegato modello! Magari ce ne fossero come lui! È addetto alla contabilità interna, non ha alcun rapporto con...»

«Basta così» tagliò imperioso il Presidente. «Attendo le schede entro ventiquattr'ore.»

Riattaccò. Se il direttore del Consorzio ci metteva la mano sul foco a favore dell'impiegato Annibale Verruso, come aveva fatto questi a procurarsi un killer con tanta facilità?

Chiamò Fazio.

«Senti, me ne vado a mangiare. Tornerò in ufficio verso le quattro. Per quell'ora dovrai farmi sapere tutto sulla famiglia Verruso. Dal bisnonno fino alla settima generazione futura.»

«E come faccio?»

«Vai da un altro barbiere.»

L'albero genealogico dei Verruso affondava le sue radici in un terreno concimato di rispettabilità, di domestiche e civili virtù: uno zio colonnello della Benemerita, un altro, sempre colonnello ma della Guardia di Finanza e si era quasi sfiorata la santità con un fratello del bisnonno, monaco benedettino, del quale era in corso il processo di beatificazione. Difficile trovare un killer ammucciato tra le foglie di quell'albero.

«C'è qualcuno tra di voi che conosce un tale Annibale Verruso?» domandò ai suoi òmini del commissariato appositamente convocati.

«Quello che travaglia al Consorzio di Montelusa?» spiò Germanà a scanso d'omonimia.

«Sì.»

«Beh, io lo conosco.»

«Voglio vedere com'è fatto.»

«Facile, commissario. Domani, che è domenica, come fa sempre andrà alla messa di mezzojorno con la sua signora.»

«Eccoli» disse Germanà alle dodici meno cinque spaccate, che già le campane avevano sonato l'ultima chiamata per la missa.

Salvognuno, Annibale Verruso avrebbe dovuto avere trentasette anni, invece ne dimostrava una cinquantina ben portati. Tanticchia meno alto della media, pancetta evidente, una calvizie che gli aveva risparmiato solo i capelli torno torno la parte bassa della testa, mani e piedi minuti, occhiali d'oro, atteggiamento compunto.

"Dev'essere una stampa e una figura col futuro beato, il monaco benedettino fratello del bisnonno" pinsò Montalbano. Ma soprattutto dall'omo emanava un'ariata di paziente imbecillità. "Guàrdati dal cornuto pazinzioso" faceva però il proverbio. Quando il cornuto pazinzioso perde la pazienza allora sì che diventa pericoloso, pronto alle peggio cose. Era il caso di Annibale Verruso? No. Perché se uno perde la pazienza la perde sul colpo, non medita di perderla in differita, secondo quanto denunziava la littra anonima.

Sulla mogliere, la signora Serena Peritore in Verruso, il commissario ebbe invece fulminea certezza: quella le corna al marito gliele metteva e macari abbondantemente. Lo portava scritto nel modo di muovere il culo, nello scatto col quale scuoteva i lunghissimi capelli neri ma soprattutto nell'improvviso sguardo che lanciò a Montalbano sentendosi taliàta, le verdi pupille cangiate nei fori delle canne di una lupara.

Era mora, bella e traditora, come faceva la canzone.

«Dicono che lei lo tradisce.»

«Certuni dicono di sì, certaltri dicono di no» fece Germanà tenendosi prudente.

«E quelli che dicono di sì, sanno con chi se la farebbe la signora?»

«Col geometra Agrò. Ma...»

«Parla.»

«Vede, commissario, non si tratta di corna semplici. Serena Peritore e Giacomino Agrò si volevano bene da quando erano picciliddri e...»

«... e giocavano al dottore.»

Germanà visibilmente s'infastidì. Forse per lui la storia d'amore tra Serena e Giacomino era appassionante come una telenovela.

«La famiglia di lei invece volle che si maritasse con Annibale Verruso ch'era un partito sicuro.»

«E dopo il matrimonio Giacomino e Serena hanno continuato a frequentarsi.»

«Pare di sì.»

«Facendo però le cose che di solito si fanno da grandicelli» concluse Montalbano, da carogna.

Germanà non arrispunnì.

La matina appresso s'arrisbigliò presto con un'idea che gli maceriava il cervello. La risposta l'ebbe, dal computer della questura di Montelusa, mezz'ora dopo ch'era arrivato in ufficio.

Cinque giorni avanti che arrivasse la littra anonima, Annibale Verruso si era accattato una Beretta 7,65 con relativa scatola di munizioni. Nella denunzia, dato che non possedeva porto d'armi, aveva dichiarato che avrebbe conservato l'arma in una sua casetta di villeggiatura, molto solitaria, in contrada Monterussello.

A questo punto, un omo dotato di logica avrebbe concluso che Annibale Verruso, non essendo stato capace d'affittare un killer, aveva deciso di provvedere di pirsòna allo smacchiamento dell'onore infangato dalla bella traditora.

Salvo Montalbano invece aveva una logica che a volte gli fagliava, si metteva a girare in folle. E fu per questo che fece telefonare da Fazio al Consorzio Agrario di Montelusa: il signor Annibale Verruso, appena terminato il suo travaglio matutino, doveva appresentarsi al commissariato di Vigàta senza perdere tempo.

«Che fu? Che successe?» spiò agitatissimo Verruso.

Fazio, opportunamente istruito da Montalbano, gli contò una farfantarìa.

«Si tratta di stabilire che lei non sia lui. Mi spiegai?»

«Veramente non...»

«Forse lei è lui. In caso contrario, no. Mi spiegai?»

Riattaccò, ignaro d'avere scatenato un'angoscia pirandelliana nella testa del pòviro impiegato al Consorzio.

«Signor commissario, m'hanno telefonato di correre qua e io sono venuto prima che ho potuto» fece ansante Verruso appena assittatosi davanti alla scrivania di Montalbano «ma non ci ho capito niente.»

Era arrivato il momento difficile, quello di giocare la partita, di tirare i dadi. Il commissario esitò un attimo, poi principiò il suo bluff.

«Lo sa che per il cittadino esiste l'obbligo della denunzia dei reati?»

«Sì, mi pare.»

«È così, non è un parere suo. Perché lei non ha denunziato il furto avvenuto nella sua casa di campagna a Monterussello?»

Annibale Verruso avvampò, s'agitò sulla seggia diventata spinosa. Allora dintra alla testa di Montalbano le campane si sciolsero, sonarono a gloria. Ci aveva inzertato, il bluff era riuscito.

«Dato lo scarso valore del danno subito, la mia signora ha ritenuto di non...»

«La signora non doveva ritenere niente, ma denunziare il furto. Avanti, mi dica come sono andate le cose. Dobbiamo indagare. Ci sono stati altri furti nella zona.»

Il tono secco del commissario aveva asciucato la gola di Annibale Verruso che venne pigliato da un attacco di tosse. Poi contò com'era andata.

«Quindici giorni fa, che era di sabato, siamo andati, io e la mia signora, nella nostra casa di Monterussello per trattenerci sino a domenica sera. Appena arrivati, abbiamo notato che la porta di casa era stata forzata. Hanno arrubato il televisore che però era vecchio, a bianco e nero, e una bella radio portatile, quella sì nova nova. Ho aggiustato alla meglio la porta, ma Serena, mia moglie, non si fidava, era scantata, è voluta tornare a Vigàta. Anzi, ha

14

detto che non avrebbe più messo piede in quella casa se non trovavo qualche cosa di difesa. Mi ha fatto accattare una pistola.»

Montalbano si fece spuntare le rughe sulla fronte.

«L'ha denunziata?» spiò severissimo.

«Certo, subito l'ho fatto» disse l'altro con un sorrisino da cittadino ligio. E si permise una battuta leggera:

«E il bello è che non so manco come si fa ad usarla.»

«Può andare.»

Scappò come una lepre, dopo che il primo colpo l'ha mancata.

Alle sette e mezzo del matino appresso Annibale Verruso niscì dal portone di via De Gasperi 22, s'infilò di prescia nella sua màchina, partì certamente diretto al Consorzio Agrario di Montelusa.

Il commissario Montalbano scese dalla sua auto, taliò la targhetta del citofono: "Verruso, interno 15". A occhio e croce stimò che l'appartamento doveva trovarsi al terzo piano. Il portone non chiudeva bene, bastò sforzarlo tanticchia perché s'aprisse: trasì, pigliò l'ascensore. Aveva stimato giusto, i Verruso abitavano al terzo piano. Sonò.

«Ma si può sapìri che ti scordasti questa volta?» spiò dall'interno un'arraggiata voce femminile.

La porta si raprì. Vedendo uno sconosciuto, la signora Serena si portò una mano all'altezza del petto, a tenere ben stretta la vestaglia. Un istante dopo tentò di chiudere la porta, ma il piede del commissario bloccò la manovra.

«Chi è lei? Che vuole?»

Per niente spaventata o preoccupata. Splendida, gli occhi verdi a lupara, emanava un tale odore di fìmmina e di letto che Montalbano patì come una leggerissima vertigine.

«Non si preoccupi, signora.»

«Non mi sto preoccupando per niente, vorrei solo non avere scassata la minchia a quest'ora.»

Forse la signora Verruso non era poi tanto signora.

«Sono il commissario Montalbano.»

Nessuno scanto, appena un gesto d'irritazione.

«Bih, che grandissima camurrìa! Ancora?! Viene per quel furto da niente?»

«Sì, signora.»

«Mio marito aieri a sira mi stonò la testa con questa storia che lei l'aveva convocato. Si scantò talmente che a momenti si cacava i pantaloni.»

Sempre più fine, la signora Serena.

«Posso entrare?»

La signora si fece di lato con una smorfia, poi lo guidò in un salottino orripilantemente finto Settecento, lo fece assittare su una scomoda poltrona sparluccicante d'oro. Lei pigliò posto su quella di fronte.

E a un tratto lei sorrise, gli occhi striati da venature di luce nera, quella che fa brillare violaceo il bianco. I denti erano un lampo tenuto.

«Sono stata sgarbata e volgare, mi scusi.»

Evidentemente aveva deciso di seguire una diversa linea strategica. Sul tavolinetto tra di loro due c'erano un portasigarette e un accendino colossale d'argento massiccio. Lei si chinò, pigliò il portasigarette, lo raprì, lo tese verso il commissario. Nel movimento perfettamente calcolato la parte superiore della vestaglia s'allentò mettendo completamente allo scoperto due minne piccole ma all'apparenza tanto sode che Montalbano stabilì che ci si potevano agevolmente schiacciare le noci.

«Che vuole da me?» spiò con voce bassa, taliàndolo occhi negli occhi e continuando a porgergli il portasigarette aperto. Era chiaro macari quello che non diceva a parole: qualunque cosa tu possa volere, sono pronta a dartela.

Montalbano rifiutò con un gesto, e non stava rifiutando solamente la sigaretta. Lei chiuse il portasigarette, lo rimise sul tavolinetto, continuò a taliàre il commissario da sotto in su, la vestaglia sempre aperta.

«Come ha fatto a sapere che a Monterussello avevamo avuto un furto?»

Era andata, spavaldamente, al punto più debole del bluff che Montalbano aveva fatto al marito.

«Ho tirato a indovinare» rispose il commissario «e suo marito ci è cascato.»

«Ah» fece lei raddrizzandosi. Le minne sparirono come per un gioco di prestigio. Per un momento, solo per un momento, il commissario ne commemorò la scomparsa. Forse era meglio se niscìva da quella casa prima che poteva.

«Devo proprio dirle per filo e per segno come sono arrivato a capire che lei aveva l'intenzione d'ammazzare suo marito? O posso risparmiare il fiato?»

«Se lo sparagni.»

«Aveva pensato a una bella messinscena, vero?»

«Poteva funzionare.»

«Mi corregga se sbaglio. Una delle prossime notti che dormite a Monterussello, lei sveglia suo marito dicendo che ha sentito fuori una rumorata sospetta, lo convince ad armarsi, ad uscire. Appena lui è fora, lei, da dietro, gli dà una gran botta in testa. Il geometra Agrò, smessi i panni di finto ladro, indossa quelli di vero assassino. Spara a suo marito con la pistola che lei gli ha fatto accattare, l'ammazza e sparisce. Lei racconterà poi che il suo pòvìro marito è stato pigliato a botte, disarmato e ucciso dal ladro. All'incirca la cosa doveva andare così, no?»

«Più o meno.»

«Lei ha capito anche che le mie sono solo chiacchiere, cose di vento. Non ho niente di concreto per spedirla in càrzaro.»

«Certo che l'ho capito.»

«E avrà macari capito che se succede qualcosa di male ad Annibale Verruso la prima persona che va dentro è lei seguita dal suo amichetto Giacomino. Deve pregare il suo Dio che non gli venga manco un leggero male di panza, perché io l'accuserò di volerlo avvelenare.»

Alla signora Serena l'avvertimento di Montalbano da un'orecchia ci trasì e dall'altra ci niscì.

«Mi leva una curiosità, commissario?»

«Certamente.»

«Dov'è che ho sbagliato?»

«L'errore l'ha fatto mandandomi la lettera anonima.»

«Io?!» quasi gridò.

Di subito Montalbano si sentì a disagio.

«Di quale lettera anonima parla?»

Era completamente, sinceramente strammata. Macari il commissario strammò: ma come, non era stata lei?!

Si taliarono perplessi.

«La lettera anonima nella quale si diceva che suo marito voleva farla ammazzare perché aveva scoperto il suo tradimento» spiegò a fatica Montalbano.

«Ma io non ho mai...»

La signora Serena s'interruppe di colpo, si susì di scatto, la vestaglia si spalancò completamente, Montalbano intravide dolci colline, ascose vallette, lussureggianti praterie. Chiuse gli occhi, ma li dovette raprire di subito al botto del mastodontico accendino scagliato contro un quadretto che rappresentava montagne innevate.

«È stato quella gran testa di minchia di Giacomino!» pigliò a fare voci la, diciamo così, signora. «Si è scantato quel culo cacato!»

Il portasigarette spaccò un vaso sopra il tanger.

«Si è tirato narrè, quel grandissimo stronzo, e ha architettato la storia della lettera anonima!»

Quando il tavolinetto ridusse in frantumi i vetri del balcone, il commissario era già fora e stava chiudendo alle sue spalle la porta di casa Verruso.

Da sempre a Vigàta la festa di Cannalivari non ha mai avuto senso. Per i grandi, naturalmente, che non organizzano veglioni e non fanno cene speciali. Per i picciliddri, invece, è tutt'altra musica, se ne vanno in su e in giù per il corso cassariandosi nei loro costumi oramai a passo con la televisione. Oggi non si trova più un costume di Pierrot o di Topolino a pagarli a peso d'oro, Zorro sopravvive, ma furoreggiano Batman e arditi astronauti in sparluccicanti tute spaziali.

Quell'anno, invece, la festa di Cannalivari ebbe senso almeno per un adulto: il professor Gaspare Tamburello, preside del locale liceo Federico Fellini, recentissimamente costituito, come si poteva capire dal nome che gli era stato dato.

«Aieri notte hanno tentato d'ammazzarmi!» proclamò il preside trasendo, e assittandosi, nell'ufficio di Montalbano.

Il commissario lo taliò ammammaloccuto. Non per il drammatico annunzio, ma per il curioso fenomeno che si manifestava sulla faccia di quello che passava, senza soluzione di continuità, dal giarno della morte al rosso del peperone.

"A questo gli piglia un sintòmo" pinsò Montalbano. E

disse: «Signor preside, stia calmo, mi racconti tutto. Vuole un bicchiere d'acqua?».

«Niente voglio!» ruggì Gaspare Tamburello. S'asciucò la faccia con un fazzoletto e Montalbano si stupì che i colori della pelle non avessero stinto sulla stoffa.

«Quel grandissimo cornuto l'ha detto e l'ha fatto!»

«Senta, Preside, lei si deve calmare e raccontarmi tutto con ordine. Mi dica esattamente come sono andate le cose.»

Il preside Tamburello fece un evidente sforzo per controllarsi, poi attaccò.

«Lei lo sa, commissario, che abbiamo un ministro comunista alla pubblica istruzione? Quello che vuole che alla scuola si studi Gramsci. Ma io mi domando: perché Gramsci sì e Tommaseo no? Me lo sa spiegare lei perché?»

«No» disse secco il commissario che si era già rotto le palle. «Vogliamo arrivare al fatto?»

«Dunque, per adeguare l'istituto, che ho l'onore e l'onere di dirigere, alle nuove norme ministeriali, sono rimasto a lavorare nel mio ufficio sino a mezzanotte passata.»

Era cosa cògnita in paìsi il motivo per cui il preside trovava quante più scuse poteva per non rientrare a casa: lì, come una tigre intanata, l'aspettava la mogliere Santina, meglio nota a scuola come Santippe. Bastava la minima occasione per scatenare Santippe. E allora i vicini di casa principiavano a sentire le vociate, le offese, gl'insulti che la terribile fìmmina faceva al marito. Tornando a mezzanotte passata, Gaspare Tamburello sperava di trovarla addormentata e di scansare la consueta scenata.

«Vada avanti, per favore.»

«Avevo appena aperto il portone di casa che ho sentito un botto fortissimo e visto una vampata. Ho magari udito, distintamente, qualcuno che sghignazzava.»

«E lei che ha fatto?»

«Che dovevo fare? Mi sono messo a correre su per le scale, mi sono scordato di pigliare l'ascensore, avevo il sangue grosso.»

«L'ha detto alla sua signora?» spiò il commissario che quando ci si metteva sapeva essere veramente carogna.

«No. E perché? Dormiva, pòvira fimmina!»

«E lei avrebbe perciò visto la fiammata.»

«Certo che l'ho vista.»

Montalbano fece la faccia dubitativa e il preside la notò.

«Che fa, non mi crede?»

«Le credo. Ma è strano.»

«Perché?»

«Perché se uno putacaso le spara alle spalle, lei sente il botto, certo, ma non può vedere la fiammata. Mi spiego?»

«E io invece l'ho vista, va bene?»

Il giarno della morte e il rosso del peperone si fusero in un verde oliva.

«Lei, preside, m'ha fatto capire che conosce chi le avrebbe sparato.»

«Non usi il condizionale, io so benissimo chi l'ha fatto. E sono qui per sporgere formale denunzia.»

«Aspetti, non corra. Secondo lei, chi è stato?»

«Il professor Antonio Cosentino.»

Netto, deciso.

«Lei lo conosce?»

«Che domanda! Insegna francese all'istituto!»

«Perché l'avrebbe fatto?»

«Ancora con questo condizionale! Perché mi odia. Non sopporta i miei continui richiami, le mie note di demerito. Ma io, che posso farci? Per me l'ordine e la disciplina sono imperativi categorici! Invece il professor Cosentino bellamente se ne frega. Arriva tardi ai consigli dei professori, contesta quasi sempre quello che dico, irride, assume un'aria di superiorità, sobilla i suoi colleghi contro di me.»

«E lei pensa che sia capace di un omicidio?»

«Ah! Ah! Mi vuole far ridere? Quello è capace non solo d'ammazzare, ma di ben altro!»

"E che ci poteva essere di peggio dell'ammazzare?" pinsò il commissario. Forse squartare il cadavere dell'ammazzato e mangiarselo metà a brodo e metà al forno con patatine.

«E lo sa che ha fatto?» proseguì il preside. «L'ho visto io con questi miei occhi che offriva fumo a un'allieva!»

«Erba?»

Gaspare Tamburello stunò, s'imparpagliò.

«No, che erba! Perché dovrebbero fumare l'erba? Le stava dando una sigaretta.»

Viveva fuori del tempo e dello spazio, il signor preside.

«Mi pare d'aver capito che lei ha affermato poco fa che il professore l'aveva minacciata.»

«Non precisamente. Minaccia minaccia non ce n'è stata. Me lo disse così, facendo finta di scherzare.»

«Con ordine, la prego.»

«Dunque. Una ventina di giorni fa la professoressa Lopane ha invitato tutti i colleghi al battesimo di una sua nipotina. Io non ho potuto esimermi, capisce? Non amo che capi e subordinati fraternizzino, ci vuole sempre il mantenimento di una certa distanza.»

Montalbano rimpianse che lo sparatore, se veramente era esistito, non avesse avuto la mira più precisa.

«Poi, come sempre succede in questi casi, tutti quelli dell'istituto ci trovammo riuniti in una stanza. E qui i docenti più giovani vollero organizzare qualche gioco. A un tratto il professore Cosentino disse che lui possedeva l'arte della divinazione. Affermò che non aveva bisogno d'osservare il volo degli uccelli o le viscere di qualche animale. Gli bastava guardare intensamente una persona per vedere nitidamente il suo destino. Una sciocchrella, la professoressa Angelica Fecarotta, una supplente, domandò del suo futuro. Il professor Cosentino le predisse un grande cangiamento amoroso. Bella forza! Lo sapevamo tutti che la supplente, fidanzata a un dentista, lo tradiva con l'odontotecnico e che il dentista, prima o poi, se ne sarebbe accorto! Con grande sollazzo...»

Alla parola sollazzo Montalbano non resse più.

«Eh, no, preside, qua facciamo notte! Mi riferisca solo quello che il professore le disse. O meglio, le predisse.»

«Siccome tutti l'assillavano perché divinasse il mio futuro, lui mi guardò fisso, tanto a lungo che si fece un silenzio di tomba. Guardi, commissario, si era creata un'atmosfera che sinceramente...»

«Lasci fottere l'atmosfera, perdio!»

Uomo d'ordine, il preside ubbidiva agli ordini.

«Mi disse che il tredici febbraio sarei scampato da un colpo, ma che entro tre mesi non sarei stato mai più con loro.»

«Ambiguo, non le pare?»

«Ma che ambiguo! Ieri era il tredici, no? M'hanno sparato, sì o no? E quindi non si riferiva a un colpo apoplettico, ma a un vero e proprio colpo di pistola.»

La coincidenza squietò il commissario.

«Guardi, preside, restiamo intesi in questo modo. Io faccio qualche indagine, poi, se è il caso, la pregherò di sporgere denunzia.»

«Se lei m'ordina così, farò così. Ma io vorrei saperlo subito in galera, quel mascalzone. Arrivederla.»

E finalmente sinni niscì.

«Fazio!» chiamò Montalbano.

Ma invece di Fazio vide nuovamente comparire sulla porta il preside. La faccia, questa volta, tirava al giallo.

«Mi scordavo la prova più importante!»

Darrè al professore Tamburello apparse Fazio.

«Comandi.»

Il preside però continuò imperterrito.

«Stamattina, venendo qua a fare la denunzia, ho visto che sul portone del palazzo dove abito, in alto a sinistra, c'è un buco che prima non c'era. Lì dev'essersi conficcato il proiettile. Indaghino.»

E niscì.

«Tu lo sai dove abita il preside Tamburello?» spiò il commissario a Fazio.

«Sissi.»

«Vai a dare una taliàta a questo pirtùso nel portone e

poi mi fai sapere. Aspetta, prima telefona al liceo, ti fai passare il professore Cosentino e gli dici che oggi dopopranzo, verso le cinque, lo voglio vedere.»

Montalbano tornò in ufficio alle quattro meno un quarto, tanticchia appesantito da un chilo e passa di misto di pesce alla griglia, tanto fresco che aveva ripigliato a nuotare dintra al suo stomaco.

«Per esserci, il pirtùso c'è» riferì Fazio «ma è fresco fresco, il legno è vivo, non è allordato da un proiettile, pare fatto con un temperino. E non c'è traccia di pallottola. Mi sono fatta opinione.»

«Dilla.»

«Non penso che al preside gli abbiano sparato. Siamo in tempo di Cannalivari, magari a qualche picciottazzo gli è venuta gana di garrusiare e gli ha tirato una castagnola o un petardo.»

«Plausibile. Ma come lo spieghi il pirtùso?»

«L'avrà fatto il preside stesso, per far credere alle minchiate che è venuto a contarle.»

La porta si spalancò, sbatté contro il muro, Montalbano e Fazio sussultarono. Era Catarella.

«Ci sarebbe che c'è il prifissore Cosentintino che dici che ci vorrebbe parlare pirsonalmente di pirsona.»

«Fallo passare.»

Fazio niscì, trasì Cosentino.

Per una frazione di secondo, il commissario rimase spiazzato. S'aspettava uno con la T-shirt, jeans e grosse Nike sportive ai piedi, invece il professore indossava un completo grigio, con cravatta. Aveva persino un'ariata malinconica, teneva la testa leggermente piegata verso la spalla mancina. Gli occhi, però, erano furbi, guizzanti. Montalbano paro paro, senza mezzi termini, gli riferì l'accusa del preside e l'avvertì che non era una cosa da babbiarci sopra.

«Perché no?»

«Perché lei ha divinato che giorno tredici il preside sarebbe stato oggetto di una specie d'attentato e questo è puntualmente avvenuto.»

«Ma, commissario, se è vero che gli hanno sparato, come può pensare che io sarei stato tanto fesso d'annunziare che l'avrei fatto e davanti a venti testimoni? Tanto valeva allora sparare e andarmene direttamente in carcere! Si tratta di una disgraziata coincidenza.»

«Guardi che con me il suo ragionamento non piglia.»

«E perché?»

«Perché lei può essere stato non tanto fesso ma tanto furbo da dirlo, farlo e poi venirmi a sostenere di non averlo potuto fare perché l'aveva detto.»

«È vero» ammise il professore.

«Allora, come la mettiamo?»

«Ma lei crede davvero che io abbia arti divinatorie, che sia in grado di fare predizioni? Semmai, nei riguardi del preside, potrei fare, come dire, retrodizioni. E queste sì, sicure, certe come la morte.»

«Si spieghi.»

«Se il nostro caro preside fosse vissuto nell'era fascista, non se lo vede che bel federale sarebbe stato? Di quelli in orbace, coi gambali e l'uccello sul berretto, che saltavano dentro cerchi di fuoco. Garantito.»

«Vogliamo parlare seriamente?»

«Commissario, lei forse non conosce un delizioso romanzo settecentesco che s'intitola *Il diavolo innamorato* di...»

«Cazotte» fece il commissario. «L'ho letto.»

Il professore si ripigliò subito da un leggero stupore. «Dunque una sera Jacques Cazotte, trovandosi con alcuni amici celebri, ne divinò esattamente la morte. Ebbene...»

«Senta, professore, macari questa storia conosco, l'ho letta in Gérald de Nerval.»

Il professore spalancò la bocca.

«Cristo santo! Ma come fa a sapere queste cose?»

«Leggendo» fece brusco il commissario. E ancora più serio aggiunse:

«Questa faccenda non ha né capo né coda. Non so manco se hanno sparato al preside o se era una castagnola.»

«Castagnola, castagnola» fece con aria sprezzante il professore.

«Ma io la diffido formalmente. Se entro tre mesi capita qualche cosa al preside Tamburello, io riterrò responsabile lei personalmente.»

«Macari se gli viene l'influenza?» spiò per niente scantato Antonio Cosentino.

E invece capitò quello che era scritto dovesse capitare.

Il preside Tamburello s'arrizzelò molto che il commissario non avesse accettato la denunzia e che non avesse ammanettato quello che secondo lui era il responsabile. E principiò a fare una serie di passi falsi. Al primo consiglio dei professori, assumendo un'ariata a un tempo severa e martire, comunicò all'allibito uditorio di essere stato vittima di un agguato dal quale era miracolosamente scampato per intercessione (nell'ordine) della Madonna e del Dovere Morale di cui era strenuo assertore. Durante il discorsino, non fece altro che taliàre allusivamente il professore Antonio Cosentino che apertamente sghignazzava. Il secondo passo falso fu quello di confidare la cosa al giornalista Pippo Ragonese, notista di Televigàta, che ce l'aveva col commissario. Ragonese contò la facenna a modo suo, affermò che Montalbano, non procedendo contro chi era stato indicato come esecutore materiale dell'attentato, faceva oggettiva opera di favoreggiamento della delinquenza. Il risultato fu semplice: mentre Montalbano ci faceva sopra una bella risata, tutta Vigàta venne a sapere che al preside Tamburello qualcuno aveva sparato.

Tra gli altri, accendendo la televisione alle dodici e trenta per il notiziario, l'apprese la consorte del preside, fino a quel momento allo scuro di tutto. Il preside, macari lui ignaro che la mogliere ora sapeva, s'appresentò alle tredici e trenta per mangiare. I vicini erano tutti alle finestre e ai balconi per scialarsela. Santippe ingiuriò il marito, accusandolo di avere mantenuto un segreto con lei, lo definì uno stronzo che si faceva sparare addosso come uno stronzo qualsiasi, rimproverò l'ignoto sparatore di avere, letteralmente, "una mira di minchia". Dopo un'ora di questo tambureggiamento, i vicini videro il preside sdunare dal portone, come fa un coniglio quando viene assugliato nella tana dal furetto. Tornò a scuola, si fece portare un panino in ufficio.

Verso le sei di dopopranzo, come sempre facevano, al caffè Castiglione si riunirono le menti più speculative del paìsi.

«Per essere un cornuto, è un cornuto» esordì il farmacista Luparello.

«Chi? Tamburello o Cosentino?» spiò il ragioniere Prestìa.

«Tamburello. Non dirige l'istituto, ma lo governa, è una specie di monarca assoluto. Chi non si piega al suo volere, lo fotte. Ricordiamoci che l'anno passato ha bocciato tutta la seconda C perché non si sono susùti immediatamente quando è trasuto in classe.»

«Vero è» intervenne Tano Pisciotta, commerciante all'ingrosso di pesce. E aggiunse, calando la voce fino a un soffio: «E non scordiamoci che tra i picciotti della seconda C bocciati c'erano il figlio di Giosuè Marchica e la figlia di Nenè Gangitano».

Calò meditativo e prioccupato silenzio.

Marchica e Gangitano erano pirsòne intese, alle quali non si poteva fare sgarbo. E bocciarne i figli non era forse un vero e proprio sgarbo?

«Altro che antipatia tra il preside e il professore Cosentino! Qua la cosa è seria assà!» concluse Luparello.

Proprio in quel momento trasì il preside. Non capendo l'aria che stava principiando a tirare, pigliò una seggia e s'assittò al tavolo. Ordinò un caffè.

«Mi dispiace, ma devo tornare a casa» fece immediatamente il ragioniere Prestìa. «Me' mogliere ha tanticchia di febbre.»

«Io macari me ne devo andare, aspetto una telefonata in ufficio» disse a ruota Tano Pisciotta.

«Macari me' mogliere è febbricitante» affermò il farmacista Luparello che aveva scarsa fantasia.

In un vìdiri e svìdiri, il preside si trovò solo al tavolino. Per il sì e per il no, era meglio non farsi vedere con lui. Marchica e Gangitano c'era rischio si facessero falsa opinione sulla loro amicizia per il professore Tamburello.

Una matina, alla signora Tamburello, che stava facendo la spisa al mercato, s'affiancò la mogliere del farmacista Luparello.

«Quant'è coraggiosa lei, signora mia! Io, al posto suo, me ne sarei scappata o avrei catafottuto me' marito fora di casa, senza perderci tempo!»

«E pirchì?»

«Come, pirchì? E se quelli che gli hanno sparato e l'hanno sbagliato decidono d'andare sul sicuro e mettono una bomba darrè la porta del suo appartamento?»

La sera stissa il preside si trasferì in albergo. Ma l'ipotesi della signora Luparello pigliò tanto piede che le famiglie Pappacena e Lococo, che abitavano sullo stesso pianerottolo, cangiarono di casa.

Allo stremo della resistenza fisica e mentale, il preside Tamburello chiese ed ottenne il trasferimento. Entro tre mesi non "era più con loro", come aveva divinato il professor Cosentino.

«Mi leva una curiosità?» spiò il commissario Montalbano. «Il botto cos'era?»

«Castagnola» arrispose tranquillo Cosentino.

«E il pirtùso sul portone?»

«Mi crede se le dico che non l'ho fatto io? Dev'essere stato un caso o l'ha fatto lui stesso per dare credito alla sua denunzia contro di me. Era un uomo destinato a consumarsi con le sue stesse mani. Non so se sa che c'è una commedia, greca o romana non ricordo, s'intitola *Il punitore di se stesso*, nella quale...»

«Io so solo una cosa» tagliò Montalbano «che non vorrei mai averla come nemico.»

Ed era sincero.

LA SIGLA

Calòrio non si chiamava Calòrio, ma in tutta Vigàta lo conoscevano con questo nome. Era arrivato in paìsi non si sa da dove una ventina d'anni avanti, un paro di pantaloni ch'erano più pirtùsa che stoffa, legati alla vita con una corda, giacchetta tutta pezze pezze all'arlecchino, piedi scàvusi ma pulitissimi. Campava dimandando la limòsina, ma con discrezione, senza dare fastiddio, senza spavintàre fìmmine e picciliddri. Teneva bene il vino, quando poteva accattarsene una bottiglia, tanto che nessuno l'aveva veduto a malappena brillo: e dire che c'erano state occasioni di feste che di vino se n'era scolato a litri.

C'era abbastato poco perché Vigàta l'adottasse, padre Cannata lo riforniva di scarpe e vestiti usati, al mercato non c'era uno che gli negasse tanticchia di pesce e di verdura, un medico lo visitava a gratis e gli passava di foravìa i medicinali quando ne aveva di bisogno. Di salute in genere stava bene, a malgrado che, così, a occhio e croce, di anni doveva averne passati una sittantina. Di notte andava a dòrmiri nel porticato del municipio; d'inverno si difendeva dal freddo con due vecchie coperte che gli avevano arrigalato. Da cinque anni però aveva cangiato di casa. Sulla solitaria spiaggia ovest, dalla parte opposta a quella dove la gente andava a fare i bagni, avevano tirato a sicco il relitto di un motopeschereccio. Spogliato in poco tempo di tutto, ne era rimasta la carcassa solamente. Calòrio ne aveva pigliato possesso e si era allocato nell'ex vano motore. Di giorno, se il tempo era bello, s'assistimava in coperta. A leggere. E proprio per questo i paìsani l'avevano chiamato Calòrio: il santo protettore di Vigàta, amatissimo da tutti, credenti e no, era un frate di pelle nìvura, con un libro in mano. I libri Calòrio se li faceva imprestare dalla biblioteca comunale; la signorina Melluso, la direttrice, sosteneva che nessuno meglio di Calòrio sapeva come andava tenuto un libro ed era più puntuale di lui nella restituzione. Legge di tutto, informava la signorina Melluso: Pirandello e Manzoni, Dostoevskij e Maupassant...

Il commissario Salvo Montalbano, che usava fare lunghe passeggiate ora sul molo ora sulla spiaggia ovest, che aveva il pregio d'essere sempre deserta, un giorno si era fermato a parlargli.

«Che leggiamo di bello?»

L'uomo, evidentemente infastidito, non aveva isato gli occhi dal libro.

«L'*Urfaust*» era stata la strabiliante risposta. E visto che l'importuno non solo non se n'era scappato, ma non si era manco stupito, si era deciso finalmente a taliàrlo.

«Nella traduzione di Liliana Scalero» aveva cortesemente aggiunto «un poco vecchiotta, ma in biblioteca non ne hanno altre. Dobbiamo contentarci.»

«Io ce l'ho nella versione di Manacorda» fece il commissario. «Se vuole, gliela presto.»

«Grazie. Vuole accomodarsi?» spiò l'uomo facendogli posto nel sacco sopra il quale stava assittato.

«No, devo tornare a lavorare.»

«Dove?»

«Sono il commissario di Pubblica Sicurezza di qua, mi chiamo Salvo Montalbano.»

E gli tese la mano. L'altro si susì, porgendogli la sua.

«Mi chiamo Livio Zanuttin.»

«Da come parla, pare siciliano.»

«Vivo in Sicilia da oltre quarant'anni, ma sono nato a Venezia.»

«Mi perdoni una domanda. Ma perché un uomo come lei, colto, civile, si è ridotto a vivere così?»

«Lei fa il poliziotto e perciò è curioso per nascita e per mestiere. Non dica "ridotto", si tratta di una libera scelta. Mi sono dimesso. Dimesso da tutto: decoro, onore, dignità, virtù, cose tutte che le bestie, per grazia di Dio, ignorano nella loro beata innocenza. Liberato da...»

«Lei mi sta imbrogliando» l'interruppe Montalbano. «Lei mi sta rispondendo con le parole che Pirandello mette in bocca al mago Cotrone. E, a parte tutto, le bestie non leggono.»

Si sorrisero.

Principiò così una strana amicizia. Ogni tanto Montalbano l'andava a trovare, gli portava dei regali: qualche libro, una radio, e, visto che Calòrio non solo leggeva ma macari scriveva, una riserva di penne biro e di quaderni. Se veniva sorpreso a scrivere, Calòrio riponeva subito il quaderno in un borsone strapieno. Una volta che d'improvviso si era messo a piovere, Calòrio l'aveva ospitato nel vano motore, coprendo il boccaporto con un pezzo di tela cerata. Lì sotto tutto era in ordine, pulito. Da un pezzo di spago tirato da parete a parete pendevano alcune grucce sulle quali c'erano i poveri indumenti del mendicante il quale aveva macari costruito una mensola sulla quale ci stavano libri, candele e un lume a petrolio. Due sacchi facevano da letto. L'unica nota di disordine erano una ventina di bottiglie di vino vacanti accatastate in un angolo.

Ed ora eccolo lì, Calòrio, affacciabocconi sulla rena, proprio allato al relitto, un profondo squarcio nella nuca, assassinato. L'aveva scoperto una guardia notturna del vicino cementificio che tornava di prima matina a casa. La guardia col suo cellulare aveva chiamato il commissariato e non si era più cataminata dal posto sino all'arrivo della polizia.

Dall'ex vano motore, la càmmara da letto di Calòrio, l'assassino aveva portato via tutto, i vestiti, il borsone, i libri. Solamente le bottiglie vacanti erano rimaste al loro posto. Ma esistevano a Vigàta – si domandò il commissario – pirsone tanto disperate da andare ad arrubare le miserabili cose di un altro disperato?

Calòrio, ferito a morte, era in qualche modo riuscito a scendere dalla carcassa del motopeschereccio e, una volta caduto sulla sabbia, aveva tentato di scrivere sulla rena, con l'indice della mano destra, tre incerte lettere. Fortunatamente la notte avanti aveva piovigginato e la sabbia era diventata compatta: però le tre lettere non si leggevano bene lo stesso.

Montalbano si rivolse a Jacomuzzi, il capo della Scientifica, omo abile sì ma fottuto dall'esibizionismo.

«Ce la fai a dirmi esattamente quello che il povirazzo ha tentato di scrivere prima di mòriri?»

«Certo.»

Il dottor Pasquàno, il medico legale, omo di difficile carattere ma macari lui ferrato nel mestiere, cercò per telefono Montalbano verso le cinque del dopopranzo. Non poteva che confermare quanto aveva già dichiarato in matinata in base alla prima ricognizione del cadavere.

Nella sua ricostruzione, tra la vittima e l'assassino doveva esserci stata, verso la mezzanotte del giorno avanti, una violenta colluttazione. Calòrio, colpito da un pugno in piena faccia, era caduto all'indietro battendo la testa sul verricello arrugginito che una volta serviva per alare la rete da pesca: era infatti sporco di sangue. L'aggressore, creduto morto il mendicante, aveva arraffato tutto quello che c'era sottocoperta ed era scappato via. Dopo poco però Calòrio si era momentaneamente ripreso, aveva cercato di scendere dal motopeschereccio ma, stordito e sanguinante, era caduto sulla sabbia. Aveva avuto il tempo ancora di campare quattro o cinque minuti, durante i quali si era ingegnato a scrivere quelle tre lettere. Secondo Pasquano non c'erano dubbi, l'omicidio era stato preterintenzionale.

«Sono assolutamente sicuro di non sbagliarmi» affermò categoricamente Jacomuzzi. «Il poveraccio morendo ha tentato di scrivere una sigla. Si tratta di una P, di una O e di una E. Una sigla, certo come la morte.»

Fece una pausa.

«Non potrebbe trattarsi di Partito Operaio Europeo?»

«E che minchia viene a significare?»

«Mah, non lo so, oggi tutti parlano d'Europa... Magari un partito sovversivo europeo...»

«Jacomù, ti sei cacato il cervello?»

Ma che belle alzate d'ingegno che aveva Jacomuzzi! Montalbano riattaccò senza ringraziarlo. Una sigla. Che aveva voluto dire o indicare Calòrio? Forse qualcosa che riguardava il porto? Punto Ormeggio Est? Pontone Ormeggiato Esternamente? No, tirare a indovinare così era cosa che non aveva senso, quelle tre lettere potevano significare tutto e niente. In punto di morte però, per Calòrio, scrivere quella sigla sulla rena era stata la cosa più importante.

Verso le due di notte, mentre dormiva, qualcuno gli dette una specie di pugno in testa. Gli era capitato qualche altra volta d'arrisbigliarsi in questo modo e si era fatto persuaso che, mentre era in sonno, una parte del suo cervello restava vigliante a pinsàre a un qualche problema. E a un certo momento lo chiamava alla realtà. Si susì, corse al telefono, compose il numero di casa di Jacomuzzi.

«C'erano i punti?»

«Ma chi parla?» spiò Jacomuzzi pigliato dai turchi.

«Montalbano sono. C'erano i punti?»

«Ci saranno» fece Jacomuzzi.

«Che significa ci saranno?»

«Significa che ora vengo lì da te, ti scasso le corna e ti dovranno dare una decina di punti in testa.»

«Jacomù, tu pensi che io ti telefono a quest'ora di notte per sentire le tue stronzate? C'erano i punti, sì o no?»

«Ma quali punti, santa Madonna?»

«Tra la *P* e la *O* e tra la *O* e la *E*.»

«Ah! Parli di quello che c'era scritto sulla rena? No, non c'erano i punti.»

«E allora perché minchia m'hai detto ch'era una sigla?»

«E che poteva essere? E poi ti pare che uno che sta morendo si mette a perdere tempo coi punti di una sigla?»

Sbatté giù il ricevitore santiando, corse allo scaffale, sperando che il libro che cercava fosse al suo posto. Il libro c'era: Edgar Allan Poe, *Racconti*. Non si trattava di una sigla, era il nome di un autore quello che Calòrio aveva scritto sulla rena, destinando a lui, Montalbano, il messaggio, l'unico che potesse capire. Il primo racconto del libro s'intitolava "Manoscritto trovato in una bottiglia" e al commissario bastò.

Alla luce della torcia elettrica i sorci scappavano scantati da tutte le parti. Tirava un forte vento friddo e l'aria, passando attraverso il fasciame sconnesso, produceva in certi momenti un lamento che pareva di voce umana. Dintra la quindicesima bottiglia Montalbano vide quello che cercava, un rotolo incartato di verde scuro, perfettamente mimetizzato col colore del vetro. Calòrio era un omo intelligente. Il commissario capovolse la bottiglia ma il rotolo non niscì, si era allentato. Pur di andarsene prima che poteva da quel posto, Montalbano risalì dal vano motore sul ponte e si lasciò cadere sulla rena come aveva fatto, ma non per sua volontà, il pòviro Calòrio.

Arrivato alla sua casa di Marinella, posò la bottiglia sul tavolo e rimase un pezzo a taliàrla, gustandosi la curiosità come un vizio solitario. Quando non ce la fece più, pigliò un martello dalla cassetta degli attrezzi, diede un solo colpo, secco, preciso. La bottiglia si ruppe in due parti, quasi senza schegge. Il rotolo era avvolto in un pezzo di carta verde crespata, del tipo che adoperano i fiorai per coprire i vasi.

Se queste righe andranno a finire nelle mani giuste, bene; in caso contrario, pazienza. Sarà l'ultima delle mie tante sconfitte. Mi chiamo Livio Zanuttin, almeno questo è il nome che mi è stato assegnato dato che sono un trovatello. Mi hanno registrato allo Stato Civile come nato a Venezia il 5 gennaio 1923. Fino all'età di dieci anni sono stato in un orfanotrofio di Mestre. Poi mi trasferirono in un collegio di Padova, dove ho studiato. Nel 1939, avevo sedici anni, capitò un fatto che sconvolse la mia vita. In collegio c'era un mio coetaneo, Carlo Z., che era in tutto e per tutto una ragazza e di buon grado si prestava a soddisfare le nostre prime voglie giovanili. Questi incontri avvenivano nottetempo, in un sotterraneo al quale si accedeva da una botola ch'era nella dispensa. A uno solo dei ragazzi della nostra camerata Carlo rifiutava tenacemente i suoi favori: Attilio C. gli stava antipatico. Più Carlo si negava e più Attilio diventava rabbioso per il rifiuto a lui inspiegabile. Un pomeriggio m'accordai con Carlo per incontrarci nel sotterraneo a mezzanotte e mezzo (si andava a letto alle dieci di sera, le luci si spegnevano un quarto d'ora dopo). Quando arrivai, vidi, al lume di una candela che Carlo provvedeva sempre ad accendere, uno spettacolo tremendo: il ragazzo giaceva a terra, i pantaloni e le mutande abbassate, in una pozza di sangue. Era stato accoltellato a morte dopo essere stato posseduto a forza. Sconvolto dall'orrore, mi voltai per scapparmene via e mi trovai davanti Attilio, il coltello levato su di me. Perdeva sangue dalla mano sinistra, si era ferito mentre uccideva Carlo.

«Se parli» mi disse «farai la stessa fine.»

E io tacqui, per viltà. E il bello è che del povero Carlo non se ne seppe più niente. Sicuramente qualcuno del collegio, scoperto l'omicidio, avrà occultato il cadavere: magari si sarà trattato di qualche guardiano che aveva avuto rapporti illeciti con Carlo e avrà agito così per timore dello scandalo. Chissà perché qualche giorno dopo che vidi Attilio buttare nella spazzatura la garza insanguinata, la raccolsi. Un pezzettino l'ho incollato in fondo all'ultima pagina, non so a cosa potrà servire. Nel 1941 mi chiamarono alle armi, ho combattuto, sono stato fatto prigioniero dagli Alleati in Sicilia nel 1943. Sono tornato dalla prigionia tre anni dopo, ma ormai la mia vita era segnata e raccontarla qui non serve. Un inanellarsi di errori uno appresso all'altro: forse, dico forse, il rimorso per quella lontana viltà, il disprezzo verso me stesso per avere taciuto. Una settimana fa, del tutto casualmente, ho visto e immediatamente riconosciuto Attilio, qui a Vigàta. Era domenica, si stava recando in chiesa. L'ho seguito, ho chiesto, ho saputo tutto di lui: Attilio C. è venuto a trovare il figlio, che è direttore del Cementificio. Lui, Attilio, è in pensione ma è amministratore delegato della Saminex, la più grande industria di conserve d'Italia. L'altro ieri l'ho rincontrato, mi sono fermato davanti a lui.

«Ciao, Attilio» gli ho detto «ti ricordi di me?»

Mi ha guardato a lungo, poi mi ha riconosciuto e ha fatto un balzo indietro. Negli occhi gli è apparso lo stesso sguardo di quella notte nel sotterraneo.

«Che vuoi?»

«Essere la tua coscienza.»

Ma non ci avrà creduto, si sarà convinto che ho intenzione di ricattarlo. Uno di questi giorni, o di queste notti, certamente si farà vivo.

Si erano fatte le cinque del matino, era inutile toccare letto. Si fece una doccia lunghissima, si rasò, si vestì, s'assittò sulla panca della verandina a taliàre il mare che arrisaccava a lento, come un calmo respiro. Si era fatta una napoletana da quattro: ogni tanto si susìva, andava in cucina, riempiva la tazza, tornava ad assittarsi. Era contento per il suo amico Calòrio.

L'indirizzo l'aveva pigliato dall'elenco telefonico. Alle otto spaccate citofonò al dottor Eugenio Comaschi. Gli arrisponnì una voce maschile.

«Chi è?»

«Agenzia recapiti.»

«Mio figlio non c'è.»

«Non importa, basta che qualcuno metta una firma.»

«Terzo piano.»

Quando l'ascensore si fermò, un vecchio distinto, in pigiama, l'aspettava sul pianerottolo. Appena Attilio Comaschi vide il commissario si fece sospettoso, capì subito che quell'uomo non era cosa di recapiti, tanto più che non aveva niente in mano.

«Che vuole?» spiò il vecchio.

«Darle questo» fece Montalbano cavando dalla sacchetta il quadratino di garza macchiato di marrone scuro.

«Cos'è questa porcheria?»

«È un pezzetto della benda con la quale lei, cinquantotto anni fa, si fasciò la ferita che si era fatta ammazzando Carlo.»

Dicono che ci sono certe pallottole che quando colpiscono un uomo lo fanno spostare all'indietro per tre, quattro metri. Il vecchio parse pigliato al petto da uno di quei proiettili, andò a sbattere letteralmente contro il muro. Poi, lentamente, si riprese, calò la testa sul petto.

«A Livio... non volevo ammazzarlo» disse Attilio Comaschi.

Quando Montalbano arrivò fresco di nomina al commissariato di Vigàta, il suo collega, nel fargli le consegne, tra l'altro lo portò a conoscenza che il territorio di Vigàta e dintorni era oggetto di contenzioso tra due "famiglie" mafiose, i Cuffaro e i Sinagra, le quali, volenterosamente, tentavano di mettere fine all'annosa disputa facendo ricorso non alle carte bollate ma a micidiali colpi di lupara.

«Lupara? Ancora?!» stupì Montalbano parendogli quel sistema, come dire, arcaico, in tempi nei quali le mitragliette e i kalashnikov s'accattavano nei mercatini paesani a tre un soldo.

«Per via che i due capocosca rivali sono tradizionalisti» spiegò il collega. «Don Sisìno Cuffaro ha passato l'ottantina mentre don Balduccio Sinagra ha salutato gli ottantacinque. Devi capirli, sono attaccati ai ricordi di giovinezza e la lupara è tra queste care memorie. Don Lillino Cuffaro, figlio di don Sisìno, che ha passato la sissantina, e don Masino Sinagra, figlio cinquantino di don Balduccio, mordono il freno, vorrebbero succedere ai padri e ammodernarsi, ma si scantano dei genitori che sono ancora capaci di pigliarli a schiaffi sulla pubblica piazza.»

«Stai babbiando?»

«Per niente. I due vecchi, don Sisìno e don Balduccio, sono persone posate, vogliono andare sempre in parità. Se uno della famiglia Sinagra ammazza a uno della famiglia

Cuffaro, ci puoi mettere la mano sul foco che nel giro di manco una simàna uno dei Cuffaro spara a uno dei Sinagra. A uno e a uno solo, bada bene.»

«E attualmente a quanto stanno?» spiò sportivamente Montalbano.

«Sei a sei» fece serio serio il collega. «Ora il tiro in porta spetta ai Sinagra.»

Sul finire del secondo anno che il commissario stava a Vigàta, la partita era momentaneamente ferma sull'otto a otto. E dato che il pallone toccava nuovamente ai Sinagra, il 15 di dicembre, in seguito alla telefonata di uno che non volle dire chi era, venne rinvenuto, in contrada Zagarella, il cadavere di Titìllo Bonpensiero il quale, a malgrado del cognome che portava, aveva avuto la mala pinsàta di andarsi a fare una passiata matutina e solitaria in quel desolato chiarchiàro di saggina, sassi e sbalanchi. Un posto ideale per essere ammazzati. Titìllo Bonpensiero, legato a filo doppio coi Cuffaro, aveva trent'anni, ufficialmente campava facendo il mediatore di case ed era maritato da due anni con Mariuccia Di Stefano. Naturalmente i Di Stefano erano culo e cammìsa con i Cuffaro, perché a Vigàta la storia di Romeo e Giulietta passava per quella che era, una pura e semplice leggenda. L'apparentamento di una dei Cuffaro con uno dei Sinagra (e viceversa) era un evento inimmaginabile, fantascientifico addirittura.

Nel primo anno di commissariato a Vigàta, Salvo Montalbano, che non aveva voluto abbracciare la scuola di pinsèro del collega che l'aveva preceduto, "lasciali ammazzare tra di loro, non t'intromettere, è tanto di guadagnato per noi e per la gente onesta", sulle indagini per quegli omicidi si era gettato cavallo e carretto, ma ne era uscito con le corna rotte.

Nessuno aveva visto, nessuno aveva sentito, nessuno sospettava, nessuno immaginava, nessuno conosceva nessuno.

«Ecco perché Ulisse, proprio in terra di Sicilia, disse al Ciclope di chiamarsi nessuno» arrivò un giorno a farneticare il commissario davanti a quella nebbia fitta.

Perciò quando gli riferirono che in contrada Zingarella c'era il cadavere di uno della cosca Cuffaro, ci mandò il suo vice Mimì Augello.

E tutti, in paìsi, si misero ad aspittare la prossima, inevitabile ammazzatina di uno dei Sinagra.

E infatti il 22 dicembre Cosimo Zaccaria, che alla pesca ci stava appassionato, si recò con canna e vermi sulla punta del molo di ponente che non erano manco le sette del matino. Dopo una mezzorata che pescava con una certa fortuna, dovette sicuramente incazzarsi per via di un rumoroso motoscafo che, dal largo, velocemente veniva verso il porto. Puntava, il motoscafo, più che all'entrata tra i due moli, proprio alla punta di quello di ponente deciso, a quanto pareva, a fare scappare col suo fracasso i pesci che Cosimo aspettava. Una decina di metri avanti d'andarsi a fracassare sui frangiflutti, il motoscafo virò, ripigliò il largo, ma oramai Cosimo Zaccaria scompostamente giaceva affacciabocconi incastrato tra due scogli, avendogli la lupara squarciato il petto.

Appena la notizia si seppe, il paìsi intero strammò e strammò lo stesso commissario Montalbano.

Ma come?! Cosimo Zaccaria non apparteneva alla famiglia Cuffaro come ci aveva appartenuto Titillo Bonpensiero? Perché i Sinagra avevano ammazzato due Cuffaro di fila? Possibile uno sbaglio di conta? E se non c'era errore, come mai i Sinagra avevano deciso di non rispettare più la regola?

Ora stavano dieci a otto e non c'era dubbio che i Cuffaro ci avrebbero messo poco o niente a pareggiare il conto. S'appresentava un mese di gennaro friddo, piovoso e con due Sinagra che si potevano già considerare morti a tutti gli effetti. Però se ne sarebbe riparlato a dopo le Sante Fe-

ste comandate perché dal 24 dicembre al 6 di gennaio vi-
geva da sempre una tacita tregua. Dopo la Pifanìa la partita sarebbe ricominciata.

Il fischio dell'arbitro, inteso non dai vigatèsi ma solo
dagli appartenenti alle due squadre, dovette sonare la sira
del 7 di gennaro. Difatti il giorno appresso Michele Zummo, proprietario di un pollaio modello dalle parti di contrada Ciavolotta, venne a stento individuato, in qualità di
cadavere, in mezzo a un migliaro e passa di uova fracassate vuoi dalla rosa della lupara vuoi dalla botta del corpo
dello stesso Zummo che vi era piombato in mezzo.

Mimì Augello riferì al suo superiore che sangue, cervello, tuorli e albume si erano così ammiscati tra di loro che
si poteva fare una frittata per trecento persone senza che
nessuno arriniscisse a distinguere tra Zummo e ova.

Dieci a nove: le cose stavano ripigliando il verso giusto
e il paìsi si sentì rassicurato: Michele Zummo era dei Sinagra, morto di lupara come da tradizione.

Toccava ancora a uno della squadra Sinagra, poi sarebbe tornata la par condicio.

Il 2 di fivràro, corto e amaro, Pasqualino Fichèra, commerciante all'ingrosso di pesce, mentre stava tornando a
casa verso l'una di notte, venne pigliato di striscio da un
colpo di lupara. Cadì a terra ferito e avrebbe potuto scapottarsela se, invece di fingersi morto, non si fosse messo
a fare voci:

«Picciotti, errore c'è! Ancora non tocca a mia!»

Dalle case vicine lo sentirono, ma nessuno si cataminò.
Raggiunto in pieno da un secondo colpo, Pasqualino Fichèra passò, come si usa dire, a miglior vita coll'atroce
dubbio che ci fosse stato un malinteso. Difatti lui apparteneva ai Cuffaro: ordine e tradizione imponevano che, a
pareggiare, dovesse essere ammazzato ancora uno dei Si-

nagra. Era questo che, ferito, aveva inteso dire. Ora i Sinagra erano nettamente passati in vantaggio: undici a nove.

Il pàisi ci perse la testa.

A Montalbano proprio quest'ultimo omicidio e la frase
detta da Pasqualino Fichèra fecero sì, invece, che la testa
gli si piantasse più saldamente sul collo. Principiò a ragio-
nare partendo da una convinzione ch'era però solamente
istintiva e cioè che non ci fosse stato errore di conta né
dall'una né dall'altra parte. Una matina, ragiona ca ti ragiona, si fece pirsuàso della necessità di passare un'orata
a chiacchiariare col dottor Pasquano, il medico legale che
aveva il suo ufficio a Montelusa. Il dottore era anziano, lu-
natico e sgarbato, ma con Montalbano si facevano sangue:
perciò Pasquano riuscì a ritagliarsi lo spazio di un'ora nel
dopopranzo stesso.

«Titìllo Bonpensiero, Cosimo Zaccaria, Michele Zummo, Pasqualino Fichèra» elencò il commissario.

«Embè?»

«Lo sa che tre di questi appartengono alla stessa cosca e
uno solo a quella avversaria?»

«No, non lo sapevo. E le dirò che non me ne fotte assolutamente niente. Convinzioni politiche, fedi religiose, af-
filiazioni, non sono ancora oggetto di ricerca nell'esame
autoptico.»

«Perché ha detto non ancora?»

«Perché sono pirsuaso che tra pochi anni ci saranno ap-
parecchiature così sofisticate che attraverso l'autopsia si
riuscirà a stabilire macari come la pinsàva in politica. Ma
venga al dunque, che vuole?»

«Lei, in questi quattro morti, non ha riscontrato una
qualche anomalia, che so...»

«Ma che crede? Che io abbia mani e testa solo per i
morti suoi? Io ho sulle spalle tutta la provincia di Montelusa! Lo sa che i cassamortari di qua si sono fatti la villa
alle Maldive?»

Raprì un grosso schedario metallico, ne tirò fora quattro cartelle, le lesse attentamente, tre le rimise a posto, la quarta la passò a Montalbano.

«Guardi che la copia esatta di questa scheda io l'ho spedita, a tempo debito, al suo ufficio a Vigàta.»

Che veniva a significare: perché non ti leggi le cose che ti mando invece di venirmi a rompere le palle sino a Montelusa?

«Grazie e mi scusi per il disturbo» fece il commissario dopo una rapida taliàta al rapporto.

A Montalbano, mentre guidava di ritorno a Vigàta, la raggia, per la mala figura fatta col medico legale, gli niscìva dalle nasche fumanti come quelle di un toro inferocito.

«Mimì Augello subito da me!» gridò appena trasùto in ufficio.

«Che vuoi?» spiò Augello cinque minuti dopo e immediatamente inquartandosi alla vista della faccia del commissario.

«Una semplice curiosità, Mimì. Tu, con i referti che ti manda il dottor Pasquano c'incarti le triglie o ti ci pulizii il culo?»

«Perché?»

«Ma li leggi almeno?»

«Certo.»

«Mi spieghi allora perché non mi hai detto niente di quello che il dottore aveva scritto a proposito del cadavere di Titìllo Bonpensiero?»

«Che aveva scritto?» s'informò serafico Augello.

«Senti, facciamo accussì. Ora tu te ne vai nella tua càmmara, pigli il referto, te lo leggi e poi torni da me. Io intanto cerco di darmi una calmata perché altrimenti tra noi due finisce a schifio.»

Al ritorno nella càmmara del suo superiore, Augello aveva la faccia infuscata, mentre quella del commissario era tanticchia più serena.

«Allora?» spiò Montalbano.

«Allora sono uno stronzo» ammise Mimì.

«Su questo c'è unanimità.»

Mimì Augello non reagì.

«Pasquano» fece Montalbano «avanza chiaramente il sospetto che, dato il pochissimo sangue trovato sul posto, Bonpensiero sia stato ammazzato da qualche altra parte e poi portato al chiarchiàro di contrada Zingarella per essere sparato ch'era già defunto da qualche ora. Colpo di lupara quasi a bruciapelo tra petto e mento. In sostanza, un tiatro, una messinscena. Perché? Sempre secondo Pasquano, perché Bonpensiero è stato strangolato nel sonno, la ferita della lupara non è riuscita a cancellare le tracce dello strangolamento, come avrebbero voluto. E allora, Mimì, che idea ti sei fatta ora che finalmente ti sei degnato di dare un'occhiata al rapporto?»

«Che se le cose stanno accussì, quest'omicidio non rientra nella prassi.»

Montalbano gli lanciò una taliàta ammirativa, finse sbalordimento.

«Certe volte, Mimì, la tua intelligenza mi fa spavento! Tutto qua? Non rientra nella prassi e basta?»

«Forse...» azzardò Augello, ma si fermò subito. A bocca aperta, perché il pinsero che gli era venuto era parso sbalorditivo a lui per primo.

«Forza, parla, che non ti mangio.»

«Forse con l'ammazzatina di Bonpensiero i Sinagra non c'entrano una minchia.»

Montalbano si susì, gli andò allato, gli prese le guance tra le mani, lo baciò in fronte.

«Lo vedi che quando ti stimolano il culetto col prezzemolino la cacchetta riesci a farla?»

«Commissario, lei mi ha mandato a dire che voleva vedermi uno di questi giorni, ma io mi sono precipitato subito. Non perché io abbia da rifardiarmi dalla legge, ma per la grandissima stima che noi nutriamo, mio padre e io, nei suoi riguardi.»

Don Lillino Cuffaro, tarchiato, pelato, un occhio semichiuso, vestito alla come viene viene, aveva, malgrado l'aspetto dimesso, una specie di fascino segreto. Era un uomo di comando, di potere, e non riusciva ad ammucciarlo bene.

Al complimento Montalbano non fece né ai né bai, come se non l'avesse sentito.

«Signor Cuffaro, so che lei ha molti impegni e perciò non le farò perdere tempo. La signora Mariuccia come sta?»

«Chi?!»

«La signora Mariuccia, la figlia del suo amico Di Stefano, la vedova di Titillo Bonpensiero.»

Don Lillino Cuffaro raprì la bocca come per dire qualcosa poi la richiuse. Sconcertato era, non s'aspettava un attacco da quel lato. Ma si ripigliò.

«Come vuole che stia, pòvira fìmmina, maritata da appena due anni ritrovarsi col marito ammazzato a quel modo...»

«Quale modo?» spiò Montalbano facendo la faccia 'nnuccente come quella di un agnelluzzo pasquale.

«Ma... ma a me hanno detto sparato» fece esitante don Lillino. Capiva di star camminando sopra un terreno minato. Montalbano era una statua.

«No?» spiò don Lillino Cuffaro.

Il commissario isò l'indice destro, lo mosse da sinistra a destra e viceversa. Manco stavolta parlò.

«E come fu, allora?»

Questa volta Montalbano si degnò di rispondere.

«Strangolato.»

«Ma che mi conta?» protestò don Lillino.

Si vedeva però che non era per niente bravo a fare tiatro.

«Se glielo dico io, mi deve credere» fece serissimo il commissario, macari se si stava addivertendo.

Calò silenzio. Montalbano taliàva la biro che teneva in mano come se fosse un oggetto misterioso che vedeva per la prima volta.

«Ma Cosimo Zaccaria ha fatto un grosso sbaglio, grosso assà» ripigliò dopo un pezzo il commissario. Posò la biro sulla scrivania rinunciando definitivamente a capire cos'era.

«E che ci trasi ora la bonarma di Cosimo Zaccaria?»

«Ci trasi, ci trasi.»

Don Lillino s'agitò sulla seggia.

«E secondo lei, tanto per parlare, quale fu lo sbaglio che fece?»

«Tanto per parlare, quello di addossare ai Sinagra l'omicidio da lui fatto. Ma i Sinagra fecero sapere a chi di ragione che loro in quella storia non c'entravano. Quelli dell'altra parte allora, convinti dell'estraneità dei Sinagra, fanno un'indagine a casa loro. E scoprono una cosa che, se saputa, li può coprire di vrigogna. Mi corregga se sbaglio, signor Cuffaro...»

«Non capisco come potrei correggerla in una cosa che...»

«Mi lasci finire. Dunque, Mariuccia Di Stefano e Cosimo Zaccaria sono da tempo amanti. Sono così bravi che nessuno sospetta della loro relazione, né in famiglia né fora di casa. Poi, ma questa è solo una mia ipotesi, Titillo Bonpensiero comincia a nasare qualcosa, ad appizzare occhi e orecchie. Mariuccia se ne allarma e ne parla al suo amante. Insieme, organizzano un piano per liberarsi di Titillo e far ricadere la colpa sui Sinagra. Una notte che il marito sta dormendo profondamente, la signora si susi dal letto, rapre la porta e Cosimo Zaccaria entra...»

«Si fermi qua» disse improvviso don Lillino isando una mano. Sentire la storia gli pesava.

Con stupore, Montalbano vide davanti a sé una pirsona diversa, stracangiata. Le spalle dritte, l'occhio sano una lama di coltello, la faccia dura e decisa: un capo.

«Che vuole da noi?»

«Siete stati voi a ordinare l'omicidio di Cosimo Zaccaria per riportare l'ordine in famiglia.»

Don Lillino non disse una sillaba.

«Bene, voglio che l'assassino di Cosimo Zaccaria venga a costituirsi. E voglio macari Mariuccia Di Stefano come complice dell'omicidio del marito.»

«Certamente lei avrà le prove di quello che m'ha detto.»

Era un'ultima linea di difesa che il commissario rapidamente demolì.

«In parte sì e in parte no.»

«Posso sapìri allura perché mi scomodò?»

«Solo per dirle che sono intenzionato a fare di peggio che esibire prove.»

«E cioè?»

«Da domani stesso promuovo un'indagine sugli omicidi Bonpensiero e Zaccaria a colpi di grancassa, la faccio seguire passo passo da televisioni e giornali, tengo una conferenza stampa un giorno sì e uno no. Vi sputtano. I Sinagra si pisceranno addosso dalle risate quando caminate per la strata. Vi sputtanerò tanto che non saprete più dove ammucciarvi per la vrigogna. Basterà che dica come sono andate le cose e voi avrete perso il rispetto di tutti. Perché dirò che nella vostra famiglia non c'è obbedienza, che regna l'anarchia, che chi ha voglia di scopare scopa con chi càpita, fimmine maritate o picciotte, che si può ammazzare liberamente quando, come e chi si vuole...»

«Fermo qua» disse nuovamente don Lillino. Si susì, fece un mezzo inchino al commissario, niscì.

Tre giorni appresso, Vittorio Lopresti, della famiglia Cuffaro, si costituì dichiarando di avere ammazzato a Cosimo Zaccaria perché come suo socio in affari non si era comportato bene.

La matina seguente Mariuccia Di Stefano, tutta vestita di nìvuro, niscì presto da casa e a passo svelto andò fino alla punta del molo di ponente. Era sola, molti la notarono. Arrivata sotto al faro, come contò Pippo Sutera, testimone oculare, la fimmina si fece il segno della croce e si buttò in mare. Pippo Sutera macari lui di subito si tuffò per salvarla, ma il mare quel giorno era forte.

"L'hanno convinta a suicidarsi perché non aveva altra strada" pinsò Montalbano.

In paìsi, tutti si fecero persuasi che Mariuccia Di Stefano si fosse ammazzata perché non reggeva più alla perdita dell'adorato marito.

AMORE

Figlia di gente che ci ammancavano diciannove soldi per fare un ventino, la matre lavava le scale del municipio, il patre, che travagliava stascionale in campagna, era rimasto accecato dallo scoppio di una bomba a mano lasciata dalla guerra, Michela Prestìa, via via che cresceva, si faceva sempre di più una vera billizza, i vestitini pirtusa pirtusa che portava, poco più che stracci ma pulitissimi, non arriniscivano a nascondere la grazia di dio che c'era sotto. Bruna, gli occhi sempre sparluccicanti di una specie di felicità di vivere a malgrado del bisogno, aveva imparato da sola a leggere e a scrivere. Sognava di fare la commessa in uno di quei grandi magazzini che l'affascinavano. A quindici anni, già fìmmina fatta, se ne scappò di casa per andarsene appresso a uno che firriàva pàisi pàisi con un camioncino vendendo cose di cucina, bicchieri, piatti, posate. L'anno dopo tornò a casa e il patre e la matre fecero come se niente fosse, anzi: ora ci avevano una bocca in più da sfamare. Nei cinque anni che seguirono molti furono gli òmini di Vigàta, schetti o maritati, che la pigliarono e la lassàrono o vennero lassàti, ma sempre senza tragedie o azzuffatine, la vitalità di Michela riusciva a giustificare, a rendere naturale ogni cangiamento. A ventidue anni si trasferì in una casa dell'anziano dottore Pisciotta che ne fece la sua mantenuta, cummigliandola di regali e di soldi. La bella vita di Michela durò solo tre anni: morto il dottore tra le sue braccia, la vedova ci mise di mezzo gli avvocati che le levarono tutto quello che le era stato arrigalato dal medico e la lasciarono pòvira e pazza. Non passarono manco sei mesi che Michela fece accanoscenza del ragioniere Saverio Moscato. In principio pareva una storia come le altre, ma fecero presto in pàisi a rendersi capaci che le cose stavano assai diversamente dalle precedenti.

Saverio Moscato, impiegato al Cementificio, era un trentino di bell'aspetto, figlio di un ingegnere e di una professoressa di latino. Attaccatissimo alla famiglia, non esitò a lasciarla appena i genitori, venuti a conoscenza, gli fecero osservazione per la sua relazione con una picciotta che era lo scandalo del pàisi. Senza dire né ai né bai, Saverio affittò una casa vicino al porto e ci andò a vivere con Michela. Stavano bene, il ragioniere non campava solo di stipendio, un suo zio gli aveva lasciato terre e negozi. Ma soprattutto quello che strammava la gente era l'atteggiamento di Michela che aveva sempre dimostrato, con gli altri, libertà e indipendenza. Era diventata che non aveva occhi che per il suo Saverio, pendeva dalle sue labbra, faceva sempre quello che lui voleva, non si arribellava. E Saverio non era da meno, attento a ogni suo desiderio, macari di quelli detti non a voce, ma con una sola taliàta. Quando niscìvano di casa per una passiata o per andare al cinema, caminavano strata strata abbrazzati così stretti come se stessero salutandosi per non vedersi mai più. E si baciavano appena potevano e macari quando non potevano.

«Non ci sono cazzi» aveva detto il geometra Smecca che di Michela era stato brevemente un amante. «Sono innamorati. E la cosa, se proprio lo volete sapere, mi fa piacìri. Spero che duri, Michela se lo merita, è una brava picciotta.»

Saverio Moscato che aveva sempre fatto le umane e divine cose per non allontanarsi da Vigàta e lasciare sola Michela, dovette, per affari del Cementificio, partire per Milano e starci una decina di giorni. Prima di lasciare il paìsi, apparse all'unico amico che aveva, Pietro Sanfilippo, addirittura disperato.

«In prìmisi» lo confortò l'amico «una decina di jorna non sono l'eternità.»

«Per me e per Michela, sì.»

«Ma perché non la porti con te?»

«Non ci vuole venire. Non è mai uscita dalla Sicilia. Dice che una grande città come Milano la farebbe scantare, a meno di non venirmi appresso sempre. E come faccio? Io devo partecipare a riunioni, vedere persone.»

Nel periodo che Saverio passò a Milano, Michela non niscì di casa, non si vitti per le strate. Ma il fatto curioso fu che macari quando il ragioniere tornò, la picciotta non apparse più al suo fianco. Forse il periodo di lontananza del suo amore l'aveva fatta ammalare o pigliare di malinconia.

Un mese dopo il ritorno di Saverio Moscato da Milano, al commissario Montalbano s'appresentò la matre di Michela. Non era mossa da preoccupazioni materne.

«Me figlia Michela mancò la mesata che mi passava.»

«Le dava dei soldi?»

«Certo. Ogni misi. La due o tricentomila lire, a seconda. Figlia giudiziosa sempre fu.»

«E lei che vuole da me?»

«Ci andai a casa e ci trovai il ragioniere. Mi disse che Michela non stava più lì, che quando era arritornato da Milano non ce l'aveva trovata. Mi fece vidìri macari le càmmare. Nenti, di Michela manco un vistito, non c'era, rispetto parlando, una mutanna.»

«Che le disse il ragioniere? Come se la spiegò questa sparizione?»

«Non se la spiegava manco lui. Disse che forsi Michela, datosi ch'era fatta com'era fatta, se n'era scappata con un altro omo. Ma io non ci crido.»

«Perché?»

«Pirchì del ragioniere era 'nnamurata.»

«E io che dovrei fare?»

«Mah, chi saccio... Parlare col ragioniere, forsi che a vossia ci dice veramenti come andarono le cosi.»

Per non dare ufficialità alle domande che voleva fargli, Montalbano aspettò che succedesse un incontro casuale col ragioniere. Un dopopranzo lo vide assittato, solo, a un tavolino del caffè Castiglione che stava bevendo una menta.

«Buongiorno. Il commissario Montalbano sono.»

«La conosco.»

«Vorrei fare due chiacchiere con lei.»

«S'accomodi. Prende qualcosa?»

«Un gelato di cassata me lo farei.»

Il ragioniere ordinò la cassata.

«Mi dica, commissario.»

«Provo un certo impaccio, mi creda, signor Moscato. L'altro giorno è venuta a trovarmi la madre di Michela Prestìa, dice che sua figlia è scomparsa.»

«Infatti è così.»

«Mi vorrebbe spiegare meglio?»

«A che titolo?»

«Lei vive, o viveva, con questa Michela Prestìa, o no?»

«Ma io non stavo parlando di me! Domandavo a che titolo, lei, s'interessava della facenna.»

«Beh, siccome è venuta la madre...»

«Ma Michela è maggiorenne, mi pare. È libera di fare quello che le passa per la testa. Se n'è andata, ecco tutto.»

«Mi perdoni, vorrei saperne di più.»

«Io sono partito per Milano e lei non è voluta venire con me. Sosteneva che una metropoli come Milano l'impauriva, la metteva a disagio. Ora penso che si trattava di una scusa per restare sola e preparare la fuga. Ad ogni modo, per i primi sette giorni che stavo fora, ci siamo telefonati, la matina e la notte. La matina dell'ottavo giorno mi rispose di cattivo umore, disse che... che non ce la faceva più a stare senza di me. La notte stessa, quando le telefonai, non rispose. Però non mi preoccupai, pensai che avesse pigliato qualche sonnifero. La matina appresso capitò lo stesso e io mi misi in pinsèro. Telefonai al mio amico Sanfilippo, che andasse a vedere. Mi richiamò dopo poco, mi disse che la casa era chiusa, che aveva tuppiàto a lungo, senza risposta. Mi feci persuaso che avesse avuto qualcosa, un malessere. Allora chiamai mio patre, al quale partendo avevo lasciato copia delle chiavi. Lui raprì la porta. Nenti, non solo non c'era traccia di Michela, ma mancava macari quello che era suo, tutto. Perfino il rossetto.»

«E lei che fece?»

«Ci tiene proprio a saperlo? Mi misi a piangere.»

Ma perché allora, mentre parlava della fuga della donna amata e del suo pianto disperato, il fondo del suo occhio non solo non s'intristiva ma sbrilluccicava come di una contentezza appagata? Cercava, certo, di fare una faccia d'occasione, ma non ci arrinisciva completamente: dalla cenere che tentava di mettere sullo sguardo veniva fora, a tradimento, una fiammella gioiosa.

«Commissario mio» fece Pietro Sanfilippo «cosa vuole che le dica? Mi sento pigliato dai turchi. Tanto per darle un'idea: quando Saverio tornò da Milano, io mi feci dare tre giorna di licenza. Può spiare in ufficio, se non mi crede. Pensai che si sarebbe disperato per la scappatina di Michela, volevo stargli allato ogni momento, avevo scanto che facesse qualche fesseria. Era troppo innamorato. Ero andato alla stazione, scinnì dal treno frisco come un quarto di pollo. M'aspettavo lagrime, lamenti, invece...»

«Invece?»

«Mentre da Montelusa venivamo a Vigàta in macchina, si mise a cantare sottovoce. Gli è sempre piaciuta l'opera lirica, lui stesso ha un bel timbro, canterellava "Tu che a Dio spiegasti l'ali". Io ero aggelato, pensavo fosse lo choc.

La sera andammo a cena assieme, mangiò tranquillo e sireno. Io l'indomani me ne tornai in ufficio.»

«Parlaste di Michela?»

«Ma quando mai! Era come se quella fimmina non fosse mai esistita nella sua vita.»

«Ebbe notizia di qualche litigio tra di loro, che so, qualche discussione...»

«Ma quando mai! Sempre d'amore e d'accordo!»

«Erano gelosi l'uno dell'altra?»

Qui Pietro Sanfilippo non ebbe pronta risposta, dovette tanticchia pinsarci sopra.

«Lei, no. Lui lo era, ma a modo tutto suo.»

«In che senso?»

«Nel senso che non era geloso del presente, ma del passato di Michela.»

«Brutta cosa.»

«Eh, sì. La peggiore gelosia, quella per la quale non c'è rimedio. Una sira ch'era di particolare malumore, sinni niscì con una frase che mi ricordo perfetta: "tutti hanno già avuto tutto da Michela, non c'è più niente che lei possa darmi di nuovo, di vergine". Io volevo rispondergli che se le cose stavano accussì, era proprio andato a pigliarsi una fimmina sbagliata, con troppo passato. Ma stimai ch'era meglio il silenzio.»

«Lei, signor Sanfilippo, era amico di Saverio macari prima che incontrasse Michela, vero?»

«Certo, siamo coetanei, ci conosciamo dalle elementari.»

«Ci rifletta bene. Se consideriamo il periodo di Michela come una parentesi, nota una qualche differenza nel suo amico tra il prima e il dopo?»

Pietro Sanfilippo ci rifletté.

«Saverio non è mai stato un tipo aperto, portato a manifestare quello che sente. È mutànghero, spesso malinconico. Le uniche volte che l'ho visto felice è stato quando stava con Michela. Ora è diventato più chiuso, scansa macari a mia, il sabato e la domenica li passa in campagna.»

«Ha una casa in campagna?»

«Sì, dalle parti di Belmonte, in territorio di Trapani, gliela lasciò lo zio. Prima non ci voleva mettere piede. Ora mi leva una curiosità?»

«Se posso...»

«Perché s'interessa tanto alla scomparsa di Michela?»

«Me l'ha domandato sua madre.»

«Quella?! Ma quella se ne fotte. Le interessano solo i piccioli che Michela le passava!»

«E non le pare un buon motivo?»

«Commissario, guardi che io non sono uno scemo. Lei fa più domande su Saverio che su Michela.»

«Vuole che sia sincero? Ho un sospetto.»

«Quale?»

«Ho la curiosa impressione che il suo amico Saverio se l'aspettasse. E forse forse conosceva macari l'uomo col quale Michela se ne è scappata.»

Pietro Sanfilippo abboccò all'amo. Montalbano si congratulò con se stesso, aveva improvvisato una convincente risposta. Poteva dirgli che a renderlo squieto e perplesso era una fiammella brillante in fondo a un occhio?

Non voleva ammiscarci nessuno dei suoi òmini, si scantava d'apparire ridicolo ai loro occhi. Perciò si sobbarcò alla faticata d'interrogare gli inquilini del palazzo dove il ragioniere abitava. Tutto era debole, anzi quasi inesistente, in quell'inchiesta che manco era inchiesta, ma il punto di partenza per le sue domande era leggero come una filìnia, una ragnatela. Se era vero quello che gli aveva contato Saverio Moscato, alla telefonata della matina Michela aveva arrisposto, a quella notturna invece no. Quindi, se era andata via, l'aveva fatto di giorno. E qualcuno poteva essersi addunato di qualche cosa. Il palazzo era di sei piani con quattro appartamenti per piano. Scrupolosamente, il commissario principiò dall'ultimo. Nessuno aveva visto, nessuno aveva sentito. Il ragioniere abitava al secondo piano, all'interno otto. Oramai sfiduciato, il commissario suonò il campanello dell'interno cinque. Sulla targhetta c'era scritto "Maria Costanzo ved. Diliberto". E fu proprio lei che venne ad aprirgli, una vecchietta in ordine, dagli occhi vivi e penetranti.

«Che vole lei?»

«Il commissario Montalbano sono.»

«Che sona?»

Era sorda a livelli impossibili.

«C'è qualcuno in casa?» si sgolò il commissario.

«Perché grida accussì?» fece la vecchietta indignata. «Non sono tanto sorda!»

Attirato dalle vociate, dall'interno dell'appartamento comparse un quarantino.

«Dica a me, sono suo figlio.»

«Posso entrare?»

Il quarantino lo fece accomodare in un salottino, la vecchietta s'assittò su una poltrona davanti a Montalbano.

«Io non abito qua, sono solo venuto a trovare 'a mamà» fece l'omo mettendo le mani avanti.

«Come certamente saprete, la signorina Michela Prestìa che conviveva all'interno otto con il ragionier Saverio Moscato è andata via senza dare spiegazioni, mentre il ragioniere si trovava a Milano e precisamente dal sette al sedici di maggio.»

La vecchietta diede segni d'insofferenza.

«Che sta dicendo, Pasqualì?» spiò al figlio.

«Aspetta» le disse Pasquale Diliberto con voce normale. Evidentemente sua matre era abituata a leggergli le parole sulle labbra.

«Ora io vorrei sapere se la signora sua madre ha, durante quel periodo, inteso, visto qualcosa che...»

«Ne ho già parlato con 'a mamà. Della scomparsa di Michela non sa niente.»

«E invece sì» disse la vecchietta. «Io l'ho visto. E te l'ho macari detto. Ma tu dici di no.»

«Chi ha visto, signora?»

«Commissario, l'avverto» s'intromise il quarantino «mia matre non solamente è sorda, ma non ci sta tanto con la testa.»

«Io non ci sto con la testa?» fece la signora Maria Costanzo ved. Diliberto susendosi di scatto. «Figlio porcu e vastaso che m'offende davanti agli stranei!»

E se ne andò, sbattendo la porta del salottino.

«Mi dica lei» disse duro Montalbano.

«Il tredici di maggio 'a mamà fa il compleanno. La sira sono venuto a trovarla con me' mogliere, abbiamo mangiato insieme, tagliato una torta, bevuto qualche bicchiere di spumante. Alle undici ce ne siamo tornati a casa. Ora mia matre sostiene che, forse per avere tanticchia esagerato con la torta, è una fimmina licca, non poteva pigliare sonno. Verso le tre di notte si andò a ricordare che non aveva messo fora la spazzatura. Raprì la porta, la lampadina del pianerottolo era fulminata. Dice che davanti all'interno otto, che sta proprio di faccia, vitti un omo con una grossa valigia. Gli parse che assomigliasse al ragioniere. Ma io ci faccio: santa fimmina, ti rendi conto di quello che dici? Se il ragioniere tornò da Milano tre giorni appresso!»

«Signor commissario» fece Angelo Liotta, direttore del Cementificio «ho fatto tutte le verifiche che mi ha chiesto di fare. Il ragioniere ha regolarmente presentato biglietti di viaggio e piè-di-lista. Dunque: è partito domenica dall'aeroporto di Palermo alle ore 18 e 30 con un volo diretto per Milano. La sera ha pernottato all'hotel Excelsior dove è rimasto fino alla mattina del diciassette, quando è rientrato col volo delle 7 e 30 da Linate. Mi risulta che ha partecipato a tutte le riunioni, ha fatto tutti gli incontri per i quali è andato a Milano. Se ha altre domande, sono a sua completa disposizione.»

«È stato esaurientissimo, la ringrazio.»

«Spero che un mio dipendente quale il ragioniere Moscato, che stimo per la sua operosità, non sia coinvolto in qualcosa di brutto.»

«Lo spero anch'io» fece Montalbano congedandolo.

Appena il direttore fu uscito, il commissario pigliò la busta con tutte le pezze d'appoggio del viaggio che l'altro gli aveva lasciato sulla scrivania e, senza manco raprirla, la mise in un cassetto.

Con quel gesto stava congedando macari se stesso da un'inchiesta che mai era stata un'inchiesta.

Sei mesi appresso ricevette una telefonata, sulle prime manco capì chi c'era all'altro capo.

«Come ha detto, scusi?»

«Angelo Liotta. Si ricorda? Sono il direttore del Cementificio. Lei mi convocò per sapere...»

«Ah, sì, ricordo benissimo. Mi dica.»

«Sa, siccome siamo in chiusura di contabilità, vorrei indietro le ricevute che le lasciai.»

Ma di che stava parlando? Poi ricordò la busta che non aveva aperta.

«Gliele faccio avere in giornata.»

Pigliò subito la busta, temeva di scordarsela, la mise sulla scrivania, la taliò, non seppe mai lui stesso perché la raprì. Esaminò una per una le ricevute, le rimise nella busta. S'appoggiò allo schienale della poltrona, chiuse gli occhi per qualche minuto, riflettendo. Poi ritirò fora le ricevute, le mise in ordine sulla scrivania, una appresso all'altra. La prima a sinistra, che portava la data del quattro maggio, era una ricevuta per un pieno di benzina; l'ultimo pezzo di carta a destra era un biglietto ferroviario, in data diciassette maggio, per la tratta Palermo-Montelusa. Non quatrava, non quatrava. Stando accussì le cose, il ragioniere Moscato era partito in macchina da Vigàta per andare all'aeroporto; poi, alla fine della trasferta, era tornato a Vigàta in treno. Del resto, che fosse venuto in treno, c'era la testimonianza dell'amico Pietro Sanfilippo. La domanda allora era questa, semplice semplice: chi aveva riportato indietro a Vigàta la macchina del ragioniere mentre lui stava a Milano?

«Signor Sanfilippo? Montalbano sono. Mi necessita un'informazione. Quando il ragioniere Moscato andò all'aeroporto per pigliare l'aereo per Milano, era con lei in macchina?»

«Commissario, ancora a quella storia pensa? Lo sa che ogni tanto arriva qualcuno in pàisi e dice che ha visto Michela a Milano, a Parigi, persino a Londra? Ad ogni modo, non solo non l'accompagnai, ma penso che lei si stia sbagliando. Se è tornato in treno, perché sarebbe dovuto andare in macchina? E manco Michela può averlo accompagnato, non sapeva guidare.»

«Come sta il suo amico?»

«Saverio? È da un sacco di tempo che non lo vedo. Si è licenziato dal Cementificio, ha lasciato la casa di qua.»

«Sa dov'è andato?»

«Certo. Vive in campagna, in quella sua casa in provincia di Trapani, a Belmonte. Io volevo andarlo a trovare però lui mi ha fatto capire che...»

Ma il commissario non lo stava a sentire più. Belmonte, aveva appena detto Sanfilippo. E la ricevuta della benzina, in alto a sinistra, portava stampata la scritta: "Stazione di servizio Pagano-Belmonte (TR)".

Si fermò proprio a quella stazione di servizio per spiare quale fosse la strata per raggiungere la casa del ragioniere Moscato. Gliela indicarono. Era una casetta modesta ma ben tenuta, a un piano, completamente isolata. L'omo che gli venne incontro pareva assomigliare solamente a quel Saverio Moscato che aveva conosciuto tempo prima. Vestito malamente, alla come viene viene, la barba lunga, riconobbe a malappena il commissario. E nei suoi occhi, che

Montalbano taliò intensamente, la fiammella si era completamente spenta, c'era solo cenere nìvura. Lo fece trasiri nella sala pranzo, molto modesta.

«Ero qui di passaggio» esordì Montalbano.

Ma non continuò, l'altro si era quasi scordato di lui, stava a taliàrsi le mani. Dalla finestra, il commissario vide il retro della casa: un giardino di rose, fiori, piante, che stranamente contrastava col resto del terreno, abbandonato. Sì susì, andò nel giardino. Proprio al centro c'era una grossa pietra bianca, recintata. E tutt'attorno piante di rose a non finire. Montalbano si sporse oltre il piccolo recinto, toccò con una mano la pietra. Macari il ragioniere era uscito, Montalbano se lo sentì alle spalle.

«È qui che l'ha sepolta, vero?»

Lo domandò quietamente, senza isàre il tono della voce. E altrettanto quietamente gli arrivò la risposta che sperava e che temeva.

«Sì.»

«Venerdì dopopranzo Michela volle che venissimo qua, a Belmonte.»

«C'era mai stata prima?»

«Una volta, le era piaciuta. Io, a qualsiasi cosa domandasse, non ero capace di dire no. Stabilimmo di passare qui tutta la giornata di sabato, poi domenica matina l'avrei riaccompagnata a Vigàta e nel pomeriggio avrei pigliato il treno per Palermo. Quella di sabato è stata una giornata meravigliosa, come non ne avevamo ancora avute. La sira, dopo cenato, andammo presto a letto, facemmo l'amore una prima volta. Ci mettemmo a parlare, fumammo una sigaretta.»

«Di cosa parlaste?»

«Questo è il punto, commissario. Fu Michela a tirare in ballo un certo discorso.»

«Quale?»

«È difficile a dirsi. Io la rimproveravo... No, rimprove-

64

rare non è la parola giusta, mi rammaricavo, ecco, che lei, per la vita che aveva fatto prima, non fosse più in condizione di darmi qualche cosa che non aveva mai dato ad altri.»

«Ma anche lei, per Michela, era nelle stesse condizioni!»

Saverio Moscato lo taliò un attimo imparpagliato. Cenere nelle sue pupille.

«Io?! Io prima di Michela non avevo mai avuta una fìmmina.»

Stranamente, non sapendosene spiegare il perché, il commissario s'imbarazzò.

«A un certo punto lei andò in bagno, ci stette cinque minuti e tornò. Sorrideva, si stese nuovamente allato a me. M'abbracciò forte forte, mi disse che m'avrebbe dato una cosa che gli altri non avevano mai avuta e che gli altri non avrebbero potuto avere mai più. Io le spiai quale era la cosa, ma lei volle rifare l'amore. Solo dopo mi disse che cosa mi stava dando: la sua morte. Si era avvelenata.»

«E lei che fece?»

«Niente, commissario. Le tenni le mani tra le mie. E lei non staccò mai gli occhi dai miei. Fu una cosa rapida. Non credo abbia sofferto molto.»

«Non s'illuda. E soprattutto non diminuisca quello che Michela ha fatto per lei. Col veleno si soffre, eccome!»

«La notte stessa scavai una fossa e la misi dove sta ora. Partii per Milano. Mi sentivo disperato e felice, mi capisce? Un giorno, i lavori finirono presto, non erano manco le cinque del dopopranzo. Con un aereo arrivai a Palermo e con la mia macchina, che avevo lasciata al parcheggio dell'aeroporto di Punta Ràisi, andai a Vigàta. Me la pigliai comoda, volevo arrivare in pàisi a notte alta, non potevo correre il pericolo che qualcuno mi vedesse. Stipai una valigia con i suoi vestiti, le sue cose, e me le portai qua. Le tengo di sopra, nella càmmara da letto. Al momento di ripartire per Punta Ràisi la mia auto non ne volle sapere. La nascosi tra quegli alberi e con un tassì di Trapani mi feci accompagnare all'aeroporto, appena in tempo per il primo volo per Milano. Finiti i lavori, tornai col treno. I primi giorni ero come intronato dalla felicità per quello che Michela aveva avuto il coraggio di darmi. Mi sono apposta trasferito qua, per godermela solo con lei. Ma poi...»

«Poi?» incalzò il commissario.

«Poi, una notte, mi svegliai di colpo e non sentii più Michela allato a me. E dire che quando avevo chiuso gli occhi m'era parso di sentirla respirare nel sonno. La chiamai, la cercai casa casa. Non c'era. E allora capii che il suo grande regalo era costato molto, troppo.»

Si mise a piangere, senza singhiozzi, mute lacrime gli colavano sulla faccia.

Montalbano taliàva una lucertola che, salita sulla cima della bianca pietra tombale, immobile se la scialava al sole.

UNA GIGANTESSA DAL SORRISO GENTILE

A cinquant'anni sonati, il dottor Saverio Landolina, serio e stimato ginecologo di Vigàta, perse la testa per la ventenne Mariuccia Coglitore. Il reciproco innamoramento avvenne a prima visita. Fino ad allora i genitori di Mariuccia avevano avuto come medico della figlia il novantenne professor Gambardella, la cui tarda età era garanzia certa che le esplorazioni intime avvenissero nel più assoluto rispetto della deontologia. Il professor Gambardella però era caduto sul campo, pigliato da infarto: la morte l'aveva colto, come dire, con le mani nel sacco di un'atterrita paziente.

Il dottor Landolina venne scelto durante un consiglio di famiglia esteso fino alle parentele di secondo grado. I Coglitore, con i cugini Gradasso, Panzeca e Tuttolomondo, rappresentavano all'interno di Vigàta una specie di comunità cattolico-integralista che obbediva a leggi proprie come ascolto mattutino della messa, preghiera serale con recita del rosario, abolizione di radio, quotidiani e televisione. Scartati, in quella riunione, il dottor Angelo La Licata, di Montelusa ("quello mette le corna alla moglie: e se contaminasse Mariuccia con le sue mani impure?"), il suo collega Michele Severino sempre di Montelusa ("vogliamo babbiare? Quello non è manco quarantino"), il dottor Calogero Giarrizzo, di Fela ("pare sia stato visto mentre accattava una rivista pornografica"), non rimase che Saverio Landolina il cui solo neo era quello d'abitare a Vigàta come Mariuccia: la picciotta, incontrandolo casualmente strata strata, avrebbe potuto turbarsi. Per il resto, niente da dire sul dottor Landolina, già segretario locale della D.C.: era fedelmente maritato da venticinque anni con Antonietta Palmisano, una specie di gigantessa dal sorriso gentile, ma il Signore non aveva voluto concedere alla coppia la grazia di un figlio. Sul medico, mai una voce maligna, una filàma.

Fino al momento in cui Mariuccia, susùtasi dalla seggia davanti alla scrivania, andò darrè il paravento per spogliarsi, nel cuore del ginecologo non capitò niente di strammo. L'occhialuta picciotta che rispondeva a monosillabi, avvampando, alle sue domande, era del tutto insignificante. Ma quando Mariuccia, in pudica sottana nera e senza occhiali (automaticamente se li levava ogni volta che si spogliava), niscì dal paravento e, con la pelle rosso foco per la vrigogna, si posizionò sul lettino, nel cuore del cinquantino Landolina si scatenò una delirante sinfonia che nessun compositore dotato di senno si sarebbe mai azzardato a comporre, a momenti di centinara e centinara di tamburi al galoppo subentrava il volo alto di un violino solitario, all'irruzione di un migliaro di ottoni si contrapponevano due liquidi pianoforti. Tremava tutto, anzi vibrava il dottor Landolina quando posò una mano su Mariuccia e subito, mentre un organo maestoso iniziava il suo assolo, sentì che il corpo della ragazza vibrava all'unisono con il suo, rispondeva al ritmo della stessa musica.

La signora Concetta Sicurella in Coglitore, che aveva accompagnato la figlia e aveva aspettato in salottino la fine della visita, attribuì a verginale imbarazzo l'acceso rossore delle guance, il febbrile sparluccichìo degli occhi di Mariuccia, trasùta nello studio picciotta e nisciùta, dopo un'ora, fìmmina fatta.

Landolina e Mariuccia praticarono il gioco del dottore per un anno filato: al termine di ogni visita Mariuccia niscìva sempre più rusciana e imbellita, mentre invece Angela Lo Porto, da vent'anni infirmera segretamente innamorata del medico, giorno appresso giorno si faceva smagrita, nirbùsa e mutànghera.

«Novità?» spiò Salvo Montalbano entrando in ufficio alle nove del matino dell'ultimo giorno di maggio, un lunedì, e faceva già un càvudo di mezz'agosto. Il commissario lo stava patendo particolarmente dato che aveva passato il sabato e la domenica nella casa di campagna del suo amico Nicolò Zito, e si era goduto una bella riscanzàna.

«Hanno trovato la macchina del dottor Landolina» gli rispose Fazio.

«L'avevano rubata?»

«Nonsi, dottore. Aieri matina è venuta da noi la signora Landolina a dirci, piangendo, che suo marito, la notte, non era tornato a casa. Abbiamo fatto ricerche, niente. Sparito. Stamatina all'alba un pescatore ha visto un'auto sdirrupata sugli scogli di Capo Russello. Ci è andato il dottor Augello, ha telefonato poco fa. È quella di Landolina.»

«Una disgrazia?»

«Direi proprio di no» fece Mimì Augello trasendo nell'ufficio. «La strada è lontana assà dal ciglio di Capo Russello, bisogna arrivarci di proposito, non può avere perso il controllo dell'auto. Ci è andato apposta per catafottersi giù.»

«Tu pensi che si tratti di un suicidio?»

«Non c'è altra spiegazione.»

«In che stato è il cadavere?»

«Quale cadavere?»

«Mimì, non mi stai dicendo che Landolina si è ammazzato?»

«Sì, ma vedi, nell'urto contro gli scogli le portiere si sono aperte, il corpo non c'è, dev'essere caduto in mare. Uno del posto m'ha detto che sicuramente le correnti lo porteranno verso la spiaggia di Santo Stefano. Lo ritroveremo lì tra qualche giorno.»

«Bene. Occupati tu della facenna.»

In serata, Mimì Augello fece il suo rapporto a Montalbano. Non aveva trovato una spiegazione per il suicidio del medico. Stava in bona salute, non aveva debiti (anzi era ricco, aveva proprietà nella natìa Còmiso e macari la mogliere aveva di suo), non aveva vizi segreti, non era pirsòna ricattabile. La vedova...

«Non chiamarla vedova fino a quando non è stato trovato il corpo» l'interruppe Montalbano.

... la signora stava niscendo pazza, non arrinisciava a capacitarsi, si era arroccata nell'idea della disgrazia dovuta a un malessere momentaneo.

«Ho macari taliàto nell'agenda. Niente, non ha lasciato scritto nenti di nenti. Domani parlo con l'infermiera, alla notizia si è sentita male ed è andata a casa sua. Ma non penso che possa rivelarmi qualcosa.»

Invece l'infermiera Angela Lo Porto aveva molto da rivelare e lo fece l'indomani matina, andando lei stessa in commissariato.

«È tutto tiatro» esordì.

«Cosa?»

«Tutto. La macchina caduta, il cadavere che non si trova. Il dottore non si è suicidato, è stato ammazzato.»

Montalbano la taliò. Occhiaie, viso giallognolo, sguardo pazzo. Eppure sentì che non si trattava di una mitomane.

«E chi l'avrebbe ammazzato?»

«Ignazio Coglitore» rispose senza esitare Angela Lo Porto. Montalbano appizzò le orecchie. Non perché Ignazio Coglitore e i suoi due figli fossero pirsone di dubbia moralità o compromessi con la mafia o dediti a traffici illeciti, ma semplicemente perché era noto a tutti in paìsi il fanatismo religioso di quella famiglia. Il commissario istintivamente diffidava dei fanatici, li riteneva capaci della qualunque.

«E che motivo aveva?»

«Il dottore gli ha messo prena la figlia Mariuccia.»

Il commissario non ci credette, pensò d'essersi sbagliato sul conto dell'infermiera, doveva essere una che s'inventava le cose.

«A lei chi l'ha detto?»

«Questi occhi» fece Angela Lo Porto indicandoli.

Minchia. Quella stava dicendo la verità, altro che fantasie.

«Mi racconti tutto dal principio.»

«Un anno fa pigliai io l'appuntamento per questa Mariuccia, mi telefonò la matre. La matina appresso arrivai tardi al gabinetto del dottore, abito a Montelusa, l'autobus si era guastato. Non ho macchina, non ho la patente. Quando trasìi, la picciotta era assittata davanti alla scrivania del dottore. Lo sa com'è fatto il gabinetto?»

«No.»

«C'è una grande anticamera e ci sono macari due salottini appartati. Poi viene lo studio vero e proprio nel quale ci sono pure un bagno e una cammàretta che è il posto mio. Quando il dottore visita, io sono sempre presente. Quel giorno io andai nella cammaretta per cangiarmi d'abito e mettermi il càmice. Ma quella matina andava tutto di traverso. Il càmmisi pulito si scusì e io dovetti ricucirlo di prescia. Quando finalmente tornai nel gabinetto...»

Si fermò, doveva avere la gola arsa.

«Le faccio portare un bicchiere d'acqua?»

Non intese la domanda, persa nel ricordo di quello che aveva visto.

«Quando trasìi nel gabinetto» proseguì «lo stavano già facendo. Il dottore si era messo nudo, i vestiti gettati per terra alla sanfasò.»

«Ebbe l'impressione che la stava violentando?»

La donna fece un rumore strano con la bocca, come se

71

stesse battendo due pezzi di legno uno contro l'altro. Montalbano capì che l'infermiera rideva.

«Ma che dice?! Quella se lo teneva stretto!»

«Si conoscevano da prima?»

«Nello studio non era mai venuta, quella era la prima volta.»

«E poi?»

«E poi, che? Non mi videro, non mi vedevano. In quel momento per loro ero aria. Mi ritirai nella cammaretta, mi misi a piangere. Poi lui tuppiò alla porta. Si erano rivestiti. Io accompagnai Mariuccia dalla madre e tornai indietro. Prima di far trasìre la nuova paziente dovetti puliziare bene il lettino, capisce?»

«No.»

«La troia era vergine.»

«E a lei il dottore non disse niente? Non spiegò, non giustificò?»

«Non mi disse manco una parola, come se non fosse capitato niente.»

«E quello fu l'unico incontro?»

Di nuovo i due pezzi di legno battuti.

«Ogni quindici giorni si vedevano. Lei, la buttana, era sana come un pisci, il dottore s'era inventato una malatia per cui lei doveva venire allo studio almeno due volte al mese.»

«E lei che faceva quando...»

«Che vuole che facessi. Andavo nella cammaretta a piangere.»

«Mi perdoni la domanda. Lei era innamorata del dottore?»

«Non si vede?» spiò l'infermèra isando la faccia disfatta verso il commissario.

«E tra voi due non c'è mai stato niente?»

«Macari ci fosse stato! A quest'ora sarebbe vivo!»

E cominciò a lamentiarsi, un fazzoletto premuto contro la bocca. Si ripigliò quasi subito, era una donna forte.

«Verso il quindici d'aprile» attaccò nuovamente Angela «lei arrivò che pareva avesse vinto un terno. Io stavo an-

dando nella cammaretta che la sentii dire: "Ma che ginecologo sei? Non l'hai ancora capito che sono incinta?".
Aggelai, commissario. Mi voltai tanticchia. Il dottore era
una statua di sale, credo che solo allora si fece pirsuàso
della terribile minchiata che aveva fatto. Io m'infilai nella
cammaretta ma non chiusi la porta. Lo sa qual era l'intin-
zione di quell'incosciente cretina? Di dire tutto a suo padre, perché così il dottore era costretto a lasciare la moglie
e a maritarsi con lei. Il dottore fu bravo, le rispose di aspittare tanticchia a parlare con suo padre, lui intanto l'avrebbe detto alla mogliere per preparare il divorzio. Dopo, fecero all'amore.»

«E quella fu l'ultima volta che si videro?»

«Ma quando mai! È tornata fino a cinque giorni fa. Prima fottevano e dopo parlavano. Il dottore ogni volta le diceva che stava facendo progressi con la signora, la quale si
era rivelata comprensiva. Ma sono pirsuàsa che non era
vero nenti, le diceva accussì per tenerla bona, cercava una
soluzione, era addiventato distratto e priccoupato.»

«Lei lo sospettava che la soluzione potesse essere il suicidio?»

«Vuole babbiare? Il dottore non aveva nessuna intenzione d'ammazzarsi, lo conoscevo bene. Si vede che quella troia cretina lo disse a suo patre. E Ignazio Coglitore
non ci ha perso tempo.»

Appena l'infirmèra fu uscita, Montalbano chiamò Fazio.

«Va' a pigliare Ignazio Coglitore e portalo qua entro
dieci minuti. Non voglio sentire ragioni.»

Fazio tornò dopo mezz'ora e senza Ignazio Coglitore.

«Madonna santa, dottore, che bordello!»

«Non vuole venire?»

«Non può. È stato arrestato dall'Arma, a Montelusa.»

«Quando?»

«Stamatina alle otto.»

«E perché?»

«Ora vengo e mi spiego. Dunque. Pare che alla figlia di Ignazio Coglitore, alla notizia che il dottor Landolina si era ammazzato, le è venuto uno strubbo ed è svenuta. Tutti in famiglia hanno pinsato che era perché la picciotta stava in cura dal dottore. Senonché dallo svenimento non si ripigliava. E allora Ignazio Coglitore, aiutato dagli altri due figli màscoli, l'ha carricata in macchina e l'ha portata allo spitàli di Montelusa dove l'hanno trattenuta. Aieri a sira Ignazio Coglitore e sua mogliere sono andati allo spitàli per ripigliarsela. E qui un medico giovane e cretino ha detto loro che la picciotta era meglio che restava ancora qualche giorno, rischiava di perdere il picciliddro. Ignazio Coglitore e sua mogliere sono caduti ai piedi del medico, fulminati, parevano morti. Quando si è ripreso, Ignazio Coglitore è diventato una furia, ha pigliato a cazzotti medici e infermieri. Sono arrinisciuti finalmente a mandarlo fora. Stamatina alle sette e mezzo si è ripresentato allo spitale: appresso, a parte i due figli, aveva i mascoli delle famiglie Gradasso, Panzeca e Tuttolomondo. Dodici pirsone in tutto.»

«Che volevano?»

«La picciotta.»

«E perché?»

«Ignazio Coglitore spiegò al primario che la volevano perché dovevano subito sacrificarla a Dio in espiazione del peccato. Il primario si rifiutò e si scatenò la fine del mondo. Botte, grida, vetri rotti, ricoverati in fuga. Quando arrivarono i carrabinera macari loro vennero aggrediti. E sono andati a finire in càrzaro.»

«Fammi capire, Fazio. Il medico quando glielo disse ai Coglitore che la loro figlia era incinta?»

«Aieri a sira verso le sette e mezza.»

E dunque l'ipotesi, anzi la certezza dell'infirmera Angela Lo Porto andava a farsi fottere. Che il responsabile dell'imprenamento di Mariuccia fosse stato il dottor Landolina i Coglitore l'avevano certamente capito. Senonché, anche volendolo, non avrebbero potuto vendicarsi: la notizia della tresca e delle sue conseguenze l'avevano appresa dopo che il dottore era scomparso. E perciò non potevano essere stati loro ad ammazzarlo. Se si scartava il suicidio, non c'era che un'altra pirsona che avrebbe avuto serie ragioni di vendetta.

«Pronto? Parlo con la signora Landolina?»

«Sì.»

Più che una sillaba, un soffio dolente.

«Il commissario Montalbano sono.»

«Il corpo trovàstivo?»

Perché nella voce della signora Landolina si era insinuata una nota d'apprensione? Ma era proprio apprensione o non giusto sgomento?

«No, signora. Però vorrei parlare con lei, solo cinque minuti, per avere dei chiarimenti.»

«Quando?»

«Ora stesso, se vuole.»

«Mi scusasse, commissario, ma stamatina proprio non me la sento, mi pare che da un momento all'altro mi si spacca la testa per il dolore. Ho un'emicrania tale che non posso manco tenere aperti gli occhi.»

«Mi dispiace, signora. Possiamo fare oggi dopopranzo alle cinque?»

«L'aspetto.»

Alle tre ricevette una convocazione dal questore: doveva assolutamente trovarsi a Montelusa alle cinque e mezza per una riunione importante. Non volle rinunziare all'appuntamento con la signora Landolina e perciò decise d'anticiparlo, senza preavviso, di un'ora.

«Dove va?» gli spiò sgarbato il portiere che non lo conosceva o stava facendo finta.

«Dalla signora Landolina.»

«Non c'è. È partita.»

«Come partita?» fece Montalbano strammato.

«Con la sua macchina» rispose il portiere equivocando. «Ha caricato i bagagli, erano tanti, l'abbiamo aiutata io e patre Vassallo.»

«C'era macari il parrino?»

«Certo, patre Vassallo da due giorni non si è mosso da casa Landolina per confortare la signora. È un sant'uomo e poi con la signora sono amici.»

«A che ora è partita?»

«Stamatina verso mezzogiorno.»

Dunque poco dopo che si erano parlati. Tanti bagagli non si fanno così presto, la partenza era stata sicuramente preparata prima che Montalbano telefonasse. Rimandando la visita al pomeriggio l'aveva, semplicemente e bellamente, pigliato per il culo.

«Le disse per caso dov'era diretta?»

«Sì. A Còmiso. M'ha detto che sarebbe stata di ritorno al massimo tra una settimana.»

E ora che fare? Telefonare a un qualche suo collega di Còmiso per dirgli di tenere d'occhio la signora Landolina? Con quale motivazione? Lontanissimo, aereo, impalpabile sospetto d'omicidio? Oppure simulazione d'appuntamento?

Gli venne un'ispirazione. Tornò di corsa in ufficio e telefonò ad Antonino Gemmellaro, suo vecchio compagno di scuola, ora direttore della filiale della Banca Agricola Siciliana di Còmiso.

«Pronto; Gemmellaro? Montalbano sono.»

Perché i vecchi compagni di scuola si chiamavano tra di loro col cognome? Memoria del registro di classe?

«Oh, che bella sorpresa! Sei a Còmiso?»

«No, ti sto parlando da Vigàta. Ho bisogno di un'informazione.»

«A disposizione.»

«Lo sai che il dottor Landolina è scomparso da sabato sera? Tu lo conoscevi, no?»

«Certo che lo conoscevo, era un nostro cliente.»

«O si è suicidato o è stato ammazzato.»

Gemmellaro non commentò subito, evidentemente stava ragionando sopra le parole di Montalbano.

«Suicidato, dici? Non credo proprio.»

«Perché?»

«Perché uno che ha intenzione d'ammazzarsi non sta a pensare di vendere tutto quello che possiede. Tempo un mese il dottore ha venduto, e in alcuni casi svenduto, case, terreni, negozi, insomma tutto quello che aveva qua. Voleva realizzare di prescia.»

«Quanto?»

«Un tre miliardi, a occhio e croce.»

Montalbano fece un fischio.

«Tra lui e sua moglie, bada bene.»

«Macari la signora ha venduto?»

«Sì.»

«Il dottore aveva una procura della moglie?»

«Ma no! È venuta a Còmiso la signora di persona.»

«E questi soldi ora dove stanno?»

«Boh. Da noi ha ritirato sino all'ultimo centesimo.»

Ringraziò, riattaccò, chiamò l'unica agenzia immobiliare di Vigàta, rivolse a chi gli rispose una domanda precisa.

«Certo, commissario, il povero dottor Landolina ci ha dato mandato di vendita della casa e dello studio.»

«E come fate ora che è scomparso?»

«Guardi, con regolare atto notarile proprio quindici giorni fa il povero dottore aveva disposto che il ricavato della vendita andasse a padre Vassallo.»

L'incontro col questore durò poco, così il commissario ebbe tempo d'andare a trovare il tenente Colorni, col quale aveva boni rapporti, al comando dell'Arma.

«Che provvedimenti avete pigliato per Mariuccia Coglitore?»

«L'abbiamo piantonata in ospedale. Capirai, con quei pazzi dei suoi parenti...»

«E dopo?»

«La manderemo da un istituto per ragazze madri. Molto lontano da qua e l'indirizzo non lo diremo a nessuno. L'istituto ci è stato suggerito dal confessore della ragazza.»

«Chi è il confessore?»

Sapeva già la risposta, ma voleva sentirsela dire.

«Padre Vassallo, di Vigàta.»

«Senta, padre, sono venuto a dirle che domattina dovrò dare delle risposte alla stampa e alla televisione circa la scomparsa del dottor Landolina.»

«E pensa che io possa esserle utile?»

«Certamente. Ma prima una domanda: un prete che mente commette peccato?»

«Se la menzogna è a fin di bene, non credo.»

Sorrise, allargò le braccia: e così Montalbano era servito. Patre Vassallo era un cinquantino un poco abbondante di carne, dalla faccia intelligente e ironica.

«Allora mi permetta che le racconti una storia.»

«Se ci tiene, commissario.»

«Un medico serio, sposato, s'innamora di una giovane, la mette incinta. A questo punto è nel panico: le reazioni della famiglia della ragazza possono arrivare ad eccessi impensabili. Disperato, non ha altra strada che confessare tutto alla moglie. E questa, che dev'essere una donna straordinaria...»

«Lo è, mi creda» l'interruppe il prete.

«... organizza un piano perfetto. In un mese, senza che la cosa trapeli, vendono tutto quello che possiedono e realizzano una grossa cifra. Il dottore finge il suicidio, ma in realtà, con la complicità macari di un amico prete, se ne vola verso una destinazione a noi ignota. Due giorni appresso sua moglie lo segue. Che ne dice?»

«È un racconto plausibile» disse tranquillo il parrino.

«Vado avanti. Il medico e la moglie sono persone perbene, non se la sentono di lasciare nei guai la povera picciotta incinta. E così decidono di vendere l'appartamento e lo studio medico che hanno a Vigàta, ma il ricavato lo destinano all'amico prete perché provveda ai primi bisogni della ragazza madre.»

Ci fu una pausa.

«Che dirà nella conferenza stampa?»

«Che il dottor Landolina si è suicidato. E che la vedova ha raggiunto i suoi familiari nel paese natale.»

«Grazie» disse, che quasi non si sentì, patre Vassallo. Poi aggiunse:

«Non avrei mai pensato che un angelo potesse assumere le fattezze della signora. Lei l'ha conosciuta?»

«No.»

«Un donnone enorme. Francamente brutta. Una specie di gigantessa da racconto di orchi e streghe. Ma aveva un sorriso...»

«... straordinariamente gentile» concluse il commissario.

La libbicciata era stata tanto forte che il mare era arrivato fino a sotto la verandina della casa di Montalbano, mangiandosi tutta la spiaggia. Di conseguenza l'umore del commissario, che si sentiva in pace con se stesso e con l'universo creato solo quando poteva arrostirsi di sole, diventò nìvuro come l'inca. Fazio, che lo conosceva bene, appena lo vide trasìri in ufficio salutò e scantonò. Catarella invece, dimentico del rischio che correva a malgrado prestasse servizio in commissariato da più di un anno, si precipitò nella càmmara.

«Dottori! Stamatina tilifonò gente che addimandava di lei pirsonalmente di pirsona! I nomi ce lo scrissi in questo pizzino.»

E gli porse un foglietto malamente strappato da un quaderno a quadretti.

«E tua sorella tilifonò?» spiò, pericolosamente gentile, Montalbano.

Catarella prima s'imparpagliò, poi sorrise.

«Dottori, vossia vuole babbiare? Me' soro spossibilitata a tilifonare è!»

«È monca?»

«Nonsi, dottori, non è monaca. Non gli viene di tilifonare in quanto che non c'è, pirchì io sono figlio unico e màscolo di me' patre e di me' matre.»

Il commissario abbandonò la partita, sconfitto. Congedò Catarella e si mise a decrittare l'elenco dei nomi. "Dottori Vanesio" non poteva essere altri che il dottor Sinesio al quale avevano svaligiato la casa, "sigor Guestore" era evidentemente il signor questore, "Scillicato" invece si chiamava realmente Scillicato e "presitte Purcio" era certamente il preside Burgio che non vedeva da tempo.

Gli stava simpatico, il più che sittantino ex preside che, assieme alla moglie Angelina, l'aveva aiutato in un'indagine tutta giocata sul filo della memoria che poi venne detta del "cane di terracotta".

Non aveva nessuna voglia di parlare col questore, quello nuovo, che andava sempre a cercare il pilo nell'ovo. Il dottor Sinesio avrebbe rinnovato le lamentele perché non gli avevano ancora ricuperata l'argenteria arrubata. A Scillicato invece, sei mesi avanti, gli avevano abbrusciata la BMW e lui si era accattata una Punto. Abbrusciata macari questa, si era fornito di una Cinquecento di seconda mano che quindici giorni appresso era andata a foco.

«Commissario, che devo fare?» era venuto a spiargli.

Il consiglio più giusto sarebbe stato quello di finirla di prestare grana a strozzo, già si diceva in paìsi che Pepè Jacono si fosse impiccato per i debiti che aveva con lui. Montalbano, che quel giorno era pigliato di grèvia, l'aveva taliàto in silenzio e poi gli aveva risposto:

«Si compri un monopattino.»

Si vede che gli avevano abbrusciato macari il monopattino. Telefonò al preside Burgio, venne invitato a cena per quella sera stessa. Accettò; la signora Angelina cucinava semplice semplice ma sapeva quello che faceva.

Dopo mangiato, passarono in salotto e fu qui che il preside tirò fora il vero scopo dell'invito a cena.

«È andato recentemente sul porto?»

«Sì, ci passo quando vado a fare le mie passeggiate sino al faro.»

«Ha visto che hanno demolito il vecchio silo?»

«Hanno fatto bene. Ormai era cadente, rappresentava un pericolo per chi ci andava vicino.»

«Quando lo costruirono, nel 1932, io avevo sette anni» fece il preside. «Mussolini aveva dichiarato la cosiddetta battaglia del grano, si era persuaso d'averla vinta e aveva fatto fabbricare questo grande silo.»

«Perché sul porto e non vicino alla stazione ferroviaria?» spiò il commissario.

«Perché da qui dovevano partire le navi cariche di frumento verso quella che il duce chiamava la quarta sponda e cioè, che so, l'Eritrea, la Libia.»

Si fermò tanticchia, perso nei ricordi della sua gioventù. Poi ripigliò.

«Il geometra Cusumano, che ha diretto la demolizione, ha trovato dentro l'edificio vecchie carte e me le ha portate, sa che m'interesso di storie vigatesi. Si tratta di corrispondenza tra l'agenzia di Vigàta e la direzione del Consorzio Agrario che stava a Palermo. Ma in tutt'altra zona del silo, in una piccola intercapedine, ha scoperto vecchi numeri del "Popolo d'Italia", il giornale del partito fascista, un libro, *Parlo con Bruno*, che Mussolini scrisse per la morte del figlio, e un quaderno. Il geometra ha tenuto per sé i giornali e il libro e m'ha regalato il quaderno. Io gli ho dato un'occhiata e mi ha fatto pigliare di curiosità. Ci dia una taliàta pure lei e dopo, se vuole, ne riparliamo.»

Era un comunissimo quaderno un poco ingiallito, la copertina mostrava Mussolini in alta uniforme impalato nel saluto fascista e sotto c'era scritto: "Il Fondatore dell'Impero". La controcopertina rappresentava invece l'impero stesso, vale a dire era una piccola carta geografica dell'Abissinia. Nella prima pagina, al centro, quattro versi:

> "Se questo quaderno volete toccare,
> la spada al fianco dovete portare
> e se il mio nome volete sapere:
> Zanchi Carlo a vostro piacere."

Una grande X però li cancellava, quasi che Zanchi Carlo si fosse vergognato di quei versi infantili, da scuola elementare. Più sotto, a stampatello:

"ZANCHI CARLO, AVANGUARDISTA W IL DUCE W IL RE"

Infine:

"ANNO XXI DELL'ERA FASCISTA"

Montalbano si fece un rapido calcolo e arrivò alla conclusione che il quaderno risaliva al 1943, anno che, almeno in Sicilia, era appartenuto solamente a metà all'era fascista, dato che gli alleati erano sbarcati nell'isola nella notte tra il 9 e il 10 luglio.

Era una specie di diario saltuario che si limitava a fermare sulla carta i fatti più importanti agli occhi del ragazzo. La prima notazione recava la data del 2 settembre:

Sono riuscito a portare qui e a nascondere quattro bombe a mano, di quelle piccole, rosse e nere, che si chiamano Balilla. Duce, saprò servirmene!

Poche righe, che bastarono però a far passare il commissario dalla blanda curiosità all'appizzamento di orecchie.

6 settembre. Oggi ho assistito a una turpe scena, donne che si prostituivano ai negri invasori. Mi sono venute le lacrime. Povera Patria mia!

10 settembre. I topi rigurgitati dalle fogne hanno cominciato a mostrare, col beneplacito degli invasori, le loro oscene intenzioni. Vogliono far rinascere quei partiti che il Fascismo aveva spazzato via. Come impedirlo?

15 settembre. Quei rifiuti umani che si sono riuniti in nome della cosiddetta democrazia hanno eletto a sindaco tale Di Mora Salvatore. Non essendo di Vigàta, mi sono discretamente informato. Si tratta di un noto mafioso che il Fascismo aveva spedito al confino! Che vergogna! È necessario fare qualcosa per salvare l'onore del nostro Paese.

La notazione successiva portava la data del 5 ottobre.

Credo d'aver trovato una soluzione. Avrò però il coraggio di metterla in pratica? Penso di sì. Il Duce mi darà la forza. E se necessario, sacrificherò la mia vita per la Patria.

In data 9 ottobre:

Domattina quasi certamente ci saranno le condizioni giuste perché possa compiere il mio Gesto. W l'Italia!

L'ultima notazione era del giorno successivo. Montalbano stentò a riconoscere la grafia, pensò in un primo momento che fosse stata una mano diversa a scrivere quelle poche parole:

10 ottobre. L'ho fatto. Sono vivo. È stato terribile, tremendo. Non pensavo che... Dio mi perdoni!

Poi capì che la scrittura era sempre la stessa, solamente diventata quasi irriconoscibile per una fortissima tensione emotiva. Non c'erano più evviva al Duce o invocazioni all'Italia, in quelle parole si leggevano adesso orrore e sgomento.

Ma che aveva fatto quel ragazzo? E poi: perché il quaderno si trovava tra le macerie del grande silo demolito?

Era quasi mezzanotte quando squillò il telefono.

«Il preside Burgio sono. Io soffro d'insonnia e so che lei va a letto tardi, per questo mi sono permesso a quest'ora. Ha avuto modo di leggere?...»

«Sì. E ne sono rimasto molto colpito.»

«Che le dicevo? Viene domani a pranzo?»

Montalbano sorrise. Il preside evidentemente voleva imbarcarlo in una di quelle indagini a ritroso nel tempo nelle quali, per la verità, tutti e due se la scialavano.

«A quell'epoca» disse il preside «sin dalla nascita si veniva inquadrati nell'organizzazione giovanile fascista che prima si chiamò Opera Nazionale Balilla e appresso Gioventù Italiana del Littorio. Dai tre ai sei anni si era Figli della Lupa...»

«Quella che allattò Romolo e Remo» precisò la signora Angelina.

«... dai sei ai dieci si passava Balilla, poi Avanguardista e dai sedici in su Giovane Fascista. Quindi il picciotto che teneva il diario doveva avere al massimo una quindicina d'anni.»

«Scriveva in perfetto italiano» osservò Montalbano.

«Già. L'ho notato anch'io.»

«Un ragazzo come lui, un poco esaltato...»

«Tutti, a quell'età e in quel periodo» la signora Angelina interruppe il commissario «eravamo, se non esaltati come questo qui, almeno infatuati. Macari se i più grandi tra noi erano disillusi del fascismo, assai patirono a vedere le truppe straniere sulla nostra terra.»

«Volevo dire» ripigliò il commissario «che un ragazzo così profondamente offeso, a torto o a ragione, con quattro bombe a mano a disposizione, è una vera mina vagante...»

«Che in qualche modo dev'essere esplosa» disse il preside.

«Zanchi non è un cognome delle nostre parti» fece Montalbano.

«No» disse il preside «ma una spiegazione c'è. Tra le carte che mi ha portato Cusumano, e che ancora non ho letto tutte, c'è una lettera che forse chiarisce.»

Si susì, andò nell'altra càmmara, tornò con un foglio sgualcito che porse al commissario.

SPETT. DIREZIONE GENERALE – PALERMO
10 ottobre 1944
Facendo seguito alla ns. del 30 sett. u.s. n. 250, ci pregiamo informarVi che i profughi alloggiati nel Silo sono stati trasferiti a Montelusa. Nel Silo sono ora rimasti i letti e qualche altro suppellettile (tavoli, sedie, panche, ecc.) che fra qualche giorno l'Ente Comunale Assistenza provvederà a far levare.

Provvederemo subito dopo a far dare una ripulita ai locali ed eseguire qualche piccola riparazione occorrente.

Con ogni osservanza.

«Chissà da dove venivano questi profughi» rifletté il commissario ad alta voce.

«Questo glielo posso dire subito» fece il preside «l'ho saputo da un'altra lettera. Il responsabile del silo chiedeva un grosso quantitativo di veleno per sorci. Scriveva che i topi, di proporzioni enormi – se l'immagina lei un silo granario svuotato –, assaltavano le dieci famiglie profughe dalla Libia. Doveva trattarsi di povera gente, ex coloni che avevano perso tutto. I funzionari statali, i pezzi grossi scappati dalla Libia dovevano avere trovato collocazione altrove.»

«Ma che avrà combinato questo Zanchi con le sue bombe a mano?» si domandò Montalbano.

«Questo è il busillis» concluse il preside.

«Però un punto di partenza ce l'abbiamo» fece Montalbano riaprendo il discorso.

«E cioè?»

«La data. Quello che Zanchi fece, un qualcosa di terribile, come lui stesso scrive nel diario, dovette capitare certamente il 10 ottobre del 1943. Qui a Vigàta non c'è nessuno che possa?...»

«C'è Panarello» intervenne la signora Angelina. «Pepè Panarello, il padre della mia amica Giulia, non si è mai mosso da Vigàta, faceva l'impiegato all'ufficio anagrafe. È del '10.»

«Gesù!» disse il commissario. «È un vecchio di ottantasette anni! Non si ricorderà niente!»

«E qui si sbaglia» disse la signora Angelina. «Giulia, sua figlia, proprio l'altro giorno mi diceva che suo padre non rammenta niente di quello che ha fatto il giorno avanti, ma le cose di cinquanta, sessant'anni prima se le ricorda tutte, lucidamente, con precisione.»

Montalbano e il preside Burgio si taliàrono.

«Telefonale ora stesso» disse il preside alla moglie. «Vedi come sta in salute e piglia un appuntamento per me e per il commissario.»

Invece di riceverli a casa sua, Pepè Panarello volle vederli al caffè Castiglione.

«È che così ne può approfittare per farsi un cognacchino che io non gli farei bere manco se me lo spiasse in ginocchio» chiarì la figlia Giulia alla signora Angelina.

Lo trovarono assittato ad uno dei tavolini messi fora sul marciapiede. Si stava appunto facendo un cognacchino.

Era un vecchio magrissimo, la pelle pareva pittata sulle ossa, la mano sinistra agitata da un tremito, ma era, e lo si capiva subito, sveglissimo di testa. Attaccò lui per primo, sua figlia doveva avergli accennato che c'erano due signori che avevano bisogno della sua memoria.

«Che volete sapere?»

«Andiamo a caccia di un fatto che non sappiamo manco se è veramente successo» disse il preside.

«Un fatto accaduto qui a Vigàta nella prima decade d'ottobre del '43» fece di rincalzo il commissario.

«Se qualcosa capitò, me l'arricordo di sicuro» disse il vecchio «da quando sono andato in pinsiòne passo le mie giornate a lucidare i miei ricordi.»

Finì il cognacchino con calma, riandando all'indietro con la memoria. Poi scosse la testa.

«Niente capitò» disse a conclusione della sua esplorazione durata una decina di minuti, mentre il preside e Montalbano non osavano raprire la bocca per non disturbarlo.

«Ne è certo?» spiò deluso Montalbano.

«Certissimo» fece deciso il vecchio e isò in alto una mano per chiamare il cameriere. Il commissario credette che il vecchio volesse pagare.

«Se permette glielo offro io» disse.

«Grazie» disse Panarello «così coi soldi del primo me ne faccio un secondo.»

«Senta, signor Panarello, non pensa che alla sua età...»

«La mia età, una minchia» disse il vecchio. «Secondo lei quanto posso campare ancora? Sei mesi? Un anno? E mi dovrei privare di un cognacchino?»

E in quel momento l'orologio del palazzo comunale, ch'era proprio davanti al marciapiede sul quale c'erano i tavolini del caffè, batté l'ora.

«Già le sei sono?» si stupì Panarello.

«Ma no, è avanti di un'ora» disse il preside. «Quell'orologio segna le ore che gli paiono.»

«Gesù!» quasi gridò il vecchio. E poi, a bassa voce:

«Come ho fatto a scordarmene? Gesù!»

L'eccitazione gli faceva tremare violentemente la mano mancina, per tenerla ferma se la pigliò con la destra.

«Se non era per l'orologio» disse «non mi tornava a mente.»

Il cammareri, assieme al cognacchino, aveva portato un provvidenziale bicchiere d'acqua che Panarello bevve ora, tutto in una volta.

Montalbano e il preside Burgio, muti, manco si cataminavano sulle seggie. Finalmente il vecchio se la sentì di parlare.

«Quando gli alleati si pigliarono tutta la Sicilia» cominciò «gli venne il problema della bonifica dell'enorme quantità d'esplosivo di vario genere che gli italiani e i tedeschi avevano abbandonato. Era una cosa impressionante, mi credano. I picciliddri giocavano con le bombe a mano, due gruppi di vigatesi un giorno si fecero una guerra per finta a colpi di cannone. Decisero di buttarle a mare e affidarono la cosa ai soldati negri. Arrivavano sulla banchina camion stracarichi di munizioni e d'esplosivi con tre o quattro negri a bordo. Avevano requisito una decina di pescherecci con l'equipaggio. Dall'alto del camion, i negri lanciavano le munizioni a quelli del peschereccio che le pigliavano a volo e le sistemavano sul ponte. Quando il peschereccio era carrico, andava al largo, gettava in mare il materiale e tornava per fare un altro viaggio. Noi, in paìsi, ci raccomandavamo l'anima al Signiruzzu, era inevitabile che prima o dopo qualche cosa capitava. E difatti capitò. La matina del 10 ottobre un camion saltò in aria. E morirono i quattro negri che c'erano sopra, quattro paesani nostri ch'erano nel peschereccio, tre scaricatori del porto che travagliavano poco distante, due pescatori che stavano passando in quel momento. Tredici morti e quaranta feriti. Gesù! E com'è che mi passò dalla testa?»

«È da escludere, secondo lei, il sabotaggio?» spiò il commissario. Il vecchio lo taliò imparpagliato.

«Niente ci capii, mi scusi.»

«Volevo dire: secondo lei, si trattò di un incidente?»

«Certo! Erano tutti pazzi a fare quel travaglio in quel modo! Senza precauzione! Anzi, con strafottenza! Disgrazia fu, che voleva che fosse?»

«Niente» disse Montalbano.

«Mi scusi se m'intrometto» fece il preside «si ricorda dove si trovava il camion quando saltò in aria?»

«Guardi, proprio sotto al silo che ora è stato demolito. E infatti tre delle persone che allora ci abitavano arristarono ferite.»

«Mi levi una curiosità» disse il commissario. «Perché è stato l'orologio del comune a farle ricordare lo scoppio?»

Il vecchio sorrise.

«Ah, è per una storia che circolò, non so se vera o falsa. Vede, il botto dell'esplosione fu talmente forte che si ruppero i vetri di case a due, tre chilometri di distanza. Io mi trovavo nel mio ufficio, qua, al municipio, che dal porto dista che ci sono quattro strade in mezzo, eppure lo spostamento d'aria scardinò la porta, frantumò i vetri e mi fece cadere a terra dalla seggia. Ecco, la storia è che il vetro dell'orologio del municipio si spaccò, l'orologio si fermò alle dieci e dodici. Sulla lancetta dei minuti c'era qualcosa di nìvuro, a tutti ci parse un piccione morto per l'esplosione. Senonché, quando si chiamò uno di fora per riparare il ralogio e rimetterci il vetro nuovo, quello disse che sulla lancetta non c'era un piccione morto, ma la mano di un negro che aveva sorvolato i tetti di quattro fila di case. Per la verità dei quattro negri del camion si raccolsero solo pezzetti minuti, al massimo un piede o un braccio. È stata una cosa terribile, tremenda.»

Aveva usato, senza saperlo, le stesse parole di Carlo Zanchi di cinquantasette anni prima.

Se ne tornarono, muti, uno verso casa, l'altro verso l'ufficio. Solo al momento di salutarsi il preside parlò.

«E se si fosse trattato di una coincidenza?»

«Non credo» disse il commissario. «Quello ha aspettato che l'imbarco del materiale esplosivo avvenisse proprio sotto al silo e ha gettato una bomba sul camion dall'alto del tetto. Poi si è terrorizzato alla vista dei morti innocenti.»

«Che ce ne facciamo di questo nostro segreto?» spiò ancora il preside.

«Ce lo teniamo noi due. Anzi noi tre, perché lei certamente lo dirà alla signora Angelina.»

Invece erano in quattro a conoscere quel segreto. Una sera che, assittato in poltrona, il commissario taliàva in televisione il notiziario di "Retelibera", il racconto di un fatto di cronaca lo colpì particolarmente. Nicolò Zito, il giornalista, tra le altre cose, disse che nella comunità di "San Calogero", che accoglieva sbandati d'ogni tipo, si era verificato un incendio sicuramente doloso che aveva distrutto due baracche. L'ipotesi privilegiata era che l'incendio fosse stato appiccato da qualcuno cacciato via dalla comunità per cattiva condotta. Non fu la notizia in sé a far pigliare di curiosità Montalbano, ma il nome del fondatore della comunità stessa: don Celestino Zanchi.

Immediatamente s'arricordò della lettera del 1944 che diceva che tutti i profughi ospitati nel silo erano stati trasferiti a Montelusa. E la comunità aveva sede proprio a tre chilometri da Montelusa. Questa sì che poteva veramente essere una coincidenza, ma tanto valeva provare.

Cercò il numero sull'elenco telefonico, se lo segnò e se ne andò a dormire.

L'indomani matina, alle otto, chiamò. Gli arrisposero che il parrino aveva tanticchia di febbre, ma che l'avrebbe ricevuto lo stesso se passava verso le cinque del dopopranzo. Non gli spiarono manco la ragione della sua visita.

Don Celestino Zanchi lo ricevette curcàto a letto, aveva trentotto di febbre.

«Una banale influenza» disse scusandosi «ma seccante assai.»

Magro, gli occhi vivissimi, era un uomo forte e deciso, molto avanzato d'età.

«Lei è un commissario?»

«Sì.»

«È venuto per l'incendio?»

«No.»

Il parrino lo taliò con maggiore attenzione, mentre il commissario taliàva a sua volta la poverissima càmmara. Sul settimanile c'erano solo due fotografie, una rappresentava una coppia, l'altra un picciotto di un quattordici anni. Il parrino aveva seguito il suo sguardo.

«Quei due sono papà e mamma in Libia, nel '38. L'altra è di mio fratello Carlo quando aveva manco quindici anni.»

Gli aveva già detto tutto, senza sapere, senza volere. Che ci stava a fare dintra a quella càmmara a tormentare senza ragione un povero parrino? Non arriniscìva a staccare gli occhi dalla fotografia di Carlo: una faccia pulita, di bravo ragazzo perbene, un sorriso aperto, franco.

«Lei è venuto a conoscenza di qualcosa che riguarda il mio povero fratello, vero?» spiò a voce bassa don Celestino.

«Sì» rispose il commissario senza voltarsi.

«Come ha fatto?»

«È stato trovato un quaderno, tra le rovine del silo di Vigàta. Una specie di diario che suo fratello teneva.»

«E ci ha scritto che...»

«Non chiaramente. Lei lo sapeva?» domandò Montalbano finalmente voltandosi verso il letto.

«Vede, io non stavo con i miei al silo. Siccome già in Libia ero seminarista, mi accolsero al seminario di Montelusa. La mattina del 10 ottobre sapemmo dello scoppio. Subito dopopranzo in seminario si presentò mio fratello. Era sconvolto, tremava, balbettava. Io pensai fosse successo qualcosa di grave a papà e a mamma. Invece lui, piangendo, mi confessò quella cosa mostruosa che aveva fatto. Non sapevo che fare, tanto più che gli era venuta la febbre, a tratti pareva delirasse. Corsi dal rettore, che mi stimava, e gli contai tutto. Il rettore l'ospitò in una cella vuota, chiamò un medico. Per circa un mese si rifiutò di mangiare, ero io che l'obbligavo a forza. Poi, una sera, spiò al rettore la confessione. La mattina appresso si comunicò e niscì dal seminario. Lo trovarono quindici giorni appresso nelle campagne di Sommatino. Si era impiccato.»

Montalbano non seppe che dire. Perché cavolo si era intestato ad andare a trovare don Celestino?

«A me» ripigliò il parrino «restò un obbligo.»

«Quale?»

«Ripagare, almeno in parte, le vittime innocenti. Mio padre, un anno prima di morire, ricevette dal nostro governo un certo risarcimento per l'azienda agricola che aveva perso in Libia. Era una grossa azienda, valeva molto. Tutti quei soldi, appena li ereditai, li mandai anonimamente alle vedove, ai figli di quei poveri morti. E non passa giorno che non preghi il Signore per loro e per mio fratello Carlo che è morto disperato.»

«Domani le farò avere il quaderno» disse brusco il commissario. «Ne faccia quello che vuole.»

Fece un leggero inchino al parrino e niscì dalla càmmara maledicendo il suo sangue di sbirro.

L'indomani, con l'agente Gallo, mandò una busta a don Celestino. Dintra c'erano il quaderno e un assegno di cinquecentomila lire, levate dai suoi risparmi, destinato alla comunità.

Poi telefonò al preside Burgio, autoinvitàndosi a pranzo. Doveva contargli la fine dell'inchiesta.

La signora Clementina Vasile Cozzo era un'anziana ex maestra, paralitica, che aveva aiutato in diverse occasioni il commissario Montalbano. Tra loro era nata qualcosa di più che un'amicizia: il commissario, che aveva perso la madre quand'era picciliddro, provava una specie di sentimento filiale. Spesso Montalbano, dopo essere andato a farle visita, si tratteneva a pranzo o a cena, la cucina della càmmarera Pina prometteva bene e manteneva sempre meglio.

Quel giorno avevano finito di pranzare e stavano pigliando il caffè, quando la signora disse:

«Lo sa che la mia maestra delle elementari è ancora viva e vegeta?»

«Davvero? Quanti anni ha?»

«Novantacinque, li fa proprio oggi. Ma se la vedesse, commissario! Lucidissima, perfettamente autonoma, cammina come una picciotta. Pensi che almeno una volta al mese mi viene a trovare, e dire che abita vicino alla vecchia stazione.»

«A piedi?!» si meravigliò il commissario.

Effettivamente, c'era un bel tratto di strada.

«Oggi però ci vado io a trovarla, per due ragioni. Mi ci porta mio figlio e poi mi viene a ripigliare. Qui a Vigàta siamo rimasti una decina di suoi vecchi scolari, è diventata una consuetudine ritrovarci tutti in casa di Antonietta, si chiama Antonietta Fiandaca, per festeggiare il suo compleanno. Non si è mai voluta sposare, è sempre stata una fimmina sola. Per sua scelta, badi bene.»

«E l'altra?»

«Quale altra? Non capisco.»

«Signora Clementina, lei m'ha detto che andava a trovare la sua ex maestra per due ragioni. Una è il compleanno. E l'altra?»

La signora Clementina fece un'evidente faccia di circostanza, era chiaramente esitante.

«Il fatto è che sono tanticchia imbarazzata a parlarne. Ecco, Antonietta ieri mi ha telefonato per dirmi che ha sentito nuovamente il feto del diavolo.»

Il commissario capì subito che la signora non stava parlando in metafora, si riferiva al diavolo diavolo, quello con le corna, il piede caprino e la coda. Sulla facenna che un diavolo di questo tipo facesse feto, ossia mandasse cattivo odore, Montalbano lo sapeva per lettura e per tradizione orale, vale a dire per i racconti che gli faceva sua nonna. Però davanti alla serietà della signora Vasile Cozzo gli venne di sorridere.

«Guardi, commissario, che è una cosa seria.»

Montalbano incassò il rimprovero.

«Perché m'ha detto che la sua ex maestra ha sentito "nuovamente"? È già capitato?»

«Piglio la cosa dal principio, che è meglio. Dunque, Antonietta era di famiglia assai ricca, faceva la maestra non perché ne avesse di bisogno, ma perché già da allora aveva idee evolute. Poi il commercio che faceva suo padre andò male. A farla breve, lei e sua sorella Giacomina si spartirono comunque un'eredità discreta. Tra l'altro, ad Antonietta toccarono due villini, uno in campagna, in contrada Pàssero, e uno qui, a Vigàta. Quello di qua è una delizia, l'ha mai visto?»

«Si riferisce al villino in stile moresco a una decina di metri dalla vecchia stazione?»

«Sì, quello. È dell'architetto Basile.»

Non solo il commissario l'aveva visto, ma più di una volta si era fermato a taliàrlo, ammirandone l'aerea grazia.

«Antonietta, una volta andata in pensione, amava stare il più a lungo possibile nel villino di campagna, che teneva tirato a lucido e che aveva arredato con mobili di valore. Il giardino, poi, pareva quello di una casa inglese. Lei passava le giornate dando ripetizioni ai figli dei vicini. Quando veniva l'inverno vero, scendeva in paìsi. Questo fino a due anni avanti che lei, commissario, arrivasse a Vigàta.»

«Che successe?»

«Una notte s'arrisbigliò per una rumorata della quale non capì la causa. Com'è naturale, pinsò ai ladri. Sul comodino teneva una specie di citofono collegato con la casetta del custode che ci abitava con moglie e figli. Il custode arrivò in cinque minuti, armato. Nessuna porta sfondata, nessun vetro di finestra rotto. Se ne tornarono a dormire. Appena dintra al letto, Antonietta principiò a sentire il feto. Era una puzza insopportabile di zolfo abbrusciato ammiscato con miasmi di cloaca. Pigliava allo stomaco, faceva vomitare. Antonietta si rivestì e, non volendo nuovamente arrisbigliare il custode, passò il resto della nottata in una specie di gazebo che c'era in giardino.»

«Questo feto c'era ancora quando col giorno tornò dentro?»

«Certo. Lo notò macari la moglie del custode ch'era andata a puliziare la casa. Debole, ma c'era ancora.»

«Capitò altre volte?»

«E come no! Antonietta fece svuotare il pozzo nero, sgombrare il tetto morto, mettere in ordine in cantina. Niente. Il feto tornava sempre. Poi capitò qualche cosa di diverso.»

«E cioè?»

«Una notte, dopo che il feto l'aveva obbligata a rifugiarsi nel gazebo, sentì provenire dall'interno del villino rumori spaventosi. Quando ci entrò, vide che tutti i bicchieri, i piatti, erano stati fracassati scagliandoli contro i muri.

E ci fu ancora di peggio. Dopo due mesi di questa vita che oramai la sera Antonietta se ne andava a dormire nel gazebo, tutto finì di colpo, così com'era principiato. Antonietta tornò a passare le nottate nel suo letto. Dopo una quinnicina di giorna che tutto pareva tornato normale, capitò quello che capitò.»

Il commissario non spiò niente, era interessatissimo.

«Antonietta abitualmente dorme sul dorso. Faceva caldo e aveva lasciato la finestra spalancata. Venne svegliata da qualcosa che pesantemente le era caduto sulla pancia. Aprì gli occhi e lo vide.»

«Chi?»

«Il diavolo, commissario. Il diavolo nella forma che aveva deciso d'assumere.»

«E che forma aveva?»

«Di un animale. A quattro zampe. Con le corna. Fosforescente, gli occhi rossi, soffiava e mandava uno spaventoso feto di zolfo e di cloaca. Antonietta lanciò un grido e svenne. Aveva gridato tanto forte che accorsero il custode e la moglie, ma non trovarono traccia dell'immondo animale. Dovettero far venire il medico, Antonietta aveva la febbre forte per lo scanto e delirava. Quando si rimise, disperata e terrorizzata, chiamò padre Fulconis.»

«E chi è?»

«Suo nipote, che è parrino a Fela. Giacomina, la sorella, che si era maritata con un medico, il dottor Fulconis, aveva avuto due figli: il prete, Emanuele, e Filippo, un degenerato, un giocatore accanito che ha fatto morire di crepacuore la madre e ne ha dilapidato il patrimonio. Don Emanuele, a Fela, si era fatto la fama d'esorcista. E per questo Antonietta lo chiamò, sperando che gli liberasse la casa.»

«E ci riuscì?»

«Macché. Appena arrivato, il parrino stava per svenire, aggiarniò tutto che pareva morto, disse che sentiva fortissima la presenza del Maligno. Dopo volle essere lasciato solo nella villa, fece allontanare macari il custode e la sua famiglia. Passati tre giorni che non dava notizie, Antonietta si preoccupò e avvertì i carrabinera. Trovarono padre Fulconis con la faccia gonfiata di botte, zoppo di una gamba, più in là che qua. Riferì che più volte gli era comparso il diavolo, che avevano combattuto, ma non ce l'aveva fatta, aveva avuto la peggio. In conclusione, Antonietta si trasferì qua a Vigàta e fece sapere che aveva l'intenzione di mettere in vendita la villa. Ma la notizia del diavolo che l'abitava era venuta a conoscenza di tutti, nessuno voleva accattarla. Finalmente si fece avanti una persona di Fela, se la comprò per quattro soldi, una miseria. Ci fece un ristorante a piano terra e trasformò le càmmare di sopra in una bisca clandestina. Poi i carrabinera la chiusero. Il seguito non lo so, non m'importa, tanto la villa non è più di Antonietta. L'avranno comprata altri. E sa una cosa? Io questa storia del diavolo l'ho conosciuta a cose fatte, quando Antonietta aveva già venduto il villino.»

«Perché, se l'avesse saputo a tempo, lei, signora, che avrebbe fatto?»

«Mah, a pensarci a mente fredda, non avrei saputo che fare, che consigliarle. Però mi è venuta una raggia! E ora la storia sta ricominciando para para. Io mi scanto che la povera Antonietta, anziana com'è, non ne riceva un danno solo finanziario.»

«Si spieghi meglio.»

«Mah, non ci sta più con la testa. Mi ha fatto discorsi strambi, preoccupanti. "Ma che vuole il diavolo da me?" mi ha domandato l'altro giorno.»

Si era fatto tardi, il commissario doveva tornare in ufficio.

«Mi tenga informato, mi raccomando» disse alla signora.

Quando la signora Clementina venne a conoscenza che la sua vecchia maestra, a seguito di un intensificarsi della manifestazione diabolica di zolfo e miasmi, era stata costretta a passare due nottate assittata sullo scalino davanti alla porta, le mandò la cammarera Pina con un biglietto e la persuase a venire a dòrmiri a casa sua.

La signorina Antonietta perciò di giorno tornava al villino e quando calava lo scuro si spostava di casa.

Di questo cangiamento d'abitudini della signorina, Clementina Vasile Cozzo diede telefonico ragguaglio al commissario. Convennero che si trattava della soluzione migliore, dato che era evidente che il diavolo non amava la luce del sole e che di notte cominciava a fètere solo in prisenza della vecchia maestra.

Due giorni appresso però Montalbano telefonò di matina alla signora Clementina.

«La signorina Antonietta è ancora da lei?»

«No, è già tornata a casa sua.»

«Bene. Posso passare in matinata? Ho necessità di parlarle.»

«Venga quando vuole.»

La signorina Antonietta alle sette e mezzo di sira cenava (si fa per dire, perché un passero mangiava più di lei), poi si preparava le cose per la notte, le metteva dintra a un borsone e s'incamminava verso l'abitazione della sua ex allieva.

Quella sera il telefono squillò che aveva appena finito di cenare.

«Pronto, Antonietta? Stavi venendo da me?»

«Sì.»

«Senti, sono addolorata, non sai quanto mi dispiace, ma è arrivato all'improvviso un mio nipote dall'Australia. Per stasera e per domani non ti posso ospitare.»

«Oddio, e adesso dove vado?»

«Resta a casa. Speriamo che non succeda niente.»

La prima notte non capitò infatti niente, ma la signorina Antonietta non dormì lo stesso per lo scanto di sentire il feto del diavolo.

La seconda notte invece il diavolo si manifestò e il primo a vederlo fu il commissario che se ne stava rannicchiato nella sua macchina ferma a poca distanza dall'ingresso posteriore del villino. Il Maligno raprì cautamente la porta, trasì, stette in casa manco un minuto, niscì nuovamente, richiuse, fece per avviarsi verso la sua auto.

«Mi scusi un momento.»

Sorpreso dalla voce che gli era arrivata di spalle, il Diavolo sobbalzò, lasciò cadere la boccettina che aveva in mano. Non era stata tappata bene e il liquido si sparse per terra.

«Lei è certamente il diavolo» fece Montalbano «lo riconosco dalla puzza che sta facendo.»

Poi, non sapendo come si fa a trattare con una presenza soprannaturale, per il sì e per il no, gli mollò un poderoso pugno sul naso.

«Mi ha confessato che era assillato dai debitori, giocava e perdeva. Così gli venne in mente di ripetere quello che aveva fatto anni fa col villino di campagna. Quelli che se l'accattarono per un decimo del valore reale erano d'accordo con lui. Ora si era appattato con altri, avrebbe costretto la zia a vendere anche il villino di Vigàta.»

«Io lo sapevo» fece la signora Clementina «che questo nipote Filippo era un delinquente. Lei mi dice che il feto del diavolo era una composta chimica che si era fatta fare e mi sta bene. Ma come mi spiega la faccenda dell'animale diabolico, luminoso, che la pòvira Antonietta si vitti sulla pancia? E come mai il fratello prete, Emanuele, disse che si era malamente scontrato col diavolo?»

«L'animale diabolico era un gatto, spalmato con una pasta fosforescente e con un paro di corna di cartone attaccate in testa. In quanto al parrino, non si scontrò col diavolo, ma con suo fratello Filippo. Aveva capito tutto e voleva dissuaderlo.»

«E si fece complice? Un prete?!»

«Non lo giustifico, ma lo capisco. Filippo, per i debiti, era minacciato di morte.»

«E ora che si fa? Si racconta tutto ad Antonietta? Se viene a sapere che è stato suo nipote ad architettare la cosa, ne morrebbe di dolore, come la sorella.»

Montalbano ci pinsò sopra.

«Io un'idea ce l'avrei» fece.

«Aspetti, prima di dirmela. Come faceva Filippo a sapere quando Antonietta avrebbe dormito nel villino?»

«Un complice, che l'informava degli spostamenti. Me ne ha fatto il nome.»

«Mi dica la sua idea.»

Chiamato dalla zia Antonietta, che lo fece su pressante suggerimento della signora Clementina, arrivò di corsa a Vigàta patre Emanuele Fulconis, l'esorcista. Stavolta travagliò molto bene, gli bastò una sola nottata. La matina appresso, trionfante, annunziò che finalmente ce l'aveva fatta, il diavolo era stato definitivamente sconfitto.

Avevano finito di mangiare le sarde a beccafico, che finalmente il commissario si sentì di fare la domanda che da giorni e giorni si portava appresso.

«Ma lei, signora Clementina, al diavolo ci crede?»

«Io? E quando mai! Altrimenti perché le avrei contato questa storia? Se ci avessi creduto, l'avrei contata al vescovo, non le pare?»

IL COMPAGNO DI VIAGGIO

Il commissario Salvo Montalbano arrivò alla stazione di Palermo ch'era d'umore nìvuro. Il suo malostare nasceva dal fatto che, venuto troppo tardivamente a conoscenza di un doppio sciopero d'aerei e di navi, per andare a Roma non aveva trovato che un letto in uno scompartimento a due posti di seconda classe. Il che veniva a significare, in paroli pòvere, una nottata intera da passare con uno sconosciuto dintra a uno spazio così assuffücante che una cella d'isolamento certo era più comoda. Inoltre a Montalbano, in treno, non gli era mai arrinisciuto di toccare sonno, macari ingozzandosi di sonniferi sino ai limiti della lavanda gastrica. Per passare le ore, metteva in atto un suo rituale ch'era possibile praticamente a patto d'essere completamente solo. Consisteva essenzialmente nel coricarsi, spegnere la luce, riaccenderla dopo manco mezz'ora, fumare mezza sigaretta, leggere una pagina del libro che si era portato appresso, spegnere la sigaretta, spegnere la luce e cinque minuti dopo ripetere tutta l'operazione fino all'arrivo. Quindi, se non era solo, era assolutamente indispensabile che il compagno di viaggio fosse dotato di nervi saldi o sonno piombigno: in mancanza di tali requisiti, la cosa poteva finire a schifio. La stazione era così affollata di viaggiatori che pareva il primo d'agosto. E questo incupì ancora di più il commissario, non c'era spiranza che l'altro letto restasse libero.

Davanti alla sua vettura c'era un tale insaccato in una lorda tuta blu con una piastrina di riconoscimento sul petto. A Montalbano parse un portabagagli, razza in via d'estinzione perché ora ci sono i carrelli che un viaggiatore perde un'ora prima di trovarne uno che funziona.

«Mi dia il biglietto» intimò minaccioso l'uomo in tuta.

«E perché?» spiò il commissario a sfida.

«Perché c'è lo sciopero degli addetti e m'hanno dato l'incarico di sostituirli. Sono autorizzato a conzàrle il letto, ma l'avverto che domani a matino non posso né prepararle il caffè né portarle il giornale.»

Montalbano s'infuscò di più: passi per il giornale, ma senza caffè era un omo perso. Peggio di così non si poteva principiare.

Trasì nello scompartimento, il suo compagno di viaggio non era ancora arrivato, non c'era bagaglio in vista. Ebbe appena il tempo di sistemare la valigia e riaprire il libro giallo che aveva scelto soprattutto per lo spessore, che il treno si mise in movimento. Vuoi vedere che l'altro aveva cangiato idea e non era più partito? Il pinsèro l'allegrò. Dopo un pezzo che caminavano, l'omo in tuta s'apprisentò con due bottiglie d'acqua minerale e due bicchieri di carta.

«Sa dove sale l'altro signore?»

«M'hanno detto che è prenotato da Messina.»

Si consolò, almeno poteva starsene in santa pace per tre ore e passa, perché tanto c'impiegava il treno ad andare da Palermo a Messina. Chiuse la porta e continuò a leggere. La storia contata nel romanzo giallo lo pigliò talmente che, quando gli venne di taliàre il ralogio, scoprì che mancava poco all'arrivo a Messina. Chiamò l'omo in tuta, si fece conzàre il letto – gli era toccato quello di sopra – e, appena l'inserviente ebbe finito, si spogliò e si coricò, continuando a leggere. Quando il treno entrò in stazione, chiuse il libro e astutò la luce. All'entrata del compagno di viaggio avrebbe fatto finta di dormire, così non ci sarebbe stato bisogno di scangiare parole di convenienza.

Inspiegabilmente però anche quando il treno, dopo interminabili manovre d'avanti e narrè, montò sul traghetto, la cuccetta inferiore rimase vacante. Montalbano principiava a sciogliersi alla contentezza quando, attraccato con uno scossone il traghetto, la porta dello scompartimento si raprì e il viaggiatore fece il suo temuto ingresso. Il commissario, per un attimo e alla scarsa luce che veniva dal corridoio, ebbe modo di travedere un omo di bassa statura, capelli tagliati a spazzola, infagottato in un cappottone largo e pesante, una valigetta portadocumenti in mano. Il passeggero faceva odore di freddo, evidentemente era sì salito a Messina, ma aveva preferito starsene sul ponte della nave durante la traversata dello stretto.

Il nuovo venuto s'assittò sul lettino e non si cataminò più, non fece manco il più piccolo movimento, non accese nemmeno la luce piccola, quella che permette di vedere senza dare disturbo agli altri. Per oltre un'ora se ne stette accussì, immobile. Se non fosse stato che respirava pesantemente come dopo una lunga corsa dalla quale era difficile ripigliarsi, Montalbano avrebbe potuto farsi pirsuaso che il letto di sotto era ancora vacante. Con l'intenzione di mettere lo sconosciuto a suo agio, il commissario finse di dormire e principiò a russare leggermente, con gli occhi chiusi, però come fa il gatto che pare che dorme e invece se ne sta a contare le stelle del cielo una ad una.

E tutto a un tratto, senza rendersene conto, sprofondò nel sonno vero, come mai prima gli era successo.

Si svegliò per un brivido di freddo, il treno era fermo a una stazione: Paola, l'informò una soccorrevole voce maschile da un altoparlante. Il finestrino era completamente abbassato, le luci gialle della stazione illuminavano discretamente lo scompartimento.

Il compagno di viaggio, ancora infagottato nel cappotto, stava ora assittato ai piedi del letto, la valigetta aperta posata sul coperchio del lavabo. Stava leggendo una lettera, accompagnando la lettura col movimento delle labbra. Finito che ebbe, la stracciò a lungo e posò i pezzetti allato alla valigetta. Taliàndo meglio, il commissario vide che il mucchio bianco formato dalle lettere stracciate era abbastanza alto. Quindi la storia durava da un pezzo, lui si era fatta una dormita di due ore o poco meno.

Il treno si mosse, acquistò velocità, ma solo fuori dalla stazione l'omo stancamente si alzò, raccolse con le mani a coppa metà del mucchietto e la fece volare via fuori dal finestrino. Ripeté il gesto con la rimanente metà, quindi, dopo un momento d'indecisione, afferrò la valigetta ancora in parte piena di lettere da rileggere e da stracciare e la scagliò fuori dal finestrino. Da come tirava su col naso, Montalbano capì che l'uomo stava piangendo e difatti poco dopo si passò la manica del cappotto sul viso ad asciugare le lacrime. Poi il compagno di viaggio sbottonò il pesante indumento, tirò fora dalla tasca posteriore dei pantaloni un oggetto scuro e lo scagliò all'esterno con forza.

Il commissario ebbe la certezza che l'omo si fosse liberato di un'arma da foco.

Riabbottonatosi il cappotto, richiusi finestrino e tendina, lo sconosciuto si gettò a corpo morto sul letto. Ricominciò a singhiozzare senza ritegno. Montalbano, imbarazzato, aumentò il volume del suo finto russare. Un bel concerto.

A poco a poco i singhiozzi si affievolirono; la stanchezza, o quello che era, ebbe la meglio, l'omo del letto di sotto cadde in un sonno agitato.

Quando capì che mancava poco per arrivare a Napoli, il commissario scese la scaletta, a tentoni trovò la gruccia con i suoi abiti, pigliò cautamente a vestirsi: il compagno di viaggio, sempre incappottato, gli voltava le spalle. Però Montalbano, sentendone il respiro, ebbe l'impressione che l'altro fosse sveglio e che non volesse darlo a vedere, un po' come aveva fatto lui stesso nella primissima parte del viaggio.

Nel chinarsi per allacciare le scarpe, Montalbano notò sul pavimento un rettangolo bianco di carta, lo raccolse, raprì la porta, niscì rapidamente nel corridoio, richiuse la porta alle sue spalle. Era una cartolina postale quella che aveva in mano e rappresentava un cuore rosso circondato da un volo di bianche colombe contro un cielo azzurro. Era indirizzata al ragionier Mario Urso, via della Libertà numero 22, Patti (prov. Messina). Cinque sole parole di testo: "ti penzo sempre con amore" e la firma, "Anna".

Il treno non si era ancora fermato sotto la pensilina che già il commissario correva lungo la banchina alla disperata ricerca di qualcuno che vendesse caffè. Non ne trovò, dovette arrivare col fiatone nell'atrio centrale, scottarsi la bocca con due tazzine una via l'altra, precipitarsi all'edicola ad accattare il giornale.

Fu necessario mettersi a correre perché il treno stava rimettendosi in marcia. In piedi nel corridoio stette tanticchia a rifiatare, poi cominciò a leggere principiando dai fatti di cronaca, come faceva sempre. E quasi subito l'occhio gli cadde su una notizia che veniva da Patti (provincia di Messina). Poche righe, tante quante il fatto meritava.

Uno stimato ragioniere cinquantenne, Mario Urso, sorpresa la giovane moglie, Anna Foti, in atteggiamento inequivocabile con R.M., di anni trenta, pregiudicato, l'aveva ammazzata con tre colpi di pistola. R.M., l'amante, che in precedenza aveva più volte pubblicamente dileggiato il marito tradito, era stato risparmiato, ma si trovava ricoverato all'ospedale per lo choc subìto. Le ricerche dell'assassino continuavano, impegnando Polizia e Carabinieri.

Il commissario non trasì più nel suo scompartimento, rimase in corridoio a fumare una sigaretta appresso all'altra. Poi, che già il treno caminava lentissimo sotto la pensilina della stazione di Roma, si decise a raprire la porta.

L'uomo, sempre incappottato, si era messo assittato sul letto, le braccia strette attorno al petto, il corpo scosso da lunghi brividi. Non vedeva, non sentiva.

Il commissario si fece coraggio, entrò dentro l'angoscia densa, la desolazione palpabile, la disperazione visibile che stipavano lo scompartimento e fetevano di un colore giallo marcio. Pigliò la sua valigia e quindi posò delicatamente la cartolina sulle ginocchia del suo compagno di viaggio.

«Buona fortuna, ragioniere» sussurrò.

E si accodò agli altri viaggiatori che si preparavano a scendere.

«Domenica a sira faccio festa di venticinque anni di matrimonio. Gli amici e i colleghi vengono tutti. Io e mia moglie vorremmo avere l'onore» recitò Fazio.

«Certo che vengo» disse Montalbano.

Tra tutti gli òmini del commissariato di Vigàta, Fazio era quello col quale s'intendeva di più, bastava un'occhiata. Appresso veniva il vice commissario Augello: macari a lui bastava una semplice taliàta, bisognava però che in quel momento non avesse la testa persa darrè qualche fìmmina.

«Carne o pesce?» spiò Fazio sapendo quanto il suo superiore fosse di bocca difficile.

Montalbano si tirò il paro e lo sparo, era cògnito che la signora Fazio, in cucina, sapeva dove mettere la mano. Ma era nata e cresciuta in un piccolissimo paìsi dell'interno, dove i pesci non erano stati mai di casa.

«Carne, carne.»

La signora Fazio s'assuperò, la pasta 'ncasciata fece leccare le dita, il brusciuluni (un rollè con dentro ovo sodo, salame e pecorino a pezzetti) si volatilizzò, e dire che sarebbe stato bastevole a una ventina di persone. Il commissario aveva portato una cassetta con dodici bottiglie di vino bono, quello che faceva suo padre. Finita la cena e finite macari le dodici bottiglie, dato ch'era una bellissima serata di principio maggio decisero di fare una lunga passiata sul molo, fino a sotto il faro, per alleggerire tanticchia il carrico che ognuno di loro portava a bordo.

E siccome erano tutti sbirri, inevitabilmente si misero a fare, a un certo momento, discorsi da sbirri. L'occasione venne data da una domanda innocente del commissario a Fazio che gli camminava allato.

«Che le regalasti a to' mogliere?»

Stavano percorrendo via Roma, la principale di Vigàta, piena di negozi, tutti con le vetrine accese macari di notte.

«Venga che le faccio vedere» rispose Fazio.

Passarono all'altro marciapiede e Fazio si fermò davanti alla vetrina di un orefice.

«Un orologino da polso uguale a quello col cinturino rosso, lo vede?»

Sopraggiunsero gli altri.

«Sono oggetti di valore» osservò Mimì Augello «non è bigiotteria. L'hai pagato molto, il tuo orologino?»

«Abbastanza» rispose asciutto Fazio.

Tra i due non c'era amicizia.

«Un forastiere che passa di qua e vede questa strada» intervenne Galluzzo mentre ripigliavano il passo verso il porto «si fa sbagliato concetto di Vigàta. Pensa che da noi non ci siano latri, dato che il vetro delle vetrine non è manco blindato.»

«E mentre la pensa così, gli fottono il portafoglio o gli scippano la borsa» disse Tortorella.

«Il fatto è» fece Fazio «che i commercianti di via Roma possono stare tranquilli, pagano salato per starsene tranquilli. I carrabinera, che si occupano di queste cose, sanno tutto ma non possono fare niente. Non c'è un commerciante che vada a denunziare d'essere obbligato a pagare il pizzo perché il suo negozio non abbia danno.»

«È come un'assicurazione, ce ne sono tante, solo che questa è più sicura, nel senso che paghi perché non ti succeda niente e difatti niente ti succede, mentre se qualche cosa ti succede con un'assicurazione vera capace che manco ti pagano» fu il confuso commento di Gallo che da solo si era scolato una bottiglia e mezza di vino.

«Questi di via Roma a chi lo pagano il pizzo?» s'informò distrattamente Montalbano.

«Alla famiglia Sinagra» rispose Fazio.

«Mandano un esattore?»

«Nonsi, dottore, manco questo scòmodo si pigliano. A ogni fine di mese i negozianti vanno a trovare Pepè Rizzo, il proprietario dell'ultimo negozio a destra di via Roma, lo conosce?»

«Mi ci accatto le scarpe.»

«Bene, Rizzo è uno della famiglia Sinagra. Riscuote, piglia la sua parte e il resto lo consegna. Più comodo di così!»

«Certo che fa una raggia, sapere che uno è un delinquente e non poterci toccare manco un pelo!» sbottò Gallo.

«Ma se tocchi un pelo a lui» osservò Fazio «ti tiri appresso tutta la famiglia Sinagra con la caterva di òmini dintra la legge e di òmini fora della legge che stanno ai loro comandi.»

«Le cose non stanno precisamente come le state contando al commissario» intervenne Tortorella ch'era il più lucido di tutti dato che per una vecchia ferita alla panza non poteva bere manco una goccia di vino.

«Ah, no? E come stanno?» replicò polemico Fazio al quale spesso il vino andava di traverso.

«Stanno che Pepè Rizzo non è mafioso, non appartiene alla famiglia Sinagra e, quando riscuote il pizzo dai suoi colleghi, non trattiene manco un centesimo.»

«E allora perché lo fa?»

«Perché è stato obbligato dai Sinagra, i quali hanno fatto credere che fosse uno di loro.»

«Ma tu queste cose come le sai?»

«Me le ha dette lui, in gran confidenza. È mio cugino, siamo cresciuti insieme, lo conosco di dintra e di fora. A lui ci credo.»

Montalbano rise.

«Una trappola per gatti» disse.

Gli altri lo taliàrono imparpagliati.

«Una volta la figlia, che non aveva manco quattro anni, di una mia amica disegnò su un foglio di quaderno un uccello. Almeno, lei era convinta d'avere disegnato un uccello, ma non si capiva bene. Allora pregò la madre perché scrivesse sopra il disegno: "questo è un uccello". Poi pigliò il foglio e l'andò ad ammucciare in mezzo all'erba del giardinetto che avevano. "Che hai fatto?" le spiò la madre incuriosita. E la picciliddra: "Una trappola per gatti". I Sinagra hanno fatto lo stesso, facendo credere che questo Rizzo fosse un loro omo. Bisognerebbe fotterli sonoramente facendoli cadere, a loro volta, in un'altra trappola per gatti.»

E mentre finiva di parlare decise che il giorno appresso sarebbe andato ad accattarsi un paio di scarpe.

Alle sette e mezzo di sira, appena il commesso, abbassata per tre quarti la saracinesca, se ne fu andato, il commissario, calato a mezzo, spiò: «Posso entrare? Faccio ancora a tempo? Montalbano sono».

«Ma s'immagini, commissario!» rispose da dintra Pepè Rizzo. Montalbano, di lato come un granchio, passò sotto la saracinesca, trasì nel negozio.

«In che posso servirla?»

«I soliti mocassini marrone coi lacci.»

Mentre Rizzo principiava a scegliere scatole dalla scaffalatura, il commissario s'assittò, si levò la scarpa destra, appoggiò il piede sull'apposito sgabello.

«Così, tanto per parlare, lo sa quanti altri esercizi commerciali ci sono in via Roma?»

La domanda poteva parere innocente, ma Pepè Rizzo, che aveva il carbone bagnato, s'inquartò a difesa.

«Veramente non saprei. Non li ho mai contati» rispose, continuando a esaminare le scatole.

«Glielo dico io: settantatrè. Via Roma è lunga.»

«Già.»

Pepè Rizzo s'accosciò ai piedi del commissario, raprì la prima delle quattro scatole che aveva scelto.

«Queste sono tanticchia care. Ma guardi che morbidezza!» Montalbano non le taliò, il suo sguardo pareva perso darrè un pinsèro.

«E la sa una cosa? Lei può contare solo su sessantatrè amici, sui rimanenti dieci no.»

«E perché?»

«Perché questi dieci, di cui non le farò i nomi, oggi dopopranzo sono venuti in commissariato e l'hanno denunziata. Dicono che è lei a raccogliere il pizzo per conto della famiglia Sinagra.»

Pepè Rizzo s'acculò con un tonfo sordo, emise l'aria che aveva nei polmoni con una specie di lamento e poi assintomò, cadendo all'indietro a braccia stese.

Il commissario si scantò. Zuppiàndo per il piede senza scarpa, corse ad abbassare completamente la saracinesca, si precipitò nel retrobottega, tornò con mezza bottiglia di minerale e un bicchiere di plastica, spruzzò tanticchia d'acqua sulla faccia di Rizzo e, appena quello accennò a riprendersi, gli pruì il bicchiere pieno. Rizzo bevve tremando come per la terzana, ma non raprì bocca a difesa: il suo mancamento era stato peggio di un'ammissione.

«Ma, vede, la denunzia è il meno» fece il commissario con un'ariata a metà strata tra l'angelica e la diabolica.

«E qual è il più?» spiò con un filo di voce l'altro.

«Il più sarà la reazione dei Sinagra alla denunzia. Loro si faranno l'idea che lei è omo che non ha saputo farsi rispettare e li ha perciò messi nei guai. Allora, lei lo sa meglio di me, a paragone di quello che sono capaci di farle, la galera le parrà il paradiso terrestre.»

Pepè Rizzo principiò a cimiare come un albero scosso dal vento, ma la potente timpulata sulla faccia che Montalbano gli diede gli fece sì girare la testa di tre quarti, ma lo scansò da un secondo deliquio.

«Cerchi di restare lucido» disse il commissario. «Noi due dobbiamo parlare.»

Tortorella aveva ragione, Pepè Rizzo era un mafioso di carta.

Una volta sbracato, la parlantina di Pepè Rizzo non s'arrestò più. Rivelò al commissario come fosse stato contattato dai Sinagra, quali pressioni erano state esercitate su di lui perché accettasse l'incarico d'esattore, quali le quote che ogni commerciante doveva versare, in contanti, ogni ventotto del mese. Il giorno appresso la riscossione s'apprisentava di prima matina uno con una sacca di tela, ci stipava dintra i soldi del pizzo, salutava e se ne andava.

«Sempre la stessa persona?» spiò Montalbano.

Rizzo rispose che nel corso dei cinque anni che la storia durava, le persone che venivano con la sacca erano state almeno sette.

«E lei come faceva a riconoscerle? Solo perché arrivavano con una sacca?»

Rizzo disse che ogni cangiamento d'incaricato era stato sempre preceduto da una telefonata.

«E lei si fidava di una voce anonima al telefono?»

Nossignore, c'era un'intesa, una specie di parola d'ordine.

L'anonimo diceva: «Oggi ho deciso di cangiare scarpe».

Quando alla fine Rizzo insistette per sapere i nomi di quelli che avevano avuto il coraggio di denunziarlo, il commissario gli confessò che si era trattato di un saltafosso.

«Eh?» fece Rizzo strammàto.

«È un termine nostro, di sbirri. Non era vero niente, io le ho teso un tranello e lei ci è cascato.»

Pepè Rizzo si strinse nelle spalle.

«Meglio accussì.»

Parlarono ancora, discussero, Montalbano niscì cauto dal negozio che già faceva luce. Aveva una scatola sotto braccio: giacché ci si trovava, i mocassini marrone coi lacci se li era accattati veramente, ma aveva dovuto a lungo questionare con Rizzo che, in uno slancio di gratitudine, voleva regalarglieli.

Il pizzo non era lo stesso per tutti i settantatrè commercianti di via Roma, con magnanimità e comprensione per le singole esigenze i Sinagra avevano stabilito tariffe ad personam che variavano dalle cento alle trecentomila lire. La sira del ventotto di quello stesso mese, Pepè Rizzo, chiuso il negozio, si avviò a piedi verso casa con la solita valigetta stipata da centosettanta milioni liquidi: caminava senza prescia, non temeva scippi perché tutti in pàisi sapevano che un eventuale furto avrebbe avuto conseguenze certamente letali per gli sconsiderati che ne avessero trovato il coraggio. L'indomani a matina, sempre con la valigetta che durante la nottata aveva tenuto sotto il letto, Pepè Rizzo alle sette e mezzo niscì di casa e andò a pigliarsi una brioscia con granita di caffè al bar Salamone, quindi, alle otto meno cinque spaccate, come ogni giorno, fatte salve le domeniche e le feste comandate, si accinse a raprire la saracinesca del negozio dopo aver posato a terra la valigetta. L'orario di travaglio del commesso principiava alle nove, ma prima sarebbe arrivato l'incaricato dei Sinagra per travasare i soldi nella sacca di tela che si portava appresso. Intento com'era all'operazione d'apertura, Pepè Rizzo non ebbe modo di notare una macchina con due persone a bordo che si era fermata a ranto del marciapiede. Aperta a metà la saracinesca, Rizzo si calò per pigliare la valigetta: con perfetto sincronismo, l'omo assittato allato al guidatore spalancò la portiera, fece un balzo, con la mano mancina diede una spinta violenta alle spalle di Rizzo e lo catafotté dintra al negozio, con la dritta agguantò la valigetta, rimontò in macchina gridando "via!" a quello che guidava. A questo punto, come testimoniarono alcuni passanti, capitò una cosa incredibile: il motore della macchina s'astutò, invece di salire di giri. Il guidatore invano s'affannò con

115

l'accensione. Niente. Pepè Rizzo niscì dal negozio facendo voci come un pazzo con in mano un revorbaro che teneva nel cassetto sotto la cassa, perché non si sa mai. Visto che la macchina non arriniscìva a partire, Pepè Rizzo non perse tempo: gridando che lo potevano sentire sino al faro, puntò l'arma in faccia a quello che stava allato al guidatore e, minacciandolo di fargli saltare la testa, si fece riconsegnare la valigetta. Solo allora, come liberata da un'infatatura, la macchina partì sgommando. Pepè Rizzo sparò due colpi per tentare di fermarne la fuga poi per la tensione, com'era suo costume, assintomò, cadendo svenuto a braccia larghe. Successe un quarantotto, molti credettero che Pepè Rizzo fosse stato colpito dai malviventi in fuga. Fortunatamente il commissario Salvo Montalbano si trovava nei paraggi e autorevolmente intervenne riportando ordine. Sul numero di targa dell'auto scappata, che gli venne fornito da alcuni volenterosi che avevano assistito al fatto, il commissario espresse la certezza che non avrebbe portato a niente, sicuramente si trattava di una macchina arrubata. Da parte sua, Pepè Rizzo, rinvenuto, disse che in quei terribili momenti il sangue grosso gli aveva impedito di fissare nella mente i tratti dell'omo che gli aveva restituito la valigetta. Il revorbaro era regolarmente denunziato, precisò mentre se lo rimetteva in sacchetta.

«Ma che c'è di tanto importante in quella valigetta?» spiò alla fine il commissario.

Tanta era la gente che intanto si era raccolta sul posto e a quella domanda tutti, che sapevano benissimo cosa ci fosse dentro, trattennero il fiato.

«Carte mie, di nessuna importanza» fece calmo e oramai sorridente Pepè Rizzo. «Va a sapere che s'immaginavano.»

I presenti – e Montalbano l'intuì benissimo – a stento si trattennero dall'applaudire. Il commissario disse a Rizzo di presentarsi con comodo al commissariato per il verbale, salutò, se ne andò.

Alle nove di sira del giorno stesso che capitò il fatto, i settantatrè commercianti di via Roma, coll'esclusione di Pepè Rizzo, si ritrovarono nel retrobottega del negozio di "Vini & Liquori" di Fonzio Alletto. Il primo punto dell'ordine del giorno non scritto vertè su numero, forma e composizione delle palle di Pepè Rizzo. Giosuè Musumeci sostenne che le aveva quadrate, Michele Sileci che ne aveva quattro, Filippo Ingroia che ne aveva due come tutti, ma di piombo. Tutti però furono concordi nel pensare che Pepè Rizzo, facendo quello che aveva fatto, aveva agito nell'interesse comune: non c'era dubbio che i Sinagra avrebbero domandato un risarcimento facendosi nuovamente pagare il pizzo. E qui la discussione s'accese. I due ladri mancati erano due balordi che manco sapevano quello che la valigetta conteneva? O si trattava di due appartenenti alla famiglia avversaria dei Sinagra, che aveva deciso di principiare una guerra per la conquista di via Roma? Questa seconda ipotesi era la più inquietante: a rimetterci, comunque, sarebbero stati loro, i commercianti, pigliati in mezzo a due fuochi. Si sciolsero scuruti in faccia e preoccupati.

Il trenta cadeva di domenica. Il lunedì, alle nove e mezzo del matino, Stefano Catalanotti e Turi Santonocito, ambedue òmini di fiducia dei Sinagra, si recavano il primo alla Banca Agraria e il secondo alla Banca Cooperativa di Vigàta. Ognuno di loro aveva da versare ottantacinque milioni. Compilarono la distinta e la consegnarono, con le banconote, ai cassieri. Quello della Banca Agraria, a metà del conteggio, ebbe un'esitazione, riformò la mazzetta e taliò il primo dei biglietti di banca, a lungo, macari controluce.

«C'è qualcosa che non va?» spiò Stefano Catalanotti.

«Non so» rispose il cassiere susendosi e scomparendo nell'ufficio del direttore.

Le cose, intanto, si stavano svolgendo suppergiù allo stesso modo alla Banca Cooperativa di Vigàta.

Venti minuti dopo ch'erano trasùti nelle rispettive banche, Stefano Catalanotti e Turi Santonocito, che non avevano voluto rivelare la provenienza dei soldi, si trovarono ammanettati, per spaccio di denaro falso, dagli agenti del commissariato di Vigàta.

Alle cinque del dopopranzo di quella stessa giornata, capitò un fatto che superò ogni fantasia. Un picciliddro di manco sei anni consegnò un pacco a Pepè Rizzo, disse che due signori, da una macchina di passaggio, glielo avevano dato, con diecimila lire di mancia!, ordinando di consegnarlo personalmente al proprietario del negozio di scarpe.

Dintra c'erano centosettanta milioni in banconote, vere, e un biglietto che diceva: "Ritornare ai proprietari. I Sinagra sono quaquaraqua". Vale a dire all'ultimo posto nella scala-valore degli òmini.

Nel retrobottega del negozio di "Vini & Liquori" di Fonzio Alletto quella sera si ritrovarono tutti i commercianti di via Roma, questa volta convocati da Pepè Rizzo. Animatamente discussero, ma non arrivarono che ad unica conclusione. La rapina era stata tutta una finta, il motore della macchina era stato astutato apposta, per dare il tempo a Rizzo di ripigliarsi la valigetta, non la sua, ma un'altra identica stipata di banconote false. Il denaro che, in perfetta buonafede, Rizzo aveva consegnato all'emissario dei Sinagra. E per di più il denaro vero veniva restituito, a sottolineare che il tutto voleva significare una diabolica beffa a danno dei Sinagra. Il primo a riscuotersi dall'attonimento fu Giosué Musumeci. E rise. Dopo tanticchia, ridevano tutti, chi lacrimiando, chi tenendosi la panza, chi addirittura rotolandosi a terra. E quella risata segnò il principio della decadenza della famiglia Sinagra.

Montalbano rideva da solo, nella sua casa a Marinella. L'autore e regista di quella geniale tragediata, o meglio trappola per gatti, che l'aveva messa in scena con la collaborazione di Pepè Rizzo (protagonista), Santo Barreca e

Pippo Lo Monaco, agenti del commissariato di Mazara del Vallo (nelle vesti dei finti rapinatori) e della Questura di Montelusa (fornitrice dei biglietti falsi e dei proiettili a salve per il revorbaro di Pepè Rizzo), in una parola il commissario Salvo Montalbano, sapeva che mai e poi mai si sarebbe potuto presentare alla ribalta per ricevere i meritati applausi. Non importava, se la stava scialando lo stesso.

Si può essere sbirri di nascita, avere nel sangue l'istinto della caccia, come lo chiama Dashiell Hammet, e contemporaneamente coltivare buone, talvolta raffinate letture? Salvo Montalbano lo era e, se qualcuno gli rivolgeva stupito la domanda, non rispondeva. Una volta sola, ch'era particolarmente d'umore nìvuro, rispose malamente all'interlocutore:

«Si documenti prima di parlare. Lei lo sa chi era Antonio Pizzuto?»

«No.»

«Era uno che aveva fatto carriera nella polizia, questore, capo dell'Interpol. Di nascosto traduceva filosofi tedeschi e classici greci. A settant'anni e passa, andato in pensione, cominciò a scrivere. E diventò il più grande scrittore d'avanguardia che noi abbiamo avuto. Era siciliano.»

L'altro ammutolì. E Montalbano seguitò.

«E dato che ci siamo, le vorrei dire una mia convinzione. Leonardo Sciascia, se invece di fare il maestro elementare avesse fatto un concorso nella polizia, sarebbe diventato meglio di Maigret e di Pepe Carvalho messi assieme.»

E poiché era fatto così, appena sceso dalla vettura-letto che l'aveva portato a Trieste, una poesia di Virgilio Giotti, in dialetto, principiò a risonargli dintra. Ma subito la scacciò dalla mente: qui, nei luoghi stessi dov'era nata, la sua dizione pesantemente sicula sarebbe parsa un'offisa se non un sacrilegio.

Era una matinata di prim'ora, tersa, chiara, e lui, che pativa di cangiamenti d'umore a seconda di come svariava la giornata, si augurò di poter restare sino a sira con lo stesso stato d'animo di quel momento, benevolmente aperto a ogni situazione, a ogni incontro.

Percorsa la banchina affollata, trasì nell'atrio, si fermò ad accattare "Il Piccolo". Cercò invano nella sacchetta ch'era vacante di monete, e nel portafoglio aveva solo biglietti da cinquanta e da centomila lire. Ne pruì uno da cinquanta con scarse speranze.

«No gho da darghe spici» fece infatti l'edicolante.

«Manco io» disse Montalbano, e s'allontanò.

Subito però tornò indietro, aveva trovato la soluzione. Al giornale aggiunse due romanzi gialli scelti a caso e l'edicolante stavolta gli diede trentacinquemila lire di resto che il commissario infilò nella sacchetta destra dei pantaloni, non avendo gana di ritirare fora il portafoglio. Si avviò verso il posteggio dei taxi, mentre ora irresistibilmente, dintra alla sua testa, Saba si era messo a cantare, con quella sua voce che aveva sentito alla televisione:

> "Trieste ha una scontrosa
> grazia. Se piace
> è come un ragazzaccio aspro e vorace
> con gli occhi azzurri e mani troppo grandi..."

Le mani che all'improvviso gli artigliarono la giacca all'altezza del petto non erano quelle di un ragazzaccio, appartenevano a un cinquantino con gli occhiali, dall'ariata per niente aspra e vorace, vestito con cura. Il cinquantino aveva truppicàto, se non si fosse istintivamente aggrappato a Montalbano e se il commissario, altrettanto istintivamente, non l'avesse sorretto, sarebbe andato a finire lungo disteso a terra.

«Mi scusi tanto, sono inciampato» fece l'omo vrigognoso.

«Ma le pare!» disse il commissario.

L'omo si allontanò e Montalbano, oramai fora dalla stazione, s'avvicinò al taxi di testa, fece per raprìre lo sportello e in quel preciso momento si rese conto, misteriosamente, che non aveva più il portafoglio.

«Ma come?» s'indignò. Questo era il benvenuto che gli dava una città che aveva sempre amato?

«Si decide o no?» spiò il tassinaro al commissario che aveva aperto la portiera, l'aveva richiusa e ora la stava nuovamente aprendo.

«Senta, mi faccia un favore. Porti questa valigia e questi libri al Jolly. Mi chiamo Montalbano, ho prenotato una camera. Io verrò dopo, ho un'altra cosa da fare. Ventimila bastano?»

«Bastano» fece il tassinaro che partì subito, dato che il Jolly era a due passi, ma Montalbano non lo sapeva.

Taliò il taxi finché sparve alla sua vista e subito gli nacque un cattivo pinsèro.

«Il numero di targa non pigliai.»

Gli era venuta una botta di diffidenza, di arrifardiamento.

L'omo che gli aveva arrubato il portafoglio certamente doveva trovarsi ancora nei paraggi. Perse una mezzorata a taliàre e a ritaliàre dintra alla stazione e a mano a mano ci perdeva le speranze. Che gli tornarono di colpo quando, uscito su piazza della Libertà, rivide il borseggiatore che camminava a zigzag tra le macchine di un posteggio. Aveva appena finito di fare la stessa sceneggiata con un signore imponente, bianchi capelli al vento, il quale, ignaro d'essere stato alleggerito, continuò a procedere verso la Galleria d'arte antica, maestosamente taliàndo tutti dall'alto.

Il borseggiatore era sparito di nuovo. Poco dopo a Montalbano parse di scorgerlo, si dirigeva verso corso Cavour.

Può un commissario di polizia mettersi a correre appresso a uno gridando "al ladro, al ladro"? No, non può. L'unica era di accelerare il passo, tentare di raggiungerlo.

Un semaforo rosso bloccò Montalbano. Ebbe così modo d'assistere, impotente, a un'altra esibizione del borseggiatore: questa volta la vittima era un sissantino, elegantissimo, pareva Chaplin nella pellicola *Un re a New York*. Il commissario non poté fare a meno di ammirare la magistrale bravura del ladro, nel suo campo un vero artista.

Ma intanto dov'era andato a finire? Sorpassò il suo albergo, arrivò sino all'altezza del Teatro Verdi e qui si perse d'animo. Era inutile continuare la ricerca. E poi in quale direzione? Chi gli assicurava che il borseggiatore non avesse già imboccato una strada qualsiasi tra tutte quelle che si partivano da piazza Duca degli Abruzzi o da Riva III novembre? Lentamente tornò indietro.

Trieste seppe cangiargli l'inseguimento d'andata in una tranquilla, ariosa, passeggiata di ritorno. Si godé tutto l'odore denso e forte dell'Adriatico, tanto diverso da quello del mare della sua terra.

La sua valigia era già stata portata in càmmara, spiegò in portineria che il documento di riconoscimento l'avrebbe dato dopo.

Per prima cosa telefonò alla questura, spiò del commissario Protti, suo amico di sempre.

«Montalbano sono.»

«Ciao, come stai? Sei in anticipo, il convegno inizia alle quindici. Vieni a pranzo con me? Ti passo a prendere al Jolly, d'accordo?»

«Sì, ti ringrazio. Senti, ti devo dire una cosa, ma se ti metti a ridere giuro che vengo lì e ti spacco la faccia.»

«Che ti è successo?»

«Sono stato derubato. Il portafoglio. Alla stazione.»

Dovette aspettare cinque minuti col telefono in mano, il tempo che Protti riemergesse dalla risata sconquassante nella quale aveva rischiato d'annegare.

«Scusami, ma non ce l'ho fatta. Hai bisogno di moneta?»

«Me li dai quando ci vediamo. Cerca di darmi una mano coi tuoi colleghi a ritrovare almeno i documenti, sai, la patente, il bancomat, la tessera del Ministero...»

Mentre la risata di Protti ricominciava, Montalbano riattaccò, si spogliò, si mise sotto la doccia, si rivestì, fece una lunga telefonata a Mimì Augello, il suo vice di Vigàta, e un'altra a Livia, la sua donna, a Boccadasse, Genova.

Quando scese nella hall, il portiere lo chiamò e il commissario s'infuscò. Quello sicuramente voleva i documenti, lì non si poteva sgarrare, quelli, in quanto a rispetto delle regole, erano fermi ai tempi di Cecco Beppe. Che minchiata poteva contargli per guadagnare tempo?

«Dottor Montalbano, hanno portato questa busta per lei.»

Era una busta grande, telata, col suo nome scritto a stampatello. Era stata recapitata a mano, non c'era mittente. La raprì. Dintra c'era il portafoglio. E dintra il portafoglio c'era tutto quello che lui ci aveva messo, patente, bancomat, tesserino, cinquecentocinquantamila lire, non mancava un centesimo.

Che miracolo era? Che veniva a significare? Come aveva fatto il borseggiatore pentito a sapere in quale albergo abitava? L'unica spiegazione possibile era che il ladro, capendo d'essere seguito, si fosse ammucciato e quindi avesse a sua volta pedinato il derubato sino all'albergo.

Ma perché si era pentito del suo gesto? Forse si era accorto, taliàndo i documenti, che il derubato era uno sbirro e si era pigliato di spavento? Ma via! Non reggeva.

La prima cosa che Protti gli spiò fu:

«Me la racconti meglio questa storia del portafoglio?»

Evidentemente il garruso voleva scialarsela ancora tanticchia, aveva gana d'altre risate.

«Ah, scusami, dovevo telefonarti subito, ma mi hanno chiamato da Vigàta e m'è passato di mente. La tasca della giacca era scucita e il portafoglio m'è scivolato all'interno della fodera. Falso allarme.»

Protti lo taliò dubitativo, ma non disse niente.

Nel ristorante dove l'amico lo portò, servivano solo pesce. Si fece un piatto di tagliolini all'astice e per secondo pigliò guatti sfilettati che difficilmente si trovano. Per mandare giù quella grazia di Dio, Protti gli consigliò un terrano del Carso, prodotto sulle colline alle spalle di Trieste.

Al convegno erano presenti un trecento poliziotti di tutt'Italia. Invitato ad assittarsi sul palco, il commissario, macari per contrastare la gran botta di sonno che l'aveva assugliato dopo la mangiata, cominciò a taliàre a uno a uno quelli che stavano in platea, tutti col tesserino appuntato sul risvolto della giacchetta, alla cerca di una faccia conosciuta.

E la trovò, infatti, una faccia che aveva visto per pochi secondi, ma che gli era rimasta impressa. Montalbano sentì lungo la spina dorsale una specie di scossa elettrica: era il borseggiatore, non c'era dubbio. Era il borseggiatore, un malvivente che si era pigliato il gusto di fingersi sbirro, con tanto di tesserino bene in vista (a chi l'aveva fottuto, Madonna santa?), che ricambiava la sua taliàta e gli stava sorridendo.

Può un commissario, a un convegno di poliziotti, saltare giù dal palco e agguantare uno che tutti credono un collega, gridando che è un ladro? No, non può.

Sempre taliàndolo fisso, sempre sorridendo, il ladro si levò gli occhiali e contorse la faccia in una comica smorfia.

E allora Montalbano lo riconobbe. Genuardi! Impossibile sbagliarsi, era proprio Totuccio Genuardi, un suo compagno di ginnasio, quello che faceva ridere la classe, ce n'è sempre uno. Già fin d'allora abilissimo con le sue mani di velluto: una volta aveva sfilato il portafoglio al preside e tutti erano andati a farsi uno schiticchio in una taverna.

E adesso, che fare?

Quando finalmente venne dato l'intervallo-caffè, fece per scendere dal palco ma venne fermato da un collega che gli sottopose un delicato problema sindacale. Se ne liberò prima che poté, ma Totuccio era scomparso.

Cercò e cercò e finalmente lo vide. Lo vide e aggelò. Totuccio aveva appena portato a termine la sua solita sceneggiata col questore Di Salvo e si stava scusando, fintamente imbarazzato. Il questore, che era notoriamente un gran signore, gli batté per conforto una mano sulla spalla e gli raprì lui stesso la porta per farlo nèsciri. Totuccio gli sorrise, gli fece un mezzo inchino di ringrazio, uscì, si perse tra la gente.

ICARO

Visto e considerato che a Vigàta l'acqua (non potabile) del dissalatore veniva erogata due volte la settimana per ore quattro, visto e considerato che il numero degli emigrati in Belgio e in Germania aveva toccato quota duemiladue-centotredici, visto e considerato che il numero dei disoc-cupati aveva superato il settanta per cento della popola-zione, visto e considerato che una recente indagine aveva rivelato che su dieci giovani quattro si drogavano, visto e considerato che il porto era stato da appena due mesi sca-lato alla categoria inferiore, visto e considerato tutto que-sto e altro

il Sindaco

aveva indetto solenni festeggiamenti in occasione del 150° anniversario della proclamazione di Vigàta (già denomi-nata Sottoposto Molo di Montelusa) a Comune autonomo.

Nel programma dei festeggiamenti, che si sarebbero svolti lungo l'arco d'una simanata, dal 25 al 30 giugno, era inclusa, per tutte le sere, l'esibizione della "Famiglia Mo-reno" della quale qualcuno, che aveva avuto la fortuna d'assistere a questo speciale spettacolo nelle città del nord, lungamente favoleggiava. Il nome artistico prescel-to dalla troupe, "Famiglia Moreno" appunto, dava l'idea di un gioco innocente e al quale i nonni potevano assistere con i nipotini. Ma era un inganno, dicevano i bene informati, tant'è vero che sui manifesti c'era la scritta trasversale "Vietato ai minori di anni 18".

Debitamente messo al corrente dalla mogliere di uno che lo spettacolo aveva veduto a Bergamo, patre Burruano, arciprete, si scagliò contro il sinnaco il quale, si maravigliò il parrino, apparteneva a un partito il cui capo e fondatore aveva una zia monaca che non mancava mai di nominare. Ma il sinnaco fu irremovibile: il suo, replicò, era un partito che voleva gli òmini liberi, la sua amministrazione non era come quelle passate governate da gente senza Dio, senza Patria, senza Libertà. E quindi gli adulti, se a quello spettacolo volevano andarci, ci andavano; masannò potevano scegliere tra due manifestazioni contemporanee all'esibizione della "Famiglia Moreno": la corsa coi sacchi e il torneo di scopone scientifico.

Gerhardt e Annelise Boldt, fratello e sorella, questa minore di due anni, nati e cresciuti in un circo, già da picciliddri si esibivano come acrobati. A diciotto anni Annelise, addiventata ora una picciotta bionda che dava punti alle fìmmine da copertina, aveva perso la testa per un pilota d'elicotteri, Hugo Rittner, e se l'era maritato. Era stato proprio a Hugo ch'era venuto in testa di formare, con la mogliere e il cognato, la "Famiglia Moreno".

Tre giorni avanti l'esibizione, nel posto prescelto venne costruita, con tubi di ferro, una grandissima struttura circolare a cielo aperto, sui tralicci fu applicata una spessa tela pittata in modo da raffigurare il Colosseo.

La struttura, capace di quattrocento posti disposti torno torno alla curvatura interna, aveva al centro un ampio spazio circolare coperto interamente da una pedana di legno bianco. Allato alla struttura vennero allocati una fotoelettrica girevole e un alto traliccio che reggeva una cabina in legno con un'antenna sopra. L'esibizione, secondo il manifesto, doveva principiare alle 21 e 30 precise, ma già da un'ora prima la sala era gremita da màscoli vigatesi, schetti e maritati, a malgrado che il costo del biglietto fosse considerevole. Fìmmine, invece, nenti: l'avvertimento che vietava lo spettacolo ai minori di anni 18 le tenne lontane. Almeno per quella prima sera. All'ora stabilita, con precisione teutonica, il fascio luminoso della fotoelettrica pigliò a esplorare il cielo, mentre una musica di film di spavento intronava gli spettatori. Tutto il pubblico stava con la testa isata al cielo nìvuro, ma nella stessa posizione ci stavano macari i vigatesi che erano di fora. Poi la fotoelettrica inquadrò un elicottero e lo seguì fino a che venne a posizionarsi, alto, sulla verticale della struttura, pareva volesse atterrare sulla pedana di legno. Invece dall'elicottero calò una lunga fune che terminava con un anello e lungo la fune oscillante discese uno, infagottato in una tuta spaziale argentata. E cominciò a fare una serie di spettacolose acrobazie. In paìsi intanto si era scatenato un quarantotto: tutti sui balconi o alle finestre a taliàre in cielo. Il torneo di scopone e la corsa coi sacchi furono sospesi. L'acrobata terminò il suo numero con rapidissimi volteggi a un solo braccio che lasciarono i vigatesi senza respiro.

Dall'elicottero calò un'altra fune alla quale era attaccato un trapezio e sulla barra c'era assittata una fìmmina, lo si capiva dai capelli biondi a crocchia, che aveva macari lei la tuta ma senza casco. Arrivata all'altezza dell'altro acrobata, la fìmmina eseguì, a velocità incredibile, alcuni esercizi a solo che erano chiaramente molto difficili. Appresso, principiarono una serie di acrobazie a due. La gente gridava "bravi!", applaudiva, faceva voci, ma loro erano troppo alti per sentire. Al termine di questo balletto aereo, le funi vennero allungate fino a due metri dalla pedana e gli acrobati scomparirono alla vista dei vigatesi che non avevano pagato il biglietto. La fotoelettrica s'astutò, l'elicottero ritirò le funi e s'allontanò, un riflettore solo s'accese sulla pista. E la musica cangiò, anche metaforicamente, dando inizio a quella seconda parte dello spettacolo per cui patre Burruano, l'arciprete, aveva avuto parole di foco.

La fìmmina saltava giù dal trapezio, fingeva di cadere malamente e restava svenuta, le braccia allargate, le gambe divaricate. Allora il suo compagno si liberava della tuta e compariva vestito solo di una pelle di tigre con una maschera di leone sulla faccia. La picciotta, ripigliati i sensi e visto l'armàlo, si scantava e si metteva a correre. Una prima zampata del leone le portava via la parte superiore della tuta lasciandola in reggiseno. Un'altra zampata la lasciava in mutandine. Allora la picciotta, capite le intenzioni del leone, gli faceva il gesto d'aspettare e principiava un lentissimo e voluttuoso spogliarello al termine del quale restava con un quasi invisibile tanga. E qui cedeva alle voglie del leone che non solo pareva conoscere a memoria il Kamasutra ma era macari in grado di farne un'edizione riveduta e ampliata.

Faceva tanticchia di frisco quando l'esibizione finì in un delirio d'applausi, ma gli òmini erano tutti accaldati e sudati come se fossero stati davanti a un forno. L'elicottero si rimise a perpendicolo, calò le funi, i due ringraziarono ancora una volta e stavano per risalire quando capitò quello che capitò.

«Che capitò?» rispose Mimì Augello la matina appresso a Salvo Montalbano. «Non so se chiamarla farsa o tragedia. La picciotta aveva appena agguantato il cavo che si sentì una voce dispirata. Tanto straziante che la gente ammutolì. "No, no! Non andartene! Non volare via!" faceva quella voce. Stava interpretando il sentimento di tutti. Lei, con una mano a tenere il cavo, gli occhi sorpresi, si era sciolti i capelli mentre ringraziava, le arrivavano al fondo della schiena, le gambe lunghissime, forti che ti nasceva il pinsèro che se venivi a trovarti in mezzo ad esse erano capaci di spezzarti in due, ma nello stesso tempo così femminili e con quel culetto tanto alto e sodo che arrivava a livello dei miei dolori cervicali, e quelle minne rosate allo scoperto...»

Montalbano fece un fischio alla pecorara, Mimì Augello si scosse, niscì dal sogno.

«Mi voltai a taliàre chi facesse quelle voci, non lo distinsi bene, era un picciotto tenuto a stento da due vicini. Poi il picciotto si liberò, si precipitò sulla pista. La fimmina, visto il pericolo, salì agilmente sulla fune. Il picciotto tentò macari lui di andarle appresso, ma venne abbattuto da un pugno in faccia dell'acrobata mascolo. Il picciotto cadì a terra, i due s'arrampicarono sulle funi, l'elicottero se ne andò. Io scesi in pista. Il picciotto si stava lentamente susendo da terra, dalla bocca gli colava sangue per il cazzotto ricevuto, ma farfugliava: "La voglio! la voglio!". Aveva gli occhi spiritati di un pazzo, trimava tutto. L'ho diffidato, gli ho detto che se lo trovavo ancora nelle vicinanze la sera appresso l'avrei fatto arrestare. Non so se abbia capito quello che gli dicevo. E lo sai chi era? Nenè Scòzzari!»

A sentire quel nome, macari il commissario strammò. Ma come?! Nenè Scòzzari?! Stimato e vantato in tutta Vigàta per la serietà, la compostezza, l'educazione. Figlio di un avvocato, il numero uno del paìsi, benestante, iscritto all'Azione cattolica, laureato in legge a ventitré anni, da sei mesi zito con Agatina Lo Vullo, la capa delle Figlie di Maria. E si metteva a fare pubblicamente di queste cose, dando scandalo?

«Io non mi ci capacito» fece Augello. «Se riusciva ad avere tra le mani l'acrobata, se la fotteva lì, davanti a tutti.»

Questo successe nell'esibizione, la prima, del 25. Sparsasi la voce dello spettacolo nello spettacolo dato da Nenè Scòzzari, la gente al botteghino, la sera appresso, fu tanta che dovettero intervenire le guardie comunali a mettere ordine nella ressa. Macari una decina di fimmine maritate, accompagnate dai màscoli, si fecero vedere. Ci andò pure Mimì Augello il quale, con faccia a tenuta stagna, aveva detto a Montalbano che la sua presenza era indispensabile perché non capitassero incidenti come quello del giorno avanti. Ma poi finì col confessare al suo superiore che le cosce dell'acrobata tedesca non gli avevano fatto pigliare sonno.

Lo spettacolo del 26 filò liscio, a parte un leggero malore che venne sul più bello del Kamasutra al cavaliere Scibetta, di anni settanta, che dovette essere portato fora a braccia dal figlio e dal nipote, dato che tutti gli altri non si erano voluto cataminare per non perdersi manco un minuto dell'esibizione.

Obbediente alla diffida, Nenè Scòzzari non si era fatto vedere. E non si era fatto vedere, dalla notte del 25, nemmeno dai suoi genitori, coi quali abitava.

La matina del 27, verso le undici, nell'ufficio del commissario s'appresentò l'avvocato Giulio Scòzzari, il patre di Nenè.

«Mio figlio non torna a casa dalla notte del 25, dopo che ha fatto la farsa che ha fatto, che ci è caduta la faccia per terra dalla vrigogna.»

«È scomparso?»

«Ca quale scomparso!» fece ammaravigliato l'avvocato. «So benissimo dove sta.»

«E dove sta?»

«A Punta Speranza, dove ci sono l'elicottero e i camper di questi fottuti tedeschi.»

Punta Speranza, dove gli acrobati avevano fatto la loro base, era una zona deserta, quasi a strapiombo sul mare.

«E che fa?»

«Niente. Sta dentro la sua macchina, a poca distanza, e aspetta che la tedesca nesci fora per taliàrla, lo stronzo.»

«E lei che vuole, da me?»

«Se lei potesse andarci a parlare, a convincerlo di non fare il buffone...»

Erano le undici e mezzo, non aveva gana di andare a parlamentare col picciotto. Incarricò a Mimì Augello che non se lo fece ripetere due volte, partì a razzo, capace che arrinisciva a vedere la tedesca da vicino. Tornò doppo due ore, stravolto.

«Madonna santissima, Salvo! Arrivato a Punta Speranza ho trovato questa situazione: Nenè Scòzzari stava appoggiato al cofano della sua automobile a una ventina di metri dai due camper e dall'elicottero. La tedesca invece stava stinnicchiata, nuda completa, sopra un lettino e pigliava il sole. Nenè teneva in mano un mazzetto di margherite che aveva appena cogliuto, si avvicinò alla fìmmina, glielo posò sulle minne e tornò al suo posto. Lei allora lo taliò. Madonna santa, Salvo, che taliàta! Ma quella appena può, appena marito e fratello le danno un momento di respiro, una sveltina a Nenè gliela fa fare. Garantito!»

«E i due òmini gli spaccano la faccia, questa volta sul serio.»

«Ma dai, Salvo, questi tedeschi sono, non sono siciliani. Una scopatina a mordi e fuggi alle fìmmine loro la perdonano!»

«A proposito, dov'erano gli òmini?»

«Si stavano facendo il bagno, cento metri più sotto.»

«Ci hai parlato a Nenè?»

«Sì. Ma credimi, sono sicuro che non mi ha sentito. Ho avuto l'impressione che manco mi vedesse, ero aria per lui. Taliàva sempre la tedesca e lei taliàva a lui. Che potevo fare? Me ne sono tornato. Te lo confesso, quella tedesca mi stava facendo bollire il sangue.»

«Ma non l'hai mai vista a una fìmmina nuda?»

«Come a quella, mai» disse sincero Mimì «e non è quistione solo di bellezza. Ora so veramente che intendono gli americani quando parlano di sex-appeal.»

Gli spettacoli del 27 e del 28 andarono benissimo, solo che le fìmmine presenti erano addiventate il doppio degli òmini.

«E questo si spiega» disse Mimì che non aveva mancato una serata. «Se fossi fìmmina, perderei la testa per lui. È preciso a sua sorella, solo che lo è al maschile.»

La matina del 29 Mimì Augello arrivò in ufficio tanticchia tardi, con un sorrisino sulle labbra.

«Ti si ruppe la sveglia?»

«Ma quando mai! Stavo venendo in ufficio, quando davanti all'autonoleggio ho visto i due tedeschi, il pilota e l'acrobata, che se ne stavano partendo in macchina. Allora sono trasùto e ho spiato al proprietario. Sono andati a Catania, a fare un sopralluogo, devono esibirsi là.»

«Mimì, tu sei più strucciulèro d'una portinaia, d'una cammarera.»

«E non è finita!» fece Mimì con gli occhi sparluccicanti. «Mi è venuto un pinsèro...»

«... d'andare a Punta Speranza» disse Montalbano.

Mimì Augello lo taliò ammirativo.

«C'inzertasti! Quando arrivai, mi fermai a distanza per non fare sentire il motore. Nenè non c'era dintra la sua macchina. M'accostai al camper che hanno la tedesca e suo marito. Non ti dico, Salvo! Era tutto chiuso, ma lei era incaniata, gridava "Ja! Ja!" che pareva la stessero scannando. Se a Nenè la forza gli regge, può stare a cavallo fino alle sei di stasira, prima di quell'ora i due tedeschi non ce la fanno a tornare. Non te lo dicevo, Salvo, che quella appena poteva non se lo lasciava scappare a Nenè?»

Alle sei e mezzo del matino del 30, il commissario venne arrisbigliato da una telefonata dell'avvocato Giulio Scòzzari.

«Dottor Montalbano, mi perdoni l'ora, ma sono molto preoccupato per mio figlio.»

«Che è successo?»

«Come ho fatto in questi giorni, stanotte verso l'una sono passato dalle parti di Punta Speranza. La macchina di mio figlio non c'era.»

«L'elicottero e i camper erano al loro posto?»

«Sì, tutti erano rientrati dallo spettacolo. Ho aspettato ancora un'ora, non s'è visto, ho pensato che fosse finalmente tornato a casa. Non c'era.»

Poteva dire al padre che forse il figlio, stanco della lunga cavalcata, come la chiamava Mimì, era andato a ritrovare le forze in qualche albergo senza dover dare spiegazioni ai genitori?

«Beh, avvocato, probabilmente qualcosa è cambiato.»

L'avvocato non capì.

«Non è cambiato niente! Sono passato manco un quarto d'ora fa, i tedeschi dormono e non ci sono né mio figlio né la sua macchina.»

«Avvocato, suo figlio è maggiorenne.»

«E che c'entra?»

«C'entra sì, perché non possiamo andarlo a cercare come se fosse un picciliddro perso. Aspettiamo ancora tanticchia e se non ricompare, vedo quello che posso fare.»

Ma l'angoscia dell'avvocato Scòzzari in qualche modo gli si comunicò. Alle otto del matino invece di dirigersi verso l'ufficio, decise di fare una visita ai tedeschi. Della macchina di Nenè Scòzzari non c'era traccia. Era persuaso che i tedeschi dormissero ancora. Invece i due màscoli erano vigilanti, Hugo strumentiava nel rotore, Gerhardt si esercitava alle parallele. Il commissario gli si avvicinò, non sapeva una parola di tedesco ma sperava di farsi capire lo stesso.

«Tu sai dov'è andato a finire l'uomo che stava fermo qua con una macchina?»

Gerhardt, che era sceso dalle parallele, allargò le braccia, scosse la testa. Si accostò l'elicotterista che aveva sentito la domanda.

«Italiano innamorato non più fisto.»

E rise. Macari l'acrobata scoppiò in una risata di testa, sgradevolissima.

Non si può confessare a nessuno, forse manco a se stesso, che un'indagine viene avviata solo perché c'è stata una risata troppo sgradevole, dintra la quale sonavano derisione, disprezzo, trionfo, malvagità. Appena in ufficio, chiamò Fazio e Gallo.

«Tu» disse a quest'ultimo «vai, senza farti notare, a Punta Speranza, dove gli acrobati tedeschi hanno fatto la base. Portati un binocolo e il cellulare. Voglio essere informato della qualunque.»

«E tu» continuò rivolto a Fazio «appena arriva Mimì Augello vai con lui a pigliare la tedesca. Arrisbigliatela se dorme, non me ne fotte niente. La voglio qua, ma da sola.»

Poi telefonò all'avvocato Scòzzari.

«Notizie di suo figlio?»

«Niente, commissario. Siamo disperati.»

Subito però l'avvocato s'insospettì.

«Perché mi ha telefonato, commissario? Ha saputo qualche cosa? Perché mi ha chiamato?»

Montalbano non seppe che rispondere.

«Mi scusi, ho molto da fare. Mi telefoni se ci sono novità.»

Riattaccò. E in quel momento comparse Mimì Augello.

«E tu non sei andato con Fazio?»

«Siccome ho telefonato per avvertire che avrei tardato, Fazio è andato a pigliare la tedesca con Galluzzo.»

«Ma io volevo che ci andassi tu perché a forza di fottere turiste qualche parola di tedesco la spiccichi!»

«Se è per questo, macari Galluzzo. Quand'era picciotto è andato a cercare travaglio in Germania.»

«Mimì, quando ci portano la tedesca, voglio che tu stai con mia. Non perderti a taliàre le sue minne o le sue cosce.»

«Mi vuoi spiegare cos'è successo?»

«Nenè Scòzzari è scomparso con la macchina.»

«Tutto qua? Dopo la gran scopata che s'è fatta aieri...»

«Sì, Mimì, macari io l'ho pensato. Però c'è qualcosa che non mi persuade.»

Mimì Augello s'azzittì. Quando il suo superiore diceva

che qualcosa non funzionava, voleva dire veramente che qualcosa non funzionava, lo sapeva per spirènzia.

Appena Annelise trasì nell'ufficio, vestita con un paro di pantaloncini corti e aderentissimi e un grande foulard di seta a coprirle il petto, Montalbano capì la sofferenza di Mimì quando l'aveva vista nuda. Aveva ragione il suo vice, non si trattava solo di bellezza. Sorrise ad Augello che già conosceva, fece un cenno con la testa al commissario, spiò qualcosa in tedesco.

«Sta domandando se è una faccenda di passaporti.»

«Nein» fece d'istinto Montalbano.

«Nein» disse contemporaneamente Mimì.

Si taliàrono.

«Scusami» disse il commissario «dille che vogliamo sapere come ha passato la giornata di ieri.»

Mimì domandò e quella rispose. A lungo. E via via che parlava Augello appariva sempre più imbarazzato.

«Che disse?»

«Beh, Salvo, questa usa parlare papale papale. Dice che siccome aieri era rimasta sola, ne ha approfittato per fare sesso, ha detto proprio così, con quel bel ragazzo siciliano che è impazzito per lei. Non hanno mangiato, sono stati assieme fino alle quattro del pomeriggio, quando lei l'ha mandato via, si scantava che tornassero il marito e il fratello che erano andati a Catania. Appena il ragazzo è uscito, lei si è addormentata di colpo, era, ha detto così, un pochino provata.»

«I miei complimenti a Nenè Scòzzari» fece Montalbano.

«Verso le sette di sira» continuò Mimì «suo marito la svegliò e lei cominciò a prepararsi per l'esibizione.»

«Domandale se quando è uscita per montare sull'elicottero la macchina del giovane c'era ancora.»

«Dice che non lo sa» tradusse Mimì «c'era già scuro fitto. Ha detto che poco fa, quando i nostri sono andati a pigliarla, s'è meravigliata di non vedere l'auto al solito posto. Ne è rimasta dispiaciuta e contenta.»

«Spiale perché dispiaciuta e poi fatti spiegare perché contenta.»

La risposta di Annelise fu abbastanza lunga.

«Dispiaciuta perché gli uomini, secondo lei, sono tutti porci egoisti che appena hanno quello che domandano o s'addormentano o vanno nel cesso a pisciare, ha detto così, oppure spariscono. Contenta perché temeva qualche brutta reazione di Gerhardt, il quale non solo è geloso, ma è macari un violento.»

«Stai traducendo bene, Mimì? Guarda che Gerhardt è il fratello, il marito di nome fa Hugo.»

«Lei ha detto Gerhardt, però. Ora domando meglio.»

Mimì spiò qualche cosa e la risposta della tedesca lo fece a un tratto arrossire violentemente. Montalbano strammò: quella faccia stagnata del suo vice era capace d'arrossire?

«Che disse? Che disse?»

«Ha detto, molto semplicemente, che quando aveva quattordici anni suo fratello è stato il primo uomo della sua vita.»

«Perché prima se la faceva con gli elefanti» commentò poco galantemente il commissario.

«Ha detto macari che Gerhardt ha sofferto molto quando ha voluto maritarsi con Hugo, ma che fortunatamente suo marito si è dimostrato molto comprensivo. Ha aggiunto che il pòviro Gerhardt, quando fanno il Kamasutra in pista, soffre di una forte tensione perché è costretto a mimare ciò che farebbe sul serio.»

La tedesca si calò in avanti a levarsi un granellino di polvere dall'alluce che sporgeva dai sandali. Altamente se ne fotteva delle reazioni dei due òmini alle sue parole.

«Dille di andarsene» fece Montalbano. «È chiaro che non sa niente di Nenè. Sarà troia, ma mi pare sincera.»

«Macari a mia» appoggiò Mimì.

Convocò tutti i suoi òmini, fatta eccezione di Gallo che se ne stava a Punta Speranza a taliàre che facevano i tedeschi, e spiegò quello che aveva in mente di fare.

«Tu, Germanà, vai a casa dell'avvocato Scòzzari e ti fai fare una denunzia per la scomparsa di suo figlio Nenè. Dev'essere retrodatata ad almeno al 28 matina, altrimenti non ci sono le ventiquattro ore richieste dalla legge per principiare le ricerche. Questa denunzia la consegni al dottor Augello. Tu, Mimì, la denunzia la presenti al giudice, gl'impapocchi qualche minchiata e ti fai dare un mandato di perquisizione per i caravan, il Tir, l'elicottero, insomma per tutto quello che i tedeschi hanno. Ma questa perquisizione dev'essere fatta stanotte, non prima, appena atterrano con l'elicottero a Punta Speranza dopo lo spettacolo. Tortorella, Galluzzo, Grasso vanno con una macchina di servizio nei paraggi di Punta Speranza senza farsi vedere dai tedeschi. Cercate l'auto del picciotto, Augello vi dirà la marca e il colore. Tu, Germanà, ti metti in contatto col cellulare di Gallo, ti fai spiegare dove si trova e tra un'ora gli dai il cambio.»

«E tu?» spiò Augello.

«Io? Io me ne vado a mangiare» rispose Montalbano.

Trasì sparato Catarella.

«Dottori, ora ora tilifonò Gallo. Dice così che i tedeschi màscoli se la stanno pigliando con la tetesca fimmina, le hanno fatto voci e so' fratre l'ha macari spintottonata.»

«Ho cattive notizie» fece Mimì trasendo in ufficio verso le quattro del dopopranzo.

«Il giudice non ha firmato il mandato?»

«No, non ha detto biz, ce l'ho in sacchetta. Il fatto è che mi è venuta un'idea e sono passato dall'autonoleggio. Ho spiato al proprietario a che ora i tedeschi avessero restituito la macchina. M'ha risposto verso le sei e mezzo, l'ha riportata Gerhardt che per tornarsene al campo ha pigliato l'autobus per Montereale che ferma nelle vicinanze di Punta Speranza.»

«E ti pare una brutta notizia?»

«C'è un seguito. Il proprietario dell'autonoleggio ha aggiunto che però i tedeschi erano tornati prima.»

«E come fa a saperlo?»

«Perché li ha visti passare verso le tre e mezzo, andavano in direzione di Montereale, quindi di Punta Speranza.»

«E perciò capace che i due hanno visto nèsciri Nenè dal camper di Annelise.»

«Esattamente. E la cosa mi dà pinsero.»

Squillò il telefono, era Germanà che aveva dato il cambio a Gallo.

«Dottore? Qui tutto è tranquillo. I due acrobati si stanno esercitando alle parallele. Gerhardt e Annelise, dopo la sciarra che ha visto Gallo, hanno fatto la pace. Si sono abbrazzati e si sono vasati. La vuole sapere una cosa, dottore? Da come si vasavano, se quelli sono fratello e sorella io sono il Papa.»

«Non ti formalizzare, Germanà, i tedeschi usano accussì, fanno tutto in famiglia, peggio di noi.»

Alle sette la voce trionfante di Tortorella annunziò che avevano ritrovato l'auto di Nenè Scòzzari, a tre chilometri da Punta Speranza. Era stata infrattata nel folto di una macchia e per di più ricoperta con rami tagliati. Dintra non c'era nessuno. Che dovevano fare? Il commissario rispose che lasciassero le cose come le avevano trovate. Grasso sarebbe rimasto di guardia nelle vicinanze. Gli altri potevano rientrare.

Alle otto s'appresentò Gallo.

«Vado a dare il cambio a Germanà. Lo sa, commissario? Gli altoparlanti dei tedeschi dicono che stasera ci sarà un numero speciale. Lo farà un acrobata che si chiama Icaro.»

"E dove l'hanno pescato?" si spiò il commissario. Ma si

142

diede immediata risposta, certamente l'avevano trovato a Catania.

«Mi raccomando» disse Montalbano «qualsiasi cosa stramma che vedi o che senti, telefona, io mi porto appresso il cellulare.»

«Quasi quasi stasira ci vengo macari io» disse Montalbano. «Quanto costa il biglietto?»

Mimì lo taliò alloccuto.

«Ma non c'è bisogno di biglietto!»

«No? E perché?»

«Perché noi siamo Autorità.»

«Non lo sapevo» disse sincero il commissario.

«E come no? Abbiamo i posti riservati in prima fila.»

Alle nove e venti stavano niscendo dall'ufficio che squillò il cellulare. Era Gallo.

«Commissario? La picciotta tedesca non ha pigliato posto dintra all'elicottero. Lo vedo bene perché all'interno hanno la luce. La fimmina non c'è. E proprio in questo momento stanno partendo.»

«Quanti sono dintra all'elicottero?»

«Due, commissario. L'elicotterista e l'acrobata mascolo che tiene in mano il casco della tuta spaziale, l'ho riconosciuto benissimo.»

E Annelise dov'era? E il nuovo acrobata Icaro ch'era stato annunziato dagli altoparlanti?

«Gallo, fai una cosa. Avvicinati ai camper. Se c'è qualcosa che non ti persuade, agisci di tua iniziativa. Ma telefonami.»

Gli altoparlanti avevano annunziato uno spettacolo diverso e infatti cominciò che l'elicottero, fermo sulla perpendicolare, calò la prima fune, quella con l'anello, fino a toccare la pedana di legno. Passò qualche minuto e non successe nient'altro. Poi, imbracato alla seconda fune dalla quale era stato levato il trapezio, apparse un acrobata. Le fasce che lo tenevano alla fune erano intrecciate da far sì che l'omo stava a panza sotto, pareva una rana. Era in mutande, canottiera, calzini. Indossava solo il casco spaziale. Un costume veramente ridicolo. L'acrobata cominciò a muovere le braccia e le gambe scompostamente, in modo talmente buffo che alla gente venne da ridere. L'omo appeso alla fune si fermò, le braccia aperte, le gambe spalancate, tremava tutto e ora pareva un ragno. Indubbiamente era Icaro, un clown.

«È molto bravo» disse Mimì al commissario. Montalbano non rispose, si stava domandando com'era possibile fingere una paura folle, totale, fino al punto da farla apparire vera. Di scatto, vista l'altra fune vicina, l'acrobata Icaro s'agitò violentemente per raggiungerla con le mani protese, ma si capovolse, la testa in giù, i piedi in aria. Il pubblico scoppiò a ridere, applaudì. I movimenti del clown che mimava tutti i gesti della paura si fecero frenetici.

E in quel momento il cellulare di Montalbano squillò.

«Commissario? Sono Gallo. Ho sentito un lamento venire da un camper, ho sfondato la porta. C'era la tedesca, legata e imbavagliata. Pare pazza, commissario, e io non capisco quello che grida, vuole scappare, m'ha graffiato tutto.»

«Tienila lì» gridò a Gallo e gridò ancora, rivolto ad Augello: «Vieni con me!».

Corse fuori, Mimì gli si affiancò.

«Ce l'hai la pistola? Appena entriamo, metti fuori combattimento tutti quelli che incontriamo.»

Si precipitò darrè la fotoelettrica, principiò ad arrampicarsi lungo la scaletta di ferro del traliccio, sudato, le mani artigliate ad agguantare le barre, pativa di tanticchia di vertigine.

«Mi vuoi spiegare che succede?» gli spiò Mimì che saliva appresso di lui.

«Non mi parlare, ora, minchia, non ho fiato» ansimò.

Arrivò sulla piattaforma nella quale c'era la cabina, si

fece di lato, Mimì Augello si catapultò contro la porta che era semplicemente accostata, precipitò a valanga sopra un omo ch'era assittato davanti a una consolle e che finì a terra con tutta la seggia.

Montalbano gli strappò la cuffia dalle orecchie, sentì domandare qualcosa in tedesco, la passò a Mimì. Sulla consolle c'erano due microfoni, il commissario attivò quello al quale non stava parlando l'omo quando erano entrati.

«Quelli dell'elicottero continuano a domandare cosa sta succedendo qua» fece Mimì e, tanto per avere le mani libere, calò col calcio della pistola un colpo sulla nuca dell'omo che si stava rialzando, stordito, da terra.

«Vigatesi!» gridò Montalbano. Dalla finestrella della cabina si vedevano tre quarti di platea e quasi tutta la pista. Il commissario notò che la sua voce era arrivata, tutti si erano voltati verso gli altoparlanti in sala.

«Vigatesi!» ripeté. E il diavoletto maligno dell'ironia, che sempre gli stava allato macari nei momenti più difficili, gli suggerì d'aggiungere "fratelli, popol mio" come Alberto da Giussano. Vinse la tentazione.

«Il commissario Montalbano sono. L'uomo che sta appeso lassù non è Icaro, non è un clown. È il nostro compaesano Nenè Scòzzari che i tedeschi hanno pigliato e gli stanno facendo rischiare la vita! Aiutatemi!»

«Quelli dell'elicottero hanno capito qualcosa. Bisogna fare presto» disse concitato Mimì con la cuffia alle orecchie. Già, ma fare cosa? Il commissario tornò a taliàre la gente. E vide uno spettacolo che lo commosse, gli chiuse la gola. Due o tre picciotti si stavano arrampicando, come scimmie, lungo la fune, un grappolo umano di una trentina di persone s'era afferrato alla stessa fune, faceva peso. Montalbano taliò l'elicottero, era chiaramente in difficoltà, ce l'avrebbe però fatta lo stesso a sollevarsi.

«Parla con questi due stronzi» disse Montalbano «digli che se si allontanano si portano appresso in volo una decina di persone sospese a una fune. Può essere una strage. Si facciano bene i conti.»

Ma sapeva già come sarebbe andata a finire.

«Lasciate libero l'elicottero!» gridò. «Ripigliate i vostri posti!»

Infatti la fune che reggeva Nenè Scòzzari, svenuto, pareva un pupo coi fili rotti, principiò lentamente a calare a terra.

Le cose sono andate in questo modo. La tedesca, una stocco di figa della quale il mio vice Augello porterà imperituro ricordo avendola vista nuda, approfitta dell'assenza del marito e dell'amante (che altri non è che suo fratello) per concedersi qualche ora d'intense scopate nel suo camper con Nenè Scòzzari, ex giovane dabbene, impazzito per lei. I due tedeschi, tornati prima del tempo, sorprendono lo Scòzzari che esce dal camper. Gli viene l'idea di fargli pagare la scopata con uno scherzo crudele: l'agguantano, lo legano, lo nascondono nell'elicottero, fanno sparire l'auto. Quando la figona si sveglia dal sonno riparatore i due la rimproverano per quello che ha fatto, ma la cosa pare finire lì. Mandano un accolito in giro per il paese ad annunziare che quella sera allo spettacolo parteciperà un acrobata nuovo, Icaro. Poco prima di partire dalla loro base, i due buontemponi legano e imbavagliano la rispettiva moglie e sorella-amante, la quale evidentemente si rifiuta di partecipare allo scherzo. I due mettono in mutande, letteralmente, lo Scòzzari, gli infilano il casco perché non si sentano le sue grida e lo calano con la fune. Ecco creato il clown-acrobata Icaro. Io ho capito la faccenda quando un mio agente mi ha telefonato d'avere scoperto la ragazza legata e imbavagliata.

Le mie proposte sono: ergastolo ai due stronzi (che, sia chiaro, non avevano intenzione d'ammazzare lo Scòzzari, ma solo di fargli pigliare un bello spavento); libertà condizionata alla tedeschina (il condizionamento della libertà consiste nel lasciarla in balìa, per un mese, del mio vice dottor Mimì Augello).

Questo riferì nel suo rapporto al giudice il commissario Montalbano. Ma usò altre parole e omise le proposte finali.

«Non riesco proprio a capire, commissario.»

Carlo Memmi pareva un trentino che portava assai male l'età sua, ma quando si andava a taliàre la data di nascita ci si addunava ch'era un cinquantino che portava assai bene gli anni suoi. Antenore Memmi, suo padre, aveva posseduto a Parma un rinomato salone di barbiere, dove andavano a servirsi tutti i gerarchi fascisti della città. E allora com'è che si spiega che alla fine del '45 fosse comparso a Vigàta, ospitato dalla madre di sua mogliere Lia ch'era proprio vigatese? I paisani ci avevano messo picca e nenti a darsene spiegazione. Che fa chi pratica lo zoppo? Zuppìa. E così era stato per Antenore Memmi: a forza di bazzicare coi fascisti, al tempo di Salò pare avesse pigliato il vizio di fare pelo e contropelo ai partigiani che i suoi amici facevano prigionieri. Dopo la liberazione, sfuggito all'arresto, aveva capito che continuare a stare a Parma non era cosa, qualcuno prima o poi sarebbe comparso a pagarlo per il disturbo che si era preso. A Vigàta, coi soldi della suocera, aveva aperto un salone e siccome per essere bravo nel mestiere suo bravo era, i clienti gli venivano macari dai paesi vicini. Nel 1950 gli era nato un figlio, Carlo, che rimase unico e che incominciò a impratichirsi prima da garzone poi da praticante. Quando Carlo raggiunse i vent'anni, sua madre, la signora Lia, morì. Sei mesi appresso ad Antenore Memmi gli pigliò la smania di tornare a Parma che non vedeva da venticinque anni. Il figlio lo sconsigliò, Antenore s'intestardì e partì, assicurando a Carlo che si sarebbe trattato di una visita brevissima. E così fu. Tre giorni dopo il suo arrivo, Antenore Memmi venne travolto e ucciso da un'auto pirata mai identificata. L'opinione dei più, a Vigàta, fu che qualche parente di uno di quelli ai quali aveva fatto pelo e contropelo non fosse rimasto soddisfatto del servizio e, sia pure a distanza di tanto tempo, avesse provveduto a farglielo sapere. Rimasto orfano, Carlo aveva venduto il salone paterno, ne aveva accattato uno grande che aveva diviso in due reparti, per uomo e per signora. Il fatto è che Carlo, andato a Parma per i funerali, aveva conosciuto una cugina, Anna, parrucchiera per signora. Era stato un amore a prima vista che aveva tra l'altro dotato Vigàta di un elegantissimo salone che si fregiava dell'insegna "Carlo & Anna".

Dopo qualche tempo che gli affari andavano più che bene, Carlo aveva avuto una bella alzata d'ingegno e aveva fatto arrivare a Vigàta direttamente da Parigi Monsieur Dédé, un quarantino parrucchiere per signora, un esemplare standard della specie, che, tra l'altro, era doverosamente garruso (secondo i vecchi vigatesi), frocio (secondo i vigatesi più volgari), gay (secondo le signore che per lui stravedevano). La conseguenza dell'arrivo di Monsieur Dédé era stata che Carlo aveva dovuto trasferirsi in un locale tre volte più grande e assumere una segretaria solo per segnare gli appuntamenti. Inspiegabilmente però, agli inizi degli anni '90, Carlo Memmi e sua moglie Anna si erano ritirati, lasciando il salone nelle mani di Monsieur Dédé che se l'era accattato per centinaia e centinaia di milioni. Carlo aveva potuto così dedicarsi a tempo pieno alle sue due passioni, che erano la caccia e la pesca. Possedeva un villino a Marinella dove abitava con la moglie estate e inverno, comodo per la pesca che praticava portandosi al largo con un gommone munito di motore. Per la caccia la cosa era tanticchia più complicata. Carlo Memmi andava a caccia all'estero, prima in Jugoslavia e poi in Cecoslovacchia, una volta all'anno, e stava fora di casa per un mese. Possedeva un fuoristrada attrezzatissimo che teneva chiuso in un garage di Vigàta, mentre per gli spostamenti quotidiani adoperava in genere una Punto. Aveva inoltre tre fucili di gran marca e un cane da caccia di razza inglese che gli era costato una fortuna. Il cane lo teneva nel giardino della villetta assieme a Bobo, ch'era invece un bastardo al quale la signora Anna era molto affezionata.

Il commissario Montalbano non era mai stato cliente del salone di Carlo: detestava andare dal barbiere per il taglio dei capelli, figurarsi se poteva farsi servire in un posto dove decine di specchi ti ritraevano con l'espressione inevitabilmente ebete che uno assume in quell'occasione. Però a Carlo Memmi lo conosceva e sapeva ch'era una pìrsona perbene, tranquilla, che non aveva mai dato fastidio a nessuno. E allora perché?

«E allora perché?» disse Carlo Memmi come se gli avesse letto nel pensiero.

La notte avanti, verso l'una, mentre Carlo se ne stava al largo di Vigàta a pescare, c'era stata una grossa esplosione nel garage dove teneva il fuoristrada seguita da un principio d'incendio. L'esplosione aveva lesionato il pavimento dell'abitazione della famiglia Currera che abitava sopra il garage e alla quale i pompieri avevano consigliato di sloggiare. Mimì Augello, chiamato sul posto, riferì al commissario che l'incendio era sicuramente doloso. La signora Amalia Currera, ch'era di sonno lèggio, aveva dichiarato che una mezz'ora dopo la mezzanotte aveva sentito che la saracinesca veniva aperta. Si era nuovamente appinnicata per essere risvegliata dal botto:

«Ah, che spavento! Mi parse una bomba!»

Nel garage, concluse Augello, ora ci stava travagliando il tecnico dell'assicurazione.

Alle dieci del matino Carlo Memmi aveva spiato di parlare con Montalbano. E ora stava lì, con la faccia abbottata di sonno e di preoccupazione, a domandarsi perché.

«Se l'incendio della sua Toyota risulta doloso» fece

Montalbano «è segno che le hanno mandato un avvertimento.»

«Ma avvertimento di che?»

«Signor Memmi, parliamoci chiaro. Un avvertimento,
al mio paese e macari al suo, visto e considerato che lei è
nato qua, ha sempre un doppio significato.»

«E cioè?»

«Amico mio, tu vuoi fare una certa cosa? Bada che non
ti conviene farla. Oppure: amico mio, tu non vuoi fare una
certa cosa? Ti conviene invece farla. Ma quello che deve
fare o non fare se lo sa solo lei, è inutile che venga a spiar-
lo a me. Io posso esserle utile solo a una condizione: che
lei mi dica sinceramente come stanno le cose e perché sono arrivati ad abbrusciarle la Toyota.»

Sotto la taliàta del commissario, per almeno due minuti
Carlo Memmi se ne stette in silenzio. E in quei due minuti
parse stracangiarsi, dimostrare la cinquantina d'anni che
aveva e macari qualcosa di più. Alla fine, tirò un sospiro
come di rassegnazione.

«Mi creda, commissario, è da quando è successo il fatto
che ci penso. Non riesco a trovare niente che sia da fare o
da non fare. Stamattina anzi mi è venuto un pensiero...»

Si fermò di colpo.

«Avanti» disse Montalbano.

«Sono passato dal salone. Ho domandato a Dédé se
aveva...»

Si fermò nuovamente, gli veniva difficile continuare. Il
commissario gli andò in aiuto.

«Se aveva regolarmente pagato il pizzo?»

«Sì» confermò Carlo arrossendo.

«E l'aveva fatto?»

«Sì» ripeté l'omo diventando una vampa di foco.

Poi si susì, tese la mano.

«Mi scusi per il disturbo. So che lei farà del suo meglio,
ma io non sono in condizione d'aiutarla. Possono farmi
saltare in aria e io morirò domandandomi perché.»

Una matina di una quinnicina di giorni appresso, il commissario si susì ma venne pigliato da una tale botta di lagnusìa, di voglia di non fare niente, che l'idea di doversi vestire e di andare in ufficio gli provocò una leggera nausea. Avvertì Fazio, al commissariato, e si sistemò sulla verandina di casa in costume da bagno. Era il 3 di maggio, ma pareva il 3 di settembre. Tempo addietro era stato un fedele lettore di "Linus" e questo gli aveva dato un certo gusto per i fumetti d'epoca, da Mandrake all'Agente segreto X-9, da Gordon Flash a Jim della giungla. Un mese avanti, ch'era andato a trovare Livia a Boccadasse, Genova, aveva scoperto su una bancarella un semestre del "Corriere dei piccoli" del 1936, ben rilegato. Se l'era accattato ma non aveva mai avuto tempo di leggerlo. Ora era arrivato il momento. Non era vero.

«Commissario! Commissario!»

Era Carlo Memmi che lo chiamava, correndo spiaggia spiaggia. Gli andò incontro.

«Che succede?»

«Hanno ammazzato a Pippo!» spiegò Memmi. E scoppiò a piangere sconsolato.

«Chi era Pippo, mi scusi?»

«Il mio cane da caccia!» fece l'omo tra i singhiozzi.

«L'hanno sgozzato?»

«No, con una polpetta avvelenata.»

Il pianto di Carlo Memmi era incontenibile. Impacciato, Montalbano gli diede due colpetti sulla spalla.

«Come ha capito che l'hanno avvelenato?»

«Me l'ha detto il veterinario.»

Arrivò in ufficio infuscatissimo e per prima cosa fece una cazziata sullenne a Fazio che gli aveva rovinato la matinata rivelando a Carlo Memmi ch'era in casa. Poi chiamò Mimì Augello.

«Mimì, hai saputo più niente di quella macchina abbrusciata?»

«Quale macchina?»

«Quella per fare diventare dritte le fave!»

«Dai, Salvo, non ti alterare subito! Di quale macchina parli?»

Montalbano ebbe un sospetto.

«Scusami, Mimì, quante macchine sono state abbrusciate negli ultimi quinnici giorni?»

«Sette.»

«Ah. Volevo notizie della Toyota di Carlo Memmi.»

«Hanno aperto il garage con una chiave falsa, non c'era traccia d'effrazione, hanno svitato il tappo della benzina, ci hanno infilato dintra una calza da donna e via.»

«Come hai detto?»

«Che ho detto?»

«Una calza da donna? Come fai a saperlo?»

«Me l'ha riferito il perito dell'assicurazione. Ne è rimasto un pezzetto minuscolo che non si è abbrusciato.»

«Dammi nome e numero di questo perito.»

Chiamò il perito e parlarono per una decina di minuti. Alla fine, senza perdere tempo, convocò Fazio.

«Entro due ore al massimo voglio sapere quello che si dice in paese sui motivi che hanno spinto Carlo Memmi e sua mogliere a disfarsi del salone.»

«Ma sono passati almeno quattro anni, mi pare!»

«E a me che me ne fotte? Vuol dire che invece di due facciamo tre ore. Ti sta bene accussì?»

Invece Fazio fu di ritorno dopo manco un'ora.

«Una spiegazione me l'hanno data.»

«Chi?»

«L'altro barbiere, quello dal quale si fa servire lei.»

«C'è permesso?» spiò Carlo Memmi dalla verandina.

«Arrivo subito» fece Montalbano. «Lo gradisce un caffè?»

«Volentieri.»

S'assittarono sulla panchina. Il vento aveva girato qualche pagina del "Corriere dei piccoli" che era rimasto sul tavolino dalla matina. Il commissario sorrise.

«Signor Memmi, ha mai letto questo settimanale?»

Memmi gli diede un'occhiata distratta.

«No, ma ne ho sentito parlare.»

«Vede questa pagina che il vento ci ha messo sotto gli occhi? C'è disegnata una storia di Arcibaldo e Petronilla.»

«Ah, sì? E chi sono?»

«Poi glielo spiego. Sa, poco fa, mentre tornavo verso casa dall'ufficio, mi sono fermato davanti al suo villino e sono sceso.»

«E perché non ha suonato? Saremmo stati noi a offrirle il caffè.»

«Stavo per farlo, ma nel giardinetto c'era un cane che mi ha ringhiato.»

«Chi? Bobo? Il cane di Anna? Io non lo posso soffrire. Perché non l'hanno data a lui la polpetta avvelenata invece che al mio Pippo?»

Prevedendo una nuova crisi di pianto, Montalbano sparò subito il suo commento.

«Questo è il punto» disse.

Carlo Memmi lo taliò imparpagliato.

«Mi corregga se sbaglio» continuò il commissario. «Stanotte, mentre lei era a pescare, qualcuno ha gettato nel suo giardino, dove c'erano i due cani in libertà, un boccone avvelenato. Giusto?»

«Giusto.»

«E come me lo spiega che a mangiarselo è stato solo il suo cane e non quello della signora?»

«Ci ho pensato, sa?» fece Memmi illuminandosi. «E una spiegazione c'è. Pippo era più pronto, aveva riflessi fulminei. Ma si figuri! Prima ancora che Bobo avesse fatto un passo, Pippo s'era già ingoiata la polpetta o quello che era.»

Sospirò. E aggiunse:

«Purtroppo!»

«Le devo fare un'altra domanda. Perché invece di dare foco alla macchina che lei adopera tutti i giorni e che lascia parcheggiata davanti al villino alla portata di tutti, si sono pigliati il disturbo di aprire il garage e abbrusciarle la Toyota? Hanno corso un rischio maggiore, non le pare?»

«E mi pare sì, ora che mi ci sta facendo pensare!» esplose Memmi. «E lei come lo spiega?»

Montalbano non rispose alla domanda, continuò come se pensasse ad alta voce.

«Dopo l'abbrusciatina della Toyota io ci avrei scommesso che il secondo avvertimento sarebbe stato la distruzione del gommone che lei lascia sulla spiaggia, a pochi metri dal villino. Una cosa facilissima, sarebbero bastati pochi secondi. E io avrei vinto la scommessa. Invece l'ho persa perché quelli stavolta hanno rischiato di più, ammazzando il suo cane. Pensi: sono dovuti restare davanti al cancello per essere certi che la carne avvelenata l'avesse mangiata Pippo e non Bobo. A rischio di essere sorpresi dalla sua signora svegliata dall'insistente abbaiare di Bobo che sarà stupido quanto vuole lei ma è capace di mettersi in agitazione se si catamina una foglia.»

«Dove vuole arrivare, commissario?»

«A una conclusione. Ma ci arriveremo assieme, non dubiti. Posso farle qualche altra domanda?»

«Padronissimo.»

«Stamattina ho parlato col perito dell'assicurazione che mi ha spiegato come è stata abbrusciata la sua macchina. Mi ha detto di averla informata proprio ieri matina.»

«Sì, è vero. Mi ha telefonato.»

«Macari lei sarà rimasto sorpreso, non è vero, signor Memmi? Ma come? Quando mai si è sentito che una macchina viene messa a foco con una calza di fìmmina imbevuta d'acetone, quello dello smalto per le unghie?»

«Effettivamente...»

Ora Carlo Memmi era chiaramente impacciato, non taliàva il commissario, ma una mosca ch'era caduta dintra la sua tazzina vacante.

«Ancora cinque minuti e abbiamo finito. Lo gradisce un altro caffè?»

«Vorrei solo tanticchia d'acqua fresca.»

Quando Montalbano tornò con una bottiglia e due bicchieri, trovò che Carlo Memmi aveva tirato fora dalla tazzina la mosca che inutilmente si agitava sul tavolo perché non poteva volarsene via avendo le ali impicciate dallo zucchero. Come Montalbano gli ebbe riempito il bicchiere, Memmi c'infilò la punta del dito e lasciò cadere una goccia d'acqua sulla mosca. Poi isò la testa e taliò il commissario.

«Speriamo che l'acqua sciolga lo zucchero. Io non posso veder penare manco una formicola.»

Come tanti cacciatori, aveva un enorme rispetto per ogni creatura della terra.

«Chissà quanto avrà sofferto a dover ammazzare il suo Pippo» disse a mezza voce Montalbano con gli occhi fissi sul mare che sparluccicava tanto da far male alla vista.

La reazione di Carlo Memmi non fu quella che il commissario s'aspettava. L'omo non smentì, non gridò, non si mise a piangere. Lasciò solo cadere un'altra goccia sulla mosca.

«Lei lo sa perché ho dovuto cedere il salone?»

«Sì, l'ho saputo questa matina. Per la gelosia di sua moglie che andava peggiorando di giorno in giorno. Mi hanno detto che ogni tanto le faceva scenate pubbliche, la rimproverava d'avere relazioni con le commesse, con le clienti.»

«Lo sa, commissario? Non l'ho mai tradita, mai. Ho ceduto il salone nella speranza di darle meno motivo di patimento. Per un pezzo le cose sono andate abbastanza bene, poi le è venuta una nuova fissazione e cioè che, quando andavo all'estero per la caccia, la tradivo. Sono ricominciate le scenate. Venti giorni fa, nella sacchetta di un mio vestito da caccia ha trovato una cartolina dalla Cecoslovacchia. Non mi ha detto niente.»

«Mi scusi, la cartolina era di una donna?»

«Ma quando mai! La cartolina diceva solamente "a presto" ed era firmata "Tatra". Il mio amico Jan Tatra, mio compagno di battute. Mia mogliere si fissò ch'era il nome di una fimmina. E così una notte niscì di casa con la chiave del garage che io tengo nel cassetto della scrivania, andò ad aprirlo e diede foco alla macchina con quello che aveva sottomano, acetone e una calza di seta.»

«E lei non sospettò di sua moglie?»

«Mai! Non mi passava neanche per l'anticamera del cervello! Ero scantato, terrorizzato da quello che credevo un avvertimento mafioso. Poi, l'altra matina, mi ha telefonato il perito. E io ho cominciato a ragionarci sopra. C'era stato un precedente. Aveva tentato di dare foco ai capelli di una mia commessa, che pensava fosse una delle tante mie amanti, gettandole in testa dell'acetone e poi, con l'accendino... Insomma, quello fu l'episodio che mi fece decidere a mollare tutto. Tacitare la commessa mi costò un sacco di soldi. E così aieri, a tavola, le spiai perché avesse dato foco alla mia macchina. Non rispose, urlò e mi si avventò contro. Poi andò nella càmmara da letto e tornò con la cartolina. Io cercai di spiegarle come stavano veramente le cose, ma non ci fu verso. La tenevo ferma per i polsi e lei mi dava calci nelle gambe. A un tratto roteò gli occhi, scivolò a terra, pigliata dalle convulsioni. Ho chiamato il medico e l'hanno portata all'ospedale a Montelusa. Allora io, la notte stessa, ho chiuso in casa Bobo e ho dato il veleno a Pippo.»

«Perché?»

«Ma come? Lei ha capito tutto e non ha capito il perché? Perché quando tra tre o quattro giorni Anna tornerà a casa capirà che con la caccia io ho definitivamente chiuso. Le voglio molto bene, a mia moglie.»

Poi fece la domanda la cui risposta lo spaventava.

«Cosa pensa di fare, commissario?»

«Cosa pensa di fare lei, signor Memmi.»

«Io? Oggi stesso vado a parlare con Donato Currera, voglio risarcirgli i danni e lo spavento che s'è preso con tutta la famiglia. Non gli dirò di Anna, però.»

«Mi sta bene» disse Montalbano.

Carlo Memmi tirò un sospiro di sollievo, si susì.

«Grazie. Ah, non mi ha detto la storia di... come si chiamano questi due?»

«Arcibaldo e Petronilla. Gliela conterò un'altra volta. Per ora le basti sapere che Petronilla è una moglie gelosa.» Si sorrisero, si strinsero la mano. Disturbata dal movimento, la mosca volò via.

Appena l'omo trasì nel suo ufficio, Montalbano pinsò di stare patendo un'allucinazione: il visitatore era una stampa e una figura con Harry Truman, il certamente defunto ex presidente degli Stati Uniti così come il commissario l'aveva sempre visto nelle fotografie e nei documenti dell'epoca. Lo stesso vestito gessato a doppio petto, lo stesso cappello chiaro, la stessa cravatta vistosa, la stessa montatura degli occhiali. Solo che, a taliàrlo bene, le differenze erano due. La prima era che l'omo navigava verso l'ottantina, se non l'aveva già doppiata, portata in modo eccellente. La seconda era che mentre l'ex presidente rideva sempre macari quando ordinava di gettare la bomba atomica su Hiroshima, questo non solo non sorrideva, ma aveva attorno a lui un'ariata di composta malinconia.

«Mi perdoni se la disturbo, signore. Mi chiamo Charles Zuck.» Parlava un italiano da libro, senza accenti dialettali. O meglio, un accento ce l'aveva e abbastanza evidente.

«Lei è americano?» spiò il commissario facendogli cenno di assittarsi sulla seggia davanti alla scrivania.

«Sono cittadino americano, sì.»

Sottilissima distinzione che Montalbano giustamente interpretò così: non sono nato americano, lo sono diventato.

«Mi dica in che cosa posso esserle utile.»

L'omo gli faceva simpatia. Non solo aveva quell'ariata malinconica, ma pareva macari spaesato, stràneo.

«Sono arrivato a Vigàta tre giorni fa. Volevo fare una brevissima visita. Difatti dopodomani ho un aereo da Palermo per tornare a Chicago.»

Embè? Forse con un altro Montalbano avrebbe già perso la pazienza.

«E qual è il suo problema?»

«Che il sindaco di Vigàta non mi riceve.»

E che ci accucchiava lui?

«Guardi, lei è straniero e, sebbene parli un italiano perfetto, certamente ignora che un commissariato di polizia non si occupa di...»

«La ringrazio per il complimento» fece Charles Zuck «ma l'italiano l'ho insegnato per decenni negli Stati Uniti. So benissimo che lei non ha il potere di obbligare il sindaco a ricevermi. Però può cercare di convincerlo.»

Perché stava a sentirlo con santa pacienza, perché quell'omo gli faceva venire il curioso?

«Posso, sì» disse il commissario. E aggiunse, volendo scusare il primo cittadino agli occhi di uno stràneo: «Mancano tre giorni alle elezioni. E il nostro sindaco si è ricandidato. Comunque è suo dovere riceverla».

«Tanto più che io sono, anzi ero, vigatese.»

«Ah, quindi lei è nato qua» si stupì, ma poi non tanto, Montalbano. Stimando a occhio e croce, l'omo doveva essere nato verso gli anni Venti, quando il porto andava della bella e gli stranieri a Vigàta s'accattavano a due un soldo.

«Sì.»

Charles Zuck fece una pausa, l'ariata malinconica parse condensarsi, farsi più spessa, le pupille gli si misero a saltare da una parete all'altra della càmmara.

«E qui sono morto» disse.

La prima reazione del commissario non fu di stupore, ma di raggia: raggia verso se stesso per non avere capito subito che l'omo era un pòviro pazzo, uno che con la testa non ci stava. Decise d'andare a chiamare qualcuno dei suoi per farlo gettare fora dal commissariato. Si susì.

«Mi scusi un attimo.»

«Non sono pazzo» disse l'americano.

Tutto come da copione, i pazzi che sostenevano d'essere sani di mente, gli ergastolani che giuravano d'essere innocenti come a Cristo.

«Non c'è bisogno di chiamare nessuno» fece Zuck susendosi a sua volta. «E mi perdoni per averle fatto perdere tutto questo tempo. Buongiorno.»

Gli passò davanti dirigendosi alla porta. Montalbano ne provò pena, gli ottant'anni al vecchio ora gli si contavano tutti. Non poteva lasciar andare uno di quell'età, se non pazzo sicuramente stòlito e straniero: capace che faceva qualche malo incontro.

«Si risegga.»

Charles Zuck obbedì.

«Ha un documento di riconoscimento?»

Senza parlare, quello gli pruì il passaporto.

Non c'era dubbio: si chiamava come aveva detto ed era nato a Vigàta il 6 settembre 1920. Il commissario glielo restituì. Si taliàrono.

«Perché dice d'essere morto?»

«Non sono io a dirlo. Così c'è scritto.»

«Dove?»

«Sul monumento ai caduti.»

Il monumento ai caduti, che sorgeva in una piazza sulla via principale di Vigàta, rappresentava un soldato col pugnale levato a difendere una fìmmina con un bambino in braccio. Il commissario si era fermato qualche volta a taliàrlo perché a suo parere si trattava di una buona scultura. Sorgeva su un basamento rettangolare e sul lato più in vista c'era murata una lapide con i nomi dei morti della guerra 1914-18 ai quali il monumento, in origine, era stato dedicato. Poi, nel '38, sul lato di dritta era comparsa una seconda lapide con l'elenco di quelli che ci avevano lasciato la pelle nella guerra d'Abissinia e in quella di Spagna. Nel '46 era stata aggiunta, sul lato di mancina, una terza lapide con la lista dei morti in guerra nel 1940-45. Il quarto e ultimo lato era momentaneamente vacante.

Montalbano si sforzò la memoria.

«Non ricordo d'aver letto il suo nome» concluse.

«E infatti Charles Zuck non c'è. C'è invece Carlo Zuccotti, che sono sempre io.»

Il vecchio sapeva contare le cose con ordine, brevità e chiarezza. A fare il sommario dei settantasette anni della sua esistenza ci mise poco meno di una decina di minuti. Suo padre, contò, che si chiamava Evaristo, era milanese di famiglia e si era maritato, ancora molto picciotto, con una di Lecco, Annarita Vismara. Poco dopo il matrimonio, Evaristo, ch'era ferroviere, venne mandato a Vigàta che allora aveva ben tre stazioni ferroviarie, delle quali una, riservata al traffico commerciale, stava proprio all'ingresso della cinta portuale. E fu così che Carlo nacque a Vigàta, primo e ultimo figlio della coppia. A Vigàta Carlo passò dodici anni della sua vita, studiando prima alle scuole elementari del paìsi quindi al ginnasio di Montelusa che raggiungeva con la corriera. Poi il padre, promosso, venne trasferito a Orte. Finito il liceo in quella città, s'iscrisse all'università di Firenze dove intanto il padre era stato spostato. Un anno prima che si laureasse, la madre, la signora Annarita, morì.

«Che corso ha frequentato?» spiò a questo punto Montalbano. Quello che l'omo gli stava contando non gli bastava, voleva capirlo di più.

«Lettere moderne. Ho studiato con Giuseppe De Robertis, la tesi era su *Le Grazie* di Foscolo.»

"Tanto di cappello" pinsò il commissario ch'era un patito di letteratura.

Intanto era scoppiata la guerra. Richiamato alle armi, Carlo fu mandato a combattere in Africa settentrionale. Dopo sei mesi ch'era al fronte, una lettera del compartimento ferroviario di Firenze l'informò che suo padre era morto in seguito a un mitragliamento. Ora era veramente solo al mondo, dei parenti dei genitori non sapeva manco il nome. Fatto prigioniero dagli americani, venne mandato in un campo di concentramento del Texas. Sapeva l'inglese bene e questo l'aiutò molto, tanto da farlo diventare una specie d'interprete. Fu così che conobbe Evelyn, la figlia del responsabile amministrativo del campo. Rimesso in libertà dopo la fine della guerra, si era sposato con Evelyn. Nel '47 da Firenze gli spedirono, su sua richiesta, l'attestato di laurea. Non serviva per gli Stati Uniti, ma lui ripigliò a studiare fino ad essere abilitato all'insegnamento. Ottenne la cittadinanza americana, cangiò il nome da Zuccotti in Zuck, come già gli americani lo chiamavano sbrigativamente.

«Perché è voluto tornare qui?»

«Questa è la risposta più difficile» fece il vecchio.

Parse per un attimo che si fosse perso nel labirinto dei suoi ricordi. Il commissario restò muto, in attesa.

«La vita dei vecchi come me, commissario, a un certo momento consiste in un elenco: quello dei morti. Che a poco a poco diventano tanti che ti pare di essere rimasto solo in un deserto. Allora cerchi disperatamente di orientarti, ma non sempre ti riesce.»

«La signora Evelyn non è più con lei?»

«Avevamo avuto un figlio, James. Uno solo. Si vede che la mia è una famiglia di figli unici. È caduto nel Vietnam. Da allora mia moglie non si è più ripresa. Ed è andata a ritrovare nostro figlio otto anni fa.»

Ancora una volta Montalbano non raprì bocca.

A questo punto il vecchio professore sorrise. Un sorriso tale che a Montalbano sembrò che il cielo si fosse scurato e che una mano a pugno gli avesse agguantato il cuore.

«Che brutta storia, commissario. Brutta letterariamente intendo, a metà strada tra il drammone alla Giacometti, quello della morte civile, e certe situazioni pirandelliane. Perché son voluto venire qua, dice? Sono venuto d'impulso. Qua, a conti fatti, ho passato il meglio della mia esistenza, il meglio, sì, e solo perché non avevo ancora la cognizione del dolore. Non è poco, sa? Nella mia solitudine di Chicago, Vigàta ha cominciato a brillare come una stella. Ma già appena messo piede in paese, l'illusione è svanita. Era un miraggio. Dei vecchi compagni di scuola non ne ho trovato uno, nemmeno la casa dove ho abitato esiste più, ora c'è un palazzone di dieci piani. E le tre stazioni si sono ridotte a una sola con poco o niente traffico. Poi ho scoperto che figuravo nella lapide dei caduti. Sono andato all'anagrafe. C'è stato evidentemente un errore da parte del comando militare. Mi hanno dato per morto.»

«Mi scusi la domanda, ma lei, a leggere il suo nome, che ha provato?»

Il vecchio ci pensò sopra tanticchia.

«Rimpianto» disse poi a bassa voce.

«Di che?»

«Che le cose non siano andate come c'è scritto sulla lapide. Invece ho dovuto vivere.»

«Senta professore, certamente entro domani le procurerò un incontro col sindaco. Dove abita?»

«All'hotel dei Tre Pini. È fuori Vigàta, ogni volta devo prendere il taxi per andare e tornare. Anzi, giacché ci siamo, me ne chiama uno?»

Nel dopopranzo non arriniscì a parlare col sindaco impegnato prima in un comizio e appresso in un giro porta a porta. Solo all'indomani matina venne ricevuto. Gli contò la storia di Carlo Zuccotti, morto vivente. Alla fine, il sindaco si fece una risata tale che gli spuntarono le lacrime.

«Lo vede, commissario? Il nostro quasi compaesano Pirandello non aveva bisogno di tanta fantasia per inventarsi le cose! Gli bastava trascrivere quello che succede realmente dalle nostre parti!»

Montalbano, non potendolo pigliare a timbuluna in faccia, decise di non dargli il suo voto.

«E lei, commissario, ha idea di quello che vuole da me?»

«Mah, probabilmente far cangiare la lapide.»

«Oh Cristo!» s'infuscò il sindaco «sarebbe una bella spesa.»

«Professore? Il commissario Montalbano sono. Il sindaco la riceverà in comune oggi dopopranzo alle diciassette. Le va bene? Così domani potrà prendere il suo aereo per Chicago.»

Silenzio assoluto all'altro capo.

«Professore, mi ha sentito?»

«Sì. Ma stanotte...»

«Stanotte?»

«Sono sempre rimasto sveglio a pensare a quella lapide. Io la ringrazio per la sua cortesia, ma ho preso una decisione. Credo sia la più giusta.»

«E cioè?»

«Being here...»

E riattaccò senza salutare.

Being here: dato che ci sono.

Si susì di scatto dalla seggia, in corridoio si trovò davanti Catarella, lo spintonò con violenza, corse in macchina, i due chilometri che separavano Vigàta dall'hotel gli parsero un centinaro, irruppe nella hall.

«Il professor Zuccotti?»

«Non c'è nessun Zuccotti.»

«Charles Zuck, stronzo.»

«115, primo piano» balbettò il portiere strammato.

L'ascensore era occupato, si fece i gradini due e due. Arrivò col fiatone, tuppiò.

«Professore? Apra! Il commissario Montalbano sono.»

«Un attimo» rispose la voce tranquilla del vecchio.

Poi, all'interno, violento, fortissimo, risuonò uno sparo.

E Salvo Montalbano seppe che il sindaco di Vigàta non avrebbe dovuto affrontare la spesa di rifare la lapide.

167

IL PATTO

Tutta vestita di nìvuro, tacchi alti, cappellino fuori moda, borsetta di pelle lucida appesa al braccio destro, la signora (perché si capiva benissimo ch'era una signora e d'antica classe) procedeva a passi piccoli ma decisi sul ciglio della strata, occhi a terra, incurante delle rare auto che la sfioravano.

Macari di giorno quella donna avrebbe attirato l'attenzione del commissario Montalbano per la distinzione e l'eleganza d'altri tempi: figurarsi alle due e mezzo di notte, su una strata fuori pàisi. Montalbano stava tornando alla sua casa di Marinella dopo una lunga giornata di travaglio al commissariato, era stanco, ma viaggiava a lento, dai finestrini aperti dell'auto gli arrivavano gli odori di una notte di mezzo maggio, ventate di gelsomino dai giardinetti delle ville alla sua destra, folate di salmastro dal mare a sinistra. Dopo avere per un pezzo proceduto darrè la signora, il commissario le si affiancò e, piegandosi sul sedile del passeggero, le spiò:

«Occorre niente, signora?»

La donna manco isò la testa, non fece il minimo gesto, proseguì.

Il commissario accese gli abbaglianti, fermò l'auto, scese e le si parò davanti impedendole di proseguire. Solo allora la signora, per niente scantata, si decise a taliàrlo. Alla luce dei fari Montalbano vide che era molto anziana,

169

ma gli occhi erano di un azzurro intenso, quasi fosforescente, stonavano col resto della faccia per la conservata giovinezza. Indossava degli orecchini preziosi, attorno al collo una splendida collana di perle.

«Sono il commissario Montalbano» disse per rassicurarla, macari se la fìmmina non dava il minimo segno di nervosismo.

«Piacere. Io sono la signorina Angela Clemenza. Desidera?» Aveva calcato sul "signorina". Il commissario sbottò.

«Io non desidero niente. Le pare logico andarsene in giro, parata così, a quest'ora di notte e da sola? Lei è stata fortunata che non l'abbiano ancora derubata e gettata in un fosso. Salga in macchina, l'accompagno.»

«Non ho paura. E non sono stanca.»

Era vero, aveva il respiro regolare, sul suo viso non c'era traccia di sudore; solo le scarpe imbiancate dalla polvere dicevano che la signorina aveva camminato a piedi per un lungo tratto.

Montalbano con due dita le pigliò delicatamente un braccio, la sospinse verso la macchina.

Angela Clemenza per un momento ancora lo taliò, l'azzurro dei suoi occhi si era come impastato di viola, era evidentemente arrabbiata, ma non disse niente, salì.

Appena assittata in auto, poggiò la borsetta sulle ginocchia, si massaggiò leggermente l'avambraccio destro. Il commissario notò che la borsetta era gonfia, doveva pesare.

«Dove l'accompagno?»

«Contrada Gelso. Le dico io come arrivarci.»

Il commissario tirò un sospiro di sollievo, contrada Gelso non era lontana, stava dalla parte di campagna, a pochi chilometri da Marinella. Avrebbe voluto spiare alla signorina come mai si fosse venuta a trovare sola, di notte, diretta a casa a piedi, ma il ritegno e la compostezza di lei l'intimidivano.

Da parte sua la signorina Clemenza non raprì bocca se non per brevi indicazioni sulla strata da pigliare. Superato un grosso cancello in ferro battuto e percorso un viale perfettamente tenuto in ordine, Montalbano si fermò nello spiazzo davanti a una villetta ottocentesca, a tre piani, intonacata di fresco, linda, con la porta e le persiane che parevano allùra allùra pittate di verde. Scesero.

«Lei è una persona squisita. Grazie» fece la signorina. E tese il braccio. Montalbano, sorpreso di se stesso, si inchinò e le baciò la mano. La signorina Clemenza gli voltò le spalle, armeggiò nella borsetta, tirò fora una chiave, raprì la porta, trasì, richiuse.

Non erano manco le sette del matino che l'arrisbigliò una telefonata di Mimì Augello, il suo vice.

«Scusami, Salvo, se ti chiamo a quest'ora, ma c'è stato un omicidio. Sono già sul posto. Ti ho mandato una macchina.»

Ebbe appena il tempo di farsi la barba che l'auto arrivò.

«Chi hanno ammazzato, lo sai?»

«Un professore in pensione, si chiamava Corrado Militello» fece l'agente alla guida. «Abita dopo la vecchia stazione.»

La casa del fu professor Militello sorgeva sì dopo la vecchia stazione, ma in aperta campagna. Prima che Montalbano oltrepassasse la soglia, Mimì Augello, che quella matina gli era pigliata di voler parere il primo della classe, l'informò.

«Il professore aveva passato l'ottantina. Viveva solo, non si era mai maritato. Da una decina d'anni non nisciva più da casa. Ogni matina veniva una cammarèra, la stessa da trent'anni, quella che l'ha trovato morto e ci ha telefonato. La casa è fatta così: al piano di sopra ci sono due grandi càmmare da letto, due bagni e un cammarìno. Al piano terra un salotto, una piccola sala da pranzo, un bagno e uno studio. È lì che l'hanno ammazzato. Pasquano è all'opera.»

Nell'anticamera, la cammarèra, assittata in pizzo a una

seggia, piangeva in silenzio, muovendo il busto avanti e narrè. Il corpo del professor Corrado Militello giaceva riverso sulla scrivania dello studio. Il dottor Pasquano, il medico legale, lo stava esaminando.

«L'assassino» disse Mimì Augello «ha voluto sadicamente spaventare il professore prima d'ammazzarlo. Talìa qua: ha sparato al lampadario, alla libreria, a quel quadro, mi pare che sia una riproduzione del *Bacio* di Velasquez...»

«Hayez» corresse stancamente Montalbano.

«... alla finestra e l'ultimo colpo l'ha riservato a lui. Un revolver, non ci sono bossoli.»

«Non perdiamoci nel conteggio dei colpi» intervenne il dottor Pasquano. «Sono stati cinque, d'accordo, ma ha macari sparato al busto di Wagner, che è di bronzo, la pallottola ha rimbalzato e ha pigliato in piena fronte il professore, ammazzandolo.»

Augello non replicò.

Nel camino, una montagna di carta incenerita. Montalbano s'incuriosì, spiò con gli occhi al suo vice.

«La cammarèra m'ha detto che da due giorni stava a bruciare lettere e fotografie» rispose Augello. «Le teneva in questo baule qua che ora è vacante.»

Evidentemente Mimì Augello si trovava in una di quelle giornate nelle quali, se si metteva a parlare, non si fermava manco a cannonate.

«La vittima ha aperto all'assassino, non c'è traccia d'effrazione. Sicuramente lo conosceva, si fidava. Uno di casa. Sai che ti dico, Salvo? Da qualche parte sbucherà un nipotuzzo che da troppo tempo stava ad aspettare l'eredità e ha perso la pazienza, si è scassato la minchia. Il vecchio era ricco, case, terreni edificabili.»

Montalbano non lo stava a sèntiri, era perso darrè ricordi di pellicole poliziesche inglesi. Fu così che fece una cosa che aveva già visto fare in uno di questi film: si calò verso il camino, infilò una mano dintra la cenere, tastiò. Ebbe fortuna, sotto le dita gli venne un quadratino spesso, di cartoncino. Era un frammento di fotografia, grande quanto un francobollo. Lo taliò e provò una scossa elettrica. Mezzo volto di donna, ma come non riconoscere quegli occhi?

«Trovato niente?» spiò Augello.

«No» disse Montalbano. «Senti, Mimì, occupati tu di tutto, io ho da fare. Salutami il giudice, quando arriva.»

«Si accomodi, si accomodi» disse la signorina Angela Clemenza chiaramente contenta di rivederlo. «Venga da questa pàrte, la casa è diventata troppo grande per me da quando è morto mio fratello il generale. Mi sono riservata queste tre camere al pianoterra, mi risparmio le scale.»

Le nove e mezzo del matino, ma la signorina era inappuntabile, a petto di lei il commissario si sentì sporco e trasandato.

«Posso offrirle un caffè?»

«Non si disturbi. Devo farle solo qualche domanda. Lei conosce il professor Corrado Militello?»

«Dal 1935, commissario. Allora avevo diciassette anni, lui uno più di me.»

Montalbano la taliò fisso: niente, nessuna emozione, gli occhi un lago d'alta montagna senza increspature.

«È con grande dispiacere, mi creda, che sono costretto a comunicarle una cattiva notizia.»

«Ma la conosco già, commissario! Gli ho sparato io!»

A Montalbano gli mancò la terra sotto i piedi, la stessa precisa impressione che aveva provato nel terremoto del Belice. Franò su una seggia che fortunatamente era alle sue spalle. Pure la signorina Clemenza s'assittò, compostissima.

«Perché?» arrinscì ad articolare il commissario.

«È una storia vecchia come il cucco, si annoierà.»

«Le garantisco di no.»

«Vede, dalla seconda metà dell'Ottocento in poi, per ragioni che non so e che non ho mai voluto sapere, la mia famiglia e quella di Corrado pigliarono a odiarsi. Ci furono morti, duelli, ferimenti. Capuleti e Montecchi, ricorda? E noi due, invece di odiarci, c'innamorammo. Romeo e Giulietta, appunto. I nostri familiari, i miei e i suoi stavolta alleati, ci separarono, a me mi misero con le monache, lui andò a finire in collegio. Mia madre, sul letto di morte, mi fece giurare che non avrei mai sposato Corrado. O lui o nessuno, dissi invece a me stessa. Corrado fece lo stesso. Per anni e anni e anni ci siamo scritti, ci telefonavamo, facevamo in modo d'incontrarci. Quando restammo solo noi due, i superstiti delle nostre famiglie, io avevo ormai sessantadue anni e lui sessantatré. Convenimmo che a quell'età sarebbe stato ridicolo maritarci.»

«Sì, va bene, ma perché?...»

«Sei mesi fa mi fece una lunghissima telefonata. Mi disse che non ce la faceva più a stare solo. Voleva maritarsi con una vedova, sua lontana parente. Ma come, gli domandai, a sessant'anni lo trovavi ridicolo e a ottanta no?»

«Capisco. È per questo che lei...»

«Vuole babbiare? Per me poteva maritarsi cento volte! Il fatto è che mi telefonò il giorno appresso. Mi disse che non aveva chiuso occhio. Confessò d'avermi mentito, non si sposava per paura della solitudine, ma perché di quella fìmmina si era veramente innamorato. Allora, lei capisce, le cose cangiavano.»

«Ma perché?!»

«Perché avevamo pigliato un impegno, fatto un patto.»

Si susì, raprì la stessa borsetta della sera avanti che era posata su un tavolinetto, ne trasse un bigliettino ingiallito, lo pruì al commissario.

Noi, Angela Clemenza e Corrado Militello, davanti a Dio giuriamo quanto segue: chi di noi due s'innamorerà di una terza persona, pagherà con la vita il tradimento. Letto, firmato e sottoscritto: *Angela Clemenza, Corrado Militello*
Vigàta, li 10 gennaio 1936.

«Ha letto? Tutto regolare, no?»

«Ma se ne sarà scordato!» fece Montalbano. Quasi gridò.

«Io no» disse la signorina, gli occhi che svariavano verso un pericoloso viola. «E guardi che aieri matina gli telefonai per assicurarmi meglio. "Che fai?" gli spiai. "Sto bruciando le tue lettere" mi rispose. Allora mi andai a rileggere il patto.»

Montalbano sentiva un cerchione di ferro che aveva principiato a serrargli la fronte, sudava.

«Ha gettato via l'arma?»

«No.»

Raprì la borsetta, ne tirò fora una "Smith & Wesson" centenaria, enorme. La diede a Montalbano.

«M'è venuto difficile colpirlo, sa? Non avevo mai sparato prima. Povero Corrado, s'è pigliato un tale spavento!»

E ora che doveva fare? Isarsi in piedi e dichiararla in arresto?

Rimase a taliàre il revolver, indeciso.

«Le piace?» spiò sorridente la signorina Angela Clemenza. «Glielo regalo. Tanto a me non serve più.»

QUELLO CHE CONTÒ AULO GELLIO

L'impianto di riscaldamento della macchina di Montalbano aveva deciso uno sciopero senza preavviso, approfittando bassamente che tirava una tramontana scandinava. Il vento friddo trasìva da un'infinità di spifferi e il commissario, a malgrado del calore del motore e dell'odiato giubbotto di pelle che si era messo, si sentiva aggelare. Reduce da un colloquio non precisamente cordiale col novo questore di Montelusa, pigliato da un urto di nervi dato il tempo che faceva, per tentare di migliorare l'umore aveva stabilito di andare a provare un'osteria sulla strata di Fiacca che un amico gli aveva segnalata qualche giorno avanti. L'amico gli aveva macari detto che c'era un'indicazione verso il quindicesimo chilometro; sorpassato il diciassettesimo senza che avesse visto nenti di nenti, a Montalbano di colpo non gli sperciò più, gli passò la gana di andare a sperimentare alla ventura. E se metti caso al colloquio col questore, alla seratina che faceva, ci si fosse aggiunto un malo mangiare? Che nottata avrebbe passato a rotolarsi nel letto senza poter dòrmiri tanticchia, assalito dal nirbùso? Stava per principiare la curva a U quando, alla debole luce dei fanali ("ci fosse una minchia di cosa a funzionare in quest'automobile!"), vide l'indicazione. Consisteva in un pezzo di tavola, inchiovato per storto su un palo, sul quale era stato scritto malamente a mano: *da Filippo che si mancia bene*. Imboccò il viottolo sterrato che terminò un centinaro di metri appresso in uno spiazzo sul quale sorgeva una solitaria casuzza a un piano. Dalla porta e dalle finestre sbarrate non trapelava luce. Macari quello era il giorno di chiusura e il viaggio era stato a vacante. Raprì la portiera e subito il vento l'assugliò, assieme al rumore del mare in tempesta che si trovava a una trentina di metri sotto lo spiazzo. Scese, si mise a correre, girò la maniglia della porta e questa si raprì. Montalbano trasì e immediatamente la richiuse alle sue spalle. Una càmmara con cinque tavolini, nessun cliente. Quello che doveva essere Filippo stava assittato a un tavolo e taliàva un film alla televisione.

«Si mangia?» spiò incerto il commissario.

Filippo non si cataminò, non staccò gli occhi dal televisore, mormoriò solamente:

«S'assittasse dove vuole.»

Montalbano si levò il giubbotto, scelse il tavolo più vicino alla stufetta a legna. Dopo cinque minuti, visto che l'omo se ne restava infatato dalla pellicola, il commissario si susì, andò alla credenza, si pigliò un cestino di pane e una bottiglia di vino e se ne tornò al suo posto. Finalmente, passati ancora una decina di minuti, apparse la scritta "Fine del primo tempo" e Filippo, da statua che era, tornò a essere vivente. S'avvicinò al tavolo e spiò:

«Che voli mangiari?»

«M'hanno detto che lei sa fare benissimo i polipi alla napoletana.»

«Giusto dissero.»

«Li vorrei assaggiare.»

«Assaggiare o mangiare?»

«Mangiare. Ci mette i passuluna di Gaeta?»

Le olive nere di Gaeta sono fondamentali per i polipi alla napoletana.

Filippo lo taliò sdignato dalla domanda.

«Certo. E ci metto macari la chiapparina.»

Ahi! Quella rappresentava una novità che poteva rivelarsi deleteria: non aveva mai sentito parlare di càpperi nei polipi alla napoletana.

«Chiapparina di Pantelleria» precisò Filippo.

I dubbi di Montalbano passarono a metà: i capperi di Pantelleria, aciduli e saporitissimi, forse ci stavano o, nell'ipotesi peggiore, non avrebbero fatto danno.

Prima di muoversi verso la cucina, Filippo taliò negli occhi il commissario e questi raccolse il guanto di sfida. Tra lui e Filippo, era chiaro, si era ingaggiato un duello. Uno che di cucina non ne capisce, potrebbe ammaravigliarsi: e che ci vuole a fare due polipetti alla napoletana? Aglio, oglio, pummadoro, sale, pepe, pinoli, olive nere di Gaeta, uvetta sultanina, prezzemolo e fettine di pane abbrustolito: il gioco è fatto. Già, e le proporzioni? E l'istinto che ti deve guidare per far corrispondere a una certa quantità di sale una precisa dose d'aglio?

La polemica immaginaria del commissario venne violentemente interrotta dal botto improvviso della porta spalancata che sbatté contro il muro.

"Il vento" pinsò Montalbano, ma non fece in tempo a susìrisi per richiuderla.

Trasìrono due òmini, la faccia coperta dal passamontagna, pistole alla mano.

«Che fu?» spiò Filippo venendo dalla cucina con un mattarello in mano.

«Tutti fermi» intimò uno dei due ch'era minuto di statura. Il suo compagno, invece, era una specie di colosso.

"Due disperati in cerca di qualche migliarata di lire" si disse Montalbano.

Ma forse le cose non erano accussì semplici perché l'omo minuto taliò il commissario e disse:

«A tia cercavo, e finalmente ti trovai.»

Evidentemente l'avevano seguito, avevano capito che il loco era l'ideale per fare quello che avevano in testa di fare. E quello che avevano in testa di fare assà probabilmente veniva a significare la fine di Montalbano. Si dice che in punto di morte un omo veda scorrere velocemente la vita passata ed abbia un qualche pinsèro non terreno. Tutto quello che a Montalbano venne in mente fu:

"Ora questi m'ammazzano e addio polipetti."

Mentre l'omo minuto lentamente gli si avvicinava, tanto aveva tutto il tempo che voleva, il suo compagno colosso non gli staccava gli occhi di sopra: il commissario provava più disagio per quella taliàta che per la bocca della pistola puntata contro. L'omo minuto arrivò all'altezza del tavolo di Montalbano.

«Se vuoi prigare, prega» fece.

E allora successe l'incredibile. Muovendosi con silenziosa rapidità, il colosso si passò la pistola dalla mano dritta alla mancina, levò il mattarello a Filippo impietrito, si mise darrè al compagno che stava per sparare al commissario e gli calò con forza il mattarello sulla testa. L'omo crollò, schiantato, lasciando cadere l'arma.

Poi il colosso disse a Montalbano:

«Stia fermo che non voglio fare errore.»

Mirò attentamente, sparò. La pallottola s'infilò nel muro a pochi centimetri dalla testa del commissario. Filippo gridò. Il colosso parse non averlo sentito, si girò e sparò un altro colpo verso il muro che aveva alle spalle.

Filippo cadde in ginocchio e si mise a pregare ad alta voce in preda a una specie di convulsione.

«Ci siamo capiti?» spiò il colosso a Montalbano.

Aveva inscenato un conflitto a fuoco.

«Perfettamente.»

Allora il colosso pigliò la pistola caduta, se la mise in sacchetta, agguantò il suo compagno svenuto per il colletto, se lo strascinò, raprì la porta, niscì.

Montalbano si susì di scatto, corse da Filippo che roteava gli occhi come un pazzo, lo schiaffeggiò.

«Forza, che i polipetti s'abbrusciano!»

Malgrado lo scanto che si era pigliato, Filippo seppe cucinare come Dio comanda e Montalbano si leccò le dita. Pagò una miseria (e dovette insistere perché Filippo non voleva manco un soldo purché il cliente se ne andasse prima possibile), salì in macchina, partì alla volta della sua casa di Marinella. Durante il viaggio ripinsò al fatto. Era chiaro che il colosso aveva voluto salvargli la vita; cangiata idea, aveva steso il compagno e si era salvato le spalle architettando un piano. Avrebbe detto che Filippo aveva dato un colpo in testa al compagno, che lui aveva reagito sparando a Montalbano, che questi a sua volta aveva fatto fuoco e che lui era arrinisciuto a scappare portandosi appresso, coraggiosamente, l'amico svenuto. Però la domanda principale restava sempre la stessa: perché si era arrisolto a salvare il commissario mettendo a repentaglio la sua stessa vita, se quelli che l'avevano mandato, i suoi capi, non avessero creduto alla sua versione dei fatti?

Ogni domenica il commissario usava accattare un giornale economico che provvedeva immediatamente a gettare nella munnizza, dato che di quelle cose non ci capiva niente. Conservava invece il supplemento culturale che era fatto bene e che aveva l'abitudine di leggere la sira a letto prima di dòrmiri.

Quella sera, che aveva già gli occhi a pampineddra per il sonno e meditava d'astutare la luce e farsi una bella dormitina, l'attenzione gli cadde su un lungo e ponderoso articolo dedicato ad Aulo Gellio, in occasione dell'uscita di una scelta di brani dalle sue *Noctes atticae*. L'autore, dopo avere detto che Aulo Gellio, campato nel Secondo secolo dopo Cristo, aveva composto questa sua vasta opera per passare tempo durante le lunghe notti invernali trascorse in un suo campicello che aveva in Attica, concludeva dando il suo giudizio: Aulo Gellio era uno scrittore elegante di cose assolutamente inutili. Sarebbe rimasto nella memoria di tutti solo per un fatterello da lui contato, quello di Androclo e del leone.

A questo punto il commissario, invece di chiudere gli occhi, li raprì, anzi per meglio dire li sbarracò. Androclo e il leone! Non poteva darsi che la spiegazione del fatto avvenuto quattro giorni avanti nell'osteria di Filippo fosse una versione ammodernata e vera della leggenda scritta da Aulo Gellio? Contava lo scrittore latino che uno schiavo romano d'Africa, Androclo, scappato dal suo padrone che l'angariava, era andato ad ammucciarsi dintra a una grotta nella quale c'era un leone ammalato. Invece di levare l'incomodo e cercarsi un'altra grotta più abitabile, Androclo c'era rimasto e aveva curato il leone che pativa di un'infezione causata da una grossa spina a una zampa. Poi il leone, guarito, era corso via e Androclo, dopo molte storie che gli erano capitate, si era convertito al cristianesimo ed era arrivato a Roma. Arrestato perché cristiano e condannato a morire sbranato dai leoni, Androclo si era fatto il segno della croce ed era trasùto nella pista. Qui di subito un leone, più grosso degli altri, aveva fatto un balzo verso di lui con la bocca spalancata, ma poi, tra la maraviglia degli spettatori, si era accucciato e aveva leccato le mani al cristiano. Era lo stesso leone che Androclo aveva curato in Africa. Naturalmente l'ex schiavo venne graziato. Esattamente come era stato graziato il commissario. Ma chi era il leone?

Il sonno gli era completamente passato. Si susì dal letto, andò in cucina, si preparò un caffè, lo bevve, passò in bagno, si lavò la faccia, si vestì di tutto punto, indossò il giubbotto che gli stava antipatico, se ne andò a passeggiare a ripa di mare. La tramontana si era tanticchia calmata, ma il mare aveva invaso gran parte della spiaggia.

Camminò per un due ore, fumando e ricordando.

Le memorie, si sa, sono come le cirase, una se ne tira appresso un'altra, ma ogni tanto s'intromettono nella fila ricordi non richiamati e non piacevoli che fanno deviare dalla strata principale verso viottoli scuri e lordi dove come minimo s'infangano le scarpe.

Ad ogni modo, verso le quattro del matino, ebbe la certezza d'esserci arrivato, d'avere inquadrato nel mirino il leone.

Un dopopranzo tranquillo, verso le quattro, il trentino vicecommissario Montalbano sta raggiungendo in macchina, per servizio, un sperso paesino delle Madonie. La strata costeggia uno sbalanco di una ventina di metri, passano pochissime automobili. Montalbano sta pensando di superare in qualche modo l'auto che lo precede e che camina troppo lenta quando la vede sbandare tutta sulla destra, superare il ciglio dello sbalanco senza manco tentare una frenata, precipitare di sotto. Ferma, nesci di corsa, fa ancora in tempo a vedere la macchina che rimbalza su un petrone e va a schiantarsi dintra a un canalone. Senza pinsarci un attimo sopra il vicecommissario principia la discesa spaventosa, aggrappandosi ora a una pietra ora a una troffa di saggina, lacerandosi i pantaloni, perdendo persino una scarpa. Non sa manco lui stesso come fa ad arrivare allato alla macchina rovesciata su un fianco. Capisce immediatamente che l'uomo al volante è morto, la testa fracassata. Vicino a lui c'è un picciotto di una quindicina d'anni, gli occhi chiusi, la fronte insanguinata, che si lamenta debolmente. Montalbano riesce a tirarlo fora con uno sforzo che lo schianta, anche perché il picciotto è una specie di colosso. Disteso sull'erba, il ferito a un tratto rapre gli occhi, talìa Montalbano e dice:

«Aiutami, non mi lasciare.»

«Non ti lascio» dice il vicecommissario Montalbano e si leva la cintura dei pantaloni per legare la coscia mancina del giovane che sta perdendo una quantità di sangue da un profondo squarcio al polpaccio.

«Non mi lasciare.»

E quegli occhi scantati e doloranti sempre su di lui.

Poi, isando lo sguardo, il vicecommissario vede che darrè alla sua macchina, sull'orlo dello sbalanco, se ne è fermata un'altra, un omo ne è sceso e talìa in basso.

Montalbano allora si alza in piedi, agita le braccia levate in alto, fa voci disperate d'aiuto, indica il picciotto ferito. L'omo sul ciglio dello sbalanco di colpo si scuote, rimonta in macchina, parte.

«Per carità, non mi lasciare...»

«Stai calmo, non ti lascio.»

Poi il picciotto perdette i sensi. Un quarto d'ora dopo arrivarono i soccorsi.

Sei mesi appresso il vicecommissario Montalbano era stato trasferito e aveva perso di vista il picciotto che era perfettamente guarito.

Salvatore Niscemi era il nome del leone riconoscente.

E ora che fare? Spiccare un mandato di cattura? Ma basato su che? Su una storia contata nel Secondo secolo dopo Cristo da uno scrittore che si chiamava Aulo Gellio? Vogliamo babbiare?

Orazio Genco aveva sessantacinque anni fatti ed era latro di case. Romildo Bufardeci aveva sessantacinque anni fatti ed era un'ex guardia giurata. Orazio era più picciotto di Romildo di una simàna esatta. Orazio Genco era accanosciuto in tutta Vigàta e zone vicine per due motivi: il primo, lo si è detto, come svaligiatore d'appartamenti momentaneamente vacanti; il secondo perché era un omo gentile, bono e che non avrebbe fatto male manco a una formìcola. Romildo Bufardeci, quando ancora stava in servizio, veniva chiamato "il sergente di ferro" per la durezza e l'intransigenza che tirava fora contro chi, a suo parere, aveva violato la "liggi". L'attività di Orazio Genco iniziava ai primi d'ottobre e terminava alla fine dell'aprile dell'anno appresso: era il periodo che i villeggianti e i proprietari delle case lungo il litorale tenevano chiusi i loro appartamenti estivi. Corrispondeva, su per giù, al periodo nel quale la sorveglianza di Romildo Bufardeci veniva maggiormente richiesta. L'area di travaglio di Orazio Genco andava da Marinella alla Scala dei Turchi: la stessa intìfica di Romildo Bufardeci. La prima volta che Orazio Genco venne arrestato per furto con scasso aveva diciannove anni (ma la carriera l'aveva cominciata a quindici). A consegnarlo alla Benemerita era stato Romildo Bufardeci, macari lui al suo primo arresto in qualità di custode della "liggi". Erano tutti e due talmente emozionati che il maresciallo dei carrabinera, per rincuorarli, offrì loro acqua e zammù.

Negli anni che vennero appresso, Romildo arrestò Orazio altre tre volte. Doppo, quando Bufardeci venne messo in pensione per via che un grandissimo cornuto di latro d'automobili gli aveva sparato una revolverata pigliandolo al fianco (e Orazio era andato a trovarlo allo spitàle), Genco se la passò meglio, nel senso che la guardia che aveva sostituito Romildo non aveva lo stesso rispetto sacrale per la "liggi", tirava a campare, gli fagliava il fiato di cane mastino. I lunghi anni passati a stare vigliante, quando gli altri bellamente dormivano, avevano lasciato una specie di deformazione professionale in Romildo Bufardeci che poteva pigliare sonno solo quando spuntava la prima luce del matino. Le nottate le passava a fare solitari che non gli arriniscivano mai manco autoimbrogliandosi, oppure a taliàre i programmi televisivi.

Certe notti invece, quando era sirèno, inforcava la bicicletta e si metteva a passiare in quello che una volta era il territorio affidato alla sua sorveglianza: da Marinella alla Scala dei Turchi.

Siccome che si era a la mità del mese di ottobre e quella particolare nottata s'appresentava tanto càvuda e stillata da parere state, Romildo non ce la fece più a taliàre alla televisione una pellicola americana che gli faceva quadiàre il sangue dato che la polizia, la "liggi", aveva sempre torto e i sdilinquenti sempre ragione. Astutò il televisore, s'assicurò che la mogliere dormisse, niscì di casa, inforcò la bicicletta e s'avviò da Vigàta verso Marinella.

Il tratto di litoranea che arrivava sino alla Scala dei Turchi pareva morto e non solo perché non era più stascione e non passavano le macchine dei villeggianti: erano soprattutto le varche e i motoscafi tirati a secco e coperti dai teloni impermeabili a dare quest'impressione di tombe di camposanto.

Doppo tre ore di avanti e narrè, il cielo cominciò a spaccare, apparse a levante come una ferita chiara che s'allargava e che mezz'ora appresso cominciò a tingere ogni cosa di viola.

Fu in quella particolare luce che Romildo Bufardeci vide un'ùmmira che nisciva dal cancello del giardinetto di una villa ch'era stata finita di fabbricare tre anni avanti. L'ombra si moveva con calma, tanto da richiudere il cancelletto, non con la chiave però, in tutto e per tutto uguale a uno che stesse niscendo dalla sua casa per andarsene a travagliare. Pareva non essersi accorto di Romildo Bufardeci il quale, messo un piede a terra per tenersi in equilibrio, lo stava attentamente a taliàre. O, se si era addunato della prisenza dell'ex guardia giurata, non se n'era dato pinsèro.

L'ombra pigliò la strata per Vigàta, un pedi leva e l'altro metti, come se avesse a disposizione tutto il tempo che voleva. Ma Bufardeci aveva troppa spirènzia per lasciarsi fottere dall'apparente tranquillità dell'altro e difatti a un certo punto, di scatto, ripartì in bicicletta.

Aveva arraccanosciuta l'ombra senza possibilità di dubbio.

«Orazio Genco!» chiamò.

L'interpellato si fermò un istante, non si voltò, poi spiccò un salto e si mise a correre. Stava evidentemente scappando. Bufardeci s'imparpagliò, la fuga non rientrava nel modus operandi di Orazio, troppo intelligente per farsi pirsuaso di quando una partita era persa. Vuoi vedere che non era Orazio ma il padrone della villa che si era scantato di quella voce imperiosa e inaspettata? No, era sicuramente Orazio. E Romildo ripigliò con più gana l'inseguimento.

A malgrado dei suoi sessantadue anni Genco aveva la falcata di un picciotto, saltava ostacoli e fossi che invece Romildo, a causa della bicicletta, era costretto ad aggirare. Sempre tenendo la stessa andatura spinta, Orazio passò il Ponte di Ferro e arrivò a Cannelle dove principiavano le prime case di Vigàta. Qui non ce la fece più e crollò sul rialzo di una fontanella asciutta. Aveva il fiato grosso, dovette mettersi una mano sopra il cuore per invitarlo a calmarsi.

«Chi te l'ha fatto fare di metterti a correre accussì?» gli spiò Romildo appena l'ebbe raggiunto.

Orazio Genco non arrispunnì.

«Riposati tanticchia» fece Bufardeci «e poi andiamo.»

«Unni?» spiò Orazio.

«Come unni? Al commissariato, no?»

«A fare che?»

«Ti consegno a loro, sei in arresto.»

«E chi m'arrestò?»

«Io t'arrestai.»

«Non puoi più, sei in pinsiòne.»

«Che c'entra la pinsiòne? Qualisisiasi citatino, davanti alla fragranza di un riato, ha il priciso dovere.»

«Ma che minchia vai contando, Romì? Quale reato?»

«Furto con scasso. Vuoi negare che sei nisciùto dal cancelletto di una villa non abitata?»

«E chi lo nega?»

«Perciò vedi che...»

«Romì, tu m'hai visto nèsciri non dalla porta della villa, ma dal cancelletto del giardino.»

«Fa differenzia?»

«La fa, e la fa grande come una casa.»

«Sentiamo.»

«Io non sono trasùto mai dintra la villa. Sono entrato solo nel giardinetto perché mi scappava un bisogno e c'era il cancello mezzo aperto.»

«Andiamo al commissariato lo stesso. Ci penseranno loro a farti dire la virità.»

«Talé, Romì, se io non mi capacito che ci devo venire, tu non mi ci porti manco con le catene. Ma stavolta ti dico: andiamoci. Accussì fai una mala figura davanti agli sbirri.»

Al commissariato c'era di servizio l'agente Catarella al quale il commissario Montalbano, a scanso di complicazioni, affidava compiti di piantone o di telefonista. Catarella redasse scrupolosamente il verbale.

Inverso alli ore cinco di questa matinata il signor Buffoardeci Romilto, ecchisi guarda giurante, dato che veniva a passare in sul di davante di una villa disabbittata residente in contrata vicino vicino alla Scala detta dei Turchi, vedeva da essa fottivamente assortire un latro prigiudicato che davasi alla fuca alla veduta del guarda giurante segnale inquinquivocabile di carbone bagnatto osiaché coscenza lorda...

E via di questo passo.

«Dottore, c'è una grossa camurrìa» fece Fazio appena vide, verso le otto del matino, comparire in ufficio Salvo Montalbano. E gli contò la storia tra Orazio Genco e Romildo Bufardeci.

«Catarella l'ha perquisito. Niente refurtiva. In sacchetta aveva solo la carta d'identità, diecimila lire, le chiavi di casa sua e quest'altra chiave, nova nova, che mi pare un duplicato fatto bene.»

La porse al superiore. Era una di quelle chiavi ampiamente pubblicizzate come impossibili a essere riprodotte. Ma per Orazio Genco, con tutta la spirènzia che si ritrovava, la cosa doveva essere stata solamente tanticchia più impegnativa del solito. Tanto, aveva avuto tutto il tempo che voleva per pigliare e ripigliare il calco della serratura.

«Orazio ha protestato per la perquisizione?»

«Chi? Genco? Dottore, quello ha un atteggiamento curioso. Non me la conta giusta. Mi pare che si stia divertendo, che se la stia spassando.»

«E che fa?»

«Ogni tanto dona una taliàta a Bufardeci e ridacchia.»

«Bufardeci è ancora qua?»

189

«Certo. Sta attaccato a Orazio come una sanguetta. Non lo molla. Dice che vuole vidìri con i suoi occhi a Genco ammanittato e spedito in càrzaro.»

«Sei riuscito a sapere chi è il proprietario della villa?»

«Sì. È l'avvocato Francesco Caruana di San Biagio Platani. Ho trovato il numero di telefono.»

«Telefonagli. Digli che abbiamo motivo di ritenere che nella sua villa al mare sia stato commesso un furto. Fagli sapere che a mezzogiorno l'aspettiamo là. Noi due invece ci andiamo una mezz'ora prima a dare un'occhiata.»

Mentre andavano in macchina verso la Scala dei Turchi, che era una collina di marna bianca a strapiombo sul mare, Fazio disse al commissario che al telefono aveva risposto la signora Caruana. All'appuntamento sarebbe venuta lei, dato che il marito era a Milano per affari.

«La vuole sapìri una cosa, dottore? Dev'essere una fìmmina fredda di carattere.»

«Come fai a saperlo?»

«Perché quando ci dissi del possibile furto, non disse né ai né bai.»

Come Montalbano e Fazio avevano previsto, la chiave trovata in sacchetta a Orazio Genco rapriva perfettamente la porta della villa. I due ne avevano visti d'appartamenti messi sottosopra dai latri, ma qui tutto era in ordine, niente cassetti aperti, niente cose frettolosamente gettate a terra. Al piano di sopra c'erano due càmmare da letto e due bagni. L'armuàr della càmmara padronale era stracolmo di vestiti estivi d'omo e di fìmmina. Montalbano aspirò profondamente.

«Macari io lo sento» fece Fazio.

«Cosa senti?»

«Quello che sta sentendo lei, fumo di sicarro.»

Nella càmmara da letto c'era tanto di fumo di sigaro che certamente non risaliva all'estate passata. Però nei due posacenere allocati sui comodini non c'era traccia né di cicche né di ceneri di sigaro o di sigarette. Erano stati accuratamente lavati. In uno dei due bagni il commissario notò un grande asciugamani di spugna che pendeva, spiegato, da un braccio metallico allato alla vasca. Lo prese, se lo poggiò su una guancia, avvertì sulla pelle una residua umidità, lo rimise a posto.

Qualcuno, magari il giorno avanti, era stato in quella villa.

«Andiamo ad aspettare fora la signora e richiudi la porta a chiave. Mi raccomando, Fazio: non dirle che siamo già entrati.»

Fazio s'offese.

«E che sono, un picciliddro?»

Si misero ad aspettare davanti al cancello. La macchina con la signora Caruana arrivò con pochi minuti di ritardo. Al volante c'era un bell'omo quarantino, alto, snello, elegante, gli occhi cilestri, pareva un attore miricàno. Si precipitò a raprire la portiera del posto allato a lui, da perfetto cavaliere. Ne scese Betty Boop, una fimmina ch'era una stampa e una figura con il famoso personaggio dei vecchi cartoons. Persino i capelli aveva tagliati e pettinati allo stesso modo.

«Sono l'ingegnere Alberto Caruana. Mia cognata ha tanto insistito perché l'accompagnassi.»

«Sono rimasta così impressionata!» fece Betty Boop civettuola, battendo le ciglia.

«Da quand'è che non viene in villa?» spiò Montalbano.

«L'abbiamo chiusa il trenta d'agosto.»

«E da allora non ci è più tornata?»

«A che fare?»

Si mossero, passarono il cancelletto, traversarono il giardino, si fermarono davanti alla porta.

«Vai avanti tu, Alberto» disse la signora Caruana al cognato. «Io mi scanto.»

E gli porse una chiave.

Con un sorriso alla Indiana Jones, l'ingegnere raprì la porta e si rivolse al commissario.

«Non è stata scassinata!»

«Pare di no» disse laconico Montalbano.

Trasirono. La signora accese la luce, si taliò d'attorno.

«Ma qui non è stato toccato niente!»

«Guardi bene.»

La signora raprì nervosamente vetrinette, mobiletti, cassettini, scatolettine.

«Niente.»

«Andiamo su» disse Montalbano.

Alla fine della ricognizione nelle càmmare di sopra, Betty Boop raprì la boccuccia fatta a cuore.

«Ma siete sicuri che i ladri siano venuti qui?»

«Ce l'hanno telefonato. Si vede che si sono sbagliati. Meglio così, no?»

Fu un attimo: Betty Boop e il finto attore miricàno si scangiarono una taliàta rapidissima di sollievo.

Montalbano si profuse in scuse per aver fatto perdere loro del tempo, la signora Caruana e il cognato ingegner Alberto le accettarono con degnazione.

Come per levare ogni residuo dubbio nel commissario e in Fazio, una volta in macchina, prima d'ingranare la marcia, l'ingegnere s'addrumò un grosso sigaro.

«Liquida Bufardeci. Fallo malamente, digli che mi ha fatto perdere la matinata e che non mi scassasse più la minchia.»

«Metto in libertà macari a Orazio Genco?»

«No. Mandamelo in ufficio. Gli voglio parlare.»

Orazio trasì nella càmmara del commissario che gli occhi gli sparluccicavano dalla contentezza per aver fatto fare a Bufardeci la mala figura che gli aveva promesso.

«Che mi vuole dire, commissario?»

«Che sei un grandissimo figlio di buttana.»

Tirò fora dalla sacchetta la chiave duplicata, la fece vedere al vecchio ladro.

«Questa apre perfettamente la porta della villa. Bufardeci aveva ragione. Tu in quella casa ci sei entrato, solo che non era disabitata, come pensavi. Ora ti devo dire una cosa, stammi bene attento. Mi sta venendo la tentazione di trovare una scusa qualunque per sbatterti ora stesso in càrzaro.»

Orazio Genco non parse impressionarsi.

«Cosa posso fare per fargliela passare, la tentazione?»

«Contami come andò la cosa.»

Si sorrisero, da sempre si erano pigliati in simpatia.

«M'accompagna alla villa, commissario?»

«Ero sicuro, sicurissimo, che dintra alla villa non ci fosse nisciùno. Quando arrivai, né davanti al cancello né nelle vicinanze c'erano macchine parcheggiate. M'appostai, stetti ad aspettare almeno un'ora prima di cataminarmi. Tutto morto, manco le foglie si muovevano. La porta si raprì subito. Con la torcia vitti che nella vetrinetta c'erano statuine di qualche valore ma difficili da piazzare. Comunque andai nella cucina, pigliai una tovaglia grande da tavola per metterci la roba. Appena raprii la vetrinetta, sentii una voce di fìmmina che gridava: "No! No! Dio mio! Muoio!". Per un attimo aggelai. Poi, senza pinsarci, corsi al piano di sopra per dare una mano d'aiuto a quella povirazza. Ah, commissario mio, quello che mi si appresentò nella càmmara da letto! Una fìmmina e un omo, nudi, che ficcavano! Restai insallanuto, ma l'omo si addunò di mia.»

«E come? Se stava a...»

«Vede, commissario» fece Orazio Genco arrossendo dato ch'era un omo pudico «lui stava sotto e lei sopra, a cavallo. Appena mi vitti, l'omo, in un vìdiri e svìdiri, scavallò la fìmmina, si susì e m'afferrò per la gola. "T'ammazzo!

T'ammazzo!" Forse era arraggiato perché l'avevo addisturbato nel meglio. La fìmmina si ripigliò subito dalla sorprisa e ordinò all'amante di lasciarmi. Che fosse l'amante e non il marito lo capii dalle parole che disse: "Alberto, per carità, pensa allo scandalo!". E quello mi lasciò.»

«E vi siete messi d'accordo.»

«I due si sono rivestiti, l'omo ha acceso un sicarro e abbiamo parlato. Quando abbiamo finito, li ho avvertiti che, mentre stavo appostato, avevo visto passare l'ex guardia Bufardeci: quello, camurrioso com'è, vedendoli uscire dalla villa li avrebbe sicuramente fermati e lo scandalo ci sarebbe stato lo stesso.»

«Un attimo, fammi capire, Orazio. Tu avevi visto a Bufardeci e hai lo stesso tentato il furto?»

«Commissario, ma io non lo sapevo che Bufardeci c'era veramente! Me l'ero inventato per alzare il prezzo! Fecero una piccola aggiunta e io m'incarricai di tirarmelo appresso in modo di dare a loro la possibilità d'arrivare alla macchina che avevano parcheggiata distante. E invece ho dovuto mettermi a correre sul serio pirchì Bufardeci c'era davero.»

Erano arrivati alla villa. Montalbano fermò, Orazio scinnì.

«M'aspetta un momento?»

Trasì nel cancelletto, ricomparve quasi subito, in mano aveva un mazzo di banconote. Montò in macchina.

«Li avevo ammucciati in mezzo all'edera. Ma stavo in pinsèro a tenerli così. Due milioni, mi hanno dato.»

«Ti do uno strappo fino a Vigàta?» spiò Montalbano.

«Se non la disturba» fece Orazio Genco appoggiandosi alla spalliera, in pace con se stesso e il mondo.

LA VEGGENTE

A Carlòsimo, Salvo Montalbano passò uno dei più amari inverni della sua giovane vita. Aveva trentadue anni, allora, e lo usavano come una specie di commesso viaggiatore: a ogni cangio di stagione lo trasferivano da un paese all'altro ora a fare una sostituzione, ora a tappare un buco, ora a dare una mano d'aiuto in una situazione d'emergenza. Ma i quattro mesi di Carlòsimo furono i peggio di tutti. Era un paesotto di collina dove ragionevolmente non avrebbe dovuto farci tutto quel freddo che sempre ci faceva e invece un misterioso incrociarsi e combinarsi di eventi meteorologici faceva sì che uno a Carlòsimo il cappotto pisanti e la sciarpa non se li levasse mai, a momenti manco quando andava a corcarsi. Gli abitanti, che erano sì e no un settemila, non erano gente tinta, anzi; solo che non davano confidenza, salutavano a stento, erano mutàngheri. L'unico, in paìsi, che fosse completamente diverso dagli altri era il farmacista Rizzitano, sempre pronto al sorriso, alla battuta spinta, alla manata sulle spalle. "Jena ridens" lo battezzò Montalbano in omaggio a una vecchia barzelletta, quella dei due amici che vanno allo zoo e uno dei due legge il cartello posto davanti alla gabbia dell'animale: "Jena ridens. Vive nel deserto, esce solo di notte, si nutre di carogne, si accoppia una volta all'anno". Stupito, si rivolge all'amico e domanda:

«Ma che ride a fare?»

Alle otto di sìra, tutti a casa, le strate svuotate col vento che faceva rotolare barattoli vuoti, che sollevava in aria fantasmi di carta. Non c'era un cinema, alla cartolibreria vendevano solo quaderni. E c'era da aggiungere al conto che per quella stessa congiuntura (o meglio, congiura) meteorologica i due canali della televisione allora esistenti mandavano solo immagini d'ectoplasmi.

Per il vicecommissario Montalbano, responsabile dell'ordine pubblico, un paradiso; per l'uomo Montalbano, una calma piatta da limbo, una continua istigazione al suicidio o al gioco delle carte. Ma, nel locale circolo, le "persone civili" del paìsi non solo si giocavano la camicia ma macari il culo e perciò il vicecommissario, al quale oltretutto non piacevano le carte, se ne stava alla larga. L'unica era di darsi alla lettura: in quell'inverno si fece Proust, Musil e Melville. Almeno ci guadagnò questo.

La matina del 3 di fivràro, Montalbano, andando in ufficio, vide che un attacchino tentava d'incollare sul muro ghiacciato allato alla porta d'ingresso del Gran Caffè Italia un manifesto colorato che diceva che quella sera stessa, in piazza Libertà, ci sarebbe stato il debutto del "Circo familiare Passerini".

La sira stissa, tornandosene nell'unico albergo del paìsi, Montalbano passò da piazza Libertà. Il circo era già montato: piccolo e di uno squallore che sfiorava l'indecenza. La cassa, debolmente illuminata, era aperta, due o tre paesani stavano accattandosi il biglietto.

Un'ondata di malinconia, alta come quelle del Pacifico, s'abbatté sul vicecommissario. Gli passò macari il pitìtto che sempre aveva robusto; si chiuse nella sua càmmara dove evitava il congelamento con una stufetta elettrica accesa tutta la notte a rischio di vita e si lesse per la sesta volta *Benito Cereno* di Melville, dal quale non arrinisciva a staccarsi, affatato.

La matina appresso, trasendo in ufficio, sentì delle voci rabbiose venire dalla càmmara allato alla sua. Andò a taliàre: Palmisano e Ingarrìga, due suoi agenti, rossi in faccia, alterati, stavano per darsi reciprocamente una fracchiàta di legnate. Invaso da una raggia incontenibile, scatenata, più che dalla scena che stava vedendo, dalla tristezza accumulata la sera prima, s'abbatté davanti i due come porci, li fece vrigognare.

Poi andò nella sua càmmara e chiuse la porta facendola sbattere così forte che si staccò un pezzo d'intonaco.

Manco cinco minuti dopo, Palmisano e Ingarrìga s'appresentarono a domandare scusa. E spiegarono, non richiesti, la ragione della loro azzuffatina.

Era stato per via del circo.

Contarono al commissario che il clown non faceva arrìdere, che la fìmmina che camminava sulla corda era caduta e si era fatta male a una caviglia e che al prestigiatore un gioco di carte non gli era arrinisciùto. Insomma, una pena. Palmisano e Ingarrìga stavano per andarsene, tanto più che lo spettacolo pareva finito, quando era comparsa lei.

«Lei chi?» spiò sgarbato il vicecommissario.

«La vigente!» disse reverenziale Ingarrìga che aveva una qualche difficoltà con l'italiano.

Palmisano adottò invece un'ariata di superiorità.

«E che fa questa veggente?»

«Ah, dottore mio! Una cosa che se uno non la vede non ci crede! Indovina tutto! Ogni cosa!»

«Con l'imbroglio» fece calmo calmo Palmisano.

«Ma quale imbroglio e imbroglio! Quella è una vera vigente!» scattò Ingarrìga pronto a riprendere la sciarra.

La voce che nel circo c'era questa straordinaria veggente che non sbagliava un colpo dilagò in paìsi e il sabato appresso, davanti al botteghino, c'era una fila di persone. Spinto dalla curiosità ma più ancora dalla noia, Montalbano s'accodò, abbandonando Benito Cereno nella sua càmmara d'albergo.

Quella sera, forse perché le panche del circo erano tutte piene, la troupe, elettrizzata dal pubblico, si comportò bene: il clown strappò qualche risata, l'equilibrista arriniscì a non cadere macari se era stata lì lì diverse volte, il prestigiatore fece un gioco col cilindro che stupì lo stesso Montalbano. La cavallerizza, poi, dimostrò d'essere in stato di grazia. Dopo, le luci sulla piccola pista s'astutarono di colpo. Nello scuro, rullarono due tamburi. Quando un proiettore si riaccese, illuminò una fimmina sola in mezzo alla pista, assittata sopra una seggia di paglia.

Poteva avere una sittantina d'anni, l'età sua la dimostrava tutta e non faceva niente per ammucciarla. Piccola, vestita modestamente, i capelli grigi raccolti in un tuppo. Stava immobile, taliàva per terra. E nel circo calò un silenzio spesso, da tagliare col coltello. Nel cerchio del riflettore avanzò un cinquantino, vestito in frac. Si levò il cilindro, s'inchinò profondamente e disse:

«Signore e signori, Eva Richter.»

Senza enfasi, a bassa voce, quasi con rispetto. La fimmina sulla seggia non si cataminò. Montalbano sentì che qualcosa era cangiato di colpo dintra a quel circo miserabile, era come se al centro della pista ora non dovesse più svolgersi un gioco o una finzione, ma un terribile momento di verità.

L'omo in frac si rivolse ancora ai presenti.

«La signora Eva Richter non risponde a nessuna domanda, né mia né del pubblico. Se uno dei presenti vorrà favorirmi un suo oggetto personale, la signora lo terrà per un momento tra le mani, poi lo restituirà. Solo allora dirà al proprietario dell'oggetto qualcosa che lo riguarda. Voglio avvertire che la risposta verrà data ad alta voce e quindi chi non desidera che sue cose personali vengano a conoscenza di tutti eviti di partecipare.»

Fece una pausa, taliò il pubblico allo scuro.

«Un oggetto, per favore.»

Ci furono risatine imbarazzate, incitamenti, commenti sottovoce. Poi, da una delle panche più alte, passata di mano in mano, arrivò all'omo in frac una cravatta. Scoppiarono risate che l'omo troncò con un gesto imperioso.

Eva Richter, senza mai isare la testa, pigliò la cravatta che l'altro le porgeva, l'appallottolò, la tenne tra le mani a coppa, la restituì. La cravatta fece il percorso inverso.

L'omo in frac domandò:

«Il proprietario della cravatta ne è ritornato in possesso?»

«Sì» rispose una voce anonima.

Allora l'omo in frac si rivolse a taliàre la fìmmina assittata in mezzo alla pista.

Eva Richter parlò con voce molto bassa, quasi mormorò le parole. Aveva un accento vero di straniera.

«Il signore che m'ha dato la cravatta è molto giovane. Questa è la sua prima cravatta, gli è stata regalata dalla sorella.»

Dalle panche più alte partì un applauso che coinvolse tutto il pubblico. L'omo in frac alzò una mano, tornò il silenzio.

«L'anno scorso il signore della cravatta è caduto con la motoretta. Si è rotto la caviglia sinistra.»

Gli occupanti delle panche più alte si alzarono in piedi per applaudire, il picciotto proprietario della cravatta si mise a fare voci sbalordite:

«È vero! Lo giuro! È tutto vero!»

Quando gli applausi furono terminati, l'omo in frac parlò nuovamente.

«La signora stasera è stanca. Farà solo altri due esercizi di veggenza. Qualche altro, per favore.»

Fece un gesto e le mezze luci s'accesero sotto il tendone, ora macari il pubblico faceva spettacolo.

«Chi vuole partecipare?»

«Io.»

Tutti si voltarono a taliàrla, la signora Elvira Testa che aveva parlato. Macari Montalbano seguì gli altri, perché non se ne poteva fare a meno. Era bellissima la trentenne Elvira Testa, maritata all'omo più ricco del paìsi, il commerciante, ma soprattutto strozzino, Filippo Mancuso, un omo tozzo e pelato che aveva passato la cinquantina.

Col solito passamano, una collanina d'oro andò fin nel palmo di Eva Richter, quindi ritornò alla proprietaria.

«Chi mi ha dato l'oggetto è appena tornato da New York. Abitava in casa di un'amica.»

All'applauso di Elvira Testa si unì, scrosciante, quello di tutti gli spettatori.

Ma Eva Richter proseguì:

«Chi mi ha dato l'oggetto ha avuto un lutto recente. Ne è rimasto molto addolorato.»

Non ci furono né commenti né applausi. Calò un silenzio mortale. L'omo in frac si mostrò stupito e preoccupato. Persino Eva Richter isò per un momento la testa.

«Sbagliato, sbagliato!» gridava isato in piedi, livido, Filippo Mancuso. Allato a lui la bellissima Elvira Testa era una vampa di foco. In paìsi tutti, Montalbano compreso, sapevano che l'amante amatissimo di Elvira Testa aveva perso la vita due mesi avanti in un incidente automobilistico.

Rendendosi immediatamente conto che c'era qualcosa che non quatrava, l'omo in frac incitò gli spettatori.

«Un altro, presto, un altro!»

«Io! Io! Io!»

Dalla prima fila il farmacista Rizzitano, assittato tra il dottor Spalic, un triestino che da quarant'anni faceva il medico a Calòsimo, e il sindaco Di Rosa, agitò un fazzoletto. Forse per rompere l'atmosfera che un attimo prima c'era stata, rideva, ammiccava, s'agitava.

L'omo in frac gli si avvicinò, pigliò il fazzoletto, lo passò alla veggente. Macari questo fazzoletto venne appallottolato, tenuto tra le mani. Ma Eva Richter, invece di ridarlo all'omo in frac, lo trattenne ancora. L'omo in frac rimase con la mano protesa, un'espressione di curiosità sulla faccia. E poi capitò quello che nessuno s'aspettava.

Eva Richter gettò il fazzoletto per terra, facendo un grido, quasi che quel pezzo di stoffa le avesse trasmesso un foco vivo. Si susì giarna come una morta, principiò ad arretrare verso il tendone alle sue spalle, la mano mancina premuta forte sulla bocca aperta per impedire l'erompere di un altro grido. Quando sentì alle sue spalle il tendone, isò il braccio destro, protese l'indice verso il farmacista:

«Assassino! Tu sei l'assassino!»

La frase l'aveva murmuriàta più bassa del solito, ma tutti la sentirono perché c'era un silenzio che pareva che dintra il circo non ci fosse nessuno a respirare. E niscì di scatto. Si scatenò un burdello. Alcune fìmmine si misero a gridare come se sotto ai loro occhi il farmacista stesse ammazzando di nuovo qualcuno; la signora Elvira Testa, che quella sera ne aveva passato di làide, si fece venire uno svenimento e venne portata fora amorosamente dal marito commerciante, usuraio e ora macari pubblicamente cornuto. Il farmacista, malgrado lo stupore, non arrinisciva a farsi scomparire il sorriso dalle labbra:

«Ma che è, pazza?» domandava a tutti.

Il sindaco chiamò Montalbano mentre il pubblico sfollava.

«Dottore, bisogna fare qualcosa!»

«Che cosa?» spiò placido il vicecommissario.

«Mah, non so... Quella donna ha gettato lo scompiglio... Non dovrebbe permettersi...»

«Vedrò quello che posso fare» disse Montalbano.

La matina appresso il circo non c'era più su piazza Libertà. E non c'era più né a Carlòsimo né sulla faccia della terra il dottor Spalic il quale, verso le tre, dopo una notte insonne a passiare per casa, come testimoniò il signor Lauricella che abitava al piano di sotto, pigliò una corda e s'impiccò a una trave del soffitto.

Sulla sua scrivania, Montalbano trovò un biglietto a matita. Diceva semplicemente: "Ero troppo giovane, non capivo il male che facevo. Perdonatemi".

"Ma se la veggente ha detto che l'assassino era il farmacista Rizzitano, perché si è ammazzato il dottor Spalic?" si domandò il paìsi strammàto.

La farmacia di Rizzitano, la domenica, restava aperta solo la matina. Montalbano vi trasì verso le undici, quando i clienti che addomandavano rimedi soprattutto contro il raffreddore e l'influenza si erano fatti radi. Rizzitano approfittò di un momento che non c'era nessuno e chiuse a chiave la bussola.

«Ho visto quello che ha fatto ieri sera» disse Montalbano. Il farmacista non sorrideva, una ruga gli attraversava la fronte.

«Ha visto cosa?»

«Ho visto che lei ha infilato la mano nella sacchetta sinistra del cappotto del dottor Spalic e ha pigliato il fazzoletto che lui di solito teneva lì. Non era suo quel fazzoletto. Lei voleva fargli uno scherzo.»

«Già» disse amaro Rizzitano.

«Ed Eva Richter non indicava lei, stava indicando il dottore. Ma siccome c'era stata la storia del fazzoletto, tutti si fecero persuasi che stesse rivolgendosi a lei.»

«Già» fece ancora Rizzitano.

«E ho notato un'altra cosa» continuò il vicecommissario.

«Che cosa?»

«Che Eva Richter ha detto: "Tu sei l'assassino". Mi spiego? Non un assassino, genericamente.»

«Vero è.»

«E allora sono qui a spiarle: che sa lei del dottore?»

Il farmacista s'aggiustò gli occhiali sul naso, taliò una ricetta che aveva sul bancone. Da fuori tuppiarono alla bussola, ma né Rizzitano né il commissario risposero.

«Vede» si decise finalmente il farmacista «se il pòviro dottore fosse ancora vivo, io non le direi niente di quello che sto per dirle, non riuscirebbe a tirarmelo fora manco con le tenaglie. Il dottor Spalic, Vinko faceva di nome, arrivò a Carlòsimo verso il '52 o l'anno dopo, ora non m'arricordo più bene. Si era laureato a Napoli. Ma era nato a Trieste e vi aveva passato la giovinezza. Non parlava mai di sé, non riceveva mai posta dalle parti sue, pareva non avesse lasciato né amici né parenti. All'inizio ci fu una certa curiosità nei suoi riguardi, poi addiventò uno dei nostri. Era bravo, la gente ci andava.»

Fece una pausa, andò nel retrofarmacia, si scolò un bicchiere d'acqua, tornò.

«Vinko» ripigliò il farmacista «era astemio. Una sera che m'era parso particolarmente ammalinconito l'invitai a cena da me, lo convinsi a bere mezzo bicchiere di vino. Gli bastò per ubriacarlo completamente, tanto che dovetti accompagnarlo a casa. Lungo la strata non faceva altro che piangere, ma capivo che quel pianto non era dovuto solamente al vino. Trasii con lui nel suo appartamento, lo volevo vedere corcato, non mi fidavo a lasciarlo solo. Lo convinsi ad andare in bagno a lavarsi la faccia. E qui mi disse una frase chiara chiara: "Oggi è un anniversario". Io gli spiai di che, e lui mi fece: "di un omicidio. Quarantun anni fa ho ammazzato un giovane, a Trieste. Facevo parte delle ss". Questo mi disse, ripigliando a piangere. Si ricorda che nel '44 Trieste era una specie di protettorato tedesco?»

«Sì» disse Montalbano. «E tornò sull'argomento?»

«Non ne parlammo mai più.»

Montalbano si susì, ringraziò il farmacista, questi gli raprì la bussola e subito due clienti si precipitarono dintra. Rizzitano spiò a bassa voce a Montalbano, un attimo prima che questi niscisse:

«Ma chi è veramente Eva Richter?»

Arturo Passerini, proprietario e direttore del circo, rintracciato mentre con tre carrozzoni dirigeva verso un paìsi vicino, disse che Eva Richter si era appresentata due mesi avanti al circo mentre sostavano in un paìsi vicino a

Messina. Aveva dato una strepitosa prova della sua abilità, aveva chiesto di essere ingaggiata con una paga minima. Pativa una fissazione: arrivare prima possibile a Carlòsimo. Quella matina, alle prime luci del giorno, quando si era sparsa la notizia che lo spettatore della sera avanti si era impiccato, avevano preferito smontare il tendone e partirsene. Solo al momento di salire sui carrozzoni si erano accorti che la Richter era sparita, abbandonando la sua valigia.

Montalbano la raprì. Dintra c'era un vestito, della biancheria, un giornale ingiallito del novembre del '45. Un breve articolo diceva che il criminale nazista Vinko Spalic, reo tra l'altro dell'assassinio a sangue freddo del giovane Giani Richter, era ancora una volta riuscito a sfuggire alla cattura. Avvolto in una pezza, c'era macari un grosso revolver carico.

Eva Richter, che ci aveva messo più di quarant'anni a trovare l'assassino di suo fratello, non aveva avuto bisogno d'usarlo.

Taninè, la mogliere del giornalista televisivo Nicolò Zito, uno dei pochi amici del commissario Montalbano, era una fimmina che cucinava a vento, vale a dire che i piatti che approntava davanti ai fornelli non obbedivano a precise regole di cucina, ma erano il risultato più improvvisato del suo mutevole carattere.

«Oggi t'avrei volentieri invitato a casa a mangiare da noi» aveva qualche volta detto Nicolò a Montalbano «ma purtroppo mi pare che non è cosa.»

Stava a significare che un filo di paglia era andato di traverso a Taninè, per cui pasta scotta (o cruda), carne dissapita (o salata sino all'amaro), sugo al quale erano preferibili tre anni di cui uno in isolamento. Ma invece quando le spirciàva, quando tutto era andato per il suo verso, che lume di paradiso!

Era una bella fimmina trentina, di carni sode e piene che ispiravano agli omini pensieri volgarmente terrestri: ebbene, un giorno che Taninè l'aveva invitato a tenerle compagnia in cucina, dove mai ammetteva stràniei, Montalbano aveva visto, strammato, la donna che preparava il condimento per la pasta 'ncasciata perdere peso, cangiarsi in una specie di ballerina che assorta si librava con gesti aerei da un fornello all'altro. Per la prima e ultima volta, taliàndola, aveva pinsato agli angeli.

«Speriamo che Taninè non mi guasti questa giornata» si

augurò il commissario mentre guidava verso Cannatello. Perché in quanto a salti d'umore manco lui scherzava. La prima cosa che la matina faceva, appena susùto, era di andare alla finestra a taliàre il cielo e il mare che aveva a due passi da casa: se i colori erano vividi e chiari, tale e quale il suo comportamento di quel giorno; in caso contrario le cose si sarebbero messe male per lui e per tutti quelli che gli fossero venuti a tiro.

Ogni seconda domenica d'aprile Nicolò, Taninè e il loro figlio màscolo Francesco, che aveva sette anni, raprivano ufficialmente la casa di campagna a Cannatello ereditata dal patre di Nicolò. Ed era diventata tradizione che il primo ospite fosse Salvo Montalbano.

Per andarci, il commissario affrontava trazzere, mulattiere, polverosi viottoli che gli imbiancavano la macchina invece di pigliare la comoda scorrimento veloce che l'avrebbe lasciato a due chilometri da Cannatello. Approfittava dell'occasione per ricrearsi una Sicilia sparita, dura e aspra, una riarsa distesa giallo paglia interrotta di tanto in tanto dai dadi bianchi delle casuzze dei contadini. Cannatello era terra mallìtta, qualsiasi cosa le si seminasse o le si piantasse non attecchiva, davano breve respiro di verde solo macchie di saggina, di cocomerelli servatici e di capperi. Era terreno di caccia, questo sì, e ogni tanto da darrè un cespuglio di saggina schizzava velocissima qualche lepre. Arrivò che era quasi l'ora di mangiare, il profumo dei dodici cannoli giganti che aveva accattato inondava l'abitacolo e gli faceva smorcare l'appetito.

Ad aspettarlo sulla porta erano al completo: Nicolò sorridente, Francesco impaziente e Taninè con gli occhi sparluccicanti di contentezza. Montalbano si rasserenò, forse la giornata sarebbe stata cosa degna d'essere vissuta, così come era principiata.

Francesco manco gli diede tempo di scendere dalla macchina, gli si mise a saltellare torno torno:

«Giochiamo a guardie e ladri?»

Suo patre lo rimproverò.

«Non l'assillare! Giocherai doppo mangiato!»

Quel giorno Taninè aveva deciso d'esibirsi in un piatto strepitoso che, chissà perché, si chiamava "malalìa d'amuri". Chissà perché: infatti non c'era possibilità che quella zuppa di maiale (polmone, fegato, milza e carne magra), da mangiarsi con fette di pan tostato, avesse attinenza col mal d'amore, semmai col mal di panza.

Se la scialarono in assoluto silenzio; persino Francesco, ch'era tanticchia squieto di natura, questa volta non si cataminò, perso nel paradiso dei sapori che sua matre aveva strumentiato.

«Giochiamo a guardie e ladri?»

La domanda arrivò, inevitabile e pressante, appena che i tre grandi ebbero terminato di bere il caffè.

Montalbano taliò l'amico Nicolò e con gli occhi gli spiò soccorso, ora come ora non ce l'avrebbe fatta a mettersi a correre appresso al picciliddro.

«Zio Salvo va a farsi una dormitina. Doppo giocate.»

«Guarda» fece Montalbano vedendo che il piccolo si era ammussato «facciamo così: tra un'ora precisa mi vieni a svegliare tu stesso e ci resta tutto il tempo per giocare.»

Nicolò Zito ricevette una telefonata che lo costringeva a ritornare a Montelusa per un servizio televisivo urgente, Montalbano, prima di ritirarsi nella càmmara degli ospiti, assicurò all'amico che avrebbe riportato lui in paese Taninè e il figlio.

Fece appena in tempo a spogliarsi, gli occhi a pampineddra, e a distendersi che crollò in un sonno piombigno.

Gli parse che aveva allùra allùra chiuso gli occhi quando venne arrisbigliàto da Francesco che gli scuoteva un braccio dicendogli:

«Zio Salvo, un'ora precisa passò. Il cafè ti portai.»

Nicolò era partito, Taninè aveva rimesso la casa in ordine e ora stava a leggere una rivista assittata su una seggia a dondolo. Francesco era sparito, corso già a nascondersi campagna campagna.

Montalbano raprì la macchina, pigliò un vecchio impermeabile che teneva per ogni evenienza nel vano posteriore, l'indossò, strinse la cintura, alzò il bavero nel tentativo d'assomigliare a un investigatore dei film americani, e si avviò alla ricerca del picciliddro. Francesco, abilissimo nel nascondersi, se la godeva a fingere d'essere un ladro ricercato da un "vero" commissario.

La casa di Nicolò sorgeva in mezzo a due ettari di terreno incolto che a Montalbano faceva malinconia anche perché, al limite della proprietà, c'era una casuzza sdirrupata, con mezzo tetto sfondato, che sottolineava lo stato d'abbandono della terra. Si vede che le lontane origini contadine del commissario si ribellavano a quella trascuratezza.

Montalbano cercò Francesco per mezz'ora, poi cominciò a sentirsi stanco, la zuppa di maiale e due cannoli giganti lasciavano ancora il segno, era sicuro che il piccolo stava disteso a pancia in giù darrè una troffa di saggina e lo spiava, emozionato e attento. La diabolica capacità di nascondersi del ragazzino gli avrebbe fatto fare notte.

Decise di dichiararsi vinto, gridandolo a voce alta. Francesco sarebbe sbucato da qualche parte e avrebbe preteso l'immediato pagamento del pegno, consistente nel racconto, debitamente infiocchettato, di una delle sue indagini. Il commissario aveva notato che quelle che s'inventava di sana pianta con morti, feriti e sparatorie erano quelle che più piacevano al picciliddro.

Mentre stava per dichiararsi sconfitto, gli venne un pinsèro improvviso: vuoi vedere che il piccolo era andato ad ammucciarsi dentro la casuzza sdirrupata malgrado i severissimi ordini che aveva avuto da Taninè e da Nicolò di non entrarci mai da solo?

Si mise a correre, arrivò col fiatone davanti alla casuzza, la porticina sgangherata era solo accostata. Il commissario la spalancò con un calcio, fece un balzo indietro e, infilata la mano destra in tasca con l'indice minacciosamente puntato, disse con voce bassa e rauca, terribilmente minacciosa (quella voce faceva nitrire di gioia Francesco):

«Il commissario Montalbano sono. Conto sino a tre. Se non vieni fuori, sparo. Uno...»

Un'ombra si mosse all'interno della casuzza e, sotto gli occhi sbarracati del commissario, spuntò un omo, le mani in alto.

«Non sparare, sbirro.»

«Sei armato?» spiò Montalbano dominando la sorpresa.

«Sì» rispose l'omo e fece d'abbassare una mano per pigliare l'arma che teneva nella sacchetta destra della giacca. Il commissario s'addunò ch'era pericolosamente sformata.

«Non ti muovere o ti brucio» intimò Montalbano tendendo minacciosamente l'indice. L'omo rialzò il braccio.

Aveva occhi di cane arraggiato, un'ariata di disperazione pronta a tutto, la barba lunga, il vestito stazzonato e lordo. Un omo pericoloso, certo, ma chi cavolo era?

«Vai avanti, verso quella casa.»

L'omo si mosse con Montalbano darrè. Arrivato allo spiazzo dove c'era posteggiata la sua macchina, il commissario vide sbucare da dietro l'auto Francesco che taliò la scena eccitatissimo.

«Mamà! Mamà!» si mise a chiamare.

Taninè, affacciatasi alla porta spaventata dalla voce stracangiata del figlio, con una sola taliàta s'intese col commissario. Rientrò e subito riapparve puntando un fucile da caccia sullo sconosciuto. Era una doppietta appartenuta al patre di Nicolò che il giornalista teneva appesa, scarica, vicino all'ingresso; mai Nicolò aveva coscientemente ammazzato un essere vivente, la mogliere diceva che non si curava l'influenza per non uccidere i bacilli.

Tutto sudato, il commissario raprì l'auto e dal cruscotto tirò fora pistola e manette. Respirò profondamente e taliò la scena. L'omo stava immobile sotto la ferma punterìa di Taninè che, bruna, bella, capelli al vento, pareva precisa precisa un'eroina da film western.

Lo squillo del telefono non era lo squillo del telefono, ma la rumorata del tràpano di un dentista impazzito che aveva deciso di fargli un pirtùso nel cervello. Raprì a fatica gli occhi, taliò la sveglia sul comodino, erano le cinque e mezzo della matinata. Sicuramente qualcuno dei suoi òmini del commissariato lo cercava per dirgli di una cosa seria, non poteva essere diversamente data l'ora. Si susì dal letto santiando, andò nella càmmara da pranzo, sollevò il ricevitore.

«Salvo, lo conosci a Potocki?»

Riconobbe la voce del suo amico Nicolò Zito, il giornalista di Retelibera, una delle due televisioni private di Montelusa che si pigliavano a Vigàta. Nicolò non era tipo di mettersi a fare scherzi da cretino e quindi non s'arrabbiò.

«Chi dovrei conoscere?»

«Potocki, Jan Potocki.»

«È un polacco?»

«Dal nome pare di sì. Dovrebbe essere l'autore di un libro, ma per quante persone ho spiato non m'hanno saputo dire niente. Se manco tu lo sai, posso andare a pigliarmela in quel posto.»

Fiat lux. Forse avrebbe potuto dare una risposta alla richiesta inconsueta del suo amico.

«Sai se per caso il libro s'intitola *Manoscritto trovato a Saragozza*?»

«Quello è! Cazzo, Salvo, sei un dio! E il libro l'hai letto?»

«Sì, tanti anni fa.»

«Potresti dirmi di che tratta?»

«Ma perché t'interessa tanto?»

«Alberto Larussa, tu lo conoscevi bene, si è suicidato. Hanno scoperto il corpo verso le quattro di stamatina e m'hanno tirato dal letto.»

Il commissario Montalbano ci restò male. Amico amico di Alberto Larussa non era stato, ma ogni tanto andava a trovarlo, dietro invito, nella sua casa di Ragòna e non mancava l'occasione di pigliare in prestito qualche libro dalla vastissima biblioteca che l'altro aveva.

«S'è sparato?»

«Chi? Alberto Larussa? Ma figurati se s'ammazzava in un modo accussì banale!»

«E come ha fatto?»

«Ha trasformato la seggia a rotelle in una seggia elettrica. Si è, in un certo senso, giustiziato.»

«E il libro che c'entra?»

«Stava allato alla seggia elettrica, su uno sgabello. Forse è l'ultima cosa che ha letto.»

«Sì, ne avevamo parlato. Gli piaceva assai.»

«Allora, chi era questo Potocki?»

«Era nato nella seconda metà dell'Ottocento da una famiglia di guerrieri. Lui era uno studioso, un viaggiatore, pensa che andò dal Marocco alla Mongolia. Lo zar lo fece suo consigliere. Pubblicò libri di etnografia. Un gruppo di isole, non mi ricordo più dove si trovano, portava il suo nome. Il romanzo di cui mi hai spiato lo scrisse in francese. E questo è quanto.»

«Ma perché ci teneva a questo libro?»

«Guarda, Nicolò, te l'ho detto: gli piaceva, lo leggeva e lo rileggeva. Penso che considerasse Potocki come una sua anima gemella.»

«Ma se non aveva messo mai piede fora di casa!»

«Anima gemella in fatto di strammarìa, d'originalità. Del resto macari Potocki si è suicidato.»

«E come?»

«Si è sparato.»

«Non mi pare una cosa originale. Larussa ha saputo fare di meglio.»

Data la notorietà di Alberto Larussa, il notiziario delle otto del matino lo fece Nicolò Zito, che invece si riservava quelli più seguiti della sera. La prima parte della notizia Nicolò la dedicò alle circostanze del ritrovamento del cadavere e della modalità del suicidio. Un cacciatore, Martino Zìcari, passando verso le tre e mezzo di notte vicino alla villetta del Larussa aveva visto uscire del fumo da una finestrella dello scantinato. Siccome quello, si sapeva, era il laboratorio di Alberto Larussa, Zìcari non si era in un primo momento allarmato. Un alito di vento però gli aveva portato alle narici l'odore di quel fumo, e questo sì che l'aveva allarmato. Aveva chiamato i carabinieri e questi, dopo avere inutilmente bussato, avevano sfondato la porta. Nello scantinato avevano ritrovato il corpo semicarbonizzato di Alberto Larussa che aveva trasformato la sedia a rotelle, artigianalmente, in una perfetta sedia elettrica. In seguito era avvenuto un corto circuito e le fiamme avevano in parte devastato il locale. Intatto, invece, allato al morto, uno sgabello sul quale c'era il romanzo di Jan Potocki. E qui Nicolò Zito utilizzò le cose che gli aveva detto Montalbano. Quindi si scusò con gli ascoltatori per non aver dato se non immagini esterne della casa dove abitava Larussa: il maresciallo dei carabinieri aveva vietato di girare all'interno. La seconda parte venne impiegata a illustrare la figura del suicida. Cinquantenne, molto ricco, da trent'anni paralitico per una caduta da cavallo, Larussa non era mai uscito dalle mura della sua città natale, Ragòna. Non si era mai sposato, aveva un fratello minore che viveva a Palermo. Lettore appassionato, possedeva una biblioteca di oltre diecimila volumi. Dopo la caduta da cavallo, del tutto casualmente, aveva scoperto la sua vera vocazione: quella di orafo. Ma un orafo del tutto particolare. Utilizzava solo materiali poveri, fil di ferro, di rame, pietruzze di vetro di vario colore. Ma il disegno di questi gioielli poveri era sempre di straordinaria eleganza d'invenzione, tale da farne dei veri e propri oggetti d'arte. Larussa non li vendeva, li regalava ad amici o a persone che gli stavano simpatiche. Per lavorare meglio, aveva trasformato lo scantinato in un laboratorio attrezzatissimo. Dove si era ammazzato, senza lasciare una qualsiasi spiegazione.

Montalbano astutò il televisore, telefonò a Livia, sperando di trovarla ancora a casa, a Boccadasse, Genova. C'era. Le diede la notizia. Livia aveva conosciuto Larussa, si erano fatti sangue. Ogni Natale, l'omo le mandava una sua creazione in regalo. Livia non era una fimmina che piangesse facilmente, ma il commissario sentì la sua voce incrinarsi.

«E perché l'ha fatto? Non mi ha mai dato l'impressione d'essere una persona capace di un gesto simile.»

Verso le tre del dopopranzo il commissario telefonò a Nicolò.

«Ci sono novità?»

«Beh, parecchie. Sai, nel laboratorio Larussa aveva una parte dell'impianto elettrico a 380 trifase. Si è spogliato nudo, si è applicato ai polsi e alle caviglie dei braccialetti, una larga fascia metallica attorno al petto, delle specie di cuffie alle tempie. Perché la corrente facesse maggiore effetto, ha infilato i piedi in una catinella piena d'acqua. Voleva andare sul sicuro. Naturalmente tutti questi aggeggi se l'era fabbricati lui, con santa pacienza.»

«Lo sai come ha fatto ad azionare l'interruttore di corrente? Mi pare d'avere capito ch'era legato.»

«Il capo dei pompieri m'ha detto che c'era un timer. Geniale, no? Ah, si era scolata una bottiglia di whisky.»

«Era astemio, lo sapevi?»

«No.»

«Ti voglio dire una cosa che m'è venuta in mente mentre mi dicevi degli aggeggi che si era fabbricato da sé per farci passare la corrente. C'è una spiegazione al fatto che avesse messo allato a lui il romanzo di Potocki.»

«Allora me lo dici che c'è in questo benedetto libro?»

«No, perché non è il romanzo che interessa nel nostro caso, ma l'autore.»

«Cioè?»

«Mi sono ricordato come ha fatto Potocki ad ammazzarsi.»

«Ma me l'hai già detto! Si è sparato!»

«Sì, ma allora c'erano le pistole ad avancarica, con una sola palla.»

«Embè?»

«Tre anni prima di levarsi di mezzo, Potocki svitò la palla che c'era sopra al coperchio d'una sua teiera d'argento. Ogni giorno passava qualche ora a limarla. Ci impiegò tre anni per farle pigliare la circonferenza giusta. Poi la fece benedire, l'infilò nella canna della sua pistola e s'ammazzò.»

«Oh Cristo! Io avevo dato Larussa vincente stamatina in quanto a originalità, ma ora mi pare che stia alla pari con Potocki! Quindi quel libro, in sostanza, sarebbe una sorta di messaggio: mi sono suicidato in un modo stravagante, come fece il mio maestro Potocki.»

«Diciamo che il senso potrebbe essere questo.»

«Perché dici "potrebbe" invece di dire che è?»

«Mah, sinceramente non lo so.»

Il giorno appresso a cercarlo fu invece Nicolò. Sul suicidio di Larussa, che ancora continuava a fare curiosità per il fantasioso modo dell'esecuzione, aveva qualche cosa d'interessante da fargli vedere. Montalbano si recò apposta negli uffici di Retelibera. Nicolò aveva intervistato Giuseppe Zaccaria, che era il curatore degli interessi di Larussa, e il tenente dei carabinieri Olcese, che aveva condotto le indagini. Zaccaria era un omo d'affari palermitano, sgarbato e accigliato.

«Non sono tenuto a rispondere alle sue domande.»

«Certo che non è tenuto, io le stavo solo domandando la cortesia di...»

«Ma vada a farsi fottere lei e la televisione!»

Zaccaria voltò le spalle, fece per allontanarsi.

«È vero che Larussa aveva un patrimonio stimato a cinquanta miliardi?...»

Era chiaramente un bluff di Zito, ma Zaccaria ci cascò. Si voltò di scatto, arraggiato.

«Ma chi le ha detto una stronzata simile?»

«Da mie informazioni...»

«Senta, il povero Larussa era ricco, ma non a quel livello. Aveva azioni, titoli diversi, ma, ripeto, non raggiungevano il livello che ha sparato lei.»

«A chi andrà l'eredità?»

«Non lo sa che aveva un fratello più piccolo?»

Il tenente Olcese era un palo di un metro e novantanove. Cortese, ma un pezzo di ghiaccio.

«Le poche novità che sono emerse vanno tutte, dico tutte, nella direzione del suicidio. Molto arzigogolato, certamente, ma suicidio. Anche il fratello...»

Il tenente Olcese s'interruppe di botto.

«Questo è tutto, buongiorno.»

«Stava dicendo che il fratello...»

«Buongiorno.»

Montalbano taliò il suo amico Nicolò.

«Perché mi hai fatto venire qua? Non mi paiono due interviste rivelatrici.»

«Ho deciso di tenerti sempre al corrente. Non mi persuadi, Salvo. Questo suicidio non ti quatra, non è così?»

«Non è che non mi quatri, mi disagia piuttosto.»

«Me ne vuoi parlare?»

«Parliamone, tanto del caso non me ne occupo io. Però tu mi devi giurare che non te ne servi per i tuoi notiziari.»

«Promesso.»

«Livia, per telefono, m'ha detto che secondo lei Larussa non era tipo d'ammazzarsi. E io credo alla sensibilità di Livia.»

«Oddio, Salvo! Guarda che tutto il marchingegno della seggia elettrica porta la firma di un originale come Larussa! C'è, come dire, il suo marchio!»

«E questo è il punto che mi mette a disagio. Ti risulta che quando si sparse la voce delle cose artistiche che faceva abbia mai voluto concedere un'intervista alle riviste di moda che lo pressavano?»

«Non la volle dare manco a mia, una volta che gliela domandai. Era un orso.»

«Era un orso, d'accordo. E quando il sindaco di Ragòna voleva fare una mostra dei suoi lavori per beneficenza, lui che fece? Rifiutò la proposta, ma mandò al sindaco un assegno di venti milioni.»

«Vero è.»

«E poi c'è il romanzo di Potocki messo in bella evidenza. Un altro tocco d'esibizionismo. No, sono tutte cose che non rientrano nel suo solito modo di fare.»

Si taliàrono in silenzio.

«Dovresti cercare d'intervistare questo fratello minore» suggerì a un certo momento il commissario.

Nel telegiornale delle otto, Nicolò Zito trasmise le due interviste che aveva fatto vedere in anteprima a Montalbano. Finito il notiziario di Retelibera, il commissario passò a quello di Televigàta, l'altra televisione privata, che cominciava alle otto e mezzo. Naturalmente, l'apertura venne dedicata al suicidio Larussa. Il giornalista Simone Prestìa, cognato dell'agente Galluzzo, intervistò il tenente Olcese.

«Le poche novità che sono emerse» dichiarò il tenente usando le stesse identiche parole che aveva adoperato con Nicolò Zito «vanno tutte, dico tutte, nella direzione del suicidio. Arzigogolato, certamente, ma suicidio.»

"Mizzica, che fantasia che ha questo tenente!" pinsò il commissario, ma quello continuò:

«Anche il fratello...»

Il tenente Olcese s'interruppe di botto.

«Questo è tutto, buongiorno.»

«Stava dicendo che anche il fratello...»

«Buongiorno» fece il tenente Olcese. E s'allontanò rigido. Montalbano arristò a bocca aperta. Poi, siccome l'immagine aveva sempre fatto vidìri il tenente e di Prestìa si era sentita solamente la voce fuori campo, gli venne il dubbio che Zito avesse passato il servizio a Prestìa, certe volte tra di loro giornalisti si facevano di questi favori.

«Hai dato tu l'intervista di Olcese a Prestìa?»

«Ma quando mai!»

Riattaccò, pensoso. Che veniva a significare quel teatro? Forse il tenente Olcese, coi suoi due metri d'altezza, era meno stronzo di quanto volesse parere.

E quale poteva essere lo scopo della sceneggiata?

Non ce n'era che uno: assugliare, aizzare i giornalisti contro il fratello del suicida. E che voleva ottenere? Comunque, una cosa era certa: che il suicidio al tenente feteva di bruciato, era proprio il caso di dirlo.

Per tre giorni, a Palermo, Nicolò, Prestìa e altri giornalisti assicutarono il fratello di Larussa, che di nome faceva Giacomo, senza mai riuscire a incocciarlo. Si misero di postìa davanti alla casa, davanti al liceo dove insegnava latino: nenti, pareva diventato invisibile. Poi il preside della scola, assediato, si decise a comunicare che il professore Larussa s'era pigliato deci jorna di ferie. Non si fece vedere manco al funerale del suicida (che si svolse in chiesa, i ricchi che s'ammazzano vengono considerati fora di testa e perciò assolti dal gesto insano). Fu un funerale come tanti altri e questo fece scattare nella memoria del commissario un certo confuso ricordo. Telefonò a Livia.

«Mi pare di ricordarmi che un giorno che eravamo andati a trovare Alberto Larussa lui ti parlò del funerale che avrebbe voluto.»

«Come no! Scherzava, ma non tanto. Mi portò nel suo studio e mi fece vedere i disegni.»

«Di che?»

«Del suo funerale. Tu non hai idea che cos'era il carro funebre, con angeli piangenti di due metri d'altezza, amorini, cose così. Tutto mogano e oro. Disse che al momento giusto se lo sarebbe fatto costruire apposta. Aveva disegnato persino la divisa dei portatori di corone. La cassa, poi, non ti dico: forse i faraoni ce l'avevano uguale.»

«Che strano.»

«Cosa?»

«Che uno come lui, così ritirato, quasi un orso, sognasse un funerale faraonico, come hai detto tu, da esibizionista.»

«Già, mi meravigliai anch'io. Ma lui disse che la morte era un cambiamento tale che tanto valeva, dopo morti, dimostrarsi l'opposto di quello che si era stati in vita.»

Una settimana appresso Nicolò Zito mandò in onda un vero e proprio scoop. Era riuscito a registrare gli oggetti che Alberto Larussa aveva realizzato nel suo laboratorio per il suicidio: quattro braccialetti, da mettere due alle caviglie e due ai polsi; una fascia di rame larga almeno cinque dita con la quale si era cinto il torace; una specie di cuffia dove al posto degli auricolari c'erano piatti rettangoli di metallo da poggiare sulle tempie. Montalbano li vide nel corso del telegiornale di mezzanotte. Telefonò subito a Nicolò, voleva un riversamento. Zito glielo promise per l'indomani matina.

«Ma perché t'interessano?»

«Nicolò, le hai taliàte bene? Quelle sono cose che potremmo fare tu e io che invece non le sappiamo fare. Sono oggetti così rozzi che manco i vo' cumprà s'azzarderebbero a vendere sulla spiaggia. Un artista come Alberto Larussa mai e poi mai li avrebbe adoperati, si sarebbe affruntato di farsi trovare morto con oggetti tanto malfatti addosso.»

«E che viene a dire, secondo te?»

«Viene a dire, secondo me, che Alberto Larussa non si è suicidato. È stato assassinato, e chi l'ha ammazzato ha fatto in modo che le modalità del suicidio fossero compatibili con la strammarìa, l'originalità di Larussa.»

«Forse bisognerebbe avvertire il tenente Olcese.»

«La vuoi sapere una cosa?»

«Certo.»

«Il tenente Olcese la sa più lunga di tia e di mia messi assieme.»

La sapeva tanto lunga, il tenente Olcese, che a venti giorni precisi dalla morte di Alberto Larussa arrestò il fratello Giacomo. La sera stessa, su Retelibera apparse il sostituto procuratore Giampaolo Boscarino, il quale era uno che ci teneva a parere a posto quando spuntava sullo schermo.

«Dottor Boscarino, di cosa è accusato il professor Larussa?» spiò Nicolò Zito che si era precipitato a Palermo.

Boscarino, prima di rispondere, s'allisciò i baffetti bionnizzi, si toccò il nodo della cravatta, si passò una mano sul risvolto della giacchetta.

«Dell'efferato omicidio del fratello Alberto che egli ha tentato di far passare per suicidio con una macabra messinscena.»

«Come siete arrivati a questa conclusione?»

«Mi dispiace, c'è il segreto istruttorio.»

«Ma non può dirci proprio nulla?»

Si passò una mano sul risvolto della giacchetta, si toccò il nodo della cravatta, s'allisciò i baffetti bionnizzi.

«Giacomo Larussa è caduto in palesi contraddizioni. Le indagini brillantemente condotte dal tenente Olcese hanno inoltre portato alla luce elementi che aggravano la posizione del professore.»

S'allisciò i baffetti bionnizzi, si toccò il nodo della cravatta e l'immagine cangiò, apparse la faccia di Nicolò Zito.

«Siamo riusciti a intervistare il signor Filippo Alaimo, di Ragòna, pensionato, di anni 75. La sua testimonianza è stata ritenuta fondamentale dall'accusa.»

Apparse, a figura intera, un contadino segaligno, con un cane grosso accucciato ai piedi.

«Alaimo Filippo sono. Lei deve sapìri, signore e giornalisto, che io insonnia patisco, con mia non ci pote sonno. Alaimo Filippo sono...»

«Questo l'ha già detto» si sentì fuori campo Zito.

«E allura che minchia dicevo? Ah, sì. Donche, allura quando non mi spercia più di stare dintra la casa, a qualisisiasi ora di la notte, arrisbiglio il cane e lo porto a spasso. Allura il cane, che si chiama Pirì, quando che viene arrisbigliato nel mezzo del sonno suo, nesci di casa tanticchia incazzato.»

«Che fa il cane?» spiò sempre fuori campo Nicolò.

«Vorrei vidìri a lei, signore e giornalisto, se l'arrisbigliano a metà nottata e l'obbligano a farsi una passiata di due ore! Non s'incazza lei? E macari il cane. E accussì Pirì, appena vede una cosa che si catamina, omo, armàlo o automobile, s'avventa.»

«E così capitò la notte tra il 13 e il 14, vero?» Nicolò decise d'intervenire, si scantava che i telespettatori a un certo momento non ci avrebbero capito più niente. «Lei si trovava nei pressi dell'abitazione del signor Larussa quando vide che dal cancello usciva a velocità un'auto...»

«Sissignore. Propio propio come dice lei. La machina niscì, Pirì s'avventò e quel cornuto che guidava m'investì il cane. Taliàsse ccà, signore e giornalisto.»

Filippo Alaimo si calò, pigliò il cane per il collare, lo sollevò, la bestia aveva le zampe posteriori fasciate.

«Che ora era, signor Alaimo?»

«Mettiamo che fossero le due e mezzo, le tri di matina.»

«E lei che fece?»

«Io ci feci voci appresso alla machina ch'era un grandissimo cornuto. E pigliai la targa.»

Riapparve la faccia di Nicolò Zito.

«Secondo voci abbastanza autorevoli, la targa annotata dal signor Alaimo corrisponderebbe a quella del professor Giacomo. Ora la domanda è questa: che ci faceva a quell'ora di notte Giacomo Larussa in casa del fratello, quando tra l'altro è risaputo che tra i due non correva buon sangue? Giriamo la domanda all'avvocato Gaspare Palillo, che ha assunto la difesa del sospettato.»

Grasso, roseo, l'avvocato Palillo era preciso 'ntifico a uno dei tre porcellini.

«Prima di rispondere alla sua domanda, vorrei a mia volta farne una. Posso?»

«Prego.»

«Chi è stato a consigliare al cosiddetto teste Alaimo Filippo di non portare gli occhiali che invece abitualmente porta? Questo settantacinquenne pensionato ha una miopia di otto decimi per occhio con un visus ridottissimo. E alle due e mezzo di notte, alla debole luce di un fanale, sarebbe stato in grado di leggere la targa di un'auto in corsa? Ma via! Ora vengo alla sua domanda. Va precisato che nell'ultimo mese i rapporti tra i due fratelli erano migliorati, al punto che per ben tre volte, in quel mese, il mio assistito è andato a Ragòna a casa del fratello. Preciso che l'iniziativa di questo riavvicinamento la pigliò proprio il suicida, che dichiarò più volte al mio assistito di non saper più sopportare la solitudine, di sentirsi molto depresso e di aver bisogno del conforto fraterno. È vero, il giorno 13 il mio assistito è andato a Ragòna, si è intrattenuto qualche ora col fratello, che gli è sembrato più depresso delle altre volte, e se n'è ripartito per Palermo prima di cena, verso le 20. Apprese la notizia del suicidio il mattino dopo da una radio locale.»

Nei giorni che seguirono capitarono le cose che di solito capitano in questi casi.

Michele Ruoppolo, palermitano, che alle quattro del mattino del 14 rincasava, dichiarò d'aver visto a quell'ora arrivare la macchina del professor Giacomo Larussa. Da Ragòna a Palermo, ci s'impiega al massimo al massimo due ore. Se il professore aveva lasciato la casa del fratello alle venti, come mai ci aveva messo otto ore per coprire il percorso?

L'avvocato Palillo controbatté che il professore era tornato a casa sua alle ventidue, ma non era riuscito a dormire preoccupato per lo stato del fratello. Verso le tre del mattino era sceso, si era messo in macchina e aveva fatto un giro sul lungomare.

Arcangelo Bonocore giurò e spergiurò che il 13, verso le sei di sera, passando nei pressi della casa di Alberto Larussa, aveva sentito provenire dall'interno le voci e i rumori di un alterco violento.

L'avvocato Palillo disse che il suo assistito ricordava molto bene l'episodio. Non c'era stato nessun alterco. A un certo momento Alberto Larussa aveva acceso la televisione per seguire un programma che l'interessava, intitolato "Marshall". In quella puntata c'era una violenta rissa tra due personaggi. L'avvocato Palillo era in grado d'esibire una videocassetta con la registrazione dell'episodio trasmesso. Il signor Bonocore era caduto in un equivoco.

Le cose andarono avanti così per una settimana fino a quando il tenente Olcese tirò fora l'asso dalla manica, come aveva anticipato il giudice Boscarino. Immediatamente dopo la scoperta del cadavere, contò il tenente, aveva dato ordine di cercare un foglio, uno scritto qualsiasi che servisse a spiegare le motivazioni di un gesto tanto atroce. Non lo trovarono perché Alberto Larussa non aveva nulla da spiegare in quanto non gli passava neanche per l'anticamera del cervello l'idea del suicidio. In compenso, nel primo cassetto a sinistra dello scrittoio – non chiuso a chiave, sottolineò Olcese – trovarono una busta in bella evidenza, sulla quale c'era scritto "da aprirsi dopo la mia morte". Poiché il signor Larussa era morto, specificò con logica lapalissiana il tenente, l'aprirono. Poche righe: "Lascio tutto quello che possiedo, in titoli, azioni, terreni, case e altre proprietà al mio amato fratello minore Giacomo". Seguiva la firma. Non c'era data. Fu proprio la mancanza della data a far nascere un sospetto al tenente, il quale fece sottoporre il testamento a un duplice esame, chimico e grafologico. L'esame chimico rivelò che la lettera era stata scritta al massimo un mese prima, dato il particolare tipo d'inchiostro usato e che era lo stesso di quello abitualmente adoperato da Alberto Larussa. L'esame grafologico, affidato al perito del Tribunale di Palermo, portò a un risultato inequivocabile: la scrittura di Alberto Larussa era stata abilmente contraffatta.

La facenna del testamento fàvuso l'avvocato Palillo non la digerì.

«Io so qual è il quadro che si sono fatti in testa quelli che conducono le indagini. Il mio assistito va a trovare il fratello, gli fa in qualche modo perdere i sensi, scrive il testamento, piglia dalla macchina gli oggetti per l'esecuzione che si è fatto fare da qualcuno a Palermo, trasporta il fratello privo di sensi nel laboratorio (che conosce benissimo, questo l'ha ammesso, in quanto Alberto l'ha spesso ricevuto lì) e organizza la macabra messinscena. Ma io mi chiedo: che bisogno aveva di scrivere quel finto testamento, quando ne esiste uno, regolarmente registrato, che già diceva le stesse cose? Mi spiego meglio: il testamento di Angelo Larussa, padre di Alberto e di Giacomo, suonava così: lascio i miei averi, mobili e immobili, al mio primogenito Alberto. Alla sua morte, tutti i beni passeranno a mio figlio minore Giacomo. Allora io mi domando: cui prodest? A chi poteva fare comodo quell'inutile secondo testamento?»

Montalbano sentì le parole di Olcese e dell'avvocato Palillo col notiziario di mezzanotte quando era già in mutande e stava per andarsi a curcàre. Lo squietarono, gli fecero passare la gana di pigliare letto. La notte era straordinariamente quieta e allora, in mutande com'era, se ne andò a passiare a ripa di mare. Il secondo testamento non quatrava. Pur essendo colpevolista, il commissario avvertiva qualcosa di eccessivo nella confezione di quello scritto. D'altra parte, tutto era stato eccessivo in quella facenna. Però il finto testamento era come una pennellata in più in un quadro, un sovracolore. Cui prodest? – aveva spiato l'avvocato Palillo. E la risposta gli venne alle labbra naturale e inarrestabile, gli parse di vedere un lampo accecante, come se un fotografo avesse fatto esplodere un flash, si sentì di colpo le gambe di ricotta, dovette sedersi sulla rena vagnàta.

«Nicolò? Montalbano sono. Che stavi facendo?»

«Col tuo permesso, data l'ora, mi stavo andando a curcàri. Hai sentito Olcese? Hai sempre avuto ragione tu: Giacomo Larussa non solo è un assassino per interesse, ma è macari un mostro!»

«Senti, sei in grado di pigliare qualche appunto?»

«Aspetta che trovo carta e penna. Ecco qua. Dimmi.»

«Ti premetto, Nicolò, che sono cose delicate che io non posso far fare ai miei òmini perché se lo vengono a sapìri i carrabinera finisce a schifìo. Di conseguenza, manco io devo arrisultare. Chiaro?»

«Chiaro. Si tratta di iniziative mie.»

«Bene. Per prima cosa voglio sapere il motivo per cui Alberto Larussa per anni e anni non ha voluto più vedere suo fratello.»

«Ci proverò.»

«Secondo. Devi domani stesso andare a Palermo e avvicinare il perito grafologo interpellato da Olcese. Gli devi fare solo questa domanda, annotatela bene: è possibile che uno scriva un biglietto riuscendo a farlo sembrare contraffatto? E basta, per oggi.»

Nicolò Zito era pirsòna molto intelligente, ci mise dieci secondi a capire il senso della domanda che avrebbe dovuto fare al perito.

«Minchia!» esclamò.

Il mostro era stato sbattuto, come si dice, in prima pagina. La maggior parte dei giornali, dato che il caso era diventato nazionale, si soffermava sulla personalità del professore Giacomo Larussa, impeccabile insegnante secondo il preside, i colleghi, gli allievi, e spietato assassino che si era insinuato come una serpe nella momentanea debolezza del fratello per carpirne la fiducia e quindi assassinarlo, mosso dal più turpe interesse, in un modo atroce. La sentenza, i mezzi di comunicazione l'avevano già pronunziata, a questo punto macari il processo sarebbe stato un rito inutile.

Il commissario si sentiva rodere il ficato a leggere quegli articoli di condanna senz'appello, ma non aveva ancora niente in mano per dichiarare l'incredibile verità che aveva intuito la notte appena passata.

A tarda sera, finalmente Nicolò Zito gli telefonò.

«Sono tornato ora ora. Ma porto carico.»

«Dimmi.»

«Vado nell'ordine. L'avvocato Palillo conosce la ragione dell'odio, perché di questo si trattava, tra i due fratelli. Gliel'ha contato il suo assistito, come gli piace di chiamarlo. Dunque: Alberto Larussa non è mai caduto da cavallo trentun anni fa, a stare a quello che allora si disse in paese. Fu una voce messa in giro dal padre, Angelo, per nascondere la verità. Durante un violento litigio, i due fratelli vennero alle mani e Alberto precipitò dalle scale lesionandosi la spina dorsale. Disse che era stato Giacomo a spingerlo. Questi asserì che invece Alberto aveva messo un piede in fallo. Angelo, il padre, tentò di cummigliare la co-

sa con la caduta da cavallo, ma punì Giacomo nel suo testamento, in un certo senso sottomettendolo ad Alberto.
La cosa mi puzza di verità.»

«Macari a mia. E il perito?»

«Il perito, che ho accostato con difficoltà, alla mia domanda è rimasto imparpagliato, confuso, strammato. Si è
messo a balbettare. A fartela breve, ha detto che ci può essere una risposta positiva al quesito. Ha aggiunto una cosa
molto interessante: che per quanto uno si sforzi di contraf-
fare la propria grafia, un esame attentissimo finirebbe per
rivelare l'inganno. E allora io gli ho spiato se lui questo esame attentissimo l'avesse fatto. M'ha risposto, candidamen-
te, di no. E sai perché? Perché il quesito postogli dal sostituto procuratore era se la grafia di Alberto Larussa fosse
stata falsificata e non se Alberto Larussa avesse falsificato
la sua stessa grafia. Capita la sottile differenza?»

Montalbano non rispose, stava pinsando a un altro incarico da dare all'amico.

«Senti, dovresti assolutamente scoprire in che giorno
capitò l'incidente della caduta dalle scale ad Alberto.»

«Perché, è importante?»

«Sì, almeno credo.»

«Beh, ma lo so già. Fu il 13 d'aprile...»

S'interruppe di botto, Montalbano sentì che a Nicolò
era venuto il fiatone.

«Oh Cristo!» lo udì mormoriare.

«Allora, hai fatto i conti?» spiò Montalbano. «L'incidente avviene il 13 aprile di 31 anni fa. Alberto Larussa muo-
re, suicida o ammazzato, il 13 aprile di 31 anni dopo. E il
numero 31 non è che il numero 13 rovesciato.»

«Il libro di Potocki Larussa l'aveva lasciato allato alla
seggia elettrica per una sfida, una sfida a capire» disse
Montalbano.

Stava con Nicolò alla trattoria San Calogero a sbafare
triglie freschissime col sughetto.

«A capire che?» spiò Nicolò.

«Vedi, quando Potocki principiò a limare la palla della teiera, fece un calcolo temporale: io camperò fino a quando la palla sarà in grado d'entrare nella canna della pistola. Alberto Larussa doveva fare la sua vendetta esattamente trentun anni dopo e nella ricorrenza esatta, il 13 d'aprile. Un calcolo temporale, come quello di Potocki, un tempo assegnato. Ti vedo perplesso. Che c'è?»

«C'è» fece Nicolò «che mi viene un'osservazione: perché Alberto Larussa non si pigliò la sua vendetta tredici anni dopo la caduta?»

«Me lo sono spiato macari io. Forse qualcosa l'ha resa impossibile, forse il padre era ancora vivo e avrebbe capito, se vuoi possiamo indagare. Ma il fatto è che ha dovuto aspettare tutti questi anni.»

«E ora come ci comportiamo?»

«In che senso?»

«Come, in che senso? Tutte queste belle storie ce le contiamo tra di noi e lasciamo Giacomo Larussa in càrzaro?»

«Tu che vuoi fare?»

«Mah, che so... Andare dal tenente Olcese e dirgli tutto. Mi pare una brava pirsòna.»

«Ti riderebbe in faccia.»

«Perché?»

«Perché le nostre sono solo parole, cose d'aria, di vento. Ci vogliono prove da portare in tribunale e noi non le abbiamo, renditene conto.»

«E allora?»

«Fammici pinsàre stanotte.»

Nel suo abituale costume di spettatore televisivo, vale a dire canottiera, mutande e piedi nudi, infilò nel videoregistratore la cassetta che giorni avanti gli aveva fatto avere Nicolò, s'addrumò una sigaretta, s'assistimò comodamente in poltrona e fece partire il nastro. Quando arrivò alla fine, lo riavvolse e lo fece riandare. Ripeté l'operazione altre tre volte smirciando gli oggetti che erano serviti a cangiare la sedia a rotelle in seggia elettrica. Gli occhi gli cominciarono a fare pupi pupi per la stanchezza. Spense, si susì, andò nella càmmara da letto, raprì il cascione più alto del settimanile, pigliò una scatola, tornò a riassettarsi nella poltrona. Dintra alla scatoletta c'era una splendida spilla per cravatta che gli aveva regalato il pòviro Alberto Larussa. La taliò a lungo poi, sempre tenendola in mano, fece ripartire la cassetta. A un tratto spense il videoregistratore, riportò la scatoletta nel settimanile, taliò il ralogio. Erano le tre del matino. Gli bastarono venti secondi per superare gli scrupoli. Sollevò il telefono, compose un numero.

«Amore? Salvo sono.»

«Oddio, Salvo, che è successo?» spiò Livia preoccupata e con la voce impastata dal sonno.

«Mi devi fare un favore. Scusami, ma è troppo importante per me. Che cos'hai tu di Alberto Larussa?»

«Un anello, due spille, un braccialetto, due paia d'orecchini. Sono splendidi. Li ho tirati fuori l'altro giorno, quando ho saputo ch'era morto. Dio mio, che cosa tremenda! Essere ammazzato in quel modo atroce dal fratello!»

«Forse le cose non stanno come dicono, Livia.»

«Che dici?!»

«Poi te lo spiego. Ecco, m'interessa che tu mi descriva gli oggetti che hai, non tanto la forma, quanto il materiale usato, mi sono spiegato?»

«No.»

«Oddio, Livia, è così chiaro! Per esempio, di che spessore sono i fili di ferro o di rame o di quello che è?»

Il telefono di Montalbano squillò che non erano manco le sette del matino.

«Allora, Salvo, che hai pensato di fare?»

«Guarda, Nicolò, possiamo muoverci in una sola direzione, ma è come camminare sul filo.»

«Siamo nella merda perciò.»

«Sì, però ce l'abbiamo fino al petto. Prima che ci sommerga completamente, abbiamo almeno una mossa da fare. L'unico che può dirci qualcosa di nuovo, in base a quello che sospettiamo, è Giacomo Larussa. Devi telefonare al suo avvocato, si faccia raccontare minutamente che cosa è successo durante le tre visite che è andato a fare ad Alberto. Ma tutto. Persino se è volata una mosca. In quali càmmare sono entrati, cosa hanno mangiato, di che hanno parlato. Macari le minuzie, macari quello che gli pare inutile. Mi raccomando. Si faccia venire l'ernia al cervello per lo sforzo.»

"Gentile dottor Zito" principiava la lettera dell'avvocato Palillo a Nicolò "le rimetto la trascrizione fedelissima del resoconto delle tre visite del mio assistito a suo fratello avvenute nei giorni 2, 8 e 13 aprile corrente anno."

L'avvocato era un omo ordinato e preciso, malgrado l'aspetto che ne faceva uno dei tre porcellini disneyniani.

Nella prima visita, quella del 2, Alberto non aveva fatto altro che scusarsi e rammaricarsi per essersi ostinato a tenere lontano il fratello. Non aveva più importanza ora ripistiare la disgrazia, non aveva senso stabilire con calma se era stato lui a mettere un piede in fallo o Giacomo a spingerlo. Mettiamoci una pietra sopra, aveva detto. Anche perché, disse, affettivamente era solo come un cane e la situazione principiava a stancarlo. In più, cosa mai avvenuta prima, aveva giornate di depressione, se ne restava sulla poltrona a rotelle senza fare niente. Certe volte chiudeva gli scuri e se ne rimaneva a pensare. A che? gli aveva spiato Giacomo. E Alberto: al fallimento della mia esistenza. Poi gli aveva fatto visitare il laboratorio, gli aveva fatto vedere gli oggetti in lavorazione, regalandogli una magnifica catena d'orologio. La visita era durata tre ore, dalle 15 alle 18.

Nel secondo incontro, quello del giorno 8, tutto si era

svolto quasi in fotocopia con la visita precedente. Il regalo, stavolta, era stato un fermacravatte. Però la depressione d'Alberto si era evidentemente aggravata, Giacomo a un certo momento ebbe l'impressione che trattenesse a stento le lacrime. Durata dell'incontro: due ore e mezzo, dalle 16 alle 18 e 30. Si lasciarono con un accordo: Giacomo sarebbe ritornato il 13 per l'ora di pranzo e si sarebbe trattenuto almeno fino alle venti.

Il resoconto dell'ultima visita, quella del giorno 13, presentava qualche diversità. Giacomo era arrivato tanticchia in anticipo e aveva trovato il fratello di pessimo umore, nirbusissimo. Se l'era pigliata con la cammàrera in cucina, aveva gettato addirittura per terra una padella per sfogarsi. Si murmuriàva tra sé e sé, quasi non rivolse la parola a Giacomo. Poco prima di mezzogiorno, tuppiarono alla porta di casa, Alberto insultò la cammàrera che non andava ad aprire. Ci andò Giacomo: era il fattorino di un pony express con un pacco di grosse dimensioni. Giacomo firmò per conto del fratello e ebbe il tempo di leggere l'intestazione a stampa del mittente su un cartellino incollato. Alberto quasi gli strappò il pacco dalle mani, se lo strinse al petto come se fosse una criatura cara. Giacomo gli spiò cosa ci fosse di tanto importante, ma Alberto non rispose, disse solo che non sperava più arrivasse in tempo. In tempo per che cosa? Per una cosa che devo fare in giornata – era stata la risposta. Poi era andato giù in laboratorio a riporre il pacco, ma non aveva invitato il fratello a seguirlo. Giacomo ci teneva a sottolineare che quella volta lui non era entrato in laboratorio. Dal momento dell'arrivo del pacco, l'atteggiamento di Alberto era completamente cangiato. Tornato d'umore normale, si era ampiamente scusato con il fratello e con la stessa cammàrera la quale, dopo aver servito il mangiare a tavola, aveva sparecchiato, rimesso in ordine la cucina e se ne era andata verso le 15. Durante il pranzo non avevano bevuto manco un goccio di vino, Giacomo ci teneva a sottolineare macari questo, erano tutti e due astemi. Alberto aveva invitato il fratello a distendersi per un'oretta, gli aveva fatto conzàre il letto nella càmmara degli ospiti. Lui avrebbe fatto lo stesso. Giacomo si era alzato verso le 16 e 30, era andato in cucina e vi aveva trovato Alberto che gli aveva preparato il caffè. Giacomo lo trovò molto affettuoso, ma come lontano col pinsèro, quasi malinconico. Non accennò per niente alla disgrazia avvenuta trentun anni avanti, come Giacomo temeva. Avevano passato insieme un buon pomeriggio, a parlare del passato, dei genitori, dei parenti. Mentre Alberto aveva allontanato tutti da sé, Giacomo aveva mantenuto rapporti soprattutto con la vecchissima sorella della madre, zia Ernestina. Alberto si era molto interessato di questa zia che aveva letteralmente dimenticata, aveva spiato come se la passava e come stava di salute, spingendosi a proporre di farle avere un consistente aiuto economico tramite lo stesso Giacomo. Erano andati avanti così fino a quasi le 20, quando Giacomo si era rimesso in macchina per tornare a Palermo. Si erano lasciati stabilendo di rivedersi il giorno 25 dello stesso mese. Circa l'intestazione del mittente del pacco, Giacomo si era sforzato di ricordarla con esattezza, ma non ci era riuscito. Poteva essere Roberti (o forse Goberti o forse Foberti o forse Romerti o forse Roserti) SpA - Seveso. Che il pacco venisse da Seveso, Giacomo ne era più che certo: aveva avuto, nei primi anni d'insegnamento, una breve relazione con una collega che era appunto di Seveso.

Si scantava che la notizia della sua indagine parallela potesse trapelare e quindi si recò di pirsòna all'ufficio postale che, come posto telefonico pubblico, era in possesso di tutti gli elenchi. Roberti Fausto era un dentista, Roberti Giovanni un dermatologo, Ruberti era invece una SpA. Ci provò. Arrispunnì una cantilenante voce femminile.

«Ruberti. Dica.»

«Telefono da Vigàta, il commissario Montalbano sono. Mi occorre un'informazione. La Ruberti SpA che cos'è?»

L'altra ebbe un momento d'esitazione.

«Intende dire cosa produce?»

«Sì, grazie.»

«Conduttori elettrici.»

Montalbano appizzò le orecchie, forse aveva visto giusto.

«Potrebbe passarmi il direttore del reparto vendite?»

«La Ruberti è una piccola ditta, commissario. Le passo l'ingegnere Tani che si occupa anche delle vendite.»

«Pronto, commissario? Sono Tani. Mi dica.»

«Vorrei sapere se c'è stata una qualche ordinazione di vostro materiale da parte del signor...»

«Un momento» l'interruppe l'ingegnere «sta parlando di un privato?»

«Sì.»

«Commissario noi non vendiamo a privati. La nostra produzione non va ai negozi d'elettricità perché non è destinabile all'uso domestico. Come ha detto che si chiama questo signore?»

«Larussa. Alberto Larussa, di Ragòna.»

«Oh!» fece l'ingegnere Tani.

Montalbano non fece domande, aspettò che l'altro si ripigliasse dalla sorpresa.

«Ho saputo dai giornali e dalla televisione» disse l'ingegnere. «Che fine pazzesca e terribile! Sì, il signor Larussa ci telefonò per comprare dello Xeron 50 di cui aveva letto su una rivista.»

«Mi scusi, ma io non ne capisco. Cos'è lo Xeron 50?»

«È un iperconduttore, un nostro brevetto. In parole povere è una specie di moltiplicatore d'energia. Molto costoso. Insistette tanto, era un artista, gli feci spedire i cinquanta metri che aveva richiesto, lei capisce, una quantità irrisoria. Ma non arrivò a destinazione.»

Montalbano sussultò.

«Non è arrivato a destinazione?»

«Quella prima volta, no. Ci telefonò più volte richiedendolo. Guardi, giunse a spedirmi un meraviglioso paio

233

d'orecchini per mia moglie. Gli feci inviare altri cinquanta metri per pony express. E sono certamente arrivati a destinazione, purtroppo.»

«Come fa a esserne tanto sicuro?»

«Perché ho visto in televisione le macabre immagini di tutto quello che aveva manipolato per la costruzione della sedia elettrica. Mi riferisco alle cavigliere, ai bracciali, al pettorale. M'è bastata un'occhiata. Ha adoperato il nostro Xeron 50.»

Andò in ufficio, si fece sostituire dal suo vice Mimì Augello, tornò nella sua casa di Marinella, si spogliò, si mise in divisa di telespettatore, infilò la cassetta vista e rivista, s'assittò sulla poltrona munito di biro e di qualche foglio di carta a quadretti, fece partire il videoregistratore. Ci mise due ore a portare a termine il compito, vuoi per l'oggettiva difficoltà del conteggio vuoi perché lui coi numeri non ci aveva mai saputo fare. Riuscì a stabilire quanti cerchietti di Xeron fossero occorsi a Larussa per fare le cavigliere, i braccialetti, il pettorale, le cuffie. Santiando, sudando, cancellando, ricalcolando, riscrivendo, si fece pirsuaso che Alberto Larussa aveva adoperato una trentina di metri di Xeron 50. Allora si susì dalla poltrona e convocò Nicolò Zito.

«Vedi, Nicolò, quel filo speciale gli serviva assolutamente per due motivi. Il primo era che si trattava di un materiale troppo grosso di circonferenza, lui adoperava per i suoi oggetti d'arte fili che parevano di ragnatela, e quindi chiunque che lo conosceva avrebbe detto che la seggia elettrica non era stata costruita da Alberto, troppo rozzo il disegno e troppo spesso il materiale. Ci sono cascato macari io. Il secondo motivo era che Alberto voleva essere certamente, sicuramente, ammazzato dalla seggia elettrica, non semplicemente ustionato. E quindi doveva mettersi con le spalle al sicuro: lo Xeron 50 era quello che gli necessitava. Ecco perché suo fratello Giacomo lo trovò tanto nirbùso quando ci andò la matina del 13: il pacco non gli era ancora arrivato. E senza lo Xeron lui non se la sentiva d'assittarsi sulla seggia elettrica. Quando Giacomo andò via, verso le otto di sira, si mise a travagliare come un pazzo per preparare la messinscena. E sono convinto che arriniscì ad ammazzarsi prima che passasse la mezzanotte.»

«Allora che faccio? Vado da Olcese e gli conto ogni cosa?»

«A questo punto, sì. Digli tutto. E digli macari che in base ai tuoi, sentimi bene: tuoi, calcoli, Alberto Larussa deve avere adoperato una trentina di metri di Xeron 50. Quindi nel laboratorio, macari affumicati dal principio d'incendio, devono trovarsi ancora una ventina di metri di quel filo. E mi raccomando: il mio nome non va fatto, io non c'entro, non esisto.»

«Salvo? Nicolò sono. Ce l'abbiamo fatta. Appena ti ho lasciato, ho telefonato a Ragòna. Olcese m'ha detto che non aveva dichiarazioni da fare ai giornalisti. Io gli risposi che lo volevo vedere in qualità di privato cittadino. Ha acconsentito. Dopo un'ora ero a Ragòna. Ti dico subito che parlare con un iceberg è più confortevole. Gli ho contato tutto, gli ho detto di andare a vedere in laboratorio se c'erano ancora quei venti metri di Xeron. Ha risposto che avrebbe controllato. Non ti ho riferito questo primo colloquio per non farti incazzare.»

«Hai fatto il mio nome?»

«Vuoi babbiare? Non sono nato ieri. Bene, oggi dopopranzo, verso le quattro, mi convoca a Ragòna. La prima cosa che mi dice, ma senza mostrare il minimo turbamento dato che quello che mi stava comunicando significava che aveva sbagliato completamente indagine, la prima cosa che mi dice è che nel laboratorio di Alberto Larussa c'erano i venti metri di Xeron. Né una parola in più né una parola in meno. Mi ringrazia con lo stesso calore che se gli avessi detto che ora era, mi porge la mano. E mentre ci stiamo salutando, mi fa: "Ma lei non ha mai provato a entrare in polizia?". Io rimango un attimo strammato e gli spio: "No, perché?". E lo sai che m'ha risposto? "Perché penso che il suo amico, il commissario Montalbano, ne sarebbe felicissimo." Che gran figlio di buttana!»

Giacomo Larussa venne prosciolto, il tenente Olcese si pigliò un elogio, Nicolò Zito fece uno scoop memorabile, Salvo Montalbano festeggiò con una mangiata tale che per due giorni stette male.

L'UOMO CHE ANDAVA APPRESSO AI FUNERALI

A Cocò Alletto un cavo d'ormeggio improvvisamente spezzatosi durante una mareggiata aveva tranciato di netto la gamba mancina e perciò non aveva più potuto fare il mistere suo di capo stivatore, la gamma artificiale non gli acconsentiva di traffichiare sopra passerelle e farlacche di navi.

Omo singolo, che da noi viene a dire tanto magro di corpo quanto senza pinsèri di mogliere e figli, la pinsioni che il governo gli passava gli permetteva una dignitosa povirizza e so' fratre Jacopo, che se la campava tanticchia meglio di lui, gli arrigalava un paro di scarpe o un vestito novo quando se ne apprisentava la necessità. La disgrazia a Cocò era capitata che manco era quarantino. Una volta che ce l'aveva fatta a rimettersi addritta, aveva pigliato l'usanza di starsene tutto il santo giorno assittato sopra a una bitta a taliàre il traffico portuale. E così aveva avuto modo di vedere, anno via anno, sempre meno navi trasìre e attraccare per carricare o scarricare, finché non restò che il postale per Lampedusa a credere che il coma del porto non fosse irreversibile. Le grandi navi portacontainers, le gigantesche petroliere, oramà passavano al largo, sfilavano a filo d'orizzonte.

Allora Cocò salutò per sempre il porto e si spostò su un paracarro vicino al municipio, sulla via principale di Vigàta. Un giorno gli passò davanti un funerale sullenne, con la banda in testa e una cinquantina di corone; non lo seppe mai manco lui perché di colpo venisse pigliato dall'impulso irresistibile d'accodarsi col suo passo ballerino: seguì il carro funebre fin sulla collina dove ci stava il cimitero.

Da quella volta in poi gli divenne un'abitudine, non fagliava un funerale, acqua cadesse o tirasse vento. Mascoli e fimmine, vecchi e picciliddri, non faceva differenza.

Capitò così che quando Totuccio Sferra venne chiamato dal Signore ("si vede che il Signore ha voglia di tressette e briscola" fu il commento unanime, dato che Totuccio non aveva mai fatto altro in vita sua che giocare a tressette e briscola), in tanti furono ad accorgersi che Cocò non si era apprisentato al seguito e se ne domandarono macari l'un l'altro spiegazione. Simone Sferra, fratello del morto, che era omo di rispetto, pigliò la cosa come un'offisa, uno sgarbo pirsonale. Lasciato a mezzo il funerale, andò a tùppiare alla porta di casa di Cocò per domandargli conto e ragione, ma nessuno gli arrispose. Stava per andarsene, quando gli parse di sèntiri a qualcheduno che si lamentiava: di pronte decisioni com'era, sfondò la porta e trovò a Cocò in un mare di sangue, era caduto e si era spaccato malamente la testa. E così si fece la voce che Cocò era stato salvato per ringrazio da tutti i morti che aveva accompagnato.

Quando i funerali scarsiàvano e Cocò sul paracarro principiava ad essere nirbùso, qualche anima piatosa gli si avvicinava e gli portava notizie di conforto:

«Pare che a Ciccio Butera il parrino gli portò l'olio santo. Questione di ore.»

«Pare che il figlio di don Cosimo Laurentano, quello che è andato a sbattere con la Ferrari, non ce la farà.»

La matina Cocò si susìva presto che ancora faceva scuro, appena il caffè Castiglione rapriva entrava ed andava ad assittarsi a un tavolino, aspettando che arrivassero le briosce appena sfornate. Se ne mangiava due, bagnandole in un capace bicchiere di granita di limone, e dopo niscìva nuovamente per andare a seguire il lavoro degli attacchini. Tra bandi comunali e manifesti pubblicitari, non passava giorno che non spuntasse un avviso di morte listato di nero. In certe giornate fortunate gli avvisi erano due o tre e Cocò doveva pigliare nota degli orari e soprattutto delle chiese, che a Vigàta erano tante, dove si sarebbero tenute le funzioni. Quando ci fu l'epidemia d'infruenza maligna che si portò vecchi e picciliddri, a Cocò quasi ci venne l'esaurimento per il travaglio di correre da un capo all'altro del paìsi dalla matina alla sira, ma ce la fece e non ne perse uno.

Al commissario Montalbano, che lo conosceva da quando aveva pigliato servizio a Vigàta, di sùbito parse di non avere inteso bene.

«Eh?» fece.

«A Cocò Alletto spararono» ripeté Mimì Augello, il suo vice.

«L'hanno ammazzato?»

«Sì, un solo colpo, l'hanno pigliato in faccia. Stava assittato sopra il paracarro, era matina presto, aspettava che si raprisse il caffè.»

«Ci sono testimoni?»

«La minchia» rispose lapidariamente Mimì Augello.

«Riferiscimi» concluse il commissario.

E questo stava a significare che l'indagine veniva posata, con delicatezza, sulle spalle di Augello.

Quattro giorni dopo, per il funerale di Cocò Alletto, scasò un paìsi intero, non ci fu anima criata che volle mancare, fìmmine prene che c'era piricolo che si sgravassero in mezzo al corteo, vecchi tenuti addritta a malappena da figli e nipoti, il consiglio comunale al completo. Darrè al tabuto ci andò macari un moribondo: Gegè Nicotra, ridotto allo stremo da un male incurabile e non aveva ancora passato la cinquantina. La sua prisenza al funerale impressionò, la gente non sapeva se provava più pena per il morto o per l'ancòra vivo ma già irrimediabilmente signàto.

Si capì subito, in commissariato, che l'indagine non sarebbe arrivata a niente. L'unico fatto certo era che Cocò era stato sparato in faccia (quasi a volerne cancellare i tratti) da qualchiduno che gli si era messo di fronte a uno o due metri di distanza, in piedi o assittato dintra un'automobile. Ma chi e perché? Di sicuro Cocò non aveva mai fatto male a nisciuno e perciò non teneva nimicizie, anzi. E allora? Forse che andando appresso a un funerale aveva visto qualcosa che non avrebbe dovuto vedere? Ma Cocò, col suo passo sconciato, sempre la testa calata a terra teneva, quasi si scantasse di mettere un piede in fallo. E se macari avesse veduto qualche cosa, a chi ne avrebbe parlato? Grasso che colava se nel corso di una giornata spiccicava tre parole. Più che mutànghero, una tomba era.

"E mai parola fu più appropriata" pinsò Montalbano.

Il primo funerale al quale Cocò non poté pigliare parte, in quanto era morto da tre giorni, fu quello del pòviro Gegè Nicotra il quale, tornato a casa dopo avere accompagnato Cocò al camposanto, approfittando che la mogliere era andata a fare la spìsa, aveva scritto due righe e si era tirato un colpo al cuore.

"Domando perdono, sono disperato, non sopporto più la malattia" diceva semplicemente il biglietto.

Montalbano usava, quando voleva pinsàri meglio a un problema o più semplicemente pigliare tanticchia d'aria bona, accattarsi un cartoccio di càlia e simenza, vale a dire ceci abbrustoliti e semi di zucca, e andarsene a fare una lunga passiata fino a sotto il faro che stava in cima al molo di levante. Passiata ruminante sia di bocca che di cervello.

Fu durante una di queste passiate che dovette intervenire a separare due pescatori che stavano tra di loro sciarriandosi. Dagli insulti, dalle gastime e dalle parolazze i due parevano seriamente intenzionati a passare ai fatti. Il commissario, sia pure non avendone gana, fece il dovere suo: si qualificò, s'interpose, ne agguantò uno per il braccio ordinando all'altro d'allontanarsi. Quest'ultimo però, fatti pochi passi, si fermò, si voltò e gridò al suo avversario:

«Tu, a mia, non mi vieni appresso!»

L'uomo che Montalbano teneva per il braccio parse scosso da una corrente elettrica, si mozzicò le labbra e non raprì bocca. Quando l'altro fu abbastanza lontano, il commissario lasciò la presa del braccio del suo prigioniero e l'ammonì: che non si provasse a fare alzate d'ingegno, la sciarra finiva lì.

Arrivato sotto il faro, s'assittò sopra a uno scoglio e attaccò a mangiare la càlia e simenza.

"Tu, a mia, non mi vieni appresso!"

Quella frase, da poco sentita, gli sonò nel cervello.

"Tu, a mia, non mi vieni appresso!"

Per uno che non era siciliano, quelle parole sarebbero state certamente poco comprensibili, ma per Montalbano erano chiare come l'acqua. Venivano a significare: tu non verrai al mio funerale, sarò io a venire al tuo perché ti ammazzerò prima.

Il commissario s'immobilizzò, poi si susì di scatto e pigliò a correre verso il paìsi, mentre dintra la sua testa si disegnava una scena così precisa e chiara che gli pareva di starsela a taliàre al cinematografo.

Un uomo, che sa di essere condannato a morte dalla malatìa e che gli resta, a volere proprio essere larghi, qualche simanata di vita, s'arramazza nel suo letto senza riuscire a pigliare sonno. Allato a lui invece la mogliere dorme, volutamente si è fatta abbattere da sonniferi e tranquillanti, ricavandosi una piccola oasi di dimenticanza nel quotidiano deserto d'angoscia che è costretta a traversare. L'omo accende la luce e talìa fissamente la sveglia sul comodino: ogni secondo che passa sempre più sente avvicinarsi il passo della morte. Alla primissima luce dell'alba, che è sempre un'ora critica per chi ha male intenzioni, l'omo capisce che gli si è bruciata ogni capacità di pigliare di petto le poche giornate che gli restano. Non solo la morte, ma il sapere di dover morire e che la clessidra conserva ancora pochissima rena nella sua parte superiore. Si leva dal letto a piede leggio per non turbare il sonno della mogliere, si veste, si mette in sacchetta il revolver, esce per andarsi ad ammazzare lontano da casa così da scampare alla mogliere, arrisbigliata per il colpo, lo strazio di farsi vedere rantolante tra le linzòla assuppate di sangue.

Arrivato al corso, l'omo vede Cocò Alletto sul paracarro, come un gufo. Sta lì, immobile. Aspetta.

"Aspetta di venire al mio funerale" pensa l'omo.

Allora si mette di fronte a Cocò che lo talìa interrogativo, tira fora il revolver senza pinsarci sopra e gli spara. In faccia, per cancellare lo sguardo della morte che lo sta guardando occhi negli occhi. E subito dopo capisce che la morte non può morire per un colpo di revolver. Si rende conto dell'inutilità, dell'assurdità del suo gesto: non solo, ma quell'omicidio gratuito l'ha come svacantato dall'interno, ora ha solo la forza appena bastevole per tornarsene a casa, allato alla mogliere ignara.

Appena in ufficio, telefonò a Jacomuzzi, il capo della Scientifica della Questura di Montelusa. Gli risposero che il dottore era in riunione, che avrebbero comunicato il messaggio e che avrebbe richiamato lui appena libero.

Alla Scientifica avevano sia il proiettile che aveva ammazzato Cocò Alletto sia il proiettile estratto dal cuore di Gegè Nicotra. E il suo revolver. Se i due proiettili fossero arrisultati sparati dalla stessa arma, la sua ipotesi avrebbe ricevuto conferma inequivocabile, come se Gegè avesse firmato il delitto.

Sorrise, soddisfatto.

E poi?

La domanda improvvisa gli traversò il cervello. E l'esultanza che provava principiò a svaporare. E poi?

Avrebbe dichiarato colpevole d'omicidio un morto che giaceva a pochi passi dalla tomba della sua vittima? Che cazzo di senso aveva?

Che significava fare annegare la vedova in un mare di nuovo e diverso dolore solo a suo personale beneficio?

Squillò il telefono.

«Che volevi?» spiò Jacomuzzi.

«Niente» rispose il commissario Montalbano.

UNA FACCENDA DELICATA

Il professor Pasquale Loreto, direttore didattico dell'asilo comunale "Luigi Pirandello" (tutto, a Montelusa e dintorni, si richiamava al concittadino illustre, dagli alberghi ai bagni di mare passando per le pasticcerie), era un cinquantino pelato, curato nella pirsona, di parola breve. Dote, quest'ultima, che Montalbano apprezzava sempre, senonché l'evidente imbarazzo nel quale si cuoceva il direttore cangiava di tanto in tanto la naturale brevità dell'eloquio in uno sconnesso balbettìo che aveva già esaurito la sopportazione del commissario. Il quale, a un certo punto, decise che se non pigliava il problema in mano avrebbero fatto notte. Ed erano le dieci del matino.

«Se ho ben capito, in lei, direttore, sarebbe nato il sospetto che uno dei suoi maestri userebbe delle attenzioni, diciamo così, particolari, verso una bambina di cinque anni che frequenta l'asilo. È così?»

«Sì e no» fece Pasquale Loreto tutto sudato, torcendosi le dita.

«Si spieghi meglio, allora.»

«Beh, per puntualizzare: il sospetto non l'ho avuto io, ma la madre della bambina che è venuta a parlarmi.»

«Va bene, la madre della bambina ha voluto denunziare a lei la faccenda nella sua qualità di direttore didattico.»

«Sì e no» fece il direttore didattico torcendosi talmente le dita che per un attimo non arriniscì più a districarle.

«Si spieghi meglio, allora» disse Montalbano ripetendo la battuta di prima. Gli pareva di essere alle prove di una commedia. Solo che quella storia commedia non era.

«Beh, la madre della bambina non è venuta a fare una vera e propria denunzia circostanziata, altrimenti mi sarei dovuto comportare diversamente, non le pare?»

«Sì e no» disse Montalbano da carogna, rubando la battuta all'altro.

Pasquale Loreto strammò, poi si lasciò andare a una improvvisazione sul testo.

«In che senso, scusi?»

«Nel senso che lei, prima di denunziare a sua volta il maestro all'ufficio competente, avrebbe dovuto raccogliere qualche altro elemento a carico. Svolgere, come dire, una sua indagine personale nell'ambito dell'Istituto.»

«Questo non l'avrei mai fatto.»

«E perché no?»

«Ma si figuri! Nel giro di un'ora nell'Istituto tutti avrebbero saputo che io facevo domande sul maestro Nicotra! Già parlano e sparlano a vacante, s'immagini se do a loro un minimo di pretesto. Io mi posso muovere solo a colpo sicuro.»

«E io non posso muovermi senza una denunzia!»

«Ma vede coco...commissario, la ma...madre si si fa fa uno scru...scrupolo a...»

«Facciamo così» tagliò Montalbano sentendo che l'altro ricadeva nel balbettìo «lei conosce la signora Clementina Vasile Cozzo?»

«E come no?» fece il direttore Loreto illuminandosi. «È stata mia insegnante! Ma che c'entra?»

«Può essere una soluzione. Se io e la madre della bambina c'incontriamo a casa della signora Vasile Cozzo per un colloquio informale, la cosa non desterà curiosità o chiacchiere. Diverso sarebbe se io venissi a scuola o se la signora si presentasse qua.»

«Ottimo. Deve portare la bambina?»

«Per ora non credo sia necessario.»

«Si chiama Laura Tripòdi.»

«La madre o la figlia?»

«La madre. La bambina, Anna.»

«Tra un'ora al massimo le telefonerò all'Istituto. Devo prima chiamare la signora Clementina e sapere quando è disposta.»

«Ma, commissario, che domande! Lei può venire a casa mia con chi vuole e quando vuole!»

«Le andrebbe bene allora domani matina alle dieci? Così la signora Tripòdi accompagna la bambina a scuola e poi passa da casa sua. Spero di non disturbarla a lungo.»

«Mi disturbi fino all'ora di pranzo compresa. Le faccio preparare qualcosa che le piacerà.»

«Lei è un angelo, signora.»

Riattaccò e convocò Fazio.

«Tu ci conosci qualcuno all'asilo Pirandello?»

«No, dottore. Ma mi posso informare, mia nipote Zina ci manda suo figlio Tanino. Che vuole sapere?»

La signora Clementina servì il caffè disinvoltamente muovendosi con la seggia a rotelle e quindi sparì, con discrezione, dal salotto. Chiuse persino la porta. Laura Tripòdi non era per niente come il commissario se l'era immaginata. Doveva avere passato da poco la trentina ed era, fisicamente, una fimmina di tutto rispetto. Niente di vistoso, anzi il sobrio tailleur che indossava tendeva a castigarne le forme: la controllata sensualità della donna però era una cosa quasi palpabile che affiorava dallo sguardo, dal movimento delle mani, dal modo d'accavallare le gambe.

«La faccenda che m'ha riferito il direttore Loreto è molto delicata» esordì Montalbano «e a me occorre, per potermi muovere, d'avere un quadro chiaro della situazione.»

«Sono qua per questo» disse Laura Tripòdi.

«È stata Anna, mi pare si chiama così, a dirle delle particolari attenzioni del maestro?»

«Sì.»

«Che le disse esattamente?»

«Che il maestro le voleva più bene delle altre, che era sempre pronto a levarle e a metterle il cappottino, che le regalava caramelle di nascosto da tutti.»

«Non mi pare che...»

«Neanche a me, sul principio. Certo, mi seccava che la bambina si sentisse una privilegiata, mi ero infatti ripromessa di parlarne un giorno o l'altro col maestro Nicotra. Poi capitò una cosa...»

Si fermò, arrossendo.

«Signora, io capisco che le pesi tornare su un argomento così sgradevole, ma si faccia forza.»

«Io ero andata a prenderla, come del resto faccio sempre, se non posso ci va mia suocera, e la vidi venire fuori, come dire, accalorata. Le domandai se avesse corso. Mi rispose di no, mi disse che era contenta perché il maestro l'aveva baciata.»

«Dove?»

«Sulla bocca.»

Montalbano ebbe la certezza che se avesse accostato un fiammifero alla pelle della faccia della fimmina si sarebbe acceso.

«Dov'erano quando il maestro l'ha baciata?»

«Nel corridoio. Lui la stava aiutando a indossare l'impermeabile perché pioveva.»

«Erano soli?»

«Non credo, era l'ora che tutti escono dalle classi.»

Il commissario si domandò quante volte avesse baciato dei bambini senza che le madri avessero pensato a intenzioni tinte. Poi però era venuta la storia, nazionale e internazionale, dei pedofili.

«È capitato altro?»

«Sì. L'ha accarezzata a lungo.»

«Come l'ha accarezzata?»

«Non ho avuto il coraggio di domandarlo ad Anna.»

«Dov'è successo?»

«Nel bagno.»

Ahi. Il bagno non è il corridoio.

«E cosa ha detto il maestro per convincerla a seguirlo nel bagno?»

«No, commissario, la cosa non è andata così. Anna si era tagliata un dito, si era messa a piangere e allora il maestro...»

«Ho capito» fece Montalbano.

In realtà ci aveva capito poco.

«Signora, se le attenzioni del maestro si sono limitate a...»

«Lo so da me, commissario. Possono essere solamente gesti d'affetto senza secondi fini. Ma se non lo fossero? E un giorno si decidesse a fare qualcosa d'irreparabile? E il mio cuore di madre...»

Stava scivolando nel melodrammatico, si era portata una mano sul cuore, col fiato grosso. Seguendo l'indicazione della mano, Montalbano non pensò al cuore di Laura Tripòdi, ma alla carne che morbidamente lo copriva.

«... mi dice che le intenzioni di quell'uomo non sono sincere. Che devo fare? Denunziarlo non voglio, potrei rovinarlo per un equivoco. Ecco perché ne ho parlato col direttore: lo si potrebbe allontanare, discretamente, dalla scuola.»

Discretamente? Peggio di una condanna: in un tribunale avrebbe potuto difendersi, ma così, allontanato alla taci maci e lasciato in balìa delle male voci, poteva solo spararsi un colpo. Forse la bambina correva qualche pericolo, ma chi sicuramente si trovava in quel momento in una situazione làida assà era proprio il maestro Nicotra.

«Ne ha parlato con suo marito?»

Laura Tripòdi rise di gola, parse il tubare d'una colomba. Quella fìmmina non arrinisciva a fare una cosa, macari la più semplice, senza che nella mente di Montalbano non passassero immagini di letti sfatti e di corpi nudi.

«Mio marito? Ma io sono quasi vedova, commissario.»

«Che significa quasi?»

«Mio marito è un tecnico dell'Eni. Travaglia nell'Arabia Saudita. Prima abitavamo a Fela, poi ci siamo trasferiti a Vigàta perché qua vive sua madre e mi può dare una mano d'aiuto per la bambina. Mio marito torna a Vigàta due volte all'anno per quindici giorni. Però guadagna bene e io mi devo contentare.»

Quel "contentare" spalancò di colpo un abisso di sottintesi, sull'orlo del quale il pensiero del commissario si fermò scantato.

«Lei quindi vive sola con la bambina.»

«Non esattamente. Ho poche amicizie, però due o tre volte la settimana io e la bambina andiamo a dormire in casa di mia suocera che è anziana e vedova. Ci teniamo reciprocamente compagnia. Anzi, mia suocera vorrebbe che ci trasferissimo definitivamente da lei. E forse finirò col fare così.»

"Nicotra Leonardo, nato a Minichillo, provincia di Ragusa, il 7/5/1965, fu Giacomo e fu Colangelo Anita, militesente."

Questa era nova nova! Militesente! Montalbano s'arraggiava alla pignolerìa anagrafica di Fazio, non capiva perché quello ogni volta s'ostinava a dargli particolari inutili. Isò gli occhi di scatto dalle carte e taliò fisso Fazio. I loro sguardi s'incrociarono e il commissario capì che Fazio l'aveva fatto apposta, per provocarlo. Decise di non dargli spazio.

«Vai avanti.»

Tanticchia deluso, Fazio riattaccò.

«Da due anni vive a Vigàta, in via Edison al civico 25. È maestro supplente presso l'asilo Pirandello. Non gli si conoscono né vizi né donne. Non si occupa di politica.»

Ripiegò il foglietto con gli appunti, se lo mise in sacchetta, rimase a taliàre il suo superiore.

«Beh? Hai finito? Che hai?»

«Lei me lo doveva dire...» fece, offiso, Fazio.

«Che ti dovevo dire?»

«Che corrono voci sul maestro Nicotra.»

Il commissario si sentì aggelare. Vuoi vedere che c'era stato qualche altro caso? Che non si trattava della fantasìa di una fìmmina il cui marito stava assente troppo a lungo?

«Cosa hai saputo?»

«Mia nipote Zina m'ha riferito che da una simàna c'è questa filàma, questa voce che dice che il maestro Nicotra si stringe troppo le picciliddre. Prima il maestro era portato in chianta di mano, tutti a dire quant'è buono e quant'è bravo. Ora invece qualche matre pensa di levare la figlia dalla classe.»

«Ma c'è stato qualcosa di concreto?»

«Di concreto, niente. Solo voci. Ah, me lo stavo scordando: mia nipote dice che la zita gli ha portato sfortuna.»

«Non ho capito niente.»

«Il maestro s'è fatto zito con una picciotta di Vigàta e qualche giorno appresso sono principiate le voci.»

«Direttore Loreto? Il commissario Montalbano sono. Pare che la situazione stia precipitando.»

«E... e... già... hohoho... sa... saputo.»

«Senta. Domattina alle dieci e mezzo vengo da lei all'Istituto. Faccia in modo che io possa incontrarmi con Anna, la bambina. C'è un'entrata secondaria? Non vorrei essere visto. E non dica niente alla madre, non voglio averla tra i piedi, la sua presenza potrebbe condizionare la piccola.»

Mentre continuava a travagliare in ufficio, ogni tanto un pinsèro fastidioso gli passava per la testa ed era che lui, senza una denunzia di qualche madre o dello stesso direttore, non era autorizzato a fare un passo. Per natura sua, delle autorizzazioni era portato a stracatafottersene altamente, ma qui c'era di mezzo una picciliddra e alla sola idea di doverci parlare con delicatezza, con cautela, per non turbarne l'innocenza, si sentiva sudare freddo. No, doveva assolutamente ottenere una denunzia dalla signora Tripòdi. Aveva il numero che la signora stessa gli aveva dato in matinata. Rispose la segreteria telefonica.

«Sono momentaneamente assente. Lasciate un messaggio o chiamate al numero 535267.»

Doveva essere il numero telefonico della suocera. Stava per comporlo, ma si fermò. Forse era meglio pigliarla di sorpresa a Laura Tripòdi. Ci sarebbe andato di persona, senza preavvisarla.

«Fazio!»

«Comandi!»

«Dimmi l'indirizzo del 535267.»

Tornò dopo manco un minuto.

«Corrisponde a Barbagallo Teresa, via Edison 25.»

«Senti, ci vediamo domani matino. Ora passo da questa signora e poi vado a casa mia, a Marinella. Buonanotte.»

Niscì dal commissariato, fece qualche passo, s'arrestò di botto, s'appoggiò al muro: il lampo che gli era esploso in testa l'aveva accecato.

«Si sente male, commissario?» spiò uno che passava e che lo conosceva.

Non rispose, tornò di corsa al commissariato.

«Fazio!»

«Che fu, dottore?»

«Dov'è il foglietto?»

«Quale foglietto?»

«Quello che mi hai letto con le notizie sul maestro.»

Fazio s'infilò una mano in sacchetta, tirò fora il foglietto, lo pruì al commissario.

«Leggilo tu. Dov'è che abita il maestro?»

«In via Edison 25. C'è! Che curioso! Proprio dove stava andando lei ora ora!»

«Non ci vado più, ho cangiato idea. Me ne torno dritto a casa. In via Edison ci vai tu.»

«A che fare?»

«Vedi com'è la casa, a che piano abita la signora Barbagallo e a quale il maestro Nicotra. Poi mi dai un colpo di telefono. Ah, senti: informati macari se la signora Barbagallo è la sòcira di una giovane signora che si chiama Tripòdi e che ha una bambina. Ma non fare rumorata, cerca di essere discreto.»

«Stia tranquillo, non me la porto appresso la banda comunale!» fece Fazio che quel giorno aveva l'offisa facile.

La telefonata di Fazio arrivò, tempestiva, proprio sul finale del film giallo al quale Montalbano si era appassionato malgrado l'avesse già visto almeno cinque volte: *Delitto perfetto* di Hitchcock. Sissignore, Teresa Barbagallo era la sòcira di Laura Tripòdi, aveva un appartamento al secondo piano della palazzina, al terzo e ultimo ci stava il maestro Nicotra. La palazzina era fatta così, che a ogni piano c'era un solo appartamento. La signora Tripòdi, con la figlia, spesso va a dòrmiri dalla sòcira. Al primo piano abita un tale che si chiama... Non interessa il primo piano? va bene, buonanotte.

E per il commissario fu una notte non buona, ma eccellente: si fece sei ore di sonno piombigno. Ora che sapeva quello che doveva fare, il disagio di dover interrogare la picciliddra non lo sentiva più.

Piccole macchie d'inchiostro sulle dita certificavano ch'era vera, altrimenti il vestitino rosa e vaporoso, il fiocco sui boccoli biondi, i grandi occhi azzurri, la boccuccia perfetta, il nasino leggermente all'insù, l'avrebbero fatta apparire finta, una bambola a grandezza naturale.

Mentre il commissario stava a turciuniàrsi il cervello su come principiare il discorso, Anna attaccò per prima.

«Chi sei tu?»

Montalbano per un attimo si scantò, ebbe paura di avere un attacco di dismorfofobia che sarebbe, come gli aveva spiegato un amico psicologo, il timore di non riconoscersi allo specchio. Certo, la bambina non era uno specchio, ma lo metteva davanti a una definizione d'identità sulla quale nutriva seri dubbi.

«Sono un amico di papà» sentì la sua voce dire: qualcosa, dentro di lui, aveva tagliato corto.

«Papà torna tra un mese» disse la picciliddra. «E ogni volta mi porta tanti regali.»

«Intanto con me ti ha mandato questo.»

E le porse un pacchetto che Anna scartò subito. Era una scatola di plastica a vivaci colori, a forma di cuore, che, aprendosi, mostrava al suo interno un minuscolo appartamento arredato.

«Grazie.»

«Vuoi un cioccolatino?» spiò il commissario raprendo il sacchetto che aveva accattato.

«Sì, ma non lo dire alla mamma. Lei non vuole, dice che mi fa venire la bua al pancino.»

«Il tuo maestro te li dà i cioccolatini quando fai la brava con lui?»

Ecco a voi il verme Montalbano che inizia a scavare la mela dell'eden innocente.

«No, lui mi dava le caramelle.»

«Ti dava? Perché, ora non te le dà più?»

«No, sono io che non le voglio. È diventato cattivo.»

«Ma che dici? La tua mamma m'ha raccontato che ti vuole tanto bene, che ti fa le coccole, che ti bacia...»

Eccolo il verme dentro la mela che comincia a imputridire.

«Sì, ma io non voglio più.»

«Perché?»

«Perché è diventato cattivo.»

Il telefono sonò improvviso nella càmmara e parse una raffica di mitra. Santiando senza voce, Montalbano scattò, alzò il ricevitore, bofonchiò: «Siamo tutti morti», riattaccò, sollevò nuovamente il ricevitore, lo lasciò staccato.

La bambina rise.

«Sei buffo tu.»

«Lo vuoi un altro cioccolatino?»

«Sì.»

Ingozzati, e pacienza se ti viene tanticchia di bua al pancino.

«Senti, hai litigato col maestro?»

«Io? No.»

«Ti ha sgridata?»

«No.»

«Ti ha fatto fare cose che non volevi?»

«Sì.»

Montalbano provò un acutissimo senso di delusione. Aveva sbagliato tutto, le cose stavano come le aveva raccontate la madre della picciliddra.

«E che cose?»

«Voleva aiutarmi col cappottino ma io gli ho dato un calcio nelle gambe.»

«Beh, allora mi pare che sei proprio tu la cattiva.»

«No. Lui.»

Il commissario inspirò come per andare in apnea, si tuffò.

«Scommetti che io so perché tu dici che il maestro è diventato cattivo?»

«No, non lo sai, è un segreto che conosco solo io.»

«E io sono un mago. Perché ha fatto arrabbiare la mamma.»

La bambina spalancò contemporaneamente occhioni e boccuccia.

«Sei un vero mago, tu! Sì, è per questo, ha fatto piangere la mamma. Non le vuole più bene. Lui ha detto così, che mamma non deve più andarlo a trovare su quando tutti dormono. E mamma piangeva. Io ero sveglia e ho sentito tutto. Nonna invece non ha sentito, quella non sente mai niente, piglia le pillole per dormire e poi è un poco sorda.»

«Glielo hai detto a mamma che avevi sentito?»

«No. Era un segreto mio. Però quando papà torna io a lui

glielo dico che il maestro ha fatto piangere la mamma così lo piglia a botte. Che me lo daresti un altro cioccolatino?»

«Certo. Senti, Anna, tu sei proprio una brava bambina. Quando papà torna, non gli dire niente. Ci sta pensando la mamma, ora, a far piangere il maestro Nicotra.»

Alla prima liceo, la professoressa di scienze Ersilia Castagnola affatava letteralmente i suoi allievi quando si metteva a parlare di animali, soprattutto se contava di vestie d'alta montagna a una classe fatta in gran maggioranza di figli di persóne che avevano invece a che fare, per un verso o per l'altro, solo col mare. La professoressa Castagnola era, come si direbbe oggi, una straordinaria affabulatrice e questo faceva sì che la fantasia dei picciotti si scatenasse appresso ai suoi racconti. Salvo Montalbano, anzi Montalbano Salvo, secondo il registro, e i suoi compagni arrivarono a organizzare, nel cortile della scola, avventurose cacce ora al Markor, che è una specie di grossa capra sarvaggia del Belucistan, ora all'Argali di cui per primo aveva parlato nientemeno che Marco Polo.

L'armàlo però che più di tutti li affascinò fu lo Yack, che già da come si chiamava faceva simpatia.

«Lo Yack» spiegò quel giorno la professoressa Ersilia Castagnola «viene chiamato macari il bue grugnente. Vive nelle zone più gelide del Tibet e non può essere assolutamente portato lontano dal suo territorio. Impossibile tenerlo in cattività, nelle regioni temperate è destinato infatti a deperire, ad ammalarsi gravemente e a perdere tutto il suo vigore.»

Il primo effetto delle parole della professoressa Castagnola fu che ventiquattro teste, pigliate dallo stesso pinsèro, si voltarono all'unisono verso l'ultimo banco dove sonnecchiava il venticinquesimo compagno, Totò Aguglia. Tozzo, peloso, le braccia troppo lunghe, con i capelli ricciuti attaccati direttamente sugli occhi, Totò o bofonchiava o grugniva, raro che spiccicasse un monosillabo qualificabile come tale. Per mezza classe non ci furono dubbi, Totò era inequivocabilmente uno Yack. Ma durante la ricreazione l'altra metà classe aderì alla scuola di pensiero di Tano Cumella.

«Attenzione a non cadere in un pericoloso errore di classificazione» ammonì Tano. «Totò Aguglia è l'unico esempio al mondo di homo sapiens (si fa per dire) vivente. E poi lui ama i climi infocati, non lo vedete che è sempre il primo in ogni sciarra, il primo a dare pagnittuna, càvuci, pugna?»

«Eh no!» intervenne Nenè Locicero ch'era un poeta «voi non l'avete visto appena la professoressa ha detto "Yack". Per un attimo i suoi occhi, sempre neri come il carbone, sono diventati d'un celeste tanto chiaro che parsero bianchi.»

«E che viene a significare?» spiò polemico Tano Cumella.

«Viene a significare che lui, in quel momento, stava a taliàre le sterminate distese di ghiaccio del Tibet, il suo paese d'origine.»

«E come la mettiamo col fatto che lui ama i climi caldi?»

«La mettiamo che tu usi malamente una metafora, confondendo l'aggressività col clima. Gli orsi polari, secondo te, appena vedono un omo l'abbrazzano e lo vàsano?»

Quest'ultimo argomento risultò più convincente di tutti. Da quel momento Totò Aguglia venne 'ngiuriato come lo Yack; lui lo venne a sapere e grugnì di soddisfazione.

Alla seconda liceo lo Yack non frequentò, pare che il patre, maresciallo della Capitaneria di Porto, era stato trasferito ad Augusta. Del bue grugnente Salvo Montalbano non intese più parlare.

Nel '68 il futuro commissario, che aveva diciotto anni, fece scrupolosamente tutto quello che c'era da fare per un picciotto della sua età: manifestò, occupò, proclamò, scopò, spinellò, s'azzuffò. Con la polizia, naturalmente. Durante uno scontro particolarmente duro si venne a trovare allato a un compagno infacciarato che sghignazzava e grugniva mentre stava dando foco a una bottiglia molotov. Gli parse di scorgere in lui qualcosa di vagamente familiare.

«Yack» azzardò.

Il compagno si fermò per un attimo, la bottiglia nella mano mancina e l'accendino nella destra, doppo addrumò lo stoppino, scagliò la bottiglia, abbracciò Salvo, grugnì qualcosa come "felice", sparì.

Voleva dire d'essere felice di trovarsi in mezzo a quel gran casino o per aver ritrovato il vecchio compagno di scola? Forse per le due cose assieme.

Vent'anni dopo, come nei romanzi di Dumas, Montalbano casualmente incontrò a Palermo Nenè Locicero che non faceva più il poeta, che era diventato un grosso costruttore edile e che trovavasi momentaneamente "ristretto" nel càrzaro dell'Ucciardone accusato di corruzione, ricettazione e collusione con la mafia.

S'abbrazzarono con fraterno trasporto.

«Salvù!»

«Nenè!»

Signorilmente, il commissario fece finta di non meravigliarsi d'incontrare Nenè all'Ucciardone. E altrettanto signorilmente Nenè non raprì bocca con lui sulle sue recenti traversìe.

«Come te la passi?»

«Non mi posso lamentare, Salvù.»

«Scrivi sempre?»

Un velo di malinconia si posò sulle pupille dell'ex poeta.

«No, non ce la faccio più. Ma leggo tanto, sai? Ho riscoperto due poeti quasi dimenticati, Gatto e Sinisgalli. Minchia! Al loro confronto, quelli di oggi fanno ridere!»

Passarono a parlare dei vecchi compagni di scola, di Alongi che si era fatto parrino, di Alaimo addiventato sottosegretario...

«E Totò Aguglia che fine ha fatto?» spiò il commissario. L'altro lo taliò imparpagliato.

«Non sai niente?»

«No, sinceramente.»

«Ma come! Se stava sui giornali! Addirittura le riviste gli hanno dedicato dei servizi!»

E così lo strammàto Montalbano venne a sapere che in Africa, appena principiava una guerriglia di qualsiasi colore politico, assumeva un leggendario mercenario, ovunque conosciuto con il soprannome di "Yack", a capo di una banda di un centinaro d'òmini feroci e senza scrupoli. Un giornalista più coraggioso degli altri era arrinisciùto ad avvicinarlo in una densa foresta equatoriale e l'aveva intervistato. "Yack", dopo avere specificato di chiamarsi Salvatore Aguglia e d'essere siciliano, aveva detto una frase inspiegabile che il giornalista fedelmente riproduceva:

"E tanti saluti alla professoressa Ersilia Castagnola se è ancora viva."

Il giornalista, onestamente, aggiungeva che la frase poteva essere questa o un'altra, l'interpretazione non era chiara, i lunghi anni passati in Africa avevano reso la parlata di Salvatore Aguglia, almeno così supponeva il giornalista, fortemente come contagiata da certi gutturalismi tipici dei dialetti di alcune tribù del Burundi o del Burkina Faso.

Era passato un mese che Montalbano aveva pigliato possesso del suo ufficio di commissario a Vigàta, quando ricevette l'invito a passare una giornata a Mazàra del Vallo da parte del suo amico il vicequestore Valente. Montalbano di subito s'inquartò a difesa, mostrandosi assai dubitativo sul fatto di riuscire a trovare una giornata libera: il mangiare preparato dalla mogliere di Valente era in tutto e per tutto uguale a un omicidio premeditato.

«Sono solo» aggiunse Valente. «Mia moglie è andata a trovare i suoi per qualche giorno. Potremmo andare in quella trattoria che conosci...»

«Domani a matino a mezzogiorno al massimo sono da te» troncò immediatamente il commissario.

Appena arrivato nell'ufficio dell'amico, il commissario si fece persuaso che non era cosa. Voci concitate, agenti che correvano, una macchina di servizio con quattro òmini che partì a sirena spiegata.

«Che fu?»

«Carissimo, sei capitato in un malo momento. Sto andando macari io sul posto. Tu aspettami qua.»

«Manco per sogno» fece Montalbano «vengo con voi.»

In macchina, Valente gli disse quel poco che sapeva su quello che stava capitando. Un tale, di cui ancora non conosceva il nome, si era barricato nella sua villetta all'estrema periferia, quasi in campagna, e, senza un motivo qualsiasi, si era messo a sparare contro tutti quelli che gli venivano a tiro. Valente aveva mandato una macchina con quattro òmini, ma avevano domandato rinforzi: quel pazzo era in possesso di bombe a mano e di un fucile mitragliatore.

«C'è scappato il morto?» spiò Montalbano.

«No. Ha pigliato a una gamba il postino che passava in bicicletta.»

Quando arrivarono nei paraggi della villetta a un piano, al commissario parse d'assistere a un film: oltre alle due macchine di Valente, c'erano altre due auto dei carrabinera. Tutti stavano al riparo, armi alla mano. L'arrivo di Valente e di Montalbano venne salutato da un'interminabile scarica di mitragliatore che costrinse i due a gettarsi affacciabocconi. Dopo tanticchia, procedendo a salti come un canguro, Valente raggiunse i suoi e si mise a parlottare. Montalbano invece strisciando s'accostò al maresciallo dei carrabinera.

«Il commissario Montalbano sono.»

«Piacere, Tòdaro.»

«Maresciallo, lei lo conosce a quello che spara?»

«E come no! È uno che abita qua da due anni, è un forestero. Si trovava a Mazàra di passaggio, vitti una picciotta, se ne innamorò, se la maritò. Dopo manco quinnici jorna principiò a farla nìvura di botte.»

«Lo tradiva?»

«Ma quando mai! Quella una santa è! Se l'arricorda quella pellicola di Fellini che a ripa di mare c'è una giovane 'nnuccenti 'nnuccenti che sorride?»

«Valeria Ciangottini?»

«Quella. La mogliere di questo disgraziato è una stampa e una figura con quell'attrice.»

«Ma ha capito perché la picchiava?»

«A mia m'avvertirono i vicini, una volta dovettero accompagnarla allo spitàle, lei disse ch'era caduta. Allora io mandai a chiamare il marito, gli feci un sullenne liscebusso e poi gli spiai conto e ragione del perché trattava malamente quella pòvira fimmina.»

Dovettero interrompersi perché il pazzo aveva ripigliato a sparare all'urbigna e gli assedianti avevano risposto al foco. Macari il maresciallo tirò due colpi svogliati col suo revorbàro.

«E lo sa che cosa m'arrispose?» proseguì il maresciallo Tòdaro. «Che lui era uno Yack. Io non intesi bene. "Yack?" gli spiai. Mi diede una risposta che non ci capii niente.»

Ma il commissario aveva invece capito benissimo.

«Si chiama per caso Salvatore Aguglia?»

«Sì» fece il maresciallo strammàto «lo conosce?»

Il commissario non rispose. Assurdamente gli erano tornate alla memoria le parole precise della professoressa Ersilia Castagnola: "... non può essere assolutamente portato lontano dal suo territorio, impossibile tenerlo in cattività...". In cattività Totò Aguglia ci si era messo da lui stesso per amore e poi, capito lo sbaglio, aveva tentato disperatamente e animalescamente di liberarsi dalla rete che si era gettata addosso. Certo, avrebbe potuto non rientrare una sera a casa, scomparire, ritornare nel suo ambiente naturale, una spersa guerra in un paese ancora più sperso. Ma da quella fìmmina, da quella rete, evidentemente non arriniscìva a stare lontano, pòvrio Yack.

«Sua moglie è dintra con lui?» spiò al maresciallo.

«Ma no, commissario! È per questo che sta succedendo tutto questo burdello! Non ce l'ha più fatta a campare con lui e proprio aieri a sira l'ha lasciato doppo una sciarra spaventosa, dicono i vicini.»

Allora Montalbano di scatto si susì all'impiedi.

«Stia giù, Cristo!» gli gridò il maresciallo Tòdaro afferrandolo per la giacchetta.

Il commissario si liberò con uno strattone, avanzò d'un passo completamente allo scoperto.

«Salvo! Sei impazzito? Giù!» sentì gridare Valente.

Montalbano alzò le braccia in alto, le agitò per farsi vedere bene.

«Yack! Totò! Montalbano sono! T'arricordi di mia?»

Il tempo si fermò. Macari gli òmini armati addiventarono come statue. Poi, dall'interno, si sentì una voce gutturale:

«Salvuzzo, tu sei?»

«Io sono. Veni fora, Yack!»

La porta della casa si raprì lentamente e lo Yack niscì. Era come Montalbano se lo ricordava dai banchi di scola, solo che aveva i capelli completamente bianchi. Teneva in mano una pistola.

«Gettala, Yack!» disse Montalbano avanzando.

Fu così che vide gli occhi di Totò cangiare di colore, diventare celesti chiari chiari, quasi bianchi. Stava a taliàre le sterminate distese di ghiaccio del Tibet, come aveva detto Nenè Locicero quand'era ancora un poeta?

E in quel preciso momento un imbecille gli sparò.

Alle primissime luci dell'alba, la petroliera "Nostrada-mus", che aveva appena due anni di mare ed era conside-rata un miracolo della computerizzazione, gettò l'ancora al largo di Vigàta. Di trasìri in porto, non c'era manco da pensarlo: la nave, lunga com'era, sarebbe rimasta per un quarto dintra e per tre quarti fora. Durante la nottata il co-mandante, via radio, aveva informato la Capitaneria che, a causa di un'avarìa, dovevano sostare alla fonda per al-meno quattro giorni.

Verso le cinque di dopopranzo un grosso gommone portò a terra sei marinai vestiti puliti puliti come signori-ni, avevano persino la cravatta. Non avevano niente degli uomini di mare a cui i vigatèsi erano abituati, parevano impiegati di banca che niscìvano all'ora di chiusura. Edu-cati, cortesi, discreti. Si trattava di poco meno della metà dell'equipaggio: oramà era l'elettronica a governare un bestione di quella stazza e non più pirsòne in carne e ossa.

Non solo quei sei non erano vestiti come marinai, ma non si comportarono manco come tali. Quattro se ne an-darono al cinema e tra due pellicole, *Bocche ardenti di ba-gnanti bagnate* e *Le affinità elettive*, scelsero quest'ultima. Il quinto fece irruzione nella cartolibreria, razziò una decina di romanzi gialli che principiò immediatamente a leggere assittato a un tavolino del caffè Castiglione mentre si face-va servire cappuccini bollenti su cappuccini bollenti dato ch'era una jurnata di ghiaccio. Il sesto, accattate centomila lire di schede, s'inserrò dintra una cabina telefonica e ne fece casa e putìa.

Alle sette e mezzo si ritrovarono tutti e andarono a mangiare e a bere (sobriamente) alla trattoria San Caloge- ro. Un'ora appresso erano già sul gommone, di ritorno al- la petroliera.

Le tre buttane ufficiali del paìsi, Mariella, Graziella e Lorella, che s'aspettavano un sostanzioso incremento di guadagno, rimaste strammàte e deluse, si consultarono telefonicamente e pervennero alla conclusione che quelli non solo non erano marinai ma non erano manco òmini.

Forse tutta la colpa era del pitrolio che avevano a bor- do, le esalazioni si vede che attaccavano quella parte per cui un omo è un omo. "Mischineddri!" compiansero le pie donne.

Alle nove di sira il gommone fece il viaggio inverso per portare a terra due altri membri dell'equipaggio. Parsero appartenere a un'altra nave, tanto erano marinai di vec- chia razza. E lo dimostrarono subito. Quello che si chia- mava Gino per prima cosa trasì nella taverna di Pipìa, si scolò senza companatico due litri e doppo, informatosi dell'indirizzo, andò a trovare Lorella. Intanto il suo com- pagno, che di nome faceva Ilario, percorreva la strata in- versa: in prìmisi Mariella e Graziella in una botta sola e doppo la taverna di Pipìa.

Qui, alle undici meno un quarto, lo raggiunse Gino. Pa- reva – a detta dei pochi clienti presenti dato che per Vigà- ta quello era un orario oramà tardo assà – che fosse agita- to e innerbosuto. Non volle bere un ultimo bicchiere che Ilario gli offriva, perciò i due se ne niscirono dalla taverna continuando a discutere. Ma non si capiva quello che si dicevano. Li videro dirigersi verso la banchina dove c'era ormeggiato il loro gommone.

Prima di mezzanotte Lorella, sentendo tuppiàre alla porta, andò a raprire e si trovò davanti un omo infacciala- to che, senza dire una parola, la spingì dintra e le diede un cazzotto in faccia che la fece svenire. Quando Lorella si ripigliò dallo svenimento, s'addunò che lo sconosciuto, oltre ad averle arrubato due collanine e un braccialetto d'oro, un orologino, quattrocentomila lire e una radiola, l'aveva, per buon peso, violentata.

Andò di corsa a fare la denunzia al commissariato e dichiarò macari che l'omo che l'aveva aggredita, a malgrado che fosse infaccialato col giro collo del maglione isato fino al naso e col berretto da marinaro calato fino agli occhi, gli era parso che somigliasse al suo ultimo cliente, quello della "Nostradamus" che si chiamava Gino.

«Tu ora mi conti che cosa è successo aieri a sira tra te e questo marinaio» fece Montalbano a Lorella la matina appresso «e me la conti giusta, nel tuo stesso interesse.»

«Non è successo niente, commissario.»

«Attenta, Lorè.»

Lorella iniziò un sorriso che interruppe subito con una smorfia di dolore. Aveva le labbra spaccate, il naso gonfio e violaceo.

«Ora le spiego perché dico che non è successo nenti. Questo marinaro arrivò che pareva una furia, disse che aveva una fame di fimmina attrassata di un mese. Ci spogliammo, ci mettemmo sul letto, ma non capitò nenti. Non ce la faceva. Io ci travagliai, c'impiegai tutta l'arte mia. Nenti, pareva un morto. Alla fine, visto che non era cosa, principiò a rivestirsi. Io gli dissi di pagarmi e lui non voleva perché faceva voci che la colpa era mia, che non ero stata brava a sufficienza. Alla fine mi pagò, ma m'amminazzò.»

«Che ti disse?»

«Che con mia la minchia se la sarebbe fatta venire dura con un altro sistema. E aveva ragione, il cornuto.»

«Spiegati meglio.»

«E che c'è da spiegare? Ci sono tanti òmini come a lui! Hanno bisogno d'essere violenti, di vidìri il sangue per fare la cosa. Resi l'idea?»

«Perfettamente. Sei sicura che sia stato lui?»

«No, commissario, sicura, no. L'ho visto solo per un attimo e poi era infaccialato. Ma la statura...»

«Va bene, puoi andare.»

Del fatto che Lorella non era sicura d'aver raccanosciuto in modo certo il suo aggressore, il commissario si persuase che diceva la verità. Istintivamente diffidava da tutti quelli che venivano a esporre quello che avevano visto con assoluta certezza, che erano pronti a mettere la mano sul foco. E che spesso poi finivano col ritrovarsi come a Muzio Scevola con la manuzza carbonizzata. Era pirsuaso che la testimonianza più vera fosse quella ingravidata dal seme del dubbio, e perciò spesso incerta se non contraddittoria.

Con l'aiuto della Capitaneria di Porto, mandò ad arrestare il marinaro Gino Rocchi. Di ritorno, Fazio gli contò che il comandante della "Nostradamus" l'aveva fatta lunga prima di cedere il suo omo e che la perquisizione nell'alloggio di Rocchi, che divideva con altri tre dell'equipaggio, non aveva dato risultato. C'era stato tutto il tempo che volevano per ammucciare bene la refurtiva. Il marinaro sosteneva d'essere 'nuccenti, che si era imbarcato sul gommone col suo compagno, per tornarsene alla nave, che non erano manco le undici e mezzo. Il marinaro di guardia giurava che i due erano acchianati a bordo verso le undici e mezzo-mezzanotte meno un quarto, non prima né dopo. Ma quello, pur di dare una mano d'aiuto ai suoi amiciuzzi, avrebbe sostenuto la qualunque.

«Ma lei dove vuole arrivare?»

«Alla verità» fece brusco Montalbano.

L'omo che stava assittato al di là della sua scrivania esibì un sorrisino di superiorità.

Era un cinquantino che, come marinaro, era uno stereotipo, la comparsa di una pellicola di serie B. Anzi, meglio, era una via di mezzo tra Pietro Gambadilegno e Braccio di Ferro.

Piuttosto grassoccio, barbetta tagliata alla Cavour, portava pantaloni neri a zampa d'elefante, una maglietta a strisce rosse e bianche orizzontali, zoccoli di legno. A rendere più carnevalesco il costume, dall'orecchio mancino gli pendeva un grosso cerchio d'oro.

Il commissario voleva spiargli perché sulla "Nostradamus" una parte dell'equipaggio si vestiva da ragioniere e l'altra parte da pirata, ma invece disse:

«Perché sorride?»

Quell'omo a Montalbano era arrisultato 'ntipatico a prima vista, doveva fare uno sforzo continuo per non trattarlo male.

«A quale verità, commissario, intende riferirsi? A quella assoluta spero di no perché non esiste. La verità è prismatica, noi dobbiamo contentarci della faccia che ci viene concessa di vedere.»

Faceva della filosofia da baraccone. Il commissario si squietò tanto da fare una mossa falsa.

«Come ha detto di chiamarsi, lei?»

«Ilario Burlando.»

«E lei pensa che uno possa pigliare sul serio le sue dichiarazioni con un nome e un cognome così?»

Gli era proprio scappata, la cattiveria, e di subito se ne pentì.

«Se mi fossi chiamato, che so, Onorio Del Vero, lei invece mi avrebbe creduto immediatamente? Mi compiaccio, commissario, per il suo banale conformismo.»

Se l'era proprio cercata, non replicò.

«Dunque lei è venuto qui a testimoniare...»

«Spontaneamente. Perché i suoi uomini non m'hanno interrogato, segno che avevano un'idea preconcetta sulla colpevolezza di Gino.»

«... a testimoniare che lei e il suo compagno a mezzanotte meno un quarto eravate già sulla nave. E che essendo l'aggressione avvenuta all'incirca a quell'ora, non può essere stato Gino Rocchi.»

«Esattamente.»

«Senta, può dirmi cosa le venne a raccontare il suo amico quando lo raggiunse nella taverna di Pipìa? M'hanno riferito che appariva agitato.»

«Certo che posso, era su tutte le furie, non ce l'aveva fatta con la puttana, diceva che la colpa era di quella donna che sembrava un pezzo di ghiaccio.»

Montalbano non s'aspettava quest'ammissione, appizzò le orecchie.

«E non manifestò il desiderio di vendicarsi?»

«Certamente. Era completamente ubriaco. Ma io lo dissuasi, lo convinsi ad imbarcarsi sul gommone.»

«Come spiega lei che si sia puntualmente verificato quello che Rocchi aveva detto di voler fare?»

Ilario Burlando fece la faccia del pensatore.

«Avrei due ipotesi.»

«Le dica.»

«La prima è che si tratti della concretizzazione, a distanza, di un desiderio, di una volontà tanto forte che...»

«Si levi immediatamente dai coglioni» fece gelido Montalbano.

«Sono qui per scagionare quel marinaro arrestato» dichiarò tranquillamente al commissario il professor Guglielmo La Rosa, ultrasittantino, ex docente di filosofia teoretica all'università.

«Ma prima» proseguì «ho bisogno che lei risponda ad alcune mie domande.»

Armeggiò nella sacchetta, tirò fora un foglietto che principiò a leggere. Aggrottò la fronte, ripiegò il foglio, se lo rimise in sacchetta, evidentemente non era quello giusto.

Ne tirò fora un altro e storcì la bocca, manco questo andava bene.

Montalbano lo taliàva aggelato. Nutriva un complesso,

davanti ai professori di filosofia, che lo paralizzava: il fenomeno risaliva ai tempi del liceo, quando il professor Ja-
varone, severissimo e temibile, l'aveva sventrato con una
interrogazione su Kant.

«Non trovo quello che m'ero appuntato» fece La Rosa
arrendendosi «quindi le faccio una sola domanda.»

Il commissario sentì affiorargli la sudarella: "Qui mi
fotto la promozione" pensò. Perché era tornato tra i banchi di scola.

«A che ora è esattamente accaduto il fatto?»

Montalbano tirò un respiro di sollievo, era priparato, la
risposta la sapeva.

«Prima di mezzanotte. Così ha dichiarato la... la...»

Come doveva chiamarla? La buttana? Non era rispetto-
so verso il professore. La ragazza? Ma se aveva quarant'anni!

«La vittima» gli venne in soccorso il professore.

«Ecco, sì» fece il commissario ancora imparpagliato.

«Allora, se le cose stanno così, il marinaio non è colpevole» asserì categorico il professore.

Montalbano, sempre tra i banchi di scola, isò due dita.

«Mi permette? Come fa a saperlo?»

«Perché io iersera, verso le undici e dieci, minuto più
minuto meno, ero sulla banchina e ho visto due marinai
che si avviavano verso il gommone.»

«Mi scusi, professore, che ci faceva a quell'ora sulla
banchina?»

«Pensavo. Sa, carissimo, il freddo leviga le idee. Comunque subito dopo io mi sono recato alla farmacia notturna. Lì mi sono messo a chiacchierare, ho fatto la mezzanotte, minuto più minuto meno. Lo so con certezza
perché prima d'entrare in farmacia avevo guardato l'orologio. Segnava le 23 e 30. Per tornare a casa sono ripassato
dalla banchina e il gommone non c'era più. Quindi.»

Non un quindi coi puntini appresso, ma un quindi secco, col punto fermo.

Montalbano allargò le braccia, sconsolato e rassegnato.

Appena il professor La Rosa fu nisciùto, chiamò Fazio e gli disse di rimettere in libertà il marinaro Gino Rocchi.

La conclusione era che col suo minuto in più minuto in meno il professor Guglielmo La Rosa gli aveva incasinato una storia che pareva semplicissima.

Si sentì pigliare dal malumore. E stabilì che l'unica, per farselo passare, era di andarsi a fare una mangiata sullenne. Taliò il ralogio e s'addunò ch'era fermo, si era dimenticato di dargli corda. Un pinsèro improvviso gli traversò la mente: e se l'orologio del professore andava male?

Si susì di scatto dalla seggia, si precipitò all'inseguimento, lo raggiunse ch'era ancora a pochi passi dal commissariato.

«Professore, mi scusi, mi fa vedere l'orologio?»

«Quale orologio?»

«Il suo.»

«Ma io non porto mai con me orologi. Li detesto, questi meccanismi che scandiscono l'ora della nostra morte.»

Banale, banalissimo. Di colpo, il commissario non ebbe più scanto di Guglielmo La Rosa.

«E allora come ha fatto a sapere che, come mi ha detto poco fa, erano le undici e mezzo, minuto più minuto meno, quando è entrato in farmacia?»

«Venga con me.»

Montalbano gli si affiancò, malgrado l'età il professore camminava a passo svelto.

«Guardi lei stesso» fece Guglielmo La Rosa indicandogli il negozio dell'orologiaio Scibetta ch'era proprio di fronte alla farmacia. L'insegna del negozio era un orologio enorme, coi numeri romani, che pendeva attaccato a una barra alta allato all'ingresso. Costituiva in un certo senso il vanto del paìsi per la precisione. Montalbano si fece pirsuaso che il suo tentativo d'invalidare la testimonianza del professore non era riuscito, oltretutto quell'orologio, illuminato dall'interno, restava visibile notte e giorno.

«Beh, mi scusi» principiò a dire, ma si fermò vedendo l'espressione strammàta di Guglielmo La Rosa.

«Che c'è, professore?»

«Come ho potuto commettere uno sbaglio simile?» spiò il professore, a bassa voce, a se stesso. Ma Montalbano lo sentì.

«Si spieghi meglio, professore.»

Senza parlare, La Rosa indicò l'orologio che segnava le dodici e trenta.

«Embè?» spiò il commissario che stava del tutto perdendo la pacienza.

«Solo ora mi sono reso conto che iersera io...»

«Vada avanti, Cristo!»

I banchi di scuola si erano persi in nebbie lontane.

«Iersera io non ho guardato direttamente quest'orologio, ma la sua immagine riflessa. E sono stato ingannato dalla posizione delle lancette.»

Montalbano si voltò di scatto.

L'orologio riflesso nella vetrina della farmacia segnava le undici e trenta. Tutto quello che aveva contato il professore era da spostare un'ora avanti e da alibi si cangiava in testimonianza a carico.

Dato che non poteva gettare in càrzaro per tentata falsa testimonianza il professor Guglielmo La Rosa, filosofo maggiore, il commissario Montalbano, oltre a Gino Rocchi, fece arrestare per complicità Ilario Burlando, filosofo minore.

CINQUANTA PAIA DI SCARPE CHIODATE

Gli americani, quando nel '43 sbarcarono in Sicilia, portarono l'uso degli stivaletti con la suola di gomma ch'erano in dotazione al loro esercito e la conseguenza fu la fine dei duri scarponi chiodati che adoperavano tanto i soldati della nostra fanteria quanto i contadini. Michele Borruso, proprietario di capre a Castro, durante il tirribìlio dello sbarco alleato, saccheggiò un magazzino militare italiano precipitosamente abbandonato e si portò a casa, tra le altre cose, cinquanta paia di scarponi, tanti da calzare un'intera dinastia. Quando morì, suo figlio Gaetano ereditò capre, pascoli e quarantotto paia di scarpe chiodate. Molti anni appresso, a Gaetano arrubarono una trentina di capre e l'abigeato parse, quella volta, passare liscio in quanto Borruso non solo non denunziò il furto ma manco, in paìsi, espresse propositi di vendetta. E così i ladri, fatti persuasi che un secondo furto sarebbe passato in cavalleria come il primo, ci riprovarono e fecero scomparire stavolta un centinaro d'armàli, visto che intanto gli affari di Borruso erano andati avanti bene. Quinnici giorni dopo il secondo furto, Casio Alletto, un omo violento che tutti in paìsi sapevano essere a capo di una banda che arrubava indiscriminatamente qualsiasi vèstia che si muovesse su quattro o due zampe, venne ritrovato su una sponda del torrente Billotta massacrato a colpi di bastone, pietrate, cazzotti e calci. In fin di vita lo trasportarono allo spitàle di Villalta dove arrivò morto. Che Gaetano Borruso ci avesse messo la firma era indiscutibile: i segni delle scarpe chiodate sulla faccia di Casio Alletto parlavano chiaro.

Due giorni avanti il fatto, il questore di Villalta aveva saputo che il commissario De Rosa, distaccato a Castro, si era infortunato cadendo da cavallo durante una battuta di caccia. Non avrebbe potuto quindi occuparsi della facenna. Allora spedì Salvo Montalbano, che a quel tempo aveva di poco passata la trentina, a dare una mano al brigadiere Billè sulle cui spalle era venuto a cadere il peso, in verità assai leggero, di un'indagine che appariva semplicissima.

Se leggera era l'indagine, non altrettanto poteva dirsi della salita che quella matina Montalbano e Billè stavano facendo per arrivare allo stazzo dove Borruso si era fabbricato una càmmara di pietre a secco e nella quale abitualmente abitava. Coi soldi che aveva poteva certo permettersi un'abitazione più confortevole, ma la cosa non rientrava nelle tradizioni familiari dei Borruso che caprari non solo erano, ma ci tenevano macari ad apparire. Dopo essersi fatti almeno quattro chilometri in auto da Castro, Montalbano e Billè avevano dovuto lasciare la macchina e avevano principiato la faticosa acchianata in fila indiana, Billè davanti e Montalbano darrè, su un viottolo che le stesse capre, appunto, avrebbero dichiarato inagibile. Sul quale viottolo il brigadiere Billè, che certamente nascondeva sotto la divisa una struttura fisica da fauno, agilmente e caprinamente salticchiava, mentre Montalbano arrancava col petto a mantice. Il primo quarto d'ora di salita (perché poi gli era venuto difficile governare il pensiero) era servito a Montalbano per tracciare una sommaria linea di condotta per l'interrogatorio di Borruso, molto sottile e tattica, che però, nel secondo quarto d'ora d'acchianata, si era condensata in un proposito semplicissimo: appena questo stronzo si contraddice, l'arresto. Di trovare nella càmmara di Borruso scarponi chiodati macchiati di sangue non gli passava manco per l'anticamera del cervello: a quello gli restavano quarantasette paia di riserva per imbrogliare le carte.

La matinata era di una nitidezza di vetro appena lavato. L'azzurro del cielo pareva gridare all'universo d'essere due volte più azzurro, mentre gli alberi e le piante, con tutta la forza che potevano, gli opponevano il loro verde più verde. Bisognava tenere le palpebre a pampineddra, socchiuse, perché i colori violentemente ferivano, così come l'aria fine pungeva le narici. Fatta mezz'ora di salita, Montalbano sentì improrogabile la necessità di una sosta. Vergognandosene, lo disse al brigadiere e questi gli rispose di portare ancora tanticchia di pacienza: tra poco si sarebbero potuti arriposare, proprio a metà strada, nella casa di un contadino che Billè conosceva bene.

Quando arrivarono, due òmini e una fìmmina, assittati torno torno a un vecchio tavolo di legno sul quale c'era un grosso mucchio di grano, stavano puliziando il frumento dalle impurità. Quasi non s'accorsero dell'arrivo dei due strànei. Invece un picciliddro che aveva sì e no due anni corse trìnguli mìnguli sulle gambe malferme come un vitellino appena nato e s'ancorò saldamente con le manine sporche di marmellata ai pantaloni di Montalbano. La fìmmina, ch'era evidentemente la madre, si susì di scatto e corse a pigliare in braccio il piccolo.

«Questo picciliddro è capace di farci vedere a Cristo sdignato! Una ne pensa e cento ne combina!»

«Buongiorno brigadiere» fece uno dei due uomini alzandosi. L'altro invece rimase assittato, portando due dita alla coppola.

«Scusaci il disturbo, Peppi» disse il brigadiere «sono di passaggio col dottore Montalbano. Ce lo daresti un bicchiere d'acqua?»

«Acqua? Nell'acqua ci s'affoga. Assittatevi che vi porto

un vino che vi fa passare la stanchizza» fece Peppi avviandosi verso casa.

La fìmmina, col picciliddro in braccio, lo seguì.

«No, mi scusi» fece ad alta voce Montalbano «io vorrei veramente tanticchia d'acqua.»

E poi, come per giustificarsi:

«Non bevo mai a digiuno.»

«Se è per questo, c'è rimedio.»

«No, grazie. Voglio solo acqua.»

S'assittarono al tavolo. L'omo con la coppola continuò il suo lavoro.

«Come va ora, Totò?» gli spiò il brigadiere.

«Meglio» rispose asciutto l'omo.

«È stato male?» spiò cortesemente a sua volta Montalbano mentre notava che Billè faceva la faccia confusa.

«Sì, sono stato male» disse Totò e di colpo taliò Montalbano negli occhi. «Secondo lei, che è un dottore, come ci si sente a stare sei mesi in càrzaro sapendosi 'nnuccenti?»

«Il nostro amico qui presente» si provò a spiegare Billè «è stato mandato in càrzaro dai carrabinera per uno sbaglio di persona. Si è trattato...»

«Ecco l'acqua e il vino!» interruppe Peppi uscendo dalla porta.

Non aveva portato un bicchiere per l'acqua, ma un bùmmulo intero. Il recipiente di creta trasudava, segno ch'era stato infornato bene. Montalbano accostò le labbra all'imboccatura e tirò una lunga sorsata d'acqua fresca al punto giusto. Intanto Billè s'era scolato il primo bicchiere di vino. Quando si susìrono per ripigliare il cammino, l'omo con la coppola s'alzò, strinse la mano a Montalbano, tornò a taliàrlo fisso e gli disse:

«Cercate di non fare la seconda con Tano Borruso.»

«Che ha inteso dire?» spiò Montalbano dopo che avevano ripigliato l'acchianata verso lo stazzo. Il brigadiere si fermò, si voltò.

«Ha inteso dire quello che lei ha capito. Non crede che Tano Borruso abbia ammazzato a Casio Alletto.»

«E come fa a esserne sicuro?»

«Come lo sono tanti in paìsi.»

«Macari lei, brigadiere?»

«Macari io» affermò tranquillo Billè.

Montalbano restò in silenzio ancora cinque minuti poi parlò nuovamente.

«Vorrei che lei mi chiarisse il suo pensiero.»

Nuovamente il brigadiere si fermò e si voltò.

«Posso farle una domanda io, dottore?»

«Certamente.»

«Vede, il commissario De Rosa mi avrebbe detto di andare a pigliare Borruso e di portarglielo in commissariato. Lei, invece, quando le ho spiato se voleva che andassi a pigliarlo, mi ha risposto che preferiva venire su lei stesso, macari se era, com'è, una faticata. Perché l'ha fatto?»

«Mah, brigadiere, forse perché mi pare giusto vedere le persone delle quali mi devo occupare nel loro ambiente quotidiano. Credo, o forse m'illudo, di capire meglio come sono fatte.»

«Ecco, precisamente questo, dottore: tutti, in paìsi, sappiamo com'è fatto Tano Borruso.»

«E com'è fatto?»

«È fatto che non taglierebbe una pianta d'ortica, figurarsi se ammazza un omo.»

Sorrise, senza staccare gli occhi da Montalbano.

«Non se la piglia a male una cosa detta da uno che ha trent'anni di servizio nella polizia e che sta per andarsene in pinsiòne?»

«No, dica pure.»

«Mi sarebbe piaciuto tanto, quand'ero picciotto, travagliare ai suoi ordini.»

L'abitazione di Gaetano Borruso consisteva in una sola càmmara, ma piuttosto grande. Darrè c'era uno stazzo

immenso, dal quale si partiva un coro assordante di bela-
ti. Davanti alla casa s'apriva uno spiazzo in terra battuta,
in un lato del quale sorgeva un ampio pergolato. Proprio
sotto il pergolato c'erano, cosa che stupì Montalbano, una
ventina di sgabelli rustici, fatti di rami d'alberi. Tre degli
sgabelli erano occupati da contadini che discutevano animatamente. Le loro voci si abbassarono quando videro
comparire il brigadiere e Montalbano. Il più anziano dei
tre, che stava assittato di faccia agli altri due, isò una mano e fece un gesto di scusa, come a dire che in quel momento era impegnato. Billè assentì e andò a pigliare due
sgabelli che sistemò all'ombra, ma abbastanza lontano dal
pergolato.

S'assittarono. Montalbano tirò fora il pacchetto di sigarette, ne offrì macari a Billè che accettò.

Mentre fumava, Montalbano non poté trattenersi dal
taliàre di tanto in tanto verso i tre che continuavano a discutere. Il brigadiere intercettò le sue taliàte e a un certo
momento parlò.

«Sta amministrando.»

«Quei due travagliano per lui? Sono suoi dipendenti?»

«Borruso ha otto òmini che badano alle capre, fanno il
cacio e le altre cose. Le capre non sono solo quelle che lei
vede qua, sono tante. Ma questi due non sono ai suoi ordini.»

«E allora perché ha detto che Borruso sta amministrando? Cosa amministra?»

«La giustizia.»

Montalbano lo taliò strammato. Con la gentilezza che si
usa con i picciliddri e con i mancanti di mente, il brigadiere spiegò.

«Dottore, è risaputo che Gaetano Borruso è omo di sag-
gezza e d'esperienza, sempre pronto a dare una mano, a
metterci una parola bona. E così la gente, quando c'è una
discussione, un motivo di lite, a poco a poco ha pigliato
l'abitudine di venirne a parlare a lui.»

«E poi fanno quello che lui ha stabilito?»

«Sempre.»

«E se decidono d'agire diversamente?»

«Se hanno trovato una soluzione più giusta Borruso la sottoscrive, è sempre pronto a riconoscere d'avere sbagliato. Ma se invece la lite degenera e dalle parole passano ai fatti, Borruso non li vuole più vedere. E un omo che Borruso non vuole più vedere è un omo col quale non ci vuole più avere a che fare nessuno. Meglio che cangia paese. E per paese non intendo solo Castro.»

«Uno splendido esempio di comportamento mafioso» non poté fare a meno di commentare Montalbano.

La faccia faunesca del brigadiere s'indurì.

«Lei, mi perdoni, se ragiona accussì viene a dire che la mafia non sa manco dove sta di casa. Che gliene viene in tasca a Borruso di quello che fa?»

«Il potere.»

«Le parlo da sbirro» esordì il brigadiere dopo una pausa. «Ci risulta che Borruso non ha usato il suo potere che in una sola direzione: quella di evitare fatti di sangue. Lei ha conosciuto il commissario Mistretta che morì in un conflitto a fuoco sei anni fa?»

«Non ho avuto il piacere.»

«Le assomigliava. Beh, lui dopo che ebbe praticato Borruso, che aveva casualmente conosciuto, lo sa che mi disse? Che Borruso era un re pastore sopravvissuto. E mi spiegò chi erano i re pastori.»

Montalbano tornò a taliàre verso il pergolato. I tre ora stavano in piedi, bevevano a turno da un fiasco di vino che Borruso aveva tenuto a terra vicino allo sgabello. Non era un bere puro e semplice, la lentezza dei movimenti, gli sguardi che si scambiavano dopo ogni passata, suggerivano una specie di rito. Ognuno bevve tre volte, poi si strinsero la mano. I due venuti a parlare con Borruso s'allontanarono dopo aver salutato senza parole, solo con gli occhi, Billè e Montalbano.

«Avanti, avanti» fece Borruso invitandoli con un ampio gesto a venire sotto il pergolato.

«Il dottor Montalbano e io» esordì Billè «siamo qua per la facenna dell'omicidio di Casio Alletto.»

«Me l'aspettavo. Volete arrestarmi?»

«No» disse Montalbano.

«Volete interrogarmi?»

«No.»

«Allora che volete?»

«Parlare con lei.»

Distintamente Montalbano avvertì un cangiamento nell'omo che gli stava davanti. Se prima aveva fatto le domande con una sorta d'indifferenza, ora vide negli occhi che lo taliàvano un'attenzione diversa. E lui stesso si stupì. Mentre faceva l'acchianata verso lo stazzo non si era ripromesso d'arrestare Borruso alla prima contraddizione? Perché ora concedeva tempi lunghi all'incontro?

S'assittarono. E Montalbano vide, come con gli occhi di un altro, che lui e il brigadiere ora si trovavano nella stessa posizione, sugli stessi sgabelli che avevano occupato i due contadini venuti a domandare giustizia a Borruso. Solo che la prospettiva doveva essere rovesciata: sino a prova contraria, erano lui e il brigadiere i rappresentanti della giustizia. E Borruso, se non l'imputato, almeno il sospettato. Ma Gaetano Borruso se ne stava assittato sul suo sgabello con la semplicità e nello stesso tempo l'autorità di un giudice naturale.

«Gradiscono tanticchia di vino?» spiò Borruso porgendo il fiasco.

Billè accettò e bevve un sorso, Montalbano lo respinse con un gesto cortese.

«Non sono stato io ad ammazzare a Casio Alletto» fece pianamente, tranquillamente Borruso «se l'avessi fatto, mi sarei già consegnato.»

Ogni parola che viene detta vibra in un modo suo particolare, le parole che dicono la verità hanno una vibrazione diversa da tutte le altre.

«Perché pensate che sia stato io?»

«Perché si sa che è stato Alletto a far rubare le sue capre» disse Montalbano.

«Io non leverei la vita manco a chi m'arrubasse tutte le capre che possiedo.»

«E poi c'è la facenna delle scarpe chiodate. Come quelle che lei porta adesso.»

Gaetano Borruso le taliò come se le vedesse per la prima volta.

«Queste le metto da cinque anni» disse. «Sono scarpe solide, scarpe buone. Dicono che quelle che dettero ai nostri soldati in Russia, nell'ultima guerra, avessero la suola di cartone. Queste ce l'hanno di cuoio, è sicuro. Negli anni che gli restarono a campare dopo averle pigliate dal magazzino, mio padre arriniscì a spardarne solo un paro. L'aveva ai piedi quando morì in campagna, mentre travagliava la terra. Io, quando lo vestii, gliene misi un paro nuove. Me ne restarono quarantotto.»

«E ora come ora quante ne ha?»

Gaetano Borruso socchiuse gli occhi chiarissimi.

«Questo è il secondo paro che adopero, da un anno. Ne resterebbero quarantasei perciò, però cinque para le ho regalate a pirsone che ne avevano di bisogno, povirazzi.»

Colse qualcosa nell'espressione di Montalbano.

«Non si faccia falsa opinione, dottore. Le pirsone alle quali le ho date sono vive e vegete e con la facenna dell'ammazzatina non c'entrano. Di bisogno, potrà sempre controllare. Non sto buttando la colpa su un altro.»

«Quindi le restano quarantuno paia.»

«Tante dovrebbero essere, invece ne ho contate quaranta.»

«Manca un paio?»

«Sissignore. Saputa questa storia che sulla faccia Casio aveva i segni dei chiodi, andai a vedere perché mi era venuto un certo pinsèro.»

«E cioè?»

«E cioè che m'avessero arrubato un paro di scarpe e l'avessero usate come l'hanno usate per far credere che sono stato io. Venite con me.»

Si susìrono, entrarono nell'unica càmmara. La brandina col comodino a sinistra, un tavolo con quattro sedie al centro, la cucina e una grande credenza nella parete opposta alla porta d'entrata. Nella parete di destra si aprivano due porticine, da una s'intravvedeva il cesso. Borruso aprì l'altra girando la maniglia e accese la luce. Si trovarono in un ampio cammarino trasformato in dispensa e ripostiglio.

«Le scarpe sono lì» fece Borruso indicando una rustica scaffalatura.

A stento Montalbano riusciva a trattenere la nausea. Dal momento ch'era entrato nel cammarino un violento feto di ràncido l'aveva pigliato allo stomaco.

Le scarpe erano allineate sui quattro ripiani della scaffalatura, ogni paio avvolto in carta di giornale. Borruso ne pigliò un paio, lo scartò, lo fece vedere a Montalbano. E questi allora capì cos'era il cattivo odore che lo faceva star male: su ogni scarpa c'era un dito di grasso.

«Ce l'ho messo quinnici giorni fa» disse Borruso «accussì si conservano come nuove.»

Il brigadiere cominciò a contare e Montalbano ne approfittò per cercare di capire le date dei fogli di giornale. Erano tutti non recenti; una ventina di copie erano ammucchiate sul lato vacante di uno dei ripiani.

«Me li sono fatti dare dal tabaccaro di Castro» spiegò Borruso, capendo quello che Montalbano stava pensando.

«... e quaranta» fece il brigadiere «le ho contate due volte, non c'è sbaglio.»

«Usciamo» disse Montalbano.

L'aria fresca gli fece subito passare la nausea, inspirò profondamente, sternutì.

«Salute.»

S'assittarono di nuovo sotto il pergolato.

«Secondo lei questo ladro come avrebbe fatto a entrare in casa mentre lei non c'era?»

«Dalla porta» rispose Borruso con appena appena una passata d'ironia. E aggiunse:

«Lascio tutto aperto. Non chiudo mai a chiave.»

La prima cosa che Montalbano fece appena tornato a Villalta fu di correre dal medico legale, un vecchietto cortese.

«Dottore, mi deve scusare, ma ho necessità di un'informazione che riguarda il cadavere di Casio Alletto.»

«Ancora non ho fatto il rapporto, ma mi dica.»

«Sulla faccia, oltre ai segni dei chiodi, c'erano tracce di grasso per scarpe?»

«Tracce?» fece il dottore. «Ce n'era mezzo quintale!»

La matina appresso Montalbano arrivò tardo a Castro, aveva forato e lui non era capace non solo di cangiare una gomma, ma di sapere dov'era allocato il cric. Trasì in commissariato e gli si parò davanti il brigadiere Billè sorridente.

«Credo proprio che Borruso non c'entri niente in questa storia. Le cose sono andate come ci ha detto, gli hanno rubato le scarpe per far sospettare di lui che qualche motivo contro Casio Alletto ce l'aveva. Bisogna ricominciare da capo.»

Billè continuò a sorridere.

«Beh, che ha?»

«Ho che manco un quarto d'ora fa ho arrestato l'assassino. Ha confessato. Io volevo avvertirla, ho telefonato in questura ma mi hanno detto che stava venendo qua.»

«Chi è?»

«Cocò Sampietro, uno della banda di Casio, un mezzoscemo.»

«Come ha fatto?»

«Stamatina alle sette è arrivato al mercato uno che veniva da fora a vendere fave. Era a cavallo di una mula. Gli ho visto le scarpe e m'è venuto un colpo. Ma non ho fatto rumorata, l'ho portato sparte e gli ho spiato dove le aveva accattate. M'ha detto, tranquillamente, che gliele aveva vendute la sera avanti Cocò Sampietro. Allora ci siamo appostati e appena Sampietro è uscito da casa sua gli abbiamo messo le manette. Ha sbracato subito. Ha detto che tutta la banda si era ribellata a Casio perché non stava ai patti.»

«Ma se è un mezzoscemo, come dice lei, forse non era in grado di pensare di far cadere la colpa su Borruso.»

«Ma non è stato lui. Ci ha detto che il piano l'ha organizzato Stefano Botta, ch'era il braccio destro di Casio.»

«Complimenti.»

«Grazie, dottore. Vuole venire con noi? Restano d'arrestare altre cinque persone.»

Montalbano ci pensò sopra solo un momento.

«No» disse «andateci voi. Io vado a trovare il re pastore. Sarà contento di sapere che la facenna è finita.»

IL TOPO ASSASSINATO

Erano le dieci del matino di una felice giornata dei primi di maggio. Il commissario Montalbano, scoperto che non aveva particolare chiffare in ufficio e visto che il suo vice Mimì Augello, toccato dalla grazia divina, era parso seriamente intenzionato a travagliare, decise che una lunga passiata fino al faro era la meglio che potesse fare. Passò dalla solita putìa di càlia e simenza, s'accattò un capiente sacchetto di noccioline americane, semi di zucca e ceci abbrustoliti e s'avviò al molo di levante.

Poco prima d'arrivare al suo scoglio preferito proprio sotto al faro, fu costretto a uno scarto improvviso: senza rendersene conto, stava per mettere il piede sopra un grosso sorcio morto. Riguardo ai topi, Montalbano era assolutamente fimmìnino: gli davano ribrezzo e sconcerto, ma arrinisciva a non farlo vedere. Fatti tre passi, si fermò.

Qualcosa, che non sapeva assolutamente spiegarsene il percome e il perché, l'aveva sottilmente squietato. In questo consistevano il suo privilegio e la sua maledizione di sbirro nato: cogliere, a pelle, a vento, a naso, l'anomalìa, il dettaglio macari impercettibile che non quatrava con l'insieme, lo sfaglio minimo rispetto all'ordine consueto e prevedibile. Mancavano tre passi allo scoglio in punta al molo, li fece, s'assittò. Raprì il sacchetto di plastica con la càlia, ma la sua mano vi rimase dintra, immobilizzata. Impossibile fare finta di niente. Nel mondo che il suo occhio inquadrava qualcosa stonava, fora di norma. «E con santa pacienza!» mormorò, arrendendosi alla sua condanna. «Taliàmo.»

A pochi passi ci stava ormeggiato di poppa, con una gomena alla bitta, un grosso peschereccio d'alto mare. Si chiamava "San Pietro pescatore" ed era di Mazàra del Vallo. Il peschereccio stava perfettamente immobile, non si cataminava sul mare a tavola. A bordo non doveva esserci anima criata. Più verso il paìsi, a dritta, c'era un pescatore di lenza, era un habitué che il commissario conosceva da sempre e che ogni volta lo salutava.

E basta. E niente. Ma perché allora, acuto, quel senso di disagio? Poi l'occhio gli cadde sul topo morto che per poco non aveva scrafazzato col piede e la vibrazione interna che sentiva aumentò di frequenza. Possibile che la causa del suo malessere fosse un sorcio morto? Quanti se ne vedevano, vivi e morti, di giorno e di notte, dintra al recinto del porto? Che aveva quel sorcio di particolare? Posò il sacchetto di càlia sullo scoglio, si susì, s'avvicinò al topo, s'acculò per taliàrlo meglio. No, aveva sentito giusto, c'era qualcosa di strammo. Si taliò intorno, vide un pezzetto di gomena, lo raccolse e con quello maneggiò la carcassa vincendo a stento lo schifo. Come si ammazza generalmente un topo? Col veleno, con un colpo di bastone, con una pietrata. Questo era intatto, solo che gli avevano aperto la pancia con una lama affilatissima e quindi interamente asportato tutte le interiora. Pareva un pesce dopo che è stato ripulito. E l'operazione non doveva essere stata fatta molto tempo prima, il sangue era ancora rosso, in parte non coagulato. Chi è che ha gana d'ammazzare un sorcio squartandolo? Sentì un brivido lungo la schiena, una leggerissima scossa elettrica. Maledicendosi, andò allo scoglio, svuotò il sacchetto di plastica trasparente nella tasca della giacca, ci mise dintra il topo aiutandosi con il pezzetto di gomena. Poi avvolse il sacchetto nel giornale che aveva accattato, perché in paìsi non si dicesse che il commissario Montalbano dava orama' i numeri e se ne andava a spasso con un sorcio morto. Ma quando, oltre il giornale e la plastica, sentì il molle del corpo dell'armàlo, gli venne di vomitare. E vomitò.

«Che cavolo vuole? È da quindici giorni che non mi arriva un morto suo!» fece il dottor Pasquano, il medico legale, mentre lo faceva accomodare nel suo ufficio. A saperlo pigliare, Pasquano era bono e caro, ma aveva un carattere impossibile.

Montalbano si sentiva tutto sudato, il difficile veniva ora. Non sapeva da che parte principiare.

«Avrei bisogno di un favore.»

«E figurarsi! Avanti, mi dica, che ho poco tempo.»

«Ecco, dottore, ma prima mi deve promettere di non incazzarsi, altrimenti non le dico niente.»

«E come faccio? Lei vuole un miracolo! Io sono incazzato da matina a sira! E con una premessa simile, io già m'incazzo due volte di più!»

«Quand'è così...»

E Montalbano fece l'atto d'alzarsi dalla seggia. Era sincero, andare a trovare Pasquano era stata una minchiata sullenne, se ne stava facendo persuaso.

«Eh no! Troppo facile! Ora che è venuto, deve contarmi tutto!» gli intimò infuscato il dottore.

Senza fare parola, il commissario cavò un involto che gli sformava la sacchetta della giacchetta e lo posò sulla scrivania. Pasquano se l'accostò, lo raprì, taliò, addiventò paonazzo. Montalbano s'aspettava un'esplosione invece il dottore si controllò, si susì, gli si avvicinò, gli mise paternamente una mano sulla spalla.

«Ho un collega che è bravissimo. E poi discreto, una tomba. Se vuole, ci andiamo assieme.»

«Un veterinario?» spiò il commissario equivocando.

«Ma no, ma che va pensando!» fece Pasquano sempre più convinto che Montalbano fosse fora di testa. «Uno psichiatra. Si occupa di cose così, stress, esaurimenti nervosi...»

Allora il commissario capì e di subito s'arraggiò.

«Ma lei mi sta pigliando per pazzo?» gridò.

«Ma no, ma no» fece conciliante il dottore.

L'atteggiamento di Pasquano fece esasperare il commissario che diede una gran manata sulla scrivania.

«Calmo, tutto s'aggiusta» disse servizievole il dottore.

Montalbano si rese conto che se la cosa andava avanti così, da lì sarebbe uscito con la camicia di forza. S'assittò, si passò il fazzoletto sulla fronte.

«Non ho nessun esaurimento nervoso, non sto dando i numeri. Le domando scusa, è colpa mia se lei è caduto in un equivoco. Facciamo così, io le conto perché le ho portato questo sorcio e poi lei decide se chiamare gli infermieri o no.»

Il telefono squillò nel bel mezzo di un film di spionaggio con Michael Caine del quale il commissario stava disperatamente cercando di capirci qualcosa. Taliò istintivamente il ralogio prima di sollevare il microfono, erano le undici di sera.

«Sono Pasquano. È solo in casa?»

Aveva una voce da cospiratore.

«Sì.»

«Ho fatto quella cosa.»

«Che ha scoperto?»

«Mah, è molto strammo. L'hanno gasato.»

«Non ho capito, mi scusi.»

«Per ammazzarlo devono avere usato un gas o qualcosa di simile. Dopo gli hanno fatto la laparatomia.»

Montalbano restò ammammaloccuto.

«Mi pare un sistema complicato per eliminare un...»

«Zitto!»

«Che le piglia? Perché si scanta tanto a dire chiaramente che ha fatto l'autopsia a un...»

«E ribatte a coppe! Lo sa sì o no che coi tempi che corrono i nostri telefoni possono essere sotto controllo?»

«E perché?»

«Che cazzo ne so, perché! Lo vada a spiare a loro!»

«Ma a loro chi?»

«A loro, a loro!»

Forse ad essere stressato era il dottor Pasquano, era lui ad aver bisogno dell'amico psichiatra.

«Senta, dottore, ragioni. Macari se ci intercettano e sentono che noi stiamo parlando di un...»

«Ma lei mi vuole rovinare! Non lo capisce che se diciamo apertamente che stiamo parlando di un... di quello che sa lei, loro non ci credono e pensano che stiamo comunicando cifrato? Vagli a spiegare, poi!»

Il commissario capì ch'era meglio cangiare argomento.

«Un'informazione, dottore. Un corpo caduto in mare quanto tempo ci mette a riaffiorare?»

«Diciamo quarantott'ore. Ma parliamoci chiaramente, commissario: se lei me ne porta un altro, io vi catafotto tutti e due fora dalla finestra!»

Non arriniscì a pigliare sonno.

Alle sei del matino, lavato e vestito, telefonò al suo vice Mimì Augello.

«Mimì? Montalbano sono.»

«Che fu? Che successe? Ma che minchia d'ora è?»

«Mimì, non fare domande. Se mi fai ancora una domanda, quando ti vedo in commissariato, ti spacco i denti. Chiaro?»

«Sì.»

«Tu qualche volta vai a pescare?»

«Sì.»

«Ce l'hai un coppo da prestarmi?»

Silenzio totale. La linea non era caduta perché sentiva distintamente il respiro di Augello.

«Perché non rispondi, stronzo?»

«Perché dovrei farti una domanda.»

«Va bene, falla. Ma una sola.»

«Non ho capito che cosa intendi per coppo. Un cartoccio?»

«Un coppo, una retina, quella che usate voi pescatori.»

«Ah! Ma io non ne ho, non l'adopero. O meglio, ne ho uno.»

«Ce l'hai o non ce l'hai?»

«Sì, ma è una cosa da picciliddri, l'ha lasciato qui mio nipote quando è venuto per i bagni.»

«Non ha importanza, prestamelo. Tra mezz'ora sono sotto casa tua.»

Era atterrito dall'idea che qualcuno del paìsi potesse vederlo col coppo posato per terra e un binocolo da teatro in mano intento a scrutare, proprio in cima al molo, non l'orizzonte, ma gli scogli che stavano sotto a lui. Fortunatamente non c'era nessuno in vista, il "San Pietro pescatore" aveva salpato. Poco dopo capì che c'era qualcosa che non funzionava, che avrebbe reso inutile la sua ricerca. Volle farne la prova, pigliò un biglietto di treno che gli era rimasto in sacchetta chissà da quanto tempo e lo gettò in acqua. Lentissima ma decisa la carta principiò a dirigersi all'opposto degli scogli, verso l'imboccatura del porto. La corrente era contraria, a quest'ora aveva già portato lontano qualsiasi cosa fosse affiorata di primo matino. Poteva tornarsene narrè col coppo di picciliddro in mano? Decise d'ammucciarlo tra gli scogli, poi avrebbe detto a Mimì Augello d'andarselo a ripigliare. Si calò cautamente in mezzo agli scogli, rischiando di scivolare sul lippo verdastro e andare a cadere in acqua. Mentre stava accussì chinato per scegliere il posto migliore, vide un'altra carcassa di topo, incastrata tra due spunzoni. Usando il coppo, riuscì a ricuperarla dopo una mezz'ora abbondante di travaglio e di santioni. L'esaminò attentamente: macari a questo avevano fatto la laparatomia. Rigettò il topo in mare, non aveva gana di portarlo a Pasquano, d'affrontare un altro suo liscebusso.

Invece di tornarsene in ufficio, era ancora troppo presto, s'assittò e si mise a ragionarci. Al novantanove virgola novantanove per cento, macari il secondo sorce era morto gasato. Perché usare il gas? si spiò. La risposta gli venne quasi subito: perché c'era la certezza che il gas avrebbe funzionato meglio, usando un bastone o una pietra si correva il rischio che qualche sorce riuscisse a scapottarsela, macari ferito. E per questa stessa ragione non potevano usare veleno per topi; il sorcio, col veleno in corpo, tende a nascondersi, ad andare a morire lontano. Chi li ammazzava aveva bisogno che i sorci restassero tutti nel posto dove erano morti. E perché? Anche questa risposta gli venne facile: per poter aprire loro la pancia e tirarne fora quello che gli avevano fatto mangiare. Ma come facevano a convincere i sorci a riunirsi tutti in uno stesso posto? Avevano scritturato il pifferaio di Hamelin, quello che col suono del suo strumento si faceva venire appresso i topi?

Fu a questo punto del ragionamento che vide il pescatore di canna raggiungere il suo solito posto e prepararsi per la pesca. Si susì, gli si avvicinò.

«Buongiorno, commissario.»

«Buongiorno, signor Abate.»

Era un bidello in pensione che ora lo taliàva curioso, perché mai erano andati oltre al semplice scambio di saluti.

«Avrei una preghiera.»

«Agli ordini.»

«Aieri avrà notato che qua c'era attraccato un motopeschereccio di Mazàra.»

«Il "San Pietro pescatore", sì.»

«Viene spesso a Vigàta?»

«Diciamo due volte al mese. Mi consente una libertà?»

«Ma certo.»

«Mi avevano detto che lei era uno sbirro bravo. Ora lei me ne sta dando la prova.»

«Perché mi dice questo?»

«Perché lei ha già scoperto quello che fanno gli òmini di quel peschereccio.»

Montalbano provò due sentimenti contrastanti: contentezza per avere intuito che c'era qualcosa di poco chiaro, delusione per la facilità della soluzione.

Non fece però nessuna domanda, esibì un sorrisetto furbo e fece un gesto come a dire che ancora doveva nascere chi sarebbe stato capace di fotterlo.

«Questi cornuti del peschereccio» spiegò Abate «fregano i loro compagni di cooperativa. L'obbligo loro sarebbe di sbarcare il pescato a Mazàra e metterlo assieme a quello degli altri che fanno parte della cooperativa. C'è chi ha pescato di meno e chi di più, ma non importa, tutto va a monte. Mi spiegai?»

«Benissimo.»

«Questi invece, prima di andare a Mazàra, si fermano a Vigàta e si vendono metà del pescato a gente di qua che arriva col camion frigorifero. E così ci hanno un guadagno doppio: qua il pesce glielo pagano più caro, a Mazàra il poco pescato che dichiarano d'avere fatto viene compensato da quello dei compagni. Grandissimi cornuti, sono.»

Il commissario ne convenne.

«Questo è un gioco vecchio» disse «si chiama fotti-compagno.»

Risero.

Otto giorni appresso, che ancora non faceva luce, il "San Pietro pescatore" attraccò al molo di Vigàta. Ad aspettarlo c'era un carro frigorifero anonimo, senza nome della ditta scritto sulla fiancata. Venne stipato di cassette di pesce e se ne partì. Manco mezz'ora dopo, il motopeschereccio salpò e niscì dal porto. Sulla strada di Caltanissetta il carro frigorifero venne fermato da una pattuglia della Guardia di Finanza per quello che in principio parse un normalissimo controllo.

Alla guida, dalla patente, risultò esserci un tale Filippo Ribèca, pregiudicato, ma dotato di documenti in regola. Macari in regola era la bolla d'accompagnamento del carico.

«Allora, posso andare?» spiò con un sorriso Filippo Ribèca levando il freno a mano.

«No» disse il capopattuglia. «Accosta di lato e aspetta.»

Ribèca, santiando, obbedì mentre veniva dai finanzieri eseguito un altro controllo su un camion che trasportava verdura. Questo secondo controllo fu lungo e minuziosissimo, tanto che Ribèca scinnì dalla cabina e s'addrumò una sigaretta. Era evidentemente nirbùso.

Appena vide fermare un altro camion, carico questo di laterizi, non ce la fece più. S'avvicinò al capopattuglia.

«Ma insomma, posso andarmene o no?»

«No.»

«E perché?»

«Perché mi spercia così» disse il capopattuglia, seguendo in tutto e per tutto le istruzioni che il tenente gli aveva dato. Ribèca ci cascò.

«Ma vattela a pigliare nel culo!» esplose. E siccome era omo violento si gettò sul capopattuglia dandogli un cazzotto sul petto. Venne immediatamente arrestato per oltraggio e resistenza.

Alla perquisizione nella caserma dintra a una sacchetta dei pantaloni gli trovarono una bustina di velluto. E dintra alla bustina di velluto, diamanti per centinaia di milioni. Il tenente della Guardia di Finanza s'affrettò a telefonare a Montalbano.

«Complimenti, commissario. Aveva visto giusto. Un originale sistema di riciclaggio. Ora andiamo a Mazàra, a pigliare quelli del "San Pietro". Vuol venire con noi?»

Il marchingegno era geniale e semplice. Il "San Pietro pescatore" salpava da Mazàra dotato di una gabbia con dintra una ventina di sorci affamati. Al largo, la gabbia veniva accostata all'imboccatura di un contenitore di zinco diviso in due scomparti e lì, nel primo scomparto, restavano liberi d'azzannarsi tra di loro. Poi il peschereccio veniva raggiunto, al largo della Libia, da un motoscafo d'alto mare e la persona incaricata dava al comandante del peschereccio la bustina di velluto con dintra i diamanti. A questo punto ogni diamante veniva impastato all'interno di una pallina di cacio rancido. Le palline erano lasciate cadere, da un'apertura del tetto, nel secondo scomparto del contenitore. Quindi si sollevava la paretina di metallo che divideva i due scomparti. I topi, affamati, inghiottivano tutto. Dopo che avevano mangiato (assai poco, qui consisteva il segreto) erano rimessi in libertà. Se ne restavano a fare tutto quello che volevano nei due giorni che il peschereccio passava a pescare: un controllo usuale della Finanza non avrebbe scoperto niente d'anormale. Prima di dirigere su Vigàta, si riempiva di cacio il secondo scomparto e i sorci s'abbuffavano mentre morivano gasati con una bombola di metano collegata al contenitore. In vista del porto, i sorci, oramai morti, venivano scannati, i diamanti ricuperati e consegnati a chi doveva portarli altrove.

La vera conclusione di tutta la storia fu che Montalbano non arriniscì più a mangiare cacio per almeno un mese: ogni volta, portandosi il boccone alle labbra, gli tornavano in testa i sorci e gli si stringeva la bocca dello stomaco.

«Che angolo di paradiso!» fece Livia scendendo dalla barca e aiutando Salvo a spingerla sulla sabbia asciutta. Finite le operazioni di trasbordo della borsa coi vestiti e della grande sacca refrigerante piena di panini imbottiti e bottiglie di birra, il commissario Montalbano si gettò per morto sulla rena spiandosi chi glielo avesse fatto fare a mettersi in quell'impresa. Perché di una vera e propria impresa si trattava. Sei giorni avanti quell'imbecille di Mimì Augello, mentre si trovava a cena in un ristorante con loro due, si era messo a vantare una sua scoperta: la minuscola spiaggetta tre chilometri appresso il faro di Capo Russello, solitaria, a tutti ignota, raggiungibile solo via mare. Ne parlò con tale entusiasmo che Livia se ne incantò: Mimì descriveva il posto come una specie d'isola di Robinson senza manco un'orma di Venerdì, e da quel momento Montalbano non ebbe più abento:

«Quando mi porti alla spiaggetta?» era diventato il ritornello di Livia in media nove volte al giorno.

A quarantott'ore dalla partenza di Livia per Boccadasse, Genova, dopo due settimane di vacanza agostana a Vigàta, Montalbano si era deciso ad accontentarla, silenziosamente mandando dentro di sé gastìme e auguri di malannàte a quella grandissima testa di minchia di Mimì che l'aveva messo in quei lacci. Alle sette del matino si erano mossi in macchina da Vigàta fino a Monterreale marina, qui avevano affittato una barca a remi da un pescatore il quale doveva avere sangue arabo: disse una cifra e subito Livia contrattaccò, ritrovandosi appieno nella sua natura di genovese e sparagnina. Al pescatore sparluccicarono gli occhi: intuì d'avere trovato una degna rivale. A lungo il duello si protrasse, con alterne vicende: alla fine l'accordo venne suggellato con una bevuta di caffè in un bar dove erano totalmente negati a capire la differenza tra caffeina ed estratto di cicoria. Il malumore di Montalbano ebbe la stessa precisa accelerazione del vettore di un razzo spaziale. Si sfogò remando per tre ore mentre Livia in bikini pigliava il sole canticchiando a occhi chiusi. Malgrado la fatica della remata, il commissario non sarebbe voluto arrivare mai: l'atterriva, letteralmente, la prospettiva del dover sostentarsi con panini imbottiti, quando l'aveva fatto era stato per stretta necessità. Non concepiva l'idea stessa del picnic (che certe volte chiamava, senza rendersi conto dell'errore, pinnichich), nell'unica volta che aveva dovuto parteciparvi per non spiacere a una zita di gioventù, si era fatta una tale mangiata di pane, cacio e formìcole che ancora ne conservava il sapore in bocca.

«Che angolo di para...»

La botta di sonno che pigliò Livia all'improvviso le impedì di terminare la parola: rimase stinnicchiata a panza sotto, le braccia allargate, una specie di crocefissione vista dal didietro. Faceva così quando si sentiva in stato di contentezza; certe volte, a letto, Montalbano continuava a parlare per una mezzorata prima di rendersi conto che Livia viaggiava in "The country sleep", come si chiamava una poesia di Dylan Thomas che a loro piaceva assà.

Si addrumò una sigaretta e taliò torno torno. Una trentina di metri di rena dorata, fina che pareva talco, profonda sì e no un'altra ventina, nascosta da una barriera di scogli che pareva compatta e che presentava invece un tortuoso canale d'accesso, percorribile solo da piccole barche e in giornate d'assoluta calma piatta. La spiaggetta era completamente circondata da pareti rocciose quasi a picco, dove non spicàva un filo d'erba manco a pagarlo a peso d'oro. A mano manca, quasi addossati alla parete, c'erano alcuni cespugli spinosi cotti dal sole; a mano dritta il mare lambiva un grosso mucchio di vecchie reti da pesca, abbandonate perché oramai inservibili. Angolo di paradiso o no, certamente il posto aveva una sua bellezza, Montalbano ebbe l'impressione che lui e Livia fossero gli unici abitanti della terra, tanto alto era il silenzio. Il sole ardeva, il commissario si susì lentamente per non disturbare la sua donna, arrivò a ripa di mare. Vide, proprio sulla battigia, la superficie della sabbia cosparsa da minuscole cupolette. Si meravigliò. Possibile che ci fossero granchi nascosti? Non ne vedeva più da quand'era nico. Si chinò e infilò due dita nella sabbia proprio allato a una cupoletta. Facendo leva, isò tanticchia di rena e mise allo scoperto un granchietto minuscolo che subito corse, tutto di lato, a scavarsi un'altra tana.

L'acqua non era così calda come aveva temuto, un gioco di correnti la faceva di un frescùme tonificante. Nuotò a lungo, lentamente, godendosela bracciata appresso bracciata fino alla cintura degli scogli e su uno di essi s'arrampicò con difficoltà, il lippo verde che lo ricopriva lo rendeva scivoloso. Lo scoglio consentiva uno spazio per distendersi. Lo fece, e rimase per un pezzo accussì, allucertolandosi, il rumore del mare che sciacquettava in mezzo agli scogli piacevolmente impediva ai pensieri di trasìrgli nella testa. Gli faceva solo raggia di dover dare ragione a Mimì Augello quando, al ritorno a Vigàta, gli avrebbe spiato se il posto gli era piaciuto. Anzi, no: Mimì l'avrebbe spiato a Livia per la quale aveva un debole, ricambiato. E Livia avrebbe cinguettato:

"Un angolo di paradiso!"

E lui si sarebbe doppiamente incazzato: in prìmisi, per l'inevitabile attacco di gelosìa a vedere quei due mentre si sorridevano; in secùndisi, perché i luoghi comuni gli davano fastidio e Livia spesso e volentieri ne faceva uso e consumo. Ricordò che una volta, picciotto, durante un soggiorno a Torino, aveva visto un grosso cartello appeso all'entrata di un vasto palazzone: NON ABUSATE DEI LUOGHI COMUNI! Si era precipitato nella guardiola, aveva espresso al portiere solidarietà e comunanza d'intenti. Quello, perplesso, gli aveva risposto che il cartello era stato costretto a metterlo perché gli inquilini abbandonavano nei luoghi comuni, come androne e scale, carrozzine, biciclette, motorini, che finivano con l'impedire il passaggio. Grande era stata la sua delusione, allora.

Raprì gli occhi e, taliàndo la posizione del sole, capì che doveva essersi appisolato per una mezzoretta. Si susì a mezzo: dal posto dov'era, la spiaggetta la vedeva interamente. Livia dormiva, sempre nella stessa posizione. Ma girando appena appena gli occhi, provò una vera e propria scossa elettrica. Macari calcolando il cangiamento di prospettiva, non c'era dubbio che il mucchio di vecchie reti, che prima era a una quindicina di metri da Livia, si era spostato visibilmente, avvicinandosi di più verso il centro della spiaggetta. Non poteva essere stato il mare. E allora cosa? Non ebbe dubbio: sotto le reti doveva esserci qualcuno, macari arrivato a nuoto, che voleva mimetizzarsi agli occhi del commissario per derubare, o peggio, Livia. Sicuramente a Robinson Crusoe, quando vide stampata sulla rena l'impronta del piede di Venerdì, il paesaggio che gli stava attorno dovette cangiarglisi. Anche a Montalbano cangiò, ma in peggio. Si buttò subito in acqua, nuotando alla disperata verso la spiaggetta e una volta a riva, a malgrado che gli mancasse il fiato, scattò di corsa. Il mucchio di vecchie reti, nel misterioso movimento, si era assottigliato, sotto vi si vedeva distintamente disegnata una forma umana. Dalla quale veniva un debolissimo lamento. Inginocchiato sulla rena, il commissario con difficoltà districò quel corpo inerte dalle reti. Era una ragazzina nuda di una quindicina d'anni, lo scuro della pelle era naturale, non provocato dall'attostamento del sole, che non arrinisciva a tenersi addritta in piedi. Lìvidi e ferite ne avevano martoriato la carne, la faccia era coperta di sangue rappreso. E puzzava, terribilmente: quando il commissario riuscì a farla alzare, escrementi le scivolarono lungo il corpo, caddero sulla sabbia. Vincendo lo schifo, Montalbano se la caricò in braccio, era minuta, fragile, la portò a ripa, la distese, accuratamente la pulizió. Poi, sorreggendola, la fece entrare in acqua e risciacquarsi. Però un filo di sangue continuava a scorrerle in mezzo alle gambe. La fece salire in barca, corse a pigliare un fazzolettone, un asciugamani e un caffettano che Livia certe volte indossava dopo il bagno. Le fece capire, più a gesti che a parole, dato che la ragazza non parlava che un rozzo italiano, d'indossare il caffettano, di mettersi il fazzolettone bagnato in testa e l'asciugamani in mezzo alle gambe. Spinse la barca in mare e pigliò a remare verso una spiaggia, assai più grande, che sapeva essere appresso a quella dove aveva lasciato Livia sempre addormentata. Durante il tragitto la ragazza, tanticchia rinfrancata, disse al commissario di essere capoverdina, di chiamarsi Libania, di avere sedici anni, di essere al servizio della famiglia Burruano, di Fiacca, brave persone che la trattavano bene. Quella matina, essendo il suo giorno di libertà, si era susùta presto, aveva pigliato la corriera per andarsi a fare un bagno, era scesa a Seccagrande dove ora stavano tornando. Qui, dopo tanticchia, era stata avvicinata da due giovani che si erano detti svizzeri, parevano proprio due bravi ragazzi, arrivati con un camper. Le avevano offerto un cono gelato, poi le avevano proposto di andare a fare il bagno al largo. Lei aveva risposto che non sapeva nuotare, ma aveva accettato lo stesso perché le piaceva andare in barca. Ne avevano affittata una ed erano partiti. Poi i due ragazzi avevano visto la barriera di scogli che nascondeva la spiaggetta dove Montalbano l'aveva trovata, avevano scoperto il passaggio, vi erano entrati spiegando a gesti a Libania che così avrebbe potuto fare il bagno. Appena sbarcati, l'atteggiamento dei due si era di colpo cangiato: sollevatala di peso, mentre lei inutilmente gridava, l'avevano portata darrè i cespugli, le avevano strappato il

301

costume e l'avevano violentata a turno, ognuno due volte. A un certo momento lei aveva tentato una fuga del tutto inutile, era stata raggiunta all'altezza del mucchio di reti, l'avevano picchiata con tutte le loro forze e poi, mentre stava a terra, avevano fatto i loro bisogni su di lei. L'ultima cosa che aveva percepito erano le reti con le quali la stavano coprendo, certamente credendola morta. Anzi, no: ne aveva sentito le risate mentre si allontanavano. Montalbano non disse niente, la raggia cieca che aveva dintra poteva per fortuna sfogarsela remando.

Quando già erano vicini alla spiaggia, che distintamente si vedevano le persone, Libania soffocò un grido, indicò in una certa direzione:

«Dio mio! Eccoli là!»

Il commissario le fece abbassare il braccio, non voleva che i due, sapendo il carico che si portavano addosso, s'insospettissero. Un camper era fermo sulla provinciale che costeggiava la spiaggia; i due giovani, alti e biondi, pigliavano il sole, gli occhi coperti da occhiali scuri. Per quanto fosse certo che i due non avrebbero potuto riconoscerla con il vestito di Livia e la faccia coperta a metà dal fazzolettone, il commissario fece distendere Libania sul fondo della barca. La ragazza eseguì, lamentandosi: le era penoso ogni movimento.

C'era una grossa roulotte attrezzata a rivendita di bibite e gelati. Montalbano vi si avvicinò, ordinò una birra ghiacciata. Il bibitaro sorrise mentre la serviva.

«Come mai da queste parti?»

«Lei mi conosce?»

«Certo che la conosco. Io di Vigàta sono. Lei il commissario Montalbano è.»

Tirò un sospiro di sollievo, da solo non ce l'avrebbe fatta a fermare i due picciotti svizzeri, atletici com'erano.

«Le devo domandare un favore» disse Montalbano facendogli cenno di nèsciri da darrè il banco.

«Agli ordini.»

L'omo affidò il negozio alla moglie che stava lavando i

bicchieri, s'allontanò di qualche passo allato al commissario.

«Li vede quei due picciotti biondi che pigliano il sole?»

«Sissi. Sono arrivati con quel camper. Stamatina sono venuti ad accattarsi un gelato. Erano con una picciotta di Capo Verde, accussì le sentii dire.»

«Questi due bravi ragazzi hanno prima violentato e poi tentato d'ammazzare la ragazza.»

L'omo ebbe uno scatto, sicuramente si sarebbe lanciato sui due se Montalbano non l'avesse fermato.

«Calma. Non dobbiamo farceli scappare. Lei sa se qui in spiaggia c'è qualcuno con un cellulare?»

«Quanti ne vuole.»

Proprio in quel momento un signore, posando sul banco un telefonino, ordinò un cono di crema e cioccolato.

«Mi permetta» fece Montalbano impadronendosene.

«Ma che minchia?...»

Il bibitaro prontamente intervenne.

«Il signore è un commissario. Ha urgenza.»

L'altro cambiò subito tono.

«Ma si figuri! Faccia con comodo.»

Montalbano chiamò Fazio al commissariato, gli spiegò dove si trovava, gli ordinò d'arrivare al massimo entro un quarto d'ora, l'autista Gallo era autorizzato a credersi a Indianapolis, gli disse che voleva macari un'ambulanza.

Poi, col bibitaro, organizzò un piano, perché la cosa andava fatta con discrezione e a colpo sicuro. Il bibitaro tagliò una corda robusta in quattro pezzi, due li diede al commissario, due li tenne per sé. Quindi andò dall'omo che affittava barche e si fece dare due remi. Ognuno con un remo in spalla, indolentemente, si avvicinarono agli svizzeri. Arrivato all'altezza dei piedi di uno dei due, Montalbano si rigirò di scatto e gli calò, di taglio, un gran colpo in mezzo alle gambe. In perfetta sincronia, il bibitaro fece lo stesso. In un vìdiri e svìdiri, che manco avevano ripigliato il fiato per lamentarsi, i due picciotti si trovarono affacciabocconi sulla rena, mani e piedi legati. E il bello fu che nessuno tra i bagnanti si era addunato di niente.

«Resti qui» disse il commissario al bibitaro che si taliàva attorno tenendo un piede sullo svizzero che aveva catturato come un cacciatore di leoni fotografato con la vestia abbattuta.

Montalbano si fece dare un bicchiere di carta e una bottiglia d'acqua minerale, corse verso la barca. La picciotta Libania tremava, aveva la fronte bollente, le era venuta la febbre alta, gemeva. Il commissario le diede un bicchiere d'acqua, ma Libania s'attaccò direttamente alla bottiglia, era arsa.

«Tra poco arriva l'ambulanza e ti porta in ospedale.»

Libania gli prese una mano e gliela baciò.

A tornare c'impiegò assai più tempo che all'andare, si sentiva le braccia spezzate. A vista della spiaggetta, oltre gli scogli, incrociò Livia che nuotava.

«Ma dove te ne sei andato?»

«In giro» rispose cupo Montalbano.

Livia montò agilmente sulla barca.

«Dio, che pace! Che tranquillità! Mimì avrebbe dovuto dircelo prima, di questo posto.»

Tirarono la barca a secco, Livia evidentemente non si era accorta della sparizione dell'asciugamani, del caffettano e del fazzolettone. Pigliò canticchiando la valigetta refrigerante, l'aprì. Il pinnichich! Montalbano chiuse gli occhi per non vedere l'orrore.

«È pronto.»

Eccoli lì: la tovaglietta a riquadri, i bicchieri di plastica, le bottigliette di birra, i tovaglioli di carta, i quattro panini già col rispettivo ripieno.

Montalbano s'assittò stancamente, bisognava bere l'amaro calice fino alla feccia. E in quel momento Dio grande e misericordioso, mosso a pietà, decise d'intervenire. Violento, senza un minimo preavviso, nato orfano di un perché o un percome, arrivò un colpo di vento, uno solo, che fece volare via tovaglietta e vettovaglie in un turbinìo di sabbia. Rotolando, le due metà dei panini s'aprirono lasciando cadere il contenuto; frittatina, formaggio, prosciutto si coprirono di un sottile strato di rena. Tre panini addirittura andarono a finire a ripa di mare, bagnati dall'acqua.

«Dovremo tornarcene» disse Livia sconsolata.

«Dio, come mi dispiace» fece Montalbano.

CAPODANNO

Il Natale Montalbano lo passò a Boccadasse con Livia, il ventisette matina andarono tutti e due all'aeroporto Colombo, il commissario per tornarsene a Vigàta e Livia invece per trascorrere il capodanno a Vienna con alcuni colleghi d'ufficio. Malgrado le insistenze della sua fìmmina perché macari lui partecipasse alla gita, Montalbano aveva resistito: a parte il fatto che con gli amici di Livia si sarebbe sentito spaesato, la verità era che non reggeva i rituali delle feste. Una notte di capodanno passata nel salone di un albergo, con decine e decine di sconosciuti, a fingere allegria durante il cenone e il ballo, gli avrebbe sicuramente fatto venire la febbre. La quale però gli venne lo stesso: se la sentì acchianare nel percorso dall'aeroporto di Punta Ràisi a Vigàta. Arrivato a casa, a Marinella, si mise il termometro: appena trentasette e mezzo, non era cosa da darci peso. Andò al commissariato per sapere le novità, era stato lontano una simàna. Il 31 a matino, quando s'apprisentò in ufficio, Fazio lo taliò a lungo.

«Dottore, che ha?»

«Perché, che ho?»

«Ha la faccia rossa e gli occhi sparluccicanti. Lei la frevi ha.»

Resistette una mezzorata. Poi non ce la fece più, non capiva quello che gli dicevano, se si susìva in piedi la testa gli firriàva. A casa trovò Adelina, la cammàrera.

«Non mi preparare nenti. Non ho pititto.»

«Maria santissima! E pirchì?» spiò la fìmmina allarmata.

«Ho tanticchia di fevri.»

«Ci faccio una ministrina lèggia?»

Si mise il termometro: quaranta. Non ci fu verso: Adelina gli ordinò di andare subito a coricarsi e Montalbano dovette obbedire. La cammàrera era abituata a farsi rispettare dai suoi due figli che erano autentici delinquenti; il minore, che si trovava in càrzaro, l'aveva addirittura arrestato il commissario. Gli rimboccò le coperte, attaccò il telefono alla spina allato al letto, fece la diagnosi:

«Chista infruenza che corri, è. Ce l'avi mezzo paìsi.»

Niscì, tornò con un'aspirina e un bicchiere d'acqua, sollevò la testa di Montalbano, gli fece ingoiare la pillola, chiuse le persiane.

«Che fai? Non ho sonno.»

«Inveci vossìa dorme. Io sono di là, in cucina. Se ha bisogno, chiama.»

Alle cinque del dopopranzo si presentò Mimì Augello con un dottore il quale non poté che confermare la diagnosi di Adelina e prescrisse un antibiotico. Mimì andò in farmacia ad accattarlo e quando tornò non si decideva a lasciare il suo amico e superiore.

«Passare una notte di fine anno accussì, malato e solo!»

«Mimì, questa è la vera felicità» disse francescanamente il commissario.

Quando finalmente venne lasciato in pace, si susì, indossò un paio di pantalonazzi e un maglione, s'assistimò in poltrona e si mise a taliàre la televisione. Davanti alla quale s'addormentò. S'arrisbigliò alle nove di sira per una telefonata di Fazio che spiava notizie. Riscaldò la ministrina leggera di Adelina e la mangiò di malavoglia, il sapore non gli tornava. Tambasiò per un'orata, strascicando le pantofole, ora sfogliando un libro, ora spostandolo di posto. Alle undici passò, tra un notiziario e l'altro, Nicolò Zito, dispiaciutissimo: il commissario avrebbe dovuto festeggiare a casa sua l'arrivo dell'anno nuovo. A mezza-

notte spaccata, mentre le campane suonavano ed esplode-
vano i botti, Montalbano pigliò la seconda pillola d'antibiotico («una ogni sei ore, mi raccomando» aveva detto il
medico) e la buttò nel cesso, come aveva fatto con la prima. All'una di notte squillò il telefono.

«Tanti auguri, amore mio» fece Livia da Vienna. «Sono
riuscita ad avere la linea solo ora.»

«Io sono rientrato appena adesso» mentì Montalbano.

«E dove sei stato?»

«Da Nicolò. Divertiti, amore. Ti bacio.»

Pigliò sonno nella matinata, per ore era stato a rigirarsi
nel letto, sudatizzo e smanioso. Alle sette il telefono sonò.

«Pronti, dottori? È lei pirsonalmente?»

«Sì, Catarè, io sono. Che minchia vuoi a quest'ora?»

«In prìmisi ci faccio i miei aguri. Tanta filicità e benesta-
re, dottori. In sicundis, ci voleva dire che c'è un morto di
passaggio.»

«E tu lascialo passare.»

Fu tentato di riattaccare, poi il senso del dovere ebbe la
meglio.

«Che viene a dire di passaggio?»

«Viene a dire che l'hanno trovato all'albergo Reginella,
quello che c'è dopo Marinella, vicino a di casa a dove sta
lei di casa.»

«Va bene, ma perché hai detto che è un morto di passaggio?»

«Dottori, e me lo viene a spiare? Uno che sta in albergo
sicuramenti viaggiatori di passaggio è.»

«Catarè, tu lo sai che ho la febbre?»

«Sissi, dottori, le addimando pirdonanza. La frozza della bitùdine fu che mi fece tilifonare a lei. Ora chiamo il
dottori Augello.»

Dalle dieci principiarono le telefonate di auguri, una appresso all'altra. A metà matinata arrivò Adelina, inattesa.

«Va beni la festa che è, ma non potiva lassarlo solo, sono venuta a darle adenzia.»

Rifece il letto, pulizziò il bagno.

«Ora ci priparo a vossia una ministrina meno lèggia di quella di aieri.»

Verso l'una tuppiò alla porta Mimì Augello.

«Come stai? Le pillole le pigliasti?»

«Certo. E mi stanno facendo bene. Stamatina ho trenta-nove.»

Naturalmente macari le pillole delle sei e delle dodici avevano avuto la stessa sorte delle prime due.

«Senti, Mimì, cos'era poi la storia del viaggiatore?»

«Quale viaggiatore?»

«Quello che stava all'albergo qua vicino. Me l'ha telefo-nato stamatina Catarella.»

«Ah, quello!»

Montalbano taliò negli occhi il suo vice: come attore, Augello era negato.

«Mimì, io ti conosco di dintra e di fora. Tu ti vuoi ap-profittare.»

«E di che?»

«Del fatto che sono malato. Tu mi vuoi tenere lontano dall'inchiesta. Avanti, voglio contato tutto, per filo e per segno. Com'è morto?»

«Gli hanno sparato. Ma non era un viaggiatore. Era il marito della signora Liotta, la proprietaria dell'albergo.»

Rosina Liotta era una piacente trentina, dagli occhi latri, che il commissario conosceva di vista, ma di questo marito non sapeva niente, anzi si era fatto convinto che fosse pic-ciotta schetta o vedova. Mimì Augello gli spiegò come sta-vano le cose. A sedici anni la catanese Rosina faceva la cammarera all'albergo Italia, dove abitualmente scendeva il commendator Ignazio Catalisano quando, per i suoi affa-ri, da Vigàta doveva andare a Catania. Catalisano era un lupo solitario, non si era mai voluto maritare e aveva un so-lo fratello col quale non si frequentava. L'appetitosa Rosi-na, che per l'occasione si faceva apparire bianca e pura co-me un agnello pasquale, intenerì il cuore e il resto del lupo che a quel tempo aveva abbondantemente passata la sissantina. La conclusione fu che, dopo tre anni di sempre più frequenti viaggi a Catania, il commendatore morì per infarto nel letto della sua camera all'albergo Italia, letto dal quale era saltata fora, terrorizzata, Rosina. Dopo un certo tempo dalla morte di Catalisano, Rosina ricevette una convocazione da un notaio di Vigàta. Era una picciotta sveglia, mise in relazione la morte del suo amante con la chiamata del notaio, si fece liquidare dall'albergo e, senza dire niente ai genitori e ai fratelli che del resto altamente se ne fottevano di lei, venne a Vigàta. Qui apprese che il commendatore, per evitare liti e l'eventuale impugnazione del testamento, lasciava tutto al fratello, salvo la villa di Marinella e cento milioni liquidi che le toccavano come ringrazio. Tornò a Catania, dove era residente, e andò ad abitare in una modesta pensione. I soldi dell'eredità, dietro consiglio del notaio, vennero accreditati su una banca catanese. La prima volta che Rosina vi si recò per farsi dare un libretto d'assegni, conobbe il cassiere Saverio Provenzano che era di dieci anni più grande di lei. Non fu un colpo di fulmine, il cassiere le diede all'inizio qualche buon consiglio su come investire i soldi e Rosina gliene fu grata, a modo suo. Quando la picciotta ebbe venticinque anni, volle che il cassiere se la maritasse. Tre anni appresso Provenzano lasciò la banca. Coi soldi della liquidazione e quelli di Rosina i due decisero di trasformare la villa a tre piani vicino a Marinella in un piccolo ma elegante albergo: il Reginella, appunto. Gli affari andarono subito bene.

Dopo manco un anno che l'albergo era stato inaugurato, Provenzano ricevette un'offerta di lavoro piuttosto allettante da un suo ex cliente. Si trattava di andare a vivere a Mosca come rappresentante di una ditta di import-export. Rosina non voleva che il marito accettasse, e ci furono discussioni macari aspre. La vinse il marito. In tre anni che travagliava a Mosca, Provenzano era tornato a Vigàta una decina di volte e non aveva mancato una notte di fine anno. A Vigàta stavolta era arrivato in ritardo, proprio il

31 a matina, perché c'era stato uno sciopero dei controllori di volo.

A questo punto del racconto Mimì Augello s'interruppe.

«Ti vedo pallido e stanco. Il resto te lo dico dopo.»

E fece per alzarsi. Montalbano l'agguantò per un braccio, l'obbligò a sedersi di nuovo.

«Tu di qua non ti catamìni.»

«L'albergo era stato affittato tutto dal dottor Panseca che da sempre passa la notte dell'ultimo dell'anno coi suoi amici al Reginella. Però la signora Rosina aveva lasciato una stanza libera per il marito, l'aveva messo, provvisoriamente, alla ventidue che...»

«Fermati qua» fece il commissario. «La signora Rosina dove dorme di solito?»

«Ha una camera in albergo.»

«E il marito non dormiva con lei?»

«A quanto pare, no.»

«Che significa a quanto pare?» s'irritò Montalbano.

«Senti, Salvo, io con la signora Rosina non ho potuto scangiare manco mezza parola. Quando sono arrivato era in piena crisi isterica. Poi è venuto il medico e le ha dato un potente sedativo. Più tardi ci torno e la interrogo.»

«E tutte queste cose come le hai sapute?»

«Dal personale. E soprattutto dal portiere, che lei conosceva fin dai tempi ch'era cammarera a Catania e che si è portato appresso.»

«Vai avanti. Perché hai detto che la sistemazione del marito alla ventidue era provvisoria?»

«Manco questo ti so spiegare. Il fatto è che a mezzanotte e mezzo l'ingegnere Cocchiara e sua mogliere, ospiti del dottor Panseca, lasciarono libera la càmmara ventotto, che era servita loro come appoggio per cangiarsi d'abito, e se ne andarono perché avevano un impegno con altri amici. Subito la signora Rosina mandò una cammarera a puliziare la càmmara, che veniva a trovarsi dalla parte opposta della ventidue, e a trasferire i bagagli. Verso le due Provenzano, che disse di sentirsi stanco per il viaggio, salutò Panseca e gli altri amici e salì in camera sua. La mogliere restò giù, andò a coricarsi dopo le quattro, a cose finite. Stamatina alle sei e mezzo un ospite di Panseca, che occupava la càmmara venti, si fece portare un caffè perché doveva partire. La cammarera, passando, notò che la porta della ventidue era aperta a metà. S'insospettì e...»

«Fermo, Mimì. Stai sbagliando! Stai confondendo la ventidue con la ventotto!»

«Manco per sogno! Provenzano è stato trovato morto sparato nella càmmara ventidue, dove non avrebbe dovuto esserci. Pensa che i suoi bagagli erano tutti alla ventotto! Forse si è sbagliato, era stanco, si sarà scordato dello scangio di càmmara...»

«Come gli hanno sparato?»

«Con una carabina. L'hanno pigliato in mezzo alla fronte. Vedi, davanti all'albergo stanno costruendo, abusivamente com'è logico, un palazzone. Gli hanno sparato da lì. E nessuno ha sentito il botto, gli ospiti di Panseca facevano troppo casino.»

«Secondo Pasquano a che ora risale la morte?»

«Tu lo sai com'è fatto il nostro medico legale. Quello, se non è sicuro al cento per cento, non parla. Ad ogni modo, considerato che la finestra era spalancata e che fa freddo, dice che può essere stato ammazzato verso le due di notte. Secondo me gli hanno sparato appena ha acceso la luce, non ha manco avuto il tempo di chiudere la porta.»

«Com'era vestito?»

«Il morto?»

«No, il dottor Pasquano.»

«Salvo, quanto sei 'ntipatico quando ti ci metti! Era in camicia e pantaloni, la giacca...»

S'interruppe, taliò umilmente Montalbano.

«Non può essersi sbagliato di càmmara, se la giacca l'abbiamo trovata nella ventotto!»

«E i bagagli, nella ventotto, com'erano?»

«Aveva messo tutto in ordine nell'armadio.»

«Le luci del bagno erano accese?»

«Sì.»

Montalbano ci fece testa per qualche secondo.

«Mimì» disse poi «la prima cosa che fai, appena torni al Reginella, è che ti chiami la cammarera, fai riportare tutto quello che apparteneva a Provenzano nella ventidue e poi faglielo rimettere daccapo alla ventotto.»

«E perché?»

«Così, per farle passare tempo» replicò il commissario sgarbato «e poi mi riferisci telefonicamente. Le càmmare ventidue e ventotto sono sigillate, vero?»

Non solo Mimì le aveva fatte sigillare, ma ci aveva lasciato di guardia Gallo e Galluzzo.

Appena Augello niscì dalla sua casa, Montalbano si pigliò due aspirine, si scolò una tazza di vino quasi bollente dentro la quale aveva versato macari un bicchiere di whisky, tirò fora dall'armuàr due pesanti coperte di lana, le mise sul letto, si coricò incuponandosi fin sopra la testa. Aveva deciso di farsi passare la febbre in qualche ora, non reggeva all'idea che Mimì Augello portasse avanti l'inchiesta in prima pirsòna, gli pareva di star patendo un'ingiustizia.

Quando lo squillo del telefono l'arrisbigliò, si trovò completamente assuppato di sudore, gli parse di stare sotto linzòli vagnati d'acqua calda. Tirò fora cautamente un braccio, rispose.

«Salvo? Ho fatto fare alla cammarera come avevi detto tu. Dunque, nella ventidue Provenzano aveva aperto solo una valigia. Si è cangiato di vestito. Ma prima era andato in bagno, si era lavato, si era fatto la barba. Quando la cammarera ha portato le valigie alla ventotto, ha pigliato macari le cose che Provenzano aveva lasciate sul ripiano del lavabo e che gli erano servite per puliziarsi. E qui c'è qualcosa che alla cammarera non quatra.»

«E cioè?»

«La cammarera dice che sul ripiano c'era macari un pacchettino avvolto nella carta e legato con lo scotch. Lei è certa d'averlo portato nella ventotto e di averlo messo nuovamente sul ripiano del lavabo.»

«E che c'è che non torna?»

«Beh, vedi, questo pacchettino non si trova. Nella ventotto non c'è. Né sul ripiano del lavabo, dove la cammarera giura e spergiura d'averlo messo, né in nessun'altra parte. Ho fatto perquisire la ventotto tre volte.»

«Hai parlato con la signora Rosina?»

«Sì, e mi sono fatto spiegare il perché del trasferimento di càmmara. Provenzano aveva un udito così sensibile che era una vera e propria malatìa. Dormivano separati perché bastava che la signora respirasse tanticchia più forte e di sùbito Provenzano si trovava arrisbigliato senza poter ripigliare sonno. Nella ventidue, che ha la finestra sulla facciata principale, certamente Provenzano sarebbe stato continuamente disturbato dalle voci di quelli che per tutta la nottata sarebbero entrati e nisciùti dall'albergo, dalla rumorata delle auto che arrivavano e partivano. La ventotto invece era assai più tranquilla, dato che dava sulla facciata posteriore.»

«Tu ti trattieni ancora lì?»

«Sì.»

«Fammi un piacere, Mimì, aspetto la tua risposta al telefono. Domanda in albergo se Provenzano, nel pomeriggio di ieri, è venuto a Vigàta.»

Mentre aspettava la risposta, si mise il termometro. Trentasei e sette. Ce l'aveva fatta. Scostò le coperte, poggiò i piedi a terra e tutto gli girò vorticosamente attorno.

«Pronto, Salvo? Sì, verso le cinque del dopopranzo si è fatto dare la macchina da sua moglie, non ha detto però dove andava. La signora dice che è tornato dopo manco due ore. Come ti senti, Salvo?»

«Malissimo, Mimì. Fammi sapere, mi raccomando.»

«Non dubitare. Curati.»

Si susì adagio. Primo provvedimento: scolarsi mezzo bicchiere di whisky liscio. Secondo provvedimento: gettare nella munnizza la scatola dell'antibiotico. La pigliò in mano e si paralizzò, sentendo dintra la sua testa il ciriveddro che faceva girare gli ingranaggi ad altissima velocità.

«Fazio? Montalbano sono.»

«Commissario, come sta? C'è di bisogno?»

«Entro cinque minuti voglio sapere quali erano le farmacie aperte ieri. Se oggi sono chiuse per turno, voglio i numeri di telefono dei farmacisti.»

Andò in bagno, feteva di sudore, si lavò accuratamente sentendosi subito meglio.

«Sono Fazio, dottore. Le farmacie che ieri facevano servizio sono due, la Dimora e la Sucato. La Dimora macari oggi è aperta, la Sucato è chiusa però ho il numero di casa del farmacista.»

Telefonò per primo alla Dimora e c'inzertò subito.

«Certo che conoscevo il pòviro Provenzano, commissario! Ha accattato aieri da noi una confezione di tappi per le orecchie e una scatola di un sonnifero potentissimo che si può vendere solo con ricetta medica.»

«E chi gliela aveva fatta la ricetta?»

Il farmacista Dimora esitò a rispondere e quando si decise la pigliò alla larga.

«Vede, commissario, io e il pòviro Provenzano eravamo diventati molto amici nel tempo che lui abitava a Vigàta. Non passava giorno che...»

«Ho capito» tagliò Montalbano «non aveva ricetta.»

«Avrò guai?»

«Sinceramente non lo so.»

Il portone del Reginella era aperto a metà, sull'anta mancina spiccava un grande nastro nero con la scritta

"Chiuso per lutto". Il commissario, trasendo, non incontrò anima criata, si diresse verso un salottino dal quale proveniva un parlottìo. Appena lo vide, Mimì Augello, che stava parlando con un quarantino alto e distinto, ammammalucchì.

«Gesù! Che fai qua? Sei impazzito? Malato come sei!»

Montalbano non rispose a parole, ma rivolse al suo vice una taliàta che veniva a significare quello che veniva a significare.

«Questo signore è Gaspare Arnone, il portiere dell'albergo.»

Montalbano lo considerò. Si era immaginato, va' a sapere pirchì, un omo anziano e tanticchia trasandato.

«Mi è stato detto che lei da tempo conosce la signora Rosina Provenzano.»

«Da un'eternità» fece Arnone sorridendo e mettendo in mostra una dentatura che pareva quella di un attore americano. «Lei aveva sedici anni e io ventisei. Lavoravamo nello stesso albergo a Catania. Poi la signora ha fatto fortuna e ha avuto la bontà di chiamarmi.»

«Voglio parlarti» disse Montalbano a Mimì.

Il portiere s'inchinò e uscì.

«Sei giarno come un morto» fece Augello. «Ti pare cosa? Guarda che ti può pigliare un malanno serio.»

«Parliamo di cose veramente serie, Mimì. Ho avuto conferma di un pinsèro che m'è venuto. Lo sai che c'era in quel pacchettino che non si trova? Cera per le orecchie e un sonnifero.»

«Come l'hai saputo?»

«Cazzi miei. E questo significa una sola cosa: Provenzano arriva alla ventotto, disfa le valige, poi va in bagno e vede che il pacchettino non c'è. Non può farne a meno, non mettersi i tappi e non pigliare il sonnifero, con tutto il bordello che c'è in albergo, significa perdere la nottata. Si fa persuaso che la cammarera si sia scordata il pacchettino alla ventidue. Ci va, accende la luce e non ha il tempo di fare biz che gli sparano.»

«La finestra era spalancata» aggiunse Mimì. «L'aveva lasciata così la cammarera per cangiare l'aria.»

«Ti faccio una domanda» proseguì Montalbano. «Dove hai trovato la chiave della ventidue?»

«Era a terra, vicino al morto.»

«La signora Rosina ha un'idea sul perché hanno ammazzato suo marito?»

«Sì. Lei dice che macari l'ultima volta che è tornato a Vigàta il marito le aveva detto d'essere preoccupato.»

«Di che?»

«A Mosca l'avevano minacciato. Pare, sempre secondo la signora, che avesse dato fastidio alla mafia russa.»

«Ma che minchiata! Se la mafia russa lo voleva ammazzare, che bisogno aveva di venirlo a fare qui? No, Mimì, è stato qualcuno che sapeva che Provenzano doveva cangiare càmmara a prepararagli il tranello. La cammarera ha portato sicuramente il pacchettino alla ventotto, ma da lì qualcuno lo ha fatto sparire per obbligare Provenzano a entrare nella ventidue. Poi questo qualcuno non ha più avuto modo e tempo di rimettere il pacchettino al suo posto. Ed è proprio la mancanza del pacchettino a dirci che è servito come esca. Tu che te n'intendi di fìmmine, com'è la signora Rosina?»

«Potabile» fece Mimì Augello «a malgrado del lutto, mette in mostra un petto lottizzabile. Pensi che lei c'entra?»

«Boh!» rispose il commissario. «Il marito in fondo le dava poco fastidio, si vedeva a Vigàta due o tre volte all'anno e per pochi giorni: un marito tanto comodo non si ammazza.»

«Tu stai sudando. Vattene a casa, non esagerare, Salvo. Ti potevo raccontare tutto io, venendo a trovarti. È stata inutile la faticata che hai fatto.»

«Questo lo dici tu. Provenzano aveva con sé delle carte?»

«Sì, una borsa.»

«Le hai taliàte?»

«Non ho avuto tempo.»

«Valle a pigliare. E fammi un favore, di' al portiere se posso avere un whisky liscio.»

Montalbano, a causa della debolezza, aveva l'impressione di averne già bevuti troppi, di bicchieri di whisky. Però non si sentiva la testa confusa, anzi.

L'elegante portiere s'apprisentò con un bicchiere vacante e una bottiglia nuova che aprì.

«Si serva come desidera. Vuole altro?»

«Sì, un'informazione. Ieri notte lei era di servizio?»

«Certamente. L'albergo era pieno e poi c'erano gli ospiti del dottor Panseca venuti per la cena.»

«Mi dica esattamente come è stato fatto lo spostamento di camera degli effetti di Provenzano dalla ventidue alla ventotto.»

«Non c'è problema, commissario. Tra la mezzanotte e mezzo e l'una l'ingegner Cocchiara e sua moglie lasciarono la ventotto. Mi consegnarono la chiave, che misi al suo posto. Avvertii la cammarera di rifare la stanza e di trasportare i bagagli del padrone dalla ventidue alla ventotto.»

«Le diede le chiavi?»

Il portiere sorrise con trecento denti che parse un lampadario di Murano acceso di colpo.

«Le cammarere hanno il passe-partout. Una mezzorata dopo, Pina, la cammarera, mi disse che tutto era pronto. Io andai in salone e avvertii il padrone che, quando voleva, poteva ritirarsi. Era stanco del viaggio. Gli portai macari la chiave della ventotto.»

«E fu sempre lei a consegnargli la chiave della ventidue?»

Gaspare Arnone per un momento s'imparpagliò.

«Non capisco.»

«Amico mio, che c'è da non capire? Provenzano è stato trovato morto nella ventidue, con le chiavi allato. Lei un minuto fa mi ha detto che quando l'ingegnere Cocchiara è partito, ha rimesso le chiavi al loro posto. Quindi la mia domanda è più che logica.»

«A me non le ha domandate» fece il portiere dopo una pausa.

«Ma non ha detto che lei per tutta la notte è sempre stato di servizio?»

«Sì, ma questo non significa che me ne sono stato sempre impalato darrè il bancone. I clienti hanno molte esigenze, sa? Per cui può capitare che uno sia costretto ad assentarsi macari per cinque minuti.»

«Capisco. Ma allora la chiave della ventidue chi gliela ha data?»

«Nessuno. Se l'è pigliata da solo. Sapeva dov'erano: a vista di tutti. E poi era il padrone.»

Trasì Mimì Augello con una borsa gonfia di carte. Il portiere si ritirò. Montalbano riempì nuovamente il bicchiere di whisky. Spartirono le carte in due mucchietti, se ne pigliarono uno a testa, principiarono a leggere. Tutte lettere commerciali, fatture, rendiconti. A Montalbano stava calando il sonno quando Mimì Augello disse:

«Talia ccà.»

E gli pruì una lettera. Era della "Italian Export-Import" indirizzata, a Mosca, a Saverio Provenzano e firmata dal dottor Arturo Guidotti, direttore generale della ditta. In essa si diceva come e qualmente, viste le reiterate insistenze e le solide ragioni apportate, la ditta si rassegnava ad accettare le dimissioni del collaboratore Saverio Provenzano, dimissioni che avrebbero avuto decorso dal 15 febbraio dell'anno entrante.

Montalbano si sentì felice e si scolò il terzo bicchiere.

«Andiamo a parlare alla signora Rosina.»

Traballò susendosi, Mimì lo sostenne.

Il portiere, al telefono, stava spiegando a qualcuno che l'albergo non poteva accettare clienti.

Montalbano aspettò che posasse il telefono e gli sorrise.

Gaspare Arnone ricambiò. Il commissario non parlò. Manco Gaspare Arnone raprì bocca. Si taliàvano e si sorridevano. La situazione parse imbarazzante a Mimì Augello.

«Andiamo?» spiò a Montalbano.

Il commissario non gli rispose.

«Lei è stato chiamato dalla signora Rosina al Reginella dopo che Provenzano è partito per la Russia, vero?»

«Sì. Aveva bisogno di una persona fidata.»

«Grazie» disse Montalbano.

La mezza sbornia lo faceva compìto e cerimonioso.

«Mi levi un'altra curiosità. Nelle stanze non ci sono campanelli per chiamare le cammarere, vero?»

«No. I clienti devono telefonare qua in portineria se hanno bisogno di qualche cosa.»

«Grazie» fece ancora Montalbano esibendosi macari in un mezzo inchino.

L'appartamentino della proprietaria del Reginella era al secondo piano. Alla fine della prima rampa di scale, le gambe del commissario diventarono di ricotta. S'assittò su di un gradino e Augello gli si mise allato.

«Posso sapere che ti passa per la testa?»

«Te lo dico. Che la signora Rosina e il portiere si sono appattati e hanno ammazzato a Provenzano.»

«Ma che prove hai?»

«Non ne ho. Le trovi tu. Io ti dico solo come sono andati i fatti. Quattordici anni fa, all'albergo di Catania dove travagliano assieme, Rosina e il portiere Gaspare ogni tanto si trovano 'nsemmula a letto. Lei ha un amante vecchio e, capirai, qualche volta le piglia desiderio di ristoro. Bene. Quando il marito di Rosina va in Russia, la fìmmina s'arricorda del suo amico di Catania e lo chiama al suo servizio. La storia, tra loro due, ripiglia. Ma cangia d'intensità e diventa amore, passione, quello che vuoi. La situazione è di tutto riposo, il marito è sempre lontano. Ma succede un fatto nuovo. Provenzano scrive o telefona alla mogliere che si è stancato di stare a Mosca. Ha dato le dimissioni. Verrà a Vigàta per il Capodanno, rientrerà a Mosca per fare le consegne e poi tornerà definitivamente a fine febbraio. I due amanti perdono la testa e decidono d'ammazzarlo. Il piano è legato a un filo di ragno, ma se funziona è perfetto. Prima di andare ad avvertire Provenzano che la ventotto è pronta, il portiere sale nella stanza e si porta via il pacchettino col sonnifero. Che Provenzano fosse andato in farmacia il portiere l'avrà saputo dalla sua amante, che ci mente quando dice di sconoscere la ragione per la quale il marito volle la sua auto. A questo punto Provenzano, pronto per andarsi a coricare, scopre che manca il pacchettino. Telefona in portineria ma non gli risponde nessuno perché il portiere è già appostato nella casa in costruzione e aspetta che gli venga a tiro. Provenzano, dato che non può chiamare manco una cammarera, decide di fare tutto lui. Scende in portineria, piglia la chiave della ventidue, risale, apre la porta della stanza per ricuperare il pacchettino, accende la luce e il portiere lo centra. Ma ha commesso un errore: a tutti i costi avrebbe dovuto rimettere il pacchettino nella ventotto. Andiamo?»

I quindici gradini che portavano al secondo piano il commissario se li fece variando da sinistra a destra e viceversa, Mimì lo teneva ritto con una mano sotto l'ascella. Si fermarono davanti a una porta, Augello tuppiò discretamente.

«Chi è?»

«Sono Augello, signora.»

«Avanti, è aperta.»

Mimì lasciò il passo al suo superiore. Questi raprì la porta e rimase sulla soglia, la destra appoggiata al pomolo.

«Bonasira a tutti!» disse allegramente.

La vedova di fresco strammò. Tutti? Nella càmmara c'era solo lei e quell'omo, inoltre, pareva imbriaco.

«Che vuole?»

«Una domandina facile facile. Lei sapeva che suo marito aveva dato le dimissioni dalla ditta per stabilirsi definitivamente a Vigàta?»

La signora Rosina, assittata sul letto, un fazzoletto tra le mani, non arrispunnì subito. Evidentemente si stava tirando il paro e lo sparo. Ma la scollatura mostrò che sul candore del suo petto lottizzabile qualche essere maligno stava passando una mano di colore rosso.

«No.»

«Risposta sbagliata!» esultò Montalbano.

Mike Bongiorno non avrebbe saputo fare di meglio.

«Arrestala» disse semplicemente il commissario ad Augello.

«No! No!» fece la signora Rosina susendosi di scatto dal letto. «Io non c'entro! Lo giuro! È stato Gaspare che...»

S'interruppe e tirò fora uno strillo, inatteso e acutissimo, da far vibrare i vetri. A Montalbano quel grido trasì dalle orecchie, firriò due volte torno torno al cervello, scinnì nella gola, scivolò sulla pancia, arrivò ai piedi.

«Arresta macari al portiere» riuscì ad articolare prima di cadere affacciabocconi a terra, svenuto.

A casa lo riaccompagnò Fazio che lo spogliò, lo fece coricare, gli mise il termometro. Quaranta e passa.

«Stanotte resto qua» fece Fazio «m'accomodo sul divano.» Il commissario sprofondò in un sonno piombigno. Verso le otto del matino raprì gli occhi, sentendosi meglio. Fazio era lì, col caffè.

«Stanotte telefonò il dottor Augello, voleva sapere di lei. M'ha detto di riferirle che le cose sono andate come le aveva pinsàte lei. I due hanno confessato, lui ha persino mostrato dove aveva ammucciato il fucile di precisione.»

«Perché non mi hai svegliato?»

«Babbìa? Ma se dormiva come un angelo!»

LO SCIPPATORE

Le poche volte che il questore, non avendo sottomano altri, l'aveva mandato a rappresentare la Questura di Montelusa in congressi e convegni, il commissario Montalbano aveva pigliato la cosa come una punizione o un'offisa personale. A sentire le ornate parole dei partecipanti, i saluti di benvenuto, quelli che auspicavano e quelli che deprecavano, quelli che facevano voti e quelli che invocavano l'apocalisse senza rimedio, veniva assugliato da una botta di grevianza, per cui alle domande degli altri rispondeva con biascicati, scostanti monosillabi. I suoi contributi alla discussione generale si risolvevano in una quindicina di righe cacate con sforzo, scritte male e lette peggio. Il suo intervento sulle regole comunitarie in fatto di polizia di frontiera era previsto in programma per le 10 e 30 del terzo giorno dei lavori, ma già alla fine della prima giornata il commissario era stremato, stava a spiarsi come avrebbe fatto a resistere per ancora due giorni. A Palermo aveva pigliato alloggio all'albergo Centrale, accuratamente scelto in base al fatto che la totalità dei suoi colleghi italiani e stranieri era scesa in altri alberghi. Unica luce in tanto scuro fitto, l'invito a cena di Giovanni Catalisano, suo compagno di scuola dalle elementari al liceo, ora grossista di stoffe, padre di due figli avuti dalla mogliere Assuntina Didio che dal genitore Antonio, leggendario monzù, o cuoco, in principesche case palermitane, aveva ereditato un decimo scarso delle doti culinarie. Però quel decimo abbastava e superchiava: dei pranzetti allestiti dalla signora Assuntina il commissario si era fatto persuaso che ne avrebbe avuto memoria in punto di morte, sì da rendergli più doloroso il trapasso. Alla fine della seconda giornata di lavori, dopo che avevano parlato i rappresentanti dell'Inghilterra, della Germania e dell'Olanda rispettivamente in inglese, tedesco e olandese, Montalbano si sentiva la testa come un pallone. Perciò fu lesto a tuffarsi nella macchina dell'amico Catalisano ch'era passato a pigliarlo. La cena arriniscì superiore all'aspettativa e la conversazione che ad essa fece seguito fu assai rilassante: se la signora Assuntina era di scarsa parola, in compenso suo marito Giovanni era di pronta e intelligente battuta. Taliando il ralogio per caso, il commissario vide che era quasi l'una di notte. Si susì di scatto, salutò la coppia affettuosamente, s'infilò il giaccone di pelle e niscì, rifiutando l'accompagno che l'amico gli aveva offerto.

«L'albergo è vicino, dieci minuti di strata mi faranno bene, non t'incomodare.»

Appena fuori dal portone ebbe due sgradite sorprese: pioveva e faceva un freddo da tagliare la faccia. Allora decise di arrivare in albergo pigliando certe viuzze d'accorcio che gli pareva di ricordare. Aveva in mano una valigetta che gli avevano dato al convegno: con la mano mancina se la tenne sulla testa per ripararla tanticchia dalla pioggia che cadeva sostanziosa. Dopo avere camminato per vicoli solitari e male illuminati, con i pantaloni assuppati d'acqua, si perse d'animo: certamente stava sbagliando strada. Santiò, se avesse accettato l'offerta di Catalisano, a quest'ora sarebbe già stato nel caldo della sua càmmara. Mentre se ne stava fermo in mezzo al vicolo, incerto a scegliere qual era la meglio, ripararsi in un portone in attesa che scampasse o proseguire coraggiosamente, sentì il rumore di una motocicletta che si avvicinava alle sue spalle. Si scansò per darle strada, ma venne di colpo intronato dalla potente rumorata della moto che aveva improvvisamente accelerato. Fu un attimo di stordimento e qualcuno ne approfittò per cercare di scippargli la valigetta che ancora teneva sulla testa per ripararsi dall'acqua. Per la strattonata, il commissario firriò su se stesso, venendo a trovarsi parallelo al motociclista il quale, ancora in piedi sui pedali, cercava di portargli via la valigetta che le dita della mano mancina di Montalbano saldamente artigliavano. Il tira e molla tra i due durò, assurdo, per qualche secondo: assurdo perché la valigetta, colma di carte senza importanza, cresceva di valore agli occhi dello scippatore proprio perché così strenuamente difesa. I riflessi del commissario erano sempre stati pronti e manco questa volta si smentirono, permettendogli di passare al contrattacco. Il violento calcio che mollò alla moto alterò il già precario equilibrio al quale era costretto lo scippatore che, a questo punto, preferì abbandonare, dare gas e ripartire. Ma non andò lontano, quasi alla fine del vicolo descrisse una curva a U e si fermò, col motore che ora rombava piano, proprio sotto un fanale. Interamente rivestito dalla tuta, la testa nascosta dintra al casco integrale, il motociclista era una figura minacciosa che sfidava il commissario alla prossima mossa.

"E ora che minchia faccio?" si spiò Montalbano mentre si raggiustava il giaccone di pelle. La valigetta non se la rimise in testa, tanto oramai si era completamente assammarato, l'acqua gli trasiva dal colletto, gli scendeva lungo la schiena e gli nisciva dai pantaloni, in parte andando a finire dintra le scarpe. Di voltare le spalle e mettersi a correre, manco a pensarlo: a parte la mala figura, il motociclista avrebbe potuto raggiungerlo come e quando voleva e farne minnitta. Non restava che andare avanti. Montalbano con lentezza, facendo dondolare la valigetta nella mano mancina, si mise a camminare come se andasse a passeggio in una giornata di sole. Il motociclista lo taliava avvicinare senza cataminarsi, pareva una statua. Il commissario andò dritto verso la moto, arrivato davanti alla ruota anteriore si fermò.

«Ti faccio vedere una cosa» disse al motociclista.

Raprì la valigetta, la capovolse, le carte caddero a terra, si bagnarono, s'impastarono col fango. Senza manco richiuderla, Montalbano gettò per terra macari la valigetta vacante.

«Se scippavi la pensione a una vecchiereddra, sicuro che ti andava meglio.»

«Io non scippo le fìmmine, né vecchie né picciotte» reagì con tono offiso lo scippatore.

Montalbano non arriniscì a capire che voce quello avesse, gli arrivava troppo soffocata dal casco.

Il commissario decise, chissà perché, di portare avanti la provocazione.

Infilò una mano nella sacchetta interna della giacchetta, tirò fora il portafoglio, lo raprì, scelse una carta da centomila, la porse allo scippatore.

«Ti bastano per una dose?»

«Non accetto limòsina» fece il motociclista, allontanando con violenza la mano di Montalbano.

«Quand'è così, buonanotte. Ah, senti, dammi un'informazione: che strada devo fare per arrivare al Centrale?»

«Sempre dritto, la seconda a sinistra» rispose con estrema naturalezza lo scippatore.

L'intervento di Montalbano, principiato puntualmente alle 10 e 30, era previsto dovesse finire alle 10 e 45 per dare posto ad altri quindici minuti di dibattito. Invece tra attacchi di tosse, raschiatine di gola, soffiatine di naso e stranuti dell'oratore, l'intervento terminò alle 11. I traduttori in simultanea passarono i momenti peggiori della loro vita perché il commissario, alla balbuzie che sempre lo pigliava quando doveva parlare in pubblico, stavolta aggiunse la nànfara, vale a dire quel particolare modo di parlare che viene quando uno ha il naso chiuso e stracangia la pronunzia delle consonanti. Nessuno ci capì niente. Dopo un attimo di smarrimento, il presidente di turno ebbe un'alzata d'ingegno e rinviò il dibattito. Così il commissario poté lasciare il convegno e andarsene in questura. Si era arricordato che un anno avanti l'allora questore di Palermo aveva istituito una squadra speciale antiscippo che era stata molto pubblicizzata dalle tv e dai giornali dell'isola. Nelle foto e nelle riprese che illustravano i servizi si vedevano giovani agenti in borghese su pattini a rotelle o su lucenti vesponi novi novi pronti a inseguire gli scippatori, arrestarli e ricuperare la refurtiva. A capo della squadra era stato preposto il vicecommissario Tarantino. Poi dell'iniziativa nessuno aveva più parlato.

«Tarantì, ti occupi ancora dell'antiscippi?»

«Sei venuto a sfottere? La squadra si è sciolta due mesi dopo la sua costituzione. Capirai: dieci òmini a mezza giornata contro una media di cento scippi al giorno!»

«Volevo sapere...»

«Senti, è inutile che ne parli con me. Io siglavo i rapporti e basta, manco li leggevo.»

Sollevò il telefono, bofonchiò qualcosa, riattaccò. Quasi immediatamente tuppiarono alla porta e apparve un trentino dall'ariata simpatica.

«Questo è l'ispettore Palmisano. Il commissario Montalbano ti vuole spiare una cosa.»

«Ai comandi.»

«Solo una curiosità. Ha mai saputo di scippi fatti usando moto d'epoca?»

«Che intende per moto d'epoca?»

«Mah, che so, una Laverda, una Harley-Davidson, una Norton...»

Tarantino si mise a ridere.

«Ma che ti viene in mente? Sarebbe come andare a rubare le caramelle a un picciliddro con una Bentley!»

Palmisano, invece, restò serio.

«No, mai saputo. Desidera altro?»

Montalbano restò ancora cinque minuti a parlare col suo collega poi lo salutò e andò a cercare Palmisano.

«Se lo viene a bere un caffè con me?»

«Ho poco tempo.»

«Cinque minuti basteranno.»

Niscirono dalla Questura, trasìrono nel primo bar che incontrarono.

«Voglio dirle quello che mi è capitato aieri a sira.»

E gli contò l'incontro con lo scippatore.

«Vuole farlo arrestare? Non le ha arrubato niente, mi pare» fece Palmisano.

«No. Vorrei solo conoscerlo.»

«Macari io» disse sottovoce l'ispettore.

«Era una Norton 750» aggiunse il commissario «ne sono più che sicuro.»

«Già» assentì Palmisano «e lui era vestito di tutto punto, col casco integrale.»

«Sì. La targa non l'ho potuta leggere perché era coperta da un pezzo di plastica nera. E allora, lei che mi dice?»

«Fu al secondo mese che facevo servizio nella squadra. Mancava poco alla chiusura mattutina delle banche. Io ero davanti alla Commerciale, niscì un omo con una borsa e uno, a bordo di una Norton 750 nera, gliela scippò. Mi precipitai all'inseguimento, avevo una bella Guzzi. Niente da fare.»

«Era più veloce?»

«No, dottore, più bravo. Per fortuna c'era poco traffico. Arrivammo, lui sempre avanti e io sempre dietro, fino allo svincolo per Enna. Qui lui imboccò una strada di campagna. E io appresso. Si vede che voleva fare moto-cross. A una curva però la mia moto non fece presa sul pietrisco e io volai. Mi salvò il casco, ma perdevo sangue dalla gamba destra, mi faceva male. Rialzandomi, la prima cosa che vidi fu lui. Si era fermato, ebbi l'impressione che se non mi fossi messo in piedi quello sarebbe stato capace di venirmi a dare una mano d'aiuto. Ad ogni modo, mentre io m'avvicinavo alla Guzzi senza staccare gli occhi da lui, fece una cosa che non m'aspettavo. Sollevò davanti a sé la borsa scippata e me la fece vedere. La raprì, ci taliò dintra, la richiuse, la gettò in mezzo alla strada. Poi girò la Norton e se ne andò.»

Io zuppiando raccolsi la borsa. C'erano cento milioni in biglietti da centomila. Tornai in Questura e nel rapporto scrissi che avevo recuperato la refurtiva dopo una colluttazione e che purtroppo lo scippatore era riuscito a scappare. Non dissi manco la marca della moto.»

«Capisco» fece Montalbano.

«Perché quello non cercava i soldi» disse Palmisano, dopo un silenzio, come a conclusione di un suo ragionamento.

«E che cercava secondo lei?»

«Boh! Forse un'altra cosa, ma non i soldi.»

Questo Palmisano era davvero una persona intelligente.

«Le sono venuti all'orecchio altri casi come il suo?»

«Sì. Tre mesi dopo il fatto mio. Capitò a un collega che è stato trasferito. Macari lui ricuperò la refurtiva, ma era stato lo scippatore a ridargliela. E manco lui, nel rapporto, fornì elementi validi per l'identificazione.»

«E così abbiamo uno scippatore che abitualmente se ne va in giro...»

Palmisano scosse la testa.

«No, commissario, non se ne va in giro "abitualmente", come dice lei. Lo fa solo quando non può fare a meno della sfida. Ha altro da domandarmi?»

Il raffreddore gli stava portando via i sapori, era inutile mangiare. Il convegno ripigliava alle tre e mezza, poteva starsene almeno due ore al caldo sotto le coperte. Si fece mandare in camera un'aspirina e l'elenco telefonico di Palermo. Gli era venuto a mente che per ogni hobby, dall'allevamento del baco da seta alla fabbricazione casalinga di bombe atomiche, c'è sempre un'associazione, un club corrispondente, dove gli iscritti si scambiano informazioni e pezzi rari e ogni tanto vanno a farsi una bella scampagnata. Trovò un "Motocar" che non capì cosa significasse, seguito da un "Motoclub" del quale compose il numero. Rispose una gentile voce maschile. Il commissario confusamente spiegò d'essere stato trasferito da poco a Palermo e domandò informazioni per un'eventuale iscrizione al club. L'altro gli rispose che non c'erano problemi, poi, abbassando di colpo la voce, spiò, col tono di chi domanda a quale setta segreta l'altro appartenga:

«Lei è un harleysta?»

«No, non lo sono» fece in un soffio il commissario.

«Che moto ha?»

«Una Norton.»

«Beh, allora è meglio che lei si rivolga al Nor-club, che è una nostra diramazione. Si prenda il numero di telefono, troverà qualcuno dopo le venti.»

Per scrupolo, ci provò subito. Nessuno rispose. Poteva farsi un'oretta di sonno prima di andare alla chiusura del convegno. S'arrisbigliò sentendosi benissimo, il raffreddore era quasi del tutto sparito. Taliò il ralogio e gli venne un colpo: le sette. Dato che oramai era inutile appresentarsi al convegno, se la pigliò comoda. Alle otto e cinque telefonò dalla hall dell'albergo, gli rispose una fresca voce di picciotta. Venti minuti appresso si trovò alla sede del club, al pianoterra di una palazzina elegante. Non c'era nessuno, solo la giovane che aveva risposto al telefono e che fungeva, dalle otto alle dieci di sira, da segretaria volontaria. Lo stesso facevano, a turno, i soci più giovani del club. Era così simpatica che al commissario non venne a cuore di contarle la storiella del nortonista trasferito. Si qualificò, senza provocare reazioni particolarmente preoccupate nella picciotta.

«Perché è venuto qua?»

«Ecco, vede, abbiamo l'ordine di censire tutte le associazioni, i club, sportivi o no, mi spiego?»

«No» fece la picciotta «ma mi dica quello che vuole sapere e io glielo dico, la nostra non è un'associazione segreta.»

«Siete tutti così giovani?»

«No. Il cavaliere Rambaudo, tanto per fare un esempio, ha da tempo passato la sessantina.»

«Ce l'ha una foto di gruppo?»

La picciotta sorrise.

«Le interessano i nomi o le facce?»

E indicò la parete alle spalle di Montalbano.

«È di due mesi fa» aggiunse «e ci siamo tutti.»

Un foto nitida, scattata in aperta campagna. Più di trenta persone, tutte rigorosamente in divisa, tuta nera e stivali. Il commissario taliò le facce attentissimamente, quando arrivò alla terza della seconda fila ebbe un sussulto. Non seppe spiegarsi come e qualmente gli fosse venuta la certezza che quel trentino atletico che gli sorrideva era lo scippatore.

«Siete tanti» disse.

«Tenga presente che il nostro è un club provinciale.»

«Già. Ha un registro?»

L'aveva. E tenuto in ordine perfetto. Foto, nome, cognome, professione, indirizzo e telefono dell'iscritto. Targa della moto posseduta, caratteristiche principali e particolari. Aggiornamento semestrale della quota d'iscrizione. Varie. Sfogliò il registro facendo finta di pigliare appunti sul retro di una busta che aveva in sacchetta. Poi sorrise alla ragazza che stava parlando al telefono e niscì. In testa, aveva tre nomi e tre indirizzi. Ma quello dell'avvocato Nicolò Nuccio, via Libertà 32, Bagheria, telefono 091232756, era stampato in grassetto.

Tanto valeva levarsi subito il pinsèro. Fece il numero dalla prima cabina telefonica che incontrò e gli rispose un bambino.

«Plonto? Plonto? Chi sei tu? Che vuoi?»

Non doveva manco avere quattro anni.

«C'è papà?»

«Ola te lo chiamo.»

Stavano taliando la televisione, si sentiva la voce di... Di chi era quella voce? Non ebbe tempo di rispondersi.

«Chi parla?»

Malgrado l'avesse sentita soffocata e distorta dal casco integrale, il commissario la riconobbe. Senza ombra di dubbio.

«Il commissario Montalbano sono.»

«Ah. Ho sentito parlare di lei.»

«Macari io di lei.»

L'altro non replicò, non domandò. Montalbano ne sentiva il respiro profondo attraverso il ricevitore. In secondo piano la televisione continuava. Ecco: era la voce di Mike Bongiorno.

«Ho motivo di ritenere che noi due, ieri notte, ci siamo incontrati.»

«Ah, sì?»

«Sì, avvocato. E avrei piacere d'incontrarla nuovamente.»

«Allo stesso posto di ieri notte?»

Non pareva per niente preoccupato dal fatto d'essere stato scoperto. Anzi, si permetteva di fare lo spiritoso.

«No, troppo scomodo. L'aspetto al mio albergo, al Centrale, ma questo lo sa già, domani mattina alle nove.»

«Verrò.»

Mangiò bene in una trattoria vicino al porto, tornò in albergo verso le undici, stette a leggere per un due orate un romanzo non giallo di Simenon, fatta l'una astutò la luce e s'addormentò. Alle sette del matino si fece portare un espresso doppio e il "Giornale di Sicilia". La notizia che lo fece balzare in piedi in un bagno di sudore era scritta in neretto, in prima pagina: si vede che era arrivata appena in tempo per essere stampata. Diceva che alle 22 e 30 della sera avanti, nei pressi della stazione, uno scippatore aveva tentato di rubare il campionario di un rappresentante di preziosi che aveva reagito sparando e uccidendolo. Con estrema sorpresa lo scippatore era stato identificato come l'avvocato Nuccio Nicolò, trentaduenne, benestante, di Bagheria. Il Nuccio – continuava il giornale

334

– non aveva nessun bisogno di rubare per campare, la stessa moto sulla quale aveva tentato lo scippo, una Norton nera, valeva una decina di milioni. Si trattava di uno sdoppiamento della personalità? Di uno scherzo finito tragicamente? Di un'assurda bravata?

Montalbano gettò il giornale sul letto e cominciò a vestirsi. Nicolò Nuccio aveva trovato quello che cercava e lui forse ce l'avrebbe fatta a pigliare il treno delle otto e mezzo per Montelusa. Da lì avrebbe telefonato al commissariato di Vigàta. Qualcuno sarebbe venuto a prenderlo.

MOVENTE A DOPPIO TAGLIO

Il fu Attilio Gambardella, parlandone da vivo, non era stato propriamente un omo di bell'aspetto. Sciancato e stampelluto, un occhio a Cristo e l'altro a San Giovanni, enormi orecchie a sventola, mani di nano e piedi di clown, la bocca tanto storta che uno non capiva mai se piangeva o rideva. Ma ora che stava stinnicchiato sul pavimento della cucina, massacrato da una trentina di coltellate in faccia, al petto, alla pancia, all'inguine, pareva che la morte avesse in qualche modo voluto cancellarne la bruttezza, lo sconciamento che l'assassino aveva operato sul corpo del pòviro Gambardella lo metteva a paro di tanti altri morti scannati. Nella cucina non ci si poteva cataminare senza rischiare di sporcarsi di sangue, ce n'era persino sullo schermo del televisore acceso sul quale passavano le immagini del telegiornale del mattino. L'arma del delitto, un coltello tagliacarte col manico d'osso, era stata gettata dentro il lavello, la lama aveva ancora tracce di sangue, il manico era stato invece accuratamente puliziato per far scomparire le impronte digitali.

«Allora?» spiò Montalbano al dottor Pasquano.

«Allora che?» s'inviperì l'altro. «Vuole sapere di cosa è morto? Indigestione di fichi d'india.»

Quella matina però Montalbano non aveva gana d'attaccare turilla col medico legale.

«Volevo semplicemente conoscere...»

«L'ora della morte? Posso sgarrare di qualche secondo o devo spaccare il minuto?»

Il commissario allargò le braccia sconsolato. Al dottore, nel vederlo così sorprendentemente remissivo, passò il piacere dell'azzuffatina.

«E vabbè. Tra le otto e le undici di aieri a sira. La prima coltellata gliela hanno data alle spalle, lui ha avuto la forza di voltarsi e la seconda l'ha pigliato in petto. È caduto, a mio parere era già morto. Le altre coltellate sono state inferte mentre stava a terra, per spasso o per sfogo dell'assassino. È contento?»

S'avvicinò Fazio che si era fatto una taliàta in tutta la casa.

«A occhio e croce, non sapendo quello che c'era prima, non mi pare cosa di furto, non deve aver portato via niente. Nel cassetto del comodino ci sono due milioni in contanti. Dintra a un cofanetto sul settimanile ci sono anelli, orecchini, braccialetti.»

«E perché poi un ladro avrebbe dovuto dargli tante coltellate da indolenzirsi il braccio?» s'intromise Pasquano.

Nella cucina trasì Galluzzo.

«Sono stato a casa di Filippo, il figlio di Gambardella. La mogliere mi ha detto che stanotte non è rientrato.»

«Cercalo» disse il commissario.

La casa dov'era successo il fatto, piuttosto periferica, era di proprietà di Gambardella e consisteva in un fabbricato a un piano. Sotto c'erano due magazzini, un grossista di legumi e un ferramenta; sopra due appartamenti, quello dove ci abitava l'ammazzato e l'altro, sullo stesso pianerottolo, affittato alla signora Praticò Gesuina, vedova Tumminello. Era stata lei a scoprire l'omicidio – aveva spiegato Fazio a Montalbano – e ne aveva avuto una tale scossa che era svenuta subito dopo aver chiamato aiuto dal balcone. Che ci andasse piano, il commissario: il grossista di legumi li aveva avvertiti che la signora aveva il cuore malato assa'. Fu per questo che il dito di Montalbano sul campanello ebbe la stessa leggerezza di una farfalla che si posava su un fiore. La porta venne aperta da un parrino con faccia di circostanza. Vedere, oggi come oggi, un prete con la tonaca fa impressione, in genere vestono o come impiegati di banca o come punk, ma a vederselo davanti in quell'appartamento e con quell'espressione, il commissario si fece persuaso che alla signora Praticò fosse venuto a dare l'olio santo.

«È grave?» balbettò.

«Chi?»

«La vedova Tumminello.»

«Ma quando mai! Sono venuto a trovarla per conforto, ha provato una forte emozione. S'accomodi. Lei è il commissario Montalbano, vero? Conosco, conosco. Io sono don Saverio Colajacono. Gesuina è una mia pia e devota parrocchiana.»

Non c'era dubbio che fosse pia e devota. Nell'anticamerina, il commissario contò un Crocefisso a parete, un'Addolorata, e un sant'Antonio da Padova sul tanger. Altre due statuette non ebbe tempo d'identificarle.

«Gesuina si è messa a letto» fece patre Colajanni precedendolo.

La càmmara da letto, con le ante del balcone semichiuse, era praticamente una cripta, alle pareti decine di santini appesi con puntine da disegno e sotto ad ognuno un lumino acceso appoggiato a un'apposita mensoletta. Di colpo, a Montalbano venne una botta d'accùpa, sudò, sentì il bisogno di slacciarsi il bottone del colletto. Una specie di balena ansante e lamentiosa giaceva su un letto a due piazze, la copriva una coperta a fiori rossi che lasciava vedere solo la testa di una cinquantina spettinata sì, ma dalla faccia rosea e liscia.

«Gesuina, ti lascio in buone mani, ripasso più tardi» disse il parrino e, fatto un mezzo inchino al commissario, niscì. Montalbano s'assittò su una seggia ai piedi del letto. Sul comodino un lumino illuminava la fotografia di un tale con una faccia da delinquente da manuale lombrosiano: certo il signor Tumminello, colui che morendo aveva fatto vedova Gesuina Praticò.

«Se la sente di rispondere a qualche mia domanda?» principiò il commissario.

«Se il Signore m'assiste e la Madonna m'accompagna...»

Il commissario sperò ardentemente che il Signore e la Madonna fossero in quel momento disponibili: non se la sentiva di stare in quella càmmara un minuto in più del necessario.

«È stata lei a scoprire il cadavere, vero?»

«Sì.»

«Mi dica com'è andata.»

«Cosa longa è.»

«Non si preoccupi, mi racconti.»

Soffiando dalle narici come una vera balena, la fìmmina si susì a mezzo, tenendo sempre pudicamente la coperta stretta su quella piazza d'armi ch'era il petto.

«Da dove accomincio?»

«Da dove vuole lei.»

«Una ventina d'anni fa, che io già abitavo in questa casa col mio pòviro marito Raffaele...»

Il commissario si maledisse per aver dato libertà storica e cronologica alla vedova, ma non c'era niente da fare, l'aveva voluto lui.

«... Attilio ebbe uno spaventoso incidente di macchina.»

Attilio. Si chiamavano per nome, la signora Gesuina e l'ammazzato.

«La moglie morì, lui ebbe le gambe fracassate e Filippo, il figlio che allora aveva dodici anni, si spaccò la testa e restò un mese tra la vita e la morte. L'anno appresso una polmonite doppia si portò via il mio pòviro Raffaele. Cosa vuole che le dica, signor commissario? E vìditi oggi e vìditi domani, salùtati oggi e risalùtati domani, andò a finire che unimmo le nostre solitudini.»

La frase, evidentemente letta su un qualche romanzo rosa, ebbe il potere di sviare completamente Montalbano.

«Diventaste amanti?»

La vedova sbarracò gli occhi, si portò le mani a tapparsi le orecchie e soffiò dagli sfiatatoi il suo sdegno. I quaranta e passa lumini vacillarono, rischiarono di spegnersi.

«No! Ma che le viene in testa! Io fimmina onorata sono! Tutto il paìsi mi conosce! Mai Attilio mi toccò e io mai lo toccai!»

«Mi perdoni, signora. Le domando scusa» fece il commissario atterrito all'idea che la càmmara potesse piombare nello scuro.

«Volevo dire che principiammo a tenerci compagnia tutto il giorno. Certe volte Attilio, che già nisciva picca e nenti, rimaneva a casa per settimane, a causa dei dolori alle gambe, soprattutto quando cangiava tempo. Allora io gli cucinavo, gli mettevo a posto le cose... tutto quello che può fare una fimmina di casa.»

«Come campava?»

«Io ho la pinsiòne che mi lasciò il pòviro Raffaele.»

«No, dicevo lui, Gambardella.»

«Ma Attilio era ricco! Qui a Vigàta aveva una decina di magazzini, una quinnicina d'appartamenti e altra roba aveva a Fela. Non aveva bisogno di una pinsiòne miserabile, lui!»

«E i rapporti col figlio com'erano?»

Punto dolente. Stavolta una decina di lumini si spensero, Montalbano tremò.

«Lui l'ammazzò!»

«Ma ne è certa, signora?»

«Lui, lui, lui!»

I lumini si spensero tutti contemporaneamente. A tentoni il commissario raggiunse il balcone, spalancò le ante.

«Signora, ma si rende conto di quello che dice?»

«Certo che mi rendo conto! È come se l'avessi visto con questi occhi!»

La balena era squassata da sussulti e tremiti e la coperta pareva un campo di papaveri agitato dal vento.

«Si spieghi meglio.»

«Questo Filippo è un disgraziato, uno sdilinquente, uno senza arte né parte che a trent'anni campa sulle spalle di suo patre! E si è voluto maritare, macari! A farla brevi, non passava simàna che non s'apprisintava qua a domandare soldi a suo patre. E quello a dare, a dare. A mia diceva che provava pena per suo figlio, se era così era tutta colpa sua, la responsabilità dell'incidente diceva che cadeva sopra a lui, che suo figlio si era fatto male al cervello e non si poteva più applicare a nisciuna cosa perché non ci stava con la testa. E quel grandissimo cornuto del figlio se ne approfittava. Finalmente ad Attilio sono arrinisciuta a fargli capire che razza di farabutto approfittatore fosse Filippo. E Attilio ha cominciato a dargli meno soldi, qualche volta a negarglieli. E allora quello sdilinquente è arrivato a minazzare suo patre! Una volta le mani sopra gli mise! Aieri a sira...»

S'interruppe, si mise a singhiozzare. Tirò fora da sotto il cuscino un fazzoletto grande quanto un asciugamani, si soffiò il naso. I vetri del balcone tintinnarono.

«Aieri a sira Attilio venne a mangiare qua da me, poi andò a casa sua, disse che voleva vedere una cosa in televisione e poi si andava a corcàre. Io la televisione non la voglio. Fa vidìri a tradimento cose che una fìmmina onorata arrussìca!»

Montalbano non voleva addentrarsi in una discussione di etica televisiva.

«Mi stava dicendo che ieri sera...»

«La mia cucina e quella di Attilio sono divise da un muro. Stavo lavando i piatti quando sentii le voci di Attilio e di Filippo. Si stavano azzuffando.»

«È proprio sicura che si trattava della voce del figlio?»

«La mano sul foco!»

«Ha sentito parole precise, frasi?»

«Certo. Ho sentito Attilio che diceva: "Niente, non ti do più manco un soldo!" e Filippo che gridava: "E io t'ammazzo! T'ammazzo!". Poi c'è stato un rumore di... di...»

«Colluttazione?»

«Sissignore. E una seggia che cadeva per terra. Io avevo un core d'asino e uno di lione. Non sapevo che fare. Ma siccome appresso non sentii più niente, solo la televisione, mi rassicurai. E invece...»

Ai singhiozzi stavolta s'unirono gemiti e mugolii.

«Secondo lei come ha fatto a entrare in casa Filippo?»

«Aveva la chiave! Mille volte gliel'ho raccomandato ad Attilio di farsela ridare, ma quello niente!»

«Come ha scoperto quello ch'era successo?»

«Stamatina sono andata alla prima Messa, ma siccome che dovevo comunicarmi, non sono trasùta in cucina a pigliare il cafè. Quando sono tornata, che manco erano le sette, ho sentito che la televisione nella cucina d'Attilio funzionava ancora. E questo mi parse strammo, lui la televisione di matina non la taliava mai. Allora sono andata di là e...»

«E chi le ha aperto?»

La vedova Tumminello, che s'apprestava nuovamente a sprofondare nei singhiozzi, s'imparpaglió.

«Nessuno. Ho la chiave.»

Squilló il campanello dell'ingresso.

«Vado io» fece il commissario.

Era Fazio. Allato a lui un trentino sicco sicco, coi pantaloni stazzonati, la giacca sformata, i capelli arruffati, la barba lunga. Montalbano non fece in tempo a raprire la bocca, alle sue spalle risuonò un grido altissimo.

La vedova Tumminello, che oltre a quella per i romanzi rosa doveva avere una certa inclinazione per la tragedia, si era alzata e ora indicava il picciotto a braccio teso, indice tremante.

«L'assassino! Il patricida!»

E crolló a terra, svenuta. Parse che una leggera scossa di terremoto avesse investito il fabbricato.

«Leviamoci di qua» fece Montalbano preoccupato «portalo al commissariato.»

«Dunque lei non sapeva che suo padre era stato assassinato?»

«Nonsi.»

«Ma se appena entrato in casa la prima cosa che hai detto è stata: "È vero che papà?...". E ti sei messo a piangere» intervenne Fazio.

«Vero è. Ma il fatto di papà me lo disse quello che ha il negozio di ferramenta che mi vide trasìri nel portone.»

«Ieri sera ha avuto un litigio con suo padre?»

«Sissi.»

«Perché?»

«Non mi ha voluto dare i soldi che gli domandavo.»

«Perché non glieli ha voluto dare?»

«Disse che non voleva mantenermi più.»

«E tu l'hai minacciato di morte. L'hai detto e macari l'hai fatto» intervenne ancora Fazio.

Montalbano lo taliò malamente. Non gli piaceva essere interrotto, e non gli pareva manco giusto che a uno venisse dato del tu solo perché si trovava in posizione d'inferiorità. Ma Filippo Gambardella reagì appena alle parole di Fazio, era apatico, assente.

«Non sono stato io.»

A bassa voce.

«Qual è il motivo che stamattina l'ha spinto a tornare da suo padre? Credendolo ancora vivo, voleva domandargli ancora quei soldi che non le aveva dato la sera avanti?»

«Non era questa la ragione.»

«E qual era?»

Filippo Gambardella parse impacciato, murmuriò qualcosa che il commissario non capì.

«Più forte, per favore.»

«Volevo domandargli pirdòno.»

«Di che?»

«Di avergli detto che se non mi dava i soldi l'ammazzavo.»

«Ma non avevate litigato altre volte, prima?»

«Negli ultimi tempi, sì. Ma io, prima, non gli ho mai detto che l'ammazzavo.»

«Senta, dopo il litigio dov'è andato?»

«Alla taverna di Minicuzzo. Mi sono imbriacato.»

«Quanto tempo c'è rimasto?»

«Non lo so.»

«E poi, dopo che si è ubriacato, dov'è andato?»

«Non lo so.»

«Dove ha dormito?»

«Non lo so.»

Non è che non volesse rispondere alle domande, Montalbano sentiva ch'era sincero.

«Ha avuto modo di cambiare vestito?»

Filippo Gambardella lo taliò intronato.

«Stamattina, prima di andare da suo padre, è passato da casa? Si è cambiato di vestito?»

«E che dovevo cambiare? Questo solo ho.»

«Da quand'è che non mangia?»

«Non lo so.»

«Portalo di là» disse il commissario a Fazio «fallo lavare, fagli mandare qualcosa dal bar. Poi ripigliamo.»

«Darrè un quadro che Gambardella teneva nella càmmara da letto ho trovato questa» disse Galluzzo, tornato dalla casa dell'ammazzato che aveva perquisita.

Era una busta gialla, di tipo commerciale. Sopra c'era scritto: "Da aprirsi dopo la mia morte". Dato che lo scrivente era inequivocabilmente morto, il commissario la raprì. Poche righe. Dicevano che Gambardella Attilio, nel pieno possesso delle sue facoltà mentali, lasciava tutto quello che possedeva, case, magazzini, terreni e denaro liquido al suo unico figlio Gambardella Filippo. La data era di tre anni avanti. Trasì in quel momento Fazio.

«Ha mangiato e s'è addormentato. Che faccio?»

«Lascialo dòrmiri» disse il commissario pruendogli il testamento.

Fazio lo lesse, fece la bocca storta.

«E questo è un bel carrico da undici su Filippo Gambardella» commentò.

«E cioè?»

«E cioè abbiamo il movente.»

«Mi chiamo Gianni Puccio» disse il quarantino distinto e di buone maniere che aveva domandato di essere ricevuto dal commissario.

«Piacere. Mi dica.»

«In paìsi s'è sparsa la voce che avete arrestato a Filippo Gambardella per l'omicidio del padre. È così?»

«Non è così» rispose asciutto e grevio Montalbano.

«Allora l'avete rimesso in libertà?»

«No. Non è meglio se lei mi dice quello che è venuto a dirmi senza fare domande?»

«Forse è meglio» ammise Gianni Puccio tanticchia intimorito. «Dunque, aieri a sira verso le otto e mezzo, le nove meno un quarto, la mia macchina – faccio il rappresentante di commercio – si è fermata proprio davanti alla casa di Gambardella che conosco da anni. Pure Filippo suo figlio conosco. Sono sceso e ho aperto il cofano. In quel momento ho sentito la voce di Attilio Gambardella, alterata. Ho alzato gli occhi. Attilio era sul balcone e gridava a qualcuno ch'era in strada: "Non farti vedere più! Solo dopo la mia morte avrai i miei soldi!". Poi è rientrato e ha chiuso il balcone.»

«Ha visto a chi si rivolgeva?»

«Certo. A suo figlio Filippo. Ora siccome in paìsi dicono che lui l'ha ammazzato dopo una discussione, io in coscienza posso dichiarare che le cose non sono andate così.»

«Lei mi è stato molto utile, signor Puccio.»

«E che significa? Non significa niente» disse Fazio. «Va bene, non l'ha ammazzato durante la discussione, ma l'ha fatto dopo. È andato alla taverna, s'è imbriacato, il vino gli ha dato coraggio, è tornato da suo patre e l'ha ammazzato.»

«Tu ti sei amminchiato che è stato lui, vero?»

«E sissignore!»

«Potrebbe essere. Gallo è andato a interrogare Minicuzzo, il proprietario della taverna. Dice che Filippo è arrivato verso le nove, si è scolato un fiasco da due litri ed è uscito che non erano manco le dieci e mezzo.»

«E perciò, vede? Aveva tutto il tempo che voleva per tornare narrè e accoltellare suo patre. Il dottor Pasquano ha detto che il delitto è avvenuto tra le otto e le undici, no? Il conto torna.»

«Già.»

«Ma si può sapere che cosa non le quatra?»

«A lume di logica, non mi quatra il fatto che non si sia pigliato i due milioni che c'erano in casa. Aveva bisogno di soldi. Ammazza il padre. E perché, avendo fatto trenta non fa trentuno portandosi via i due milioni? E poi come si fa a dare trenta coltellate a uno e a non avere manco la macchia più piccola sul vestito? Tu te lo ricordi quanto sangue c'era in cucina?»

«Dottore mio, che ha, voglia di babbiare? Se lei va a contare questi suoi dubbi al giudice quello le ride in faccia. I due milioni non se li è pigliati perché non è stata un'ammazzatina premeditata, quando ha visto suo padre morto, passata la raggia che gli ha fatto dare trenta coltellate, si è scantato, gli è venuto l'appagno ed è scappato. In secundis, o è tornato a casa, contrariamente a quanto dice la mogliere, e si è cangiato i vestiti lordi di sangue, o se li è fatti dare da qualche amicuzzo di taverna e i suoi li ha gettati a mare.»

«Quindi tu sei convinto che avesse i vestiti lordi di sangue?»

«Non c'è dubbio.»

«Seguimi attentamente, Fazio. Il signor Puccio è venuto a dirci che ha visto Filippo verso le otto e mezzo, nove meno un quarto, davanti alla casa di suo padre. E Gambardella era ancora vivo. Minicuzzo dice che Filippo arrivò alla taverna alle nove. Quindi, se aveva ammazzato suo padre tornando indietro subito dopo ch'era stato visto da Puccio, non avrebbe mai avuto il tempo di andare a casa sua e cangiarsi i vestiti se già alle nove era da Minicuzzo. È ragionato?»

«Sissignore.»

«Allora viene a dire che l'omicidio è stato commesso dopo che si era imbriacato, giusto? È un'ipotesi che tu stesso hai fatto.»

«Sissignore.»

«Ma se ha agito così, le cose cangiano. Non è più un'ammazzatina d'impeto nel corso di una lite. È una cosa pinsàta e ragionata. E quindi non avremmo trovato i due milioni nel cassetto. E dire che aveva il massimo interesse a farli scomparire, ci avrebbe obbligati a pinsare a un furto.»

«Chi parla di furti?» fece Mimì Augello allegramente, trasendo nell'ufficio del suo superiore.

Montalbano s'infuscò.

«Mimì, tu hai una faccia veramente stagnata! Non ti sei fatto vìdiri per tutta la matinata!»

«Ma non ti hanno detto niente?» disse Mimì imparpagliato.

«Che mi dovevano dire?»

«Stamatina presto» spiegò paziente Augello «il commendatore Zuccarello è venuto a denunziare un furto nella sua casa, quella vicina alla stazione vecchia. Lui e la moglie avevano dormito a Montelusa, dalla figlia maritata. Quando sono tornati, si sono accorti del danno. Hanno rubato l'argenteria e qualche gioiello. Dato che tu eri impegnato per la facenna Gambardella, me ne sono occupato io.»

«Allora se la cosa è in mano tua, i latri possono dòrmiri tranquilli e i signori Zuccarello è meglio che facciano ciao ciao all'argenteria» commentò maligno il commissario.

Mimì Augello, poco elegantemente, chiuse la mano destra a pugno, allungò il braccio, vi sovrappose con forza la mano mancina all'altezza del gomito.

«Tiè! Io il ladro l'ho già fermato.»

«E come hai fatto?»

«Salvo, i ladri d'appartamento in tutta Vigàta sono appena tre e ognuno travaglia con una tecnica particolare. Tu queste cose non le sai perché non te ne occupi, il tuo ciriveddro affronta solo questioni di alta speculazione.»

«Peppe Pignataro, Cocò Foti o Lillo Seminerio?» spiò Fazio che invece di Vigàta tutta conosceva vita, morte e miracoli.

«Peppe Pignataro» rispose Augello. E poi, rivolto al commissario:

«Vuole parlare con te. È di là, nel mio ufficio.»

Cinquantino, minuto, segaligno, vestito con proprietà, Pignataro si susì appena vide il commissario. Questi chiuse la porta dell'ufficio e andò a mettersi nella poltrona di Mimì.

«Comodo, comodo» disse al ladro.

Pignataro s'assittò di nuovo, dopo aver fatto un mezzo inchino.

«Tutti sanno che di lei ci si può fidare.»

Montalbano non parlò, non si cataminò.

«Sono stato io a fare il furto.»

Montalbano aveva la stessa immobilità di un manichino.

«Solo che il commissario Augello non ce la farà a dimostrarlo. Non ho lasciato impronte, l'argenteria e i gioielli sono ammucciati in un posto sicuro. Il commissario Augello stavolta ci si rompe, rispetto parlando, le corna.»

A chi parlava? Il commissario fisicamente c'era sì nella càmmara, ma pareva imbalsamato.

«Però se il commissario Augello mi piglia di punta e non mi lascia di corto, io non posso arriminàrmi in nessuna maniera, non posso andare da chi devo andare e farmi dare i soldi in cangio dell'argenteria e dei gioielli. Mentre io di questi soldi ne ho bisogno e con urgenza. Mi crede se le dico una cosa?»

«Sì.»

«Mia mogliere è allo stremo, si può informare. I medicinali che le servono non li passano, li devo accattare io e costano un occhio della testa.»

«Che vuoi?»

«Che lei parla al dottor Augello, se mi lascia in pace per un mese. Doppo, giuro che mi costituisco.»

Si taliarono a lungo, in silenzio.

«Proverò a parlarci» fece Montalbano susendosi.

Di scatto, Peppe Pignataro balzò dalla seggia, si chinò, tentò di pigliare la mano di Montalbano per baciargliela. Il commissario si scansò a tempo.

«Le voglio dire un'altra cosa. Aieri a sira, verso le nove, mi sono messo a orliàre torno torno la casa di Zuccarello per vedere come s'apprisintava la facenna. Sapevo che il commendatore e so' mogliere erano partiti in macchina. Verso le undici è comparso sulla strata Filippo Gambardella. Lo conosco bene. Non si reggeva sulle gambe, era imbriaco cotto. A un certo momento non ce l'ha fatta ad andare avanti e si è stinnicchiato in terra allato alla casa di Zuccarello. Si è addormentato. Dormiva ancora alle quattro del matino, quando sono ripassato dopo il furto.»

«Perché me lo dici?»

«Per ringrazio. E per scansarla da uno sbaglio. In paìsi dicono che lei ha arrestato a Filippo per l'omicidio del patre e io volevo...»

«Grazie» disse Montalbano.

«Come ci regoliamo con Filippo Gambardella?»

«Lascialo libero.»

Fazio esitò, poi allargò le braccia.

«Come comanda.»

«Ah, senti, chiamami il dottor Augello.»

A convincere Mimì ci mise più di mezz'ora, Peppe Pignataro ebbe campo libero per un mese. Tra una cosa e l'altra, si erano fatte quasi le due e al commissario era smorcato un pititto che gli annebbiava la vista.

«Di là c'è posto?» spiò Montalbano trasendo nella trattoria San Calogero.

"Di là" veniva a significare un cammarino piccolo, con due tavolini.

«Non c'è nessuno» lo rassicurò il proprietario.

Si fece per primo un abbondante antipasto di gamberetti e purpiteddri in salsetta, appresso si sbafò quattro spigole giganti che ci volevano occhi per taliarle.

«Le porto un cafè?»

«Dopo. Intanto, se non disturbo, mi farei una mezzorata di sonno.»

Il proprietario accostò i battenti e il commissario si addormentò, la testa appoggiata sulle braccia intrecciate sopra il tavolino, in bocca ancora il sapore del pesce freschissimo, nelle narici l'odore della buona cucina, nelle orecchie il lontano tintinnare delle posate che venivano lavate. Alla mezz'ora spaccata il proprietario gli portò il caffè, il commissario si diede una rilavata, s'asciucò la faccia con la carta igienica e s'avviò al commissariato canticchiando. Oltretutto la giornata era una meraviglia di Dio.

Sulla porta l'aspettava Fazio.

«Che c'è?»

«C'è che da me c'è la vedova Tumminello. Vuole parlare con lei, mi pare agitata.»

«Va bene.»

Ebbe appena il tempo d'assittarsi alla scrivania che la luce della càmmara si dimezzò. La vedova, con la sua enorme stazza, occupava tutto il vano della porta.

«Pozzo trasìri?»

«Ma certo!» fece galante il commissario indicandole una seggia la quale penosamente scricchiolò non appena la fimmina si fu assittata.

Lei si sedette in pizzo, la borsetta sulle ginocchia, le mani guantate.

«Lei mi deve fare pirdonanza, signor commissario, ma io quando una cosa ce l'ho qua...»

Si portò una mano al cuore.

«... ce l'ho macari qua.»

La mano raggiunse la bocca.

«E a me piace che questa stessa cosa me la faccia arrivare qua» fece il commissario toccandosi le orecchie.

«È vero che lei ha fatto andare a casa a Filippo?»

«Sì.»

«E pirchì?»

«Non ci sono prove.»

«Come?! E tutto quello che le contai io? La sciarra, le parole grosse, la caduta della seggia?»

«C'è un testimone che dice che quando Filippo lasciò la casa il signor Gambardella era ancora vivo.»

«E chi è questo grandissimo cornuto? Sicuramente un complice, un amicuzzo del patricida! Guardasse, commissario, che tutto il paìsi è convinto che fu lui e tutto il paìsi si meravigliò che lei l'arrilassò!»

«Signora, io devo badare ai fatti e non alle parole. A proposito di fatti, lo sa che nel dopopranzo m'ero messo in testa di passare da lei?»

La signora Praticò Gesuina vedova Tumminello che fino a un attimo prima aveva ampiamente gesticolato, tanto che la borsetta le era caduta a terra due volte, si paralizzò di colpo. Socchiuse gli occhi.

«Ah, sì? E che vuole da me?»

Montalbano raprì il primo cassetto della scrivania, tirò fora una busta commerciale, la mostrò alla vedova.

«Farle vedere questo.»

«E che è?»

«Il testamento, le ultime volontà di Gambardella.»

La vedova impallidì, ma talmente tanto che al commissario la sua pelle parse quella di una medusa morta a ripa di mare.

«L'avete tro...»

Si fermò, mordendosi le labbra.

«Eh, sì. Abbiamo avuto più fortuna di lei, signora, che certamente l'avrà cercato ogni volta che Gambardella gliene dava occasione.»

«E che interesse avrei avuto, io?»

«Non so, magari semplice curiosità. Guardi, riconosce la grafia di Gambardella?»

Le avvicinò la busta.

«Da aprirsi dopo la mia morte» compitò la fimmina. E aggiunse: «È la sua».

«Se avesse trovato il testamento, avrebbe avuto una sorpresa. Vuole che lo legga?»

Tirò fora il foglio con lentezza, lesse con lentezza maggiore, quasi sillabando:

«"Vigàta, Io sottoscritto Gambardella Attilio, nel pieno possesso delle mie facoltà mentali, desidero che, dopo la mia morte, ogni mio bene mobile e immobile vada alla signora Gesuina Praticò vedova Tumminello che per anni mi è stata amica devota. Mio figlio Filippo s'intende diseredato. In fede mi firmo..."»

L'urlo di gioia della vedova fu tale da provocare alcuni disastrosi effetti, tra i quali: Catarella si scottò con un cafè bollente; Galluzzo lasciò cadere a terra una macchina da scrivere che stava portando da una càmmara all'altra; Miliuzzo Conti, fermato perché sospetto latro di autoradio, credendo che in commissariato avessero principiato a praticare la tortura (la sera avanti aveva visto un film di nazisti), tentò una fuga disperata che si concluse con la perdita totale dei suoi denti di davanti.

Montalbano, pur essendosi priparato, ebbe le orecchie intronate. La vedova intanto si era susùta e ballava, ora dondolandosi su un piede ora sull'altro. Fazio, che era subito corso, la taliava a bocca spalancata.

«Dalle un bicchiere d'acqua.»

Fazio tornò immediatamente, ma la vedova pareva non vedere il bicchiere che quello le teneva sempre davanti la bocca, spostandosi assieme alla fìmmina. Finalmente se ne addunò, lo scolò in una botta sola. Tornò a riassittarsi. Era paonazza, in un bagno di sudore.

«Lo legga lei stessa» disse il commissario porgendole il foglio.

Lei lo pigliò, lo lesse, lo gettò via, impallidì nuovamente, si susì, arretrò, gli occhi sempre fissi sul pezzo di carta. Le mancava il fiato, si era portata le mani alla gola, tremava. Il commissario le si mise davanti.

«Lei ha sentito quello che Gambardella ha detto al figlio... che gli avrebbe lasciato tutto alla sua morte... e allora è andata a trovarlo per domandargli spiegazione... perché lui l'eredità l'aveva promessa a lei...»

«Sempre me lo diceva» ansimò la vedova «sempre me lo ripeteva, il porco... Gesuinuzza mia, tutto ti lascio... e intanto piglialo qua... intanto mettitelo là... un porco, un maiale era... sempre a farmi fare cose vastase pinsava... non gli bastava che gli facevo la serva... E aieri a sira ha avuto il coraggio di dirmi che lasciava ogni cosa a quel farabutto di suo figlio... Una stampa e una figura erano, patre e figlio, due laidi schifosi che...»

«Pensaci tu» disse il commissario a Fazio.

Gli necessitava di farsi una passeggiata al molo, aveva bisogno d'aria bona, di mare.

I racconti qui raccolti sono trenta. A leggerne uno al giorno ci si impiega un mese paro paro: questo vuole significare il titolo.

Sono stati scritti tra il primo dicembre 1996 e il 30 gennaio 1998. Lo spunto per scrivere "Il compagno di viaggio" mi venne offerto dal "Noir in festival" di Courmayeur. È apparso sulla rivista "Sintesi" del maggio 1997. I "Miracoli di Trieste" lo composi dietro invito dell'amico triestino Piero Spirito per la manifestazione "Piazza Gutenberg" ed è apparso nel volumetto *Raccontare Trieste* (giugno 1997). "Il patto" lo scrissi perché ci avevo pigliato gusto. L'hanno stampato su "La grotta della vipera" di Cagliari, autunno-inverno 1997. Gli altri ventisette sono inediti.

Le trenta situazioni nelle quali si viene a trovare coinvolto il commissario Montalbano non sempre (fortunatamente) comportano fatti di sangue: si tratta anche di furti senza furto, d'infedeltà coniugali, d'indagini sulla memoria. E non tutte avvengono in Vigàta, alcune addirittura risalgono agli inizi della carriera del commissario.

È utile (e inutile allo stesso tempo) ripetere che luoghi e nomi sono inventati di ràdica. A chi potrebbe lamentare qualche coincidenza, ricordo che la vita stessa (assai superiore, in fatto d'invenzioni, alla fantasia) non è che una pura coincidenza.

INDICE

«Un mese con Montalbano»
di Andrea Camilleri
Oscar bestsellers
Arnoldo Mondadori Editore

Questo volume è stato stampato
presso Mondadori Printing S.p.A.
Stabilimento NSM - Cles (TN)
Stampato in Italia. Printed in Italy

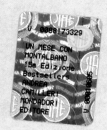